人民共和國文化與文學叢書

四編　中國人民大學特輯

程光煒　李怡　主編

第 9 冊

先鋒文學的興起
——以1980年代的上海文學空間爲考察對象

李建周 著

花木蘭文化出版社

國家圖書館出版品預行編目資料

先鋒文學的興起——以 1980 年代的上海文學空間為考察對象
／李建周 著 -- 初版 -- 新北市：花木蘭文化出版社，2016
〔民 105〕
目 2+280 面；19×26 公分
（人民共和國文化與文學叢書 四編；第 9 冊）
ISBN 978-986-404-644-7（精裝）
1. 中國當代文學 2. 文學評論
820.8　　　　　　　　　　　　　　　　105012594

ISBN-978-986-404-644-7

9 789864 046447

人民共和國文化與文學叢書
四 編 第九 冊　　　　　ISBN：978-986-404-644-7

先鋒文學的興起
——以1980年代的上海文學空間爲考察對象

作　　者　李建周
主　　編　程光煒　李怡
企　　劃　北京師範大學民國歷史文化與文學研究中心
　　　　　四川大學現代中國文化與文學研究中心
總 編 輯　杜潔祥
副總編輯　楊嘉樂
編　　輯　許郁翎、王筑　美術編輯　陳逸婷
印　　刷　普羅文化出版廣告事業
出　　版　花木蘭文化出版社
社　　長　高小娟
聯絡地址　235 新北市中和區中安街七二號十三樓
　　　　　電話：02-2923-1455／傳真：02-2923-1452
網　　址　http://www.huamulan.tw 信箱 hml810518@gmail.com
初　　版　2016 年 9 月
全書字數　261982 字
定　　價　四編 11 冊（精裝）台幣20,000 元

先鋒文學的興起
——以1980年代的上海文學空間爲考察對象

李建周　著

作者簡介

李建周，1974 年 11 月生。文學博士，畢業於中國人民大學。現爲河北師範大學文學院副教授，河北省作家協會特約研究員。主要從事當代文學批評和思潮研究。

提　要

　　本書以 1980 年代的上海文學空間爲考察對象，回到歷史現場重新拆解先鋒文學被遮蔽的起源。闡釋先鋒文學生成與文學體制、大學教育、文學期刊、批評意識之間的多重關聯，辨析文本策略與生存境遇、美學旨趣與政治訴求的複雜互動，釐定變形的先鋒文學鏡象映現的想像主體的現實焦慮，指出文學的先鋒性是流動的，在 80 年代承擔著特定的歷史功能。

人民共和國文化與文學叢書
中國人民大學特輯　總序

程光煒　李怡

　　2005 年，中國人民大學文學院的中國當代文學史專業方面，將重點轉向了以「重返八十年代」為主題的當代文學史研究，這當然是中國大陸視野裏的「當代文學」。博士生課程採用課堂討論的方式，事先定下九個討論題目，分配給大家，然後老師和學生到圖書館查資料，自己設計問題，寫成文章後，分別在課堂多媒體上發表，接著大家討論。所謂討論，主要是找寫文章人的毛病，包括他撰寫文章的論文結構、分析框架、問題、材料運用，自然，他們最為關心的是，這篇論文究竟對當前的當代文學史研究有無新的發現和推動，至少有無提出有價值的質疑意見。因此，每學期總共十八週授課時間，安排一次課堂發表文章，另一次是課堂討論，這樣交錯有序進行。竟未想到，這種開放式的博士生研究課堂，到今年已進行了十一年，湧現了一批有價值有亮點的博士論文，湧現了若干個被大陸當代文學史研究界矚目的青年學者。據稱是大陸中國現當代文學研究界，為獎勵 45 歲以下青年學者而設置的具有很高學術聲譽的「唐弢青年文學獎」，最近連續三年，都有這個課堂上走出去的青年學者獲得。僅此就可以知道，雖然中間的過程困難重重，也有很多不必要的重複和彎路，仍然可以證明，通過課堂討論、大家集中研究中國當代文學史這種方式，事實上有一定的效果。

　　其實，在 2005 年以前，我們這個學術團隊中已有博士生在做《紅岩》、《白毛女》的研究，取得引人注意的成果。而以「重返八十年代」為主題的當代文學史研究，目的是以中國現代文學史自五四之後，八十年代這個又一個「黃

金年代」爲文學高地，在這個歷史制高點上，縱觀 60 年的中國當代文學史，並以這個制高點，把這 60 年文學拾起來，做一個較爲總體的評價和分析，建立這個歷史時段的整體性。今天看來，這個目的初步達到了。這套學術叢書，關涉到中國當代文學史的諸多領域，例如文學思想、思潮、流派、現象、紛爭、雜誌、社團等等，雖不能說每個題目都深耕細作，但確實有一些深入，某些方面，還有較深入的開掘，這是被學術同行所認可的。例如，《紅岩》研究、《白毛女》研究、「重寫文學史思潮」研究、「李澤厚與八十年代文學」研究、「現代派文學」研究等。另外賈平凹小說、路遙與柳青傳統、七十年代小說的整理、上海與新潮小說的興起、八十年代文學史撰寫中的意識形態調整、十七年文學等等，也都在這套叢書中有所反映。

　　毫無疑問，中國大陸的中國當代文學史研究，離不開「當代史」這個潛在的認識性裝置。一定程度上，文學史與當代史的表面和諧關係，實際也暗藏著某種緊張狀態。作爲歷史研究者，每個人都離不開、跳不出自己生長的歷史環境。但是，所有有識的歷史研究者都意識到，所謂學術研究即包含著對自身歷史狀態的超越。他們所關心和研究的問題，事實上是以他自己的問題爲起點的；也就是說，他們研究的學術問題，實際上就是他們自己所困惑的歷史問題。我們想這種現象，又不僅僅是我們的。借這套叢書在臺灣出版的機會，我們想表達的是：學術著作的出版，是一次展示自己學術見解，並與廣大學界同行進行交流切磋的極好機會。因此，十分期望能得到讀者懇切的批評和意見。

2016.2.22 於北京

目次

導論　「純文學」與文化政治

0.1　緣起：文學策略與現實焦慮

　　2005 年，吳亮和李陀在網上展開了一場「遲到的論爭」。之所以說是「遲到」的，是因為吳亮批評的是李陀四年前發表的舊文《漫說「純文學」》。這種時差，在幾乎以天來衡量文壇形勢的 20 世紀 80 年代是無法想像的，但在 21 世紀，似乎這場論爭也不算晚，兩個時代的時間感竟有如此大的差異。這種差異同樣表現在吳亮和李陀對「純文學」的判斷上，作為站在同一戰壕為新潮文學搖旗吶喊的盟友，這種判斷的差異在 80 年代同樣是不可想像的。

　　爭論的焦點集中在對「純文學」的價值判斷上。李陀認為「純文學」概念在 80 年代中後期被普遍接受之後，它的勢能也被耗盡。面對 90 年代徹底轉換的歷史語境，這種對社會任何方面都「有益無害」的文學觀念，「削弱了甚至完全忽略了在後社會主義條件下，作家堅持知識分子的批判立場，以文學話語參與現實變革的可能性」。〔註 1〕李陀對這一歷史經驗的檢討源於巨大的現實焦慮，但這種焦慮在吳亮身上並不存在。吳亮對這種說法給予了堅決反擊。在吳亮看來，李陀的說法自相矛盾，更不應該以「純文學」為靶子。如果說「純文學」和 90 年代之後文學的非政治化有聯繫，也不存在什麼問題，因為「非政治也是一種政治」。更何況，不同年代的「純文學」也不是一回事兒。80 年代主張「純文學」的人雖然並不完全自覺，但在人們心目中「意味

〔註 1〕李陀、李靜：《漫說「純文學」》，《上海文學》2001 年第 3 期。

著對官方強調的時代總體性的排斥，對指令和教條的迴避，它是作家意欲表達『非主旋律』的權利，而非一種確定性『樣式』。〔註2〕在此意義上，有著共同主張的作家、批評家達成了心靈的默契，它的歷史意義是不容抹殺的，即便是個錯誤，也無需總結教訓。

兩人的爭論是知識立場的爭論，或者說背後是兩套知識譜系。吳亮對文學的理解是一種個人意義上的自由藝術家的立場：

> 　　對文學我們永遠不應該有期盼，它是一種自然的生成物，它是偶然的，無計劃的，充滿變數的，文學在我們今天生活當中也許並沒有扮演重要的角色，許多人和文學無關，但他們嚴重地影響到了我們的生活和將要變成歷史的現實。你說得對，批判和抗議都很重要，它甚至能使文學變得更有力量，但是批判和抗議的目的不是爲了使文學變得更偉大，而是爲了使我們能夠享有免於匱乏的自由和免於恐懼的自由。離開自由，文學起碼對我來說只是一種遊戲，哪怕是一種小家子的遊戲，而小家子游戲其實正是在一種自由匱乏的環境中的自由幻象而已。〔註3〕

以此來看，90 年代之後的文學並沒有失去李陀所說的政治功能，它本來就應該是這個樣子。作爲個體面對時代的心靈掙扎與文本遊戲，文學也並沒有那麼大的社會功用。不同的社會問題有不同的解決途徑，比如政治批判需要政治去解決。在原子化社會裏，文學的職能畢竟是有限的，它更多關涉知識分子的心靈自由。這和李陀理解的文學是兩回事兒。李陀認爲吳亮對寫作自然性、偶然性的理解是單從寫作個體來講的，本質上是一種烏托邦想像。文學之所以成爲文學，是一個社會過程建構的結果：「要被出版、被審查、被買賣、被閱讀、被評論、被評獎、被選入小學、中學、大學的課本，被選入文學史、被經典化或被排除經典化」。〔註4〕這個過程始終和權力結合在一起，它的背後是整個文學生產製度。儘管李陀的知識視野以現代西方社會理論爲依託，但從中也可看出對文學作用的浪漫化想像，這種想像其實勾連著當代文學對現實主義傳統的指認。

〔註2〕吳亮題爲《我對文學不抱幻想》的帖子，見《李陀、吳亮網絡之爭》，《天涯》2005 年第 4 期。

〔註3〕吳亮題爲《我對文學不抱幻想》的帖子，見《李陀、吳亮網絡之爭》，《天涯》2005 年第 4 期。

〔註4〕李陀對吳亮的回應，見《李陀、吳亮網絡之爭》，《天涯》2005 年第 4 期。

　　兩人的爭論在本質上涉及文學場域自主性問題。儘管李陀是從文學生產的角度來談的，更有歷史感，但是因為面對的是 80 年代和 90 年代兩個有著巨大差異的歷史場域，因此即使從同一知識視野切入，得出的結論也可能有很大不同。和李陀的感覺相反，洪子誠認為 90 年代文學現實參與能力減弱，並非因為過分強調「自主性」，而恰恰是因為這種「自主性」被削弱被摧毀造成的。〔註5〕姜濤直接指出 90 年代之後，文學的「自主性」已經變得面目全非了，「在以消費為主導的社會結構中，連存在的空間都成了問題，還何談『自主性』。」〔註6〕吳曉東也認為「80 年代的先鋒意識形態其實在 90 年代已經被大眾、市場、資本損耗殆盡。在這個意義上，至少先鋒主義意識形態在很大程度上是被摧毀了。」〔註7〕針對這些不同的歷史判斷，需要追問的是：究竟 90 年代以後的文學危機是現實語境造成的，還是 80 年代文學「自主性」的歷史後遺症。同為 80 年代先鋒文學的親歷者，洪子誠、李陀、吳亮等人的「歷史感」存在如此大的差異，是很值得深思的。問題的關鍵不僅在於具體的差異，更在於為何會有如此大的差異。這種差異涉及對 80 年代先鋒文學的歷史評價問題。也是今天重新思考先鋒文學的必要起點。

　　正如吳亮、李陀等歷史親歷者們指出的，80 年代先鋒文學的建構是在政治抗辯中展開的。文學遠離政治的「自主性」也並非是純粹的，而是有著強烈的現實指向。所謂「怎麼寫」、形式試驗、敘述冒險、自我表現、個人經驗等都具有權宜策略意味並體現出象徵意義。也就是它的純文學化建立在去政治化的意識形態之上，是自覺對政治放逐。在此意義上，先鋒作家所建構的藝術「自主性」就並非本質意義上的，而更多的是一種策略，一種集體幻覺。正如傑姆遜所指出的，「不是藝術作品是否是自治的，而是藝術作品何以成為自治的；語言——在語境中，在環境中——世俗的語言——何以逐漸設法獨立出來，自行組織成相對自足的詞語總體，然後，由在時空上相距遙遠的團體和個體以及社會階級或文化所掌握。」〔註8〕所以應該將注意力放在文學「自

〔註5〕 洪子誠等：《新歷史語境下的「文學自主性」》，《上海文學》2005 年第 4 期。

〔註6〕 姜濤的發言，見《新歷史語境下的「文學自主性」》，《上海文學》2005 年第 4 期。

〔註7〕 吳曉東的發言，見《新歷史語境下的「文學自主性」》，《上海文學》2005 年第 4 期。

〔註8〕 【美】弗雷德里克‧詹姆遜：《超越洞穴：破解現代主義意識形態的神話》，載【英】弗朗西斯‧馬爾赫恩編：《當代馬克思主義文學批評》，劉象愚等譯，北京：北京大學出版社，2002 年 9 月，第 182 頁。

主性」的過程，而不是對其口號的本質性理解，要充分注意自主性在起源上的現實焦慮。也就是說，支撐 80 年代先鋒文學形式變革的是一種文化政治。

即使這種解釋是可靠的，也存在現實實踐和歷史效果相分離的問題。錢理群在提到純文學概念時，指出當初「提出這個概念本身就是那種政治性的反抗。但就理論來講，它遮蔽了實際存在的文學與政治的關係」〔註9〕。弔詭的是，這很大程度上正是先鋒文學在 80 年代後期得以風行的原因，因爲多數作品在文本的外在形態上更像是智力遊戲，對現實實踐是「無害」的。同時，文學「自主性」倡導者的意圖和文學藝術本身的發展並非是完全一致的。說白了，文學藝術有其自身的法則。去政治化的文學表意策略要通過審美形式本身表現出來，它們之間的關係不是直接的，而是需要中介環節。馬爾庫塞認爲：「文學的革命性，只有在文學關心它自身的問題，只有把它的內容轉化爲形式時，才是富有意義的。因此，藝術的政治潛能僅僅存在於它自身的審美之維。藝術同實踐的關係勿庸置疑是間接的，存在中介以及曲折的。藝術作品直接的政治性越強，就越會弱化自身的異在力量，越會迷失根本性的、超越的變革目標。」〔註10〕審美形式在獲得肯定後，它自身的發展會形成文學離政治越遠越好的觀念，發展到最後，就是對政治維度的徹底放逐。先鋒文學實踐的歷史勢能不可能一直持續，在社會變化急速的 80 年代，不同的歷史時段所具有的意義也不盡相同。所以，以先鋒文學的歷史效果來考察它的實踐本身，會出現很大的偏差。

由於歷史的慣性作用，被多種力量建構起來的先鋒文學，在 90 年代之後脫離歷史語境，逐漸成爲佔據主導地位的文學觀念。這一觀念本身，是亟須歷史反思的。問題是這種反思要歷史化，而不是簡單的「翻烙餅」。作爲一種抗辯性結構，先鋒文學觀念的建構依靠的是一整套二元歷史觀。這種歷史觀由內容／形式，現代／傳統，創新／守舊等一整套對立概念支撐起來。對其歷史合理性和局限性都要深入辨析。在矯枉過正的心理驅使下，20 世紀所賦予文學的特有深刻意義，比如文學與現代民族國家建構的關係，文學與社會動員的關係，都發生了徹底的變化，文學在整個社會結構中的位置發生了位移，這種文學與歷史關係發生變化當然直接來源於文學實踐，但更重要的是

〔註9〕 錢理群：《重新認識純文學》，見「學術中華網」，http：//www.xschina.org/show.php?id=1700。

〔註10〕 【美】馬爾庫塞：《審美之維》，李小兵譯，北京：生活·讀書·新知三聯書店，1989 年 8 月，第 206 頁。

生成這種文學實踐的整個體制性力量。也就是說，在文學自主性的背後，是政治權力結構、大學教育、傳媒文化、批評意識等文學機制性的東西在起作用。如同布迪厄反覆強調的，權力場、文學場、社會場是同源同構的，考察文學場發生的問題，需要把文學納入社會文化結構體系中來探究。這正是本書對先鋒文學考察的邏輯起點。

0.2　反思：話語實踐與知識譜系

先鋒文學概念是隨著文學發展和文學研究的命名逐步形成的。作為一種文學思潮，先鋒文學當然應該包含先鋒詩歌、先鋒小說甚至先鋒散文和先鋒戲劇。從歷史發生的時序看，以《今天》詩人群為代表的先鋒詩歌早於先鋒小說產生巨大社會影響。先鋒詩歌伴隨著 80 年代初期引起廣泛關注的詩歌論爭而被確立，雖然命名過程充滿了歷史誤會，但「朦朧詩」這一說法在 80 年代前期就得到廣泛認同。而當時，還幾乎沒有先鋒文學這一提法。所以因為歷史原因，先鋒文學這個概念在實際運用中一般是可以和先鋒小說互換的。而本書所謂「先鋒文學的興起」並非僅僅針對先鋒小說文本進行分析，而是考察的先鋒文學生產與文學體制、大學教育、文學期刊、批評意識之間的多重關聯，進而透視整個文學場中先鋒意識的逐步確立過程，釐定先鋒文學鏡象映現的主體的現實焦慮。

在 20 世紀 80 年代中後期剛剛興起的時候，先鋒小說曾經被歸入很多說法，因為開始使用這些概念時只是對於某種文學創新現象的大致描述，其內涵和外延都具有很大的不確定性。在整體概括性的描述中，先鋒小說曾經被歸入過「新小說」、「新潮小說」、「探索小說」、「實驗小說」、「現代派小說」、「後現代主義小說」等。在具體細部的敘述中，先鋒小說的某些方面被歸入過「結構主義小說」、「荒誕派小說」、「魔幻現實主義小說」、「意識流小說」、「象徵主義小說」等。

1985 年的新潮小說包含眾多寫作向度，先鋒小說也是此時開始出現，但還不具備潮流意義。到 1987 年先鋒小說才獲得了有效的歷史命名。嚴格說來，先鋒小說的經典化過程包括 80 年代中後期和 90 年代兩個大的時期。不過，經典化過程往往滯後於文學創作，也滯後於文學批評（當然批評也是經典化的重要步驟）。考察文學史的基本事實會看到，文學界對先鋒小說的篩選確認在 80 年代後期已經基本完成。但直到今天，對於先鋒文學這一充滿矛盾與緊

張的文學話語的早期生產過程，對於這一過程中宏觀和微觀的權力關係的複雜運作，以及文壇各種文學話語間的複雜關聯，都鮮有較爲深入的關注和闡釋。

在現有的文學史敘述框架中，先鋒文學的共識度是相當高的。照理說，先鋒文學由於文本本身的複雜性，應該有更爲廣闊的闡釋空間。但奇怪的是，文學界的研究狀況卻恰恰相反。先鋒批評的長期累積獲得了一種較爲穩固的集體認同，這種認同已經成爲人們理解先鋒文學的支配性力量，這恐怕是當初先鋒文學的命名者和倡導者都無法想到的。正如維特根斯坦所意識到的，「命名只是語言遊戲開始之前的準備階段，因而它不參與描述。」〔註 11〕先鋒文學生成時的樣態和今天我們對它的理解，存在著很大差別。對先鋒文學的「描述」是先鋒批評累積而成的。爲了有效展開我的論述，有必要對這一知識譜系進行簡單考察。

《收穫》在 1987 年第 5 期推出的不設專號的專號，實際是先鋒小說的一次集中展示。李劼在第一時間做了綜評，認爲這期青年作者馬原、洪峰、孫甘露、樂陵、張獻、余華、魯一瑋、蘇童、色波等的作品全是上乘之作。在對作品進行了逐一點評之後，李劼談到之所以沒有進行全方位的宏觀描述，是因爲企圖一統所有作品的評論已經無法成立，大一統的文學局面不復存在，「在一期期刊中尚且難以用一種概括去涵蓋所有作品，面對變幻無窮，生機勃勃的當代文學更是可想而知。」〔註 12〕不過從歷史發展來看，並非整體評價不可行，而是當時李劼的知識結構無法完成這一任務。批評家這一知識狀況引起了李陀的注意。在 1988 年的一篇文章中，李陀寫到：「一場新的文學革命已經劇烈地改變了，並且繼續改變著中國當代文學的面貌。」〔註 13〕李陀所說的這場「文學革命」就是指的後來被先鋒批評命名的先鋒文學。李陀擔憂的是批評家如果不能正視這一新的挑戰，還會處於批評落後於創作的局面。

在 1988 年召開的「現實主義與先鋒派文學」研討會上，批評界就先鋒派文學達成了「共識」：指那些與西方現代哲學思潮、美學思潮以及現代主義文學密切相關，並在其影響下產生的一批作品。這些作品在當時有不同稱謂，

〔註 11〕【英】維特根斯坦：《哲學研究》，湯潮、范光棣譯，北京：生活・讀書・新知三聯書店，1992 年 3 月，第 36 頁。
〔註 12〕李劼：《寫在年輕的集束力作的爆炸聲裏》，《文學角》1988 年第 1 期。
〔註 13〕李陀：《昔日「頑童」今何在？》，《文藝報》1988 年 10 月 29 日。

如「探索文學」、「實驗文學」、「新潮文學」等。雖然概念較爲混亂，但顯然所指即是後來文學史上的先鋒文學。在對先鋒派文學的評價上，也基本一致。儘管各人角度不同，但基本上是一片指責之聲：

> 毛時安首先發難，他認爲我們只有摹仿，而沒有眞正屬於自己的「主義」；先鋒派文學應當是一種具有豐富而高超想像力的文學，而我們則匱乏想像力，這是導致先鋒派小說疲軟的最根本的原因。毛時安的分析令人沮喪。而李劼這個不遺餘力鼓吹先鋒小說的青年評論家，亦對現今的先鋒派文學表示失望，他甚至認爲先鋒派這個稱號，現在這批作家還配不上，他們不過是過渡階段的人物而已。……〔註14〕

參加這次會議的很多是曾爲先鋒文學大力鼓吹的批評家，卻如此一致地對漸成氣候的先鋒文學表達了強烈的不滿。同時，批評家對和先鋒文學差不多同時出現的「新寫實主義」則是「一片肯定讚揚聲」。來自第一現場的「原聲」透露出先鋒文學當時的歷史窘境。

面對先鋒文學的窘況和持續不斷遭到批判的狀況，身在上海的青年批評家朱大可等人打出了「保衛先鋒文學」的旗號。朱大可針對的仍然是「現實主義」：「我絕時無意與僞『現實主義』打情罵俏。那種僞現實主義還是讓它繼續待在墳墓裏的好。我不能容忍有人要把先鋒文學也弄到墳墓裏去。當然，這種圍剿恰恰是先鋒文學所需要的。先鋒文學是靠血戰生存下來的，沒有敵手，它一天都活不下去。」〔註15〕宋琳、張獻等人也都提到先鋒文學針對「官方文學」、「大眾文學」所顯示出的反叛性。但問題是這種反叛「已經失去了對手和反抗的目標」，歷史勢能幾乎耗盡，先鋒文學面臨沒有目標的悲哀。

當然除了反叛，先鋒文學還有另外一個重要尺度：實驗性。先鋒文學通過革新寫作手法，創作了超越日常生活經驗的文學世界。在之前的「現實主義與先鋒派文學研討會」上，吳亮也正是在這個意義上說出「寧願在中國文壇上看到第二個博爾赫斯，也不想看到一百個巴爾扎克」的話。朱大可等人認爲這種實驗性「已經隱含了大量的失敗結局」，因爲不斷推翻自己的文本模式，文本的意義就下降了，先鋒作家成了過程主義者，也意味著先鋒文學的

〔註14〕 李兆忠：《旋轉的文壇——現實主義與先鋒派文學研討會簡記》，《文學評論》 1989 年第 1 期。
〔註15〕 朱大可等：《保衛先鋒文學》，《上海文學》1989 年第 5 期。

「短期性」。可以看出，在先鋒文學賴以生存的歷史語境發生變化的情況下，「保衛先鋒文學」更多是一種文化姿態。

和西方現代主義緊密相關的先鋒文學，在其賴以生成的本土環境變化後，許多青年批評家雖然在姿態上大力支持，但卻失去了闡釋其意義的能力。與此同時，隨著西方理論資源的大量引進，一批迅速更新了知識譜系的學院批評家獲得了更多發言權。他們的理論操練正好找到了先鋒文學這一對象，爲先鋒文學的經典化提供了理論支撐。其中最明顯的是後現代主義理論。在80 年代末積極推動後現代主義的王寧、陳曉明、張頤武等人的努力下，後現代主義成爲闡釋先鋒文學的有力工具。

他們首先區分了現代主義和後現代主義，指出兩者的混淆給中國作家和批評家帶來混亂，以至於走到了「無邊的現代主義」的極端。他們指出西方20 世紀文學理論並非一個自足的體系，而是和文學創作緊密結合在一起，共同完成了一系列顛覆性的歷史行動。如王寧所說，後結構主義者已經意識到無法顛覆現有的社會意識形態和社會制度，那就「首先從語言的層面入手來顛覆文本內部的秩序，通過對文本的顛覆活動，以及文本自身的互相顛覆來達到消除假想的中心之目的」。〔註16〕正是在這一點上西方後結構主義與後現代主義達成了默契。

在對深度模式的顛覆這一點上，陳曉明發現了後現代主義和中國先鋒小說的契合。王寧認爲由於後現代主義這一概念的地理學、年代學和社會學界限，中國不可能出現後現代主義文學，只會有不少後現代主義的文化因子。陳曉明則認爲中國現實儘管和西方後工業社會距離遙遠，但變革中無比混亂的社會形態裏，也滋生出了「準後工業社會」的文化因子，以馬原爲轉折標誌的先鋒文學開始更多對現實情境作出反應。先鋒作家的文本實驗解除了新潮文學尋找的現代主義式的深度模式，小說存在很多可分解因素：

> 馬原的敘述圈套分解出一種與他的觀念相對立的形而上的意念。

> 洪峰用他的敘事方式和嘲弄性的語言顛覆了他企圖思考的一切價值。

〔註16〕王寧的話，王寧、陳曉明：《後現代主義與中國當代先鋒文學》，《人民文學》1989 年 6 月。

　　（余華）已經解除了對終極意義和價值規範的任何思考，把感
覺赤裸裸地呈現出來。

　　他（指蘇童）的那種瞬間的感悟既是對故事本身的瓦解，同時
也是對我們生存的實際價值產生的瓦解的衝擊力。

　　格非把他對時間的形而上思索與文本語義的敘述操作達到了原
生態的統一。〔註17〕

陳曉明將後現代主義作爲分析先鋒文學的重要參照物，爲先鋒文學打開了一
個廣闊的闡釋空間。在其後結集的《無邊的挑戰》中，陳曉明將先鋒作家指
認爲80年代末價值規範解體、文化潰敗的直接精神承受者。敘事革命恰恰對
應了歷史與現實的雙重匱乏。陳曉明以敏銳和專業的文本分析，闡釋出先鋒
文學語言冒險這一無底的遊戲背後的精神頹敗。

　　同時，李陀、吳亮、程德培、陳曉明、王寧、張頤武、李潔非、張陵、
王曉明、王一川、張志忠、汪政、曉華、吳義勤、張清華、張學昕等眾多批
評家，通過對形式背後精神意蘊的闡述，揭示了先鋒文學文本實驗的文化意
義。正是在不斷的再敘述中，先鋒作家作品名單得到了鞏固。在闡釋累積的
基礎上，先鋒文學被納入思潮研究，並且經由思潮的指認逐步建構起自己的
知識譜系。例如，張清華的《中國當代先鋒文學思潮論》從主題角度建構了
一條「從啓蒙主義到存在主義」的先鋒思潮演變軌跡。洪治綱的《守望先鋒》
從先鋒意識形態出發，勾勒出先鋒文學本土化認知譜系。在思潮研究的同時，
對具體作家作品的研究取得了豐碩成果。到現在，研究範式基本集中於兩個
方面：一是與西方「現代主義文學」、「後現代主義文學」的對照闡釋。理論
的借用照亮了很多有價值的議題。二是敘述學意義上的審美批評。比如張閎
《感官王國》、翟紅《敘事的冒險》、南志剛《敘述的狂歡與審美的變異》等，
這種內部研究模式對張揚先鋒文學的審美價值具有很大功績，在藝術層面可
以和作家構成一種對話，對於讀者理解先鋒文學的藝術性也有很大幫助。

　　文學史的深入研究需要進一步歷史化，但現有的文學史敘述框架阻礙了
先鋒文學更爲廣闊的闡釋空間。西方理論的演繹超出了本土具體歷史語境，
出現缺乏現實指涉的理論概念空轉的現象；專業化的文本形式分析，無法有
效進入複雜的歷史現場。先鋒文學好像成了一塊脫離由各種媒介和文化意識

〔註17〕陳曉明的話，王寧、陳曉明：《後現代主義與中國當代先鋒文學》，《人民文學》
　　　　1989年6月。

所控制的文學機制的「飛地」。這樣，先鋒文學的眞實含義被文學批評窄化，對先鋒「經典」的闡釋變成了一種智力遊戲，某種意義上脫離了 80 年代的特定歷史文化語境。

0.3　方法：歷史細節與文化政治

　　本書試圖擺脫敘述學操練帶來的封閉傾向，突破既有研究範式，對先鋒知識譜系重新檢討。近年來，洪子誠、陳思和、程光煒、蔡翔、賀照田、賀桂梅、劉復生等學者發表過一些相關文章，但總體來看，無論資料的整理還是問題的闡釋都剛剛起步。隨著新材料的出現，比如程永新《一個人的文學史》、李劼《中國八十年代文學歷史備忘》對編輯、作家、評論家日常交往中歷史細節的揭示，作家評傳與訪談中作品經典化過程中具體情節的披露，爲新的研究思路奠定了基礎。同時文化研究、傳媒研究以及口述史、民族志等新的研究方法的大量引入，也給先鋒文學研究的突破提供了理論支撐。

　　地理學和年代學意義上的個案考察，是實現文學研究歷史化的有效基點。爲了討論的方便和更加具有針對性，本書將主要集中於上海這一文化空間進行考察。關於上海和先鋒文學興起之間的關係，程光煒通過具體分析，已敏銳指出：「無論從雜誌、批評家還是作爲現代大都市標誌的生活氛圍，上海在推動和培育『先鋒小說』的區位優勢上，要比其它城市處在更領先的位置。」〔註 18〕上海這一特殊地域空間並非僅僅意味著地方文化，而是一個在 80 年代具有特殊意義的文學空間。由於歷史和現實的多種因素，上海這座城市的功能結構和其它城市有著顯著差別。隨著 80 年代中期中國城市改革的興起，上海曾經擁有的現代大都市的歷史記憶開始復活。儘管當時上海經濟發展緩慢，但是它的「都市意識」卻是其它城市無法比擬的。這種都市意識潛在制約著文學生產方式，使得處在同一體制下的上海，成爲了培育先鋒文學的主要土壤。

　　並不是說先鋒作家集中在上海，而是說上海是先鋒文學主要的「製造車間」。實際上，在被圈定爲先鋒小說作家的人中，馬原、余華、蘇童等主要人物都不是上海人，當時也沒有生活在上海。作家和一個城市關係的建立是要靠長期生活經驗積纍的，先鋒作家的成長歲月和城市經驗是脫節的，他們都

〔註 18〕程光煒：《如何理解「先鋒小說」》，《當代作家評論》2009 年第 2 期。

被革命話語包圍著，所以很難在都市復活時馬上通過作品描述出來。「由於文學創作形式與傳播形式的隱秘性和私人性，作家的創作本身與城市的關係並不是很密切的」，「真正溝通文學創作與城市文化之間的中介性的平臺，具體地說，是文學期刊和文學批評。而這兩者，恰恰是上海文學領域的兩個閃光點。」〔註19〕在此意義上，陳思和將這兩者視爲上海文學的標誌性品牌。沒有上海這一品牌，先鋒小說很可能會推遲甚至不會出現，起碼不會在80年代造成大的轟動效應。

爲了擺脫非歷史化的文學史成見，本書將先鋒文學納入廣闊的社會關係、文化習尚等多重視域中，在新的理論視野和大量實證材料基礎上，通過對先鋒文學周邊的文化機制的詳細考察，對先鋒文學興起過程中的「歷史細節」深入討論，逐步梳理出先鋒文學被文壇接受的過程，激活這一歷史過程中被遮蔽和遺忘的問題。

從方法論的意義上來看，先鋒文學生產機制背後複雜的權力關係，是一種較爲典型的「文化政治」。這裡所說的文化政治既有80年代現實社會「政治」的一面，同時也有廣泛意義上「文化」的一面。與西方現代主義這一文學線索關聯很深的先鋒文學，在80年代現實「政治」層面先後遭到多次批判，而且和「精神污染」、「資產階級自由化」等政治生活聯繫在一起。大部分批判者明確是從政治批判的角度對待先鋒文學的。但在重返這一歷史現場時，再如此理解先鋒文學就顯得單一了。而更多「文化」層面的意涵逐漸浮出歷史地表。教育制度的變革和校園文化的繁榮，都市意識的出現和傳媒文化的復興，文化意識的裂變和先鋒批評的崛起……都從不同層面深深影響了先鋒文學。因此，從理論來源駁雜的「文化政治」〔註20〕的視野重新進入先鋒文學是有理論價值和現實可行性的。

從藝術動機和文本效果來看，先鋒文學通常被認爲是遠離「現實」的，具有明確的文本實驗色彩和強烈的形而上意味。這也是直到今天持「純文學」立

〔註19〕陳思和：《城市文化與文學功能》，《同濟大學學報》（社會科學版），2005年第2期。

〔註20〕作爲文學理論的「文化政治」的來源和具體指向是多維的。與葛蘭西、英國「新左派」、伯明翰文化研究中心，福柯、德里達、利奧塔等人的後現代主義，詹姆遜、伊格爾頓、德里克等人的晚期馬克思主義都有重要關聯。可大致分爲「左翼文化政治」、「後現代文化政治」、「晚期馬克思主義文化政治」等不同支脈。（見范永康：《何爲「文化政治」》，《文藝理論與批評》2010年第4期。）

場的批評家一貫堅持的。但從整個生產過程來看，應當充分注意先鋒文學作爲「自律實體」與「社會事實」的兩重性。阿多諾提醒人們：「藝術作品的眞實性在於它們是對擺在其面前的、來自外界的問題所做的回答。所以，只有在與外界張力發生關聯時，藝術中的張力才有意義。藝術經驗的基本層次與藝術想要迴避的客觀世界有著甚爲密切的關係。」〔註21〕這種張力關係是審美現代性的重要內涵，也是多數先鋒文學形式的意味的重要內容。關於藝術作品的審美形式和政治訴求，詹姆遜說：「我歷來主張從政治社會、歷史的角度閱讀藝術作品，但我決不認爲這是著手點。相反，人們應從審美開始，關注純粹美學的、形式的問題，然後在這些分析的終點與政治相遇。」〔註22〕先鋒小說在接受過程中，也恰似走了這樣一條路，不妨說小說的文化政治也是一種「審美政治」。這種審美非功利性與政治功利性之間的辯證關係並沒有得到有效闡釋。

從文化政治的視角來看，先鋒小說同其它現代藝術一樣，是權力鬥爭和協商的場域。文化政治理論認爲：「社會和文化生活中的每種事物在根本上都與權力有關。權力處於文化政治學的中心。權力是文化的核心。所有的指意實踐──也就是說，所有帶有意義的實踐──都涉及到權力關係。」〔註23〕這種權力在多數情況下是微觀權力。不過具體到 80 年代的具體處境，則是各種權力關係充斥其間的，只不過對於不同身份的文化群體而言，表現有很大不同。正如葛蘭西及其闡釋者所反覆強調過的，文化權力（葛蘭西稱爲「霸權」）是統治者和被統治者進行鬥爭和談判的場所，它是一個動態的系統。統治者在用暴力維持自己地位的同時，爲了贏得最大多數人的認可，也不得不考慮被統治者的利益。這樣「霸權」實際是一種相互妥協後的平衡關係，是不斷協商的統治階級文化和意識形態。「由於其開放性和多元性，霸權不是一成不變的關係，來永久確立統治和被統治的範疇，而是一種動態變化的過程。」〔註24〕不同利益團體在這一過程中，相互協調談判甚至達成妥協，以期在文化活動中使得自身利益最大化。

〔註21〕【德】阿多諾：《美學理論》，王柯平譯，成都：四川人民出版社，1998 年 10 月，第 9 頁。

〔註22〕【美】詹明信（詹姆遜）：《晚期資本主義的文化邏輯》，陳清僑等譯，北京：生活‧讀書‧新知三聯書店，1997 年 12 月，第 7 頁。

〔註23〕格倫‧喬丹和克里斯‧威登的說法，參見【英】阿雷恩‧鮑爾德溫等：《文化研究導論》（修訂版），陶東風等譯，北京：高等教育出版社，2004 年 7 月，第 229 頁。

〔註24〕蘇曉波：《霸權，文化政治和葛蘭西的地理思想》，《人文地理》2013 年第 1 期。

　　權力關係的實施是在空間展開的。文學空間成為表達文學興趣和利益的形式。在這個空間裏，不同的群體不斷地抗爭、協商和妥協。從先鋒話語的生成過程，可以看到在政治中心北京之外，出現了一個可以和北京進行某種程度對話的文學空間上海，這一空間的存在與先鋒文學的出現有深層關聯。其間，文壇不同身份人的文化想像差別巨大，為了證明自身的合法性，都試圖借助體現政治正確性的「走向世界」的現代化訴求，造成了對西方現代派和本土文學資源（十七年的現實主義文學傳統）的雙重誤讀。其間隱含著文學發展過程中建立秩序和反秩序的內部張力以及多層次的對話關係，折射出複雜的歷史景觀。

　　在這一歷史大敘事的背後，是更多相互纏繞的微觀政治的複雜因素。就先鋒小說文本實際和歷史處境來看，都和後現代狀況有一定的關聯。而作為一種文學理論的文化政治，也和後現代社會有著內在關聯。「文化政治的崛起是一個後現代事件，後現代的知識狀況注定了文化政治從一開始就是一種微觀政治。」〔註 25〕如果說後現代的知識狀況是一場敘事危機，那麼先鋒小說在很大程度上就是這一危機的表徵。從宏大敘事向微小敘事的轉變，從崇尚總體性和普遍性到推崇多元性和差異性的轉變。後現代語境下日常生活中充斥著無所不在的微觀政治的挑戰。福柯所謂的微觀的、網狀的，存在於話語、制度和身份的創造之中的「權力」，滲透到社會生活的每一個角落。這種權力觀「既是令人壓抑的，因為它承認權力充滿在所有的社會空間和關係中；同時又是令人愉快的，因為它允許並要求有各種新的鬥爭形式」。〔註26〕先鋒小說的生成與這樣一個網狀的文化景觀息息相關。

　　卡洪認為：「文化是有意義的產品的倉儲室，多多少少一直處在創造和同化的過程中，這就為人類交往和個體的闡釋性生活提供了中介和語境。」〔註27〕本書在這種「文化」中介和語境中考察先鋒文學，就是將文學機制與社會學的方法納入研究視野，儘量避開已有的批評家對先鋒小說的審美化分析，回到歷史「現場」，對先鋒文學的生成空間進行重新拆解。正如伊格爾頓所說，所謂的「文學經典」不過是「一個由特定人群處於特定理由而在某一時代形

〔註25〕 姚文放：《文化政治與文學理論的後現代轉摺》，《文學評論》2011 年第 3 期。

〔註26〕 【美】斯蒂文・貝斯特、道格拉斯・凱爾納：《後現代轉向》，陳剛等譯，南京：南京大學出版社，2002 年 7 月，第 368 頁。

〔註27〕 【美】卡洪：《現代性的困境》，王志宏譯，北京：商務印書館，2008 年 1 月，第 318 頁。

成的一種建構。根本就沒有本身即有價值的文學作品或傳統，一個可以無視任何人曾經或將要對它說過的一切的文學作品或傳統。」〔註 28〕這樣，考察先鋒文學生成過程就會揭示出文學史形成的複雜歷史因素和文化政治內涵。

在這樣的問題視野下，本書主體內容從四個層面展開：

一、文學體制與先鋒文學空間。先鋒文學意識是隨著新的文學空間的展開逐步興起的。先鋒文學空間的展開有著內在的歷史線索。從文化政治的角度看，1982 年的「現代派」論爭是關捩點。論爭觸及到文學觀念和意識形態論爭的焦點問題，從中可以看出充滿矛盾與緊張的先鋒文學話語的早期生產過程，滲透著宏觀和微觀各種文壇權力關係的多重糾葛。論爭的展開對應著文學空間的裂變。上海和北京，通過「現代派」論爭這場對話，上演了文學上的「雙城記」。作爲文學空間的上海，是一種隱秘的權力機制，是充滿活力和變數的文學生產模式。新的文學形態的展開就是文學空間不斷生產和再生產的過程。

二、大學教育與先鋒文學圈子。以教育制度爲切入點，討論文學教育與先鋒文學圈子的關係。一方面討論課程上下知識的接續和遷移與文學想像的關聯，分析校園文化與文學生產的關係。另一方面考察寬鬆文化環境之下校園文學熱，大學文學社團形成特殊的人際網絡，與文壇產生良好互動，成爲先鋒文學活動的重要紐帶。先鋒文學和此前文學的一個重要區別就是它實際上是「校園文學」。正是在校園內外、課堂上下這一特有文學空間生產出了先鋒文學知識，進一步形成先鋒文學圈子，並且直接培養了先鋒文學讀者和闡釋者。

三、文學期刊與先鋒文學規劃。以都市意識的興起和傳媒文化的轉變爲切入點，考察文學期刊對先鋒文學的規劃。作爲重要傳播媒介的雜誌，與傳媒文化有著內在的同構關係。與整個社會的結構性變化相對應，80 年代傳媒文化處在裂變期，徘徊在體制規約和文化自主之間的文學期刊，成爲承載想像共同體的文學交流平臺，也是多層次意識形態對話、多側面話語權爭奪的文化場域。作爲文學資源社會化的載體，刊物的讀者定位和文壇規劃（依靠批評家的鼓吹）直接對文學潮流產生了深遠影響。《上海文學》對文學新潮的推動，《收穫》對先鋒文學的規劃，直接促成了先鋒文學群落的生成。

〔註28〕 【英】伊格爾頓：《二十世紀西方文學理論》，伍曉明譯，北京：北京大學出版社，2007 年 1 月，第 11 頁。

　　四、批評意識與先鋒文學接受。以文化意識為切入點，討論批評策略與先鋒文學接受的關係。先鋒小說的接受不僅僅是作家和批評家的個人選擇，而是特定時代文化意識的具體體現和印證。激進的文化意識暗中支配著先鋒文學的接受方式，文學場內部的複雜性制約了先鋒文學的接受格局。正是學院與作協兩股力量的合作與共謀，才有了先鋒文學話語的廣泛傳播。一方面結合文化意識變構和意識形態功能分化討論批評家知識體系的遷移，另一方面結合先鋒批評群體的圈子化和批評排斥機制的建立，討論從寬泛的新潮文學到窄化的先鋒文學的轉化。從中可以看出文化意識的流變對先鋒文學接受的制約和改造。

　　先鋒文學已經成為文學史傳統的一部分，此時追問其經典化過程反思和探究的就不僅是這一認同度頗高的文學「神話」，更是這一包孕深廣的文學「事件」和文學「經歷」。〔註29〕在托托西看來：「經典化產生在一個累積形成的模式裏，包括了文本、它的閱讀、讀者、文學史、批評、出版手段（例如，書籍銷量，圖書館使用等等）、政治等等。」〔註30〕從其建構過程反向追問與思索，分析多維文化力量與先鋒文學生成的關係，就會得出有別於現成結論的對於先鋒文學的習慣性認識。從這一角度看，作家的先鋒意識不是一成不變的，先鋒文學的被確認過程包含了複雜具體的歷史因素，是文學生產機制和社會想像通過媒介將多種文化資源聯結起來的結果，是被多種文化力量塑造和變形的社會鏡象。

〔註29〕這裡借用的是柯文提出的歷史建構的三種途徑：「事件」、「經歷」和「神話」。「事件」是歷史學家筆下的史實；「經歷」是歷史參與者當時的感受和行為；「神話」指從歷史事件中汲取的服務於當下的能量。文學史的建構大致可以與之相對應。（見【美】柯文：《歷史三調：作為事件、經歷和神話的義和團》，杜繼東譯，南京：江蘇人民出版社，2000 年 10 月。）

〔註30〕【加拿大】斯蒂文‧托托西：《文學研究的合法化》，馬瑞琦譯，北京：北京大學出版社，1997 年 8 月，第 4～5 頁。

第 1 章　文學體制與先鋒文學空間

先鋒文學意識是隨著新的文學空間的展開逐步興起的。20 世紀 80 年代中後期形成的先鋒小說和 1985 年的新潮小說熱直接相關。新潮小說包含眾多寫作向度，不具備嚴格的潮流意義。但先鋒文學空間的展開有著內在的歷史線索。從政治生態和文化政治的角度看，1982 年的「現代派」論爭是關捩點。在「十二大」前後政治形式較爲敏感的時間點，論爭觸及文學觀念和意識形態論爭的焦點問題，其意義遠遠超出了小說形式問題本身，凸顯了當時意識形態的重要症候。在文壇各種勢力此消彼長、錯綜複雜的歷史時期，文化資本爭奪和政治格局緊緊糾纏在一起。其間隱含著文學發展過程中建立秩序和反秩序的內部張力以及多層次的對話關係，折射出複雜的歷史景觀。從中可以看出充滿矛盾與緊張的先鋒文學話語的早期生產過程，滲透著宏觀和微觀各種文壇權力關係的多重糾葛。

論爭的展開對應著文學空間的分裂。隨著「現代派」論爭的深入，隱然出現了京滬兩個文學空間。在列斐伏爾看來，空間已經成爲現代社會利益爭奪的焦點，因此是被策略性和政治性地生產出來的，「是一種充斥著各種意識形態的產物」。〔註 1〕在此意義上討論空間，就會越出地域性的邊界，納入意識形態效果的討論。作爲文學空間的上海，就是文學生產和再生產的關係網絡。它不是被動地容納各種文壇關係，而是接近於福柯所謂的「權力運作的基礎」。〔註 2〕這樣的文學空間是一種隱秘的文學權力機制，是充滿活力和變

〔註 1〕 【法】亨利・列斐伏爾：《空間政治學的反思》，包亞明編：《現代性與空間的生產》，上海：上海教育出版社，2003 年 1 月，第 62 頁。
〔註 2〕 【法】福柯：《空間、知識、權力》，包亞明編：《後現代性與地理學的政治》，上海：上海教育出版社，2001 年 12 月，第 14 頁。

數的文學生產模式。它由文學體制生產，同時也生產新的文學體制。新的文學形態的展開就是文學空間不斷生產和再生產的過程。

1.1 「現代派」論爭中的文學想像

從參與「現代派」論爭的各方來看，他們基本都沒有從事過「現代派」寫作，無論文學創作還是學術研究。眞正在創作中探索現代主義手法的作家，比如嘗試用「意識流」寫作的王蒙、宗璞、茹志娟等人並沒有積極參與論爭。對現代主義小說技巧進行系統研究的高行健，也沒有在論爭中出現。可見，形式探索問題僅僅是這場論爭的引子。論爭並非僅僅是探討純粹文學形式問題，更不是個人寫作權力問題，而是關涉整個文學場的權力格局。

在布爾迪厄看來，「藝術品價值和意義的生產主體，並不是實際上創造物質對象的生產者，而是一系列介入這一場域的行動者。」〔註3〕這些「行動者」既包括與藝術關係密切爲藝術而生存的人，也包括在不同程度上依賴藝術體制而生存的人。在當代中國，這些「行動者」不但關係到各級文學組織，還關係到各級從事意識形態工作的部門，甚至直接關係到高層的人事糾葛。他們在鬥爭中不僅要確立對藝術的看法，而且要上陞到世界觀、政治觀的高度。這些人在藝術場內，要通過文化資本的爭奪獲得權威地位，就必須投身到創作、評論等藝術生產過程中去。經由不斷衝突、對話、協商，實現文化資本的合法化。在我看來，「現代派」論爭就是一場典型的文學解釋權的爭奪。論爭各方以各自在文學場中的位置爲出發點，通過文學想像對文學表意形式進行定位，以獲取在文學場中的最大利益。

1.1.1 馮牧：「這個問題很敏感」

1982 年第 8 期的《上海文學》，刊登了關於「現代派」的通信〔註4〕。這期刊物出廠當天，副主編李子雲接到了馮牧從北京打來的緊急電話，命令她撤掉這組文章。李子雲不得不解釋說刊物印出來了，已經無法更換版面。這讓時任中國作協書記處常務書記和《文藝報》主編的馮牧感到非常焦慮：「現

〔註3〕 【法】布爾迪厄：《純美學的歷史起源》，載周憲編譯：《激進的美學鋒芒》，北京：中國人民大學出版社，2003 年 11 月，第 53 頁。

〔註4〕 分別爲：馮驥才《中國文學需要「現代派」！》，李陀《「現代小說」不等於「現代派」》，劉心武《需要冷靜地思考》，見《上海文學》1982 年第 8 期。

在這個問題很敏感，你集中討論，會引起麻煩的。」〔註5〕然後馮牧滔滔不絕分析當時形勢的嚴峻和「現代派」問題的敏感性，但是李子雲卻根本沒有聽進去。因爲當時文學論爭較爲激烈，「左」的勢力正在抬頭，李子雲處境不順，由她負責的雜誌版面連續不斷受到各種點名指責，她正在心煩意亂，脾氣也變得十分焦躁。經過互不相讓的反覆爭執，因爲意見不合與心情焦灼，兩人竟然在電話裏吵了起來。

就當時的文壇形勢而言，馮牧和李子雲本來同屬積極推動改革的「開明派」，在堅持反「左」的大方向上是基本一致的。但是，身在文壇權力爭鬥中心的馮牧，與李子雲對於時勢的判斷和人事的看法，都有所不同，行事也更爲謹愼。新時期以來《上海文學》在撥亂反正期間影響頗大，馮牧擔心這組討論文章太過顯眼，容易成爲被別人揪住的小辮子，很可能會影響到好不容易才爭來的較爲寬鬆的文藝形勢，所以認爲李子雲實在是蠻幹。那麼，爲什麼到了距「文革」結束已經六年之久的 1982 年，馮牧還如此擔心，並將討論「現代派」問題和整個文藝形勢緊緊聯繫在一起呢？

其實，被譽爲新時期文學界領頭雁的馮牧，當時的處境很微妙，日子並不好過。他主編的《文藝報》在剛剛過去的 1981 年，始終處於被動之中，甚至面臨被整肅的嚴峻局面。

在 1981 年 2 月 16 日致昆華的信中，馮牧提到自己正在準備出版一本評論集，內容全是三中全會以後的文章，名爲《新時期文學的主流》。至於抓緊時間出版的目的，馮牧寫道：「這是韋君宜主動提出，也是當前形勢需要的，讓那些人看看，過去二年中，我都寫了些、說了些什麼，以堵謠言製造家之口。」〔註6〕可見，馮牧這本著作的出版，更多的是爲了洗刷自己的清白，有著明確的辯誣傾向。由於馮牧的地位和《文藝報》所具有的政治功能，這種自我申辯不僅僅是馮牧個人的，而是關係到文藝界的全局，正因如此，才會有韋君宜的大力撮合。

馮牧所說的「謠言」並非空穴來風。早在 1981 年 1 月 30 日，中國作協黨組書記張光年在日記中記錄了同羅蓀、張僖、荒煤、唐因等人商談《文藝報》整改、組稿問題的一次會，會上「羅蓀轉達了陸石傳達的王任重前天在

〔註5〕　李子雲：《好人馮牧》，見《我經歷的那些人和事》，上海：文匯出版社，2005 年 1 月，第 158 頁。

〔註6〕　馮牧：《馮牧文集・日記書信卷》，北京：解放軍文藝出版社，2002 年 1 月，第 519 頁。

中宣部辦公會議上對《文藝報》的粗暴批評（甚至談到編輯人員要調整）」。〔註7〕在新時期之初，這種嚴厲的批評是會讓人膽戰心驚的，因為以往的歷史經驗表明，被中宣部部長點名批評，這很可能是大規模政治整肅的開始。在《文藝報》這個多災多難的是非之地，歷次運動中經歷的此類事件何止一次。此時，新時期以來文藝界一直存在的分歧，已經發展到了一個非常嚴重的地步，並又一次把《文藝報》推到了風口浪尖之上。

　　恰在此時，意識形態領域出現了影響深遠的「三四左右」〔註8〕之爭。1981年2月至5月，中宣部召開在京文藝界黨員領導骨幹會議，出席會議的包括中宣部、文化部、全國文聯暨各協會的人。會議斷斷續續歷時三個月，主題是討論貫徹中央工作會議精神。其間文藝界被撥亂反正的歷史敘述所遮蔽的分歧公開暴露：「有的人認為，文藝界應該強調堅持『四項基本原則』，『側重反右』；有的則認為文藝界仍應強調三中全會精神，堅持反『左』。〔註9〕這次思想領域的論爭，實際上是政治過渡時期的複雜局面的一次顯影。「文革」結束特別是三中全會後，全社會迅速掀起的波瀾壯闊的思想解放運動，使人們看到了國家走向現代化的光明前景。而另一方面，以一系列現實問題為表徵的歷史的嚴重創傷不斷出現，初期改革進程中的制度性建設根本無法一下子償還巨大的歷史舊債，社會生活中暴露出來的種種弊病堆積成山。在困難重重的嚴峻現實面前，思想領域的論爭也就異常激烈。

　　「三四左右」之爭的一個焦點就是現實和歷史的關係問題。十一屆三中全會精神，成為改革開放合法性的邏輯起點，但它是在否定「文革」歷史的基礎上做出的，這就必然會涉及到歷史和現實的關係問題。如果說人們對「撥亂」能夠基本達成共識的話，那麼對「反正」邊界的認識就存在很大差異。對歷史存在不同理解的當事人，一旦面對複雜的現實問題，就會表現出思想上的嚴重分歧。為此，1979年1月，中央召開了會期漫長的理論工作務虛會，目的是「把思想理論上的重大原則問題討論清楚，統一到馬克思列寧主義、毛澤東思想的基礎上來」。〔註10〕會議期間，3月30日，鄧小平作了《堅持四

〔註7〕　張光年：《文壇回春紀事（上）》，深圳：海天出版社，1998年9月，第221頁。

〔註8〕　即關於十一屆三中全會精神與「四項基本原則」的爭論，堅持前者的側重反左，堅持後者的側重反右。

〔註9〕　顧驤：《晚年周揚》，上海：文匯出版社，2003年6月，第12頁。

〔註10〕　見《理論工作務虛會引言》，中共中央文獻研究室編：《三中全會以來重要文獻選編》，北京：人民出版社，1982年8月，第48頁。

項基本原則》的講話，首次旗幟鮮明地提出堅持四項基本原則問題，並作了比較全面系統的論證。「四項基本原則」的提出正是對三中全會精神的某種「補偏」，但由於三中全會精神的合法性又是不容置疑的，所以思想理論上的分歧就非常嚴重。當「堅持四項基本原則」成為思想理論界的重大原則性問題時，如何正確處理四項基本原則與三中全會所確立的方針政策之間的關係，就成為思想理論界不斷討論但一直存在分歧的焦點問題。

　　就文藝界而言，四次文代會是文人群體的一次政策性重組，同時意味著文學權力的轉換與文學敘事的重新命名。從歷史效果來看，它所指導和規範的新時期文學成規是有效的。但值得注意的是，它的對於「新時期文學」的大敘述同樣是建立在否定性的歷史邏輯之上，「以簡單來征服豐富從而成功地宣告了前一段歷史的終結」。〔註11〕不可避免要對多元混雜、互相矛盾的各種聲音進行簡化與壓縮，由此建立起來的文學合法性，使得另外一些文學和文學史敘述失去了歷史合法性。為突出當下社會的必要性而犧牲了歷史現象的豐富性，從而成為一種新的壓制性機制。之後「主流文學」和「非主流文學」，「主流文學」內部不同「派系」的激烈競爭影響深遠，整個 80 年代文學背後都摻雜著這種壓制和反壓制的話語權之爭。

　　「三四左右」之爭在文藝上的突出表現就是文藝和政治的關係問題。周揚在四次文代會的報告中已經指出，反映生活真實的文藝，應當適合不同歷史階段政治的需要。為了適應社會主義現代化建設的需要，「不應該把文藝和政治的關係狹隘地理解為僅僅是要求文藝作品配合當時當地的某項具體政策和某項具體政治任務。政治不能代替藝術，政治不等於藝術。」〔註12〕這是周揚在現有政策下對文藝與政治關係的新解釋。在新的歷史語境下，沒提文藝從屬於政治，文藝為政治服務，而是選擇了一個中性說法「應當適合一個歷史階段的政治的需要」。但是四次文代會時很多人還在繼續使用這個口號。到 1980 年 1 月，鄧小平在《目前的形勢和任務》中說：「我們堅持『雙百方針』和『三不主義』，不繼續提文藝為從屬於政治這樣的口號，因為這個口號容易成為對文藝橫加干涉的理論依據，長期的實踐證明它對文藝的發展利少害多。」〔註13〕由於這篇講話當時沒有發表，沒有普遍傳達，所以，直到 1982

〔註11〕程光煒：《「四次文代會」與 1979 年的多重接受》，《花城》2008 年第 1 期。

〔註12〕周揚：《繼往開來，繁榮社會主義新時期的文藝》，《人民日報》1979 年 11 月 20 日。

〔註13〕鄧小平：《鄧小平文選》（第 2 卷），北京：人民出版社，1994 年 10 月，第 255 頁。

年文聯四屆全委二次會議時，有人還對不提文藝爲政治服務的口號持不同意見。

同整個思想理論界的爭論緊密相關，關於文藝方針政策的爭論不但沒有達成統一意見，反而分歧愈來愈大。爭論的焦點問題集中於：「在否定了『文藝爲政治服務』這一口號後，文藝的表現形式應有怎樣的空間？文藝創作中的自由與民主的限度有多大？表現於當時的文學寫作，特別是『傷痕』、『反思』文學的寫作，是否應更多地注重社會效果？黨的文藝政策是『收』還是『放』？文藝界應該糾『左』還是反『右』？」〔註 14〕在摻雜人事紛爭的複雜形勢下，文藝界領導之間的分歧也開始明顯，出現了以周揚、夏衍、張光年、陳荒煤、馮牧等爲代表的「惜春派」和以胡喬木、林默涵、劉白羽、賀敬之等爲代表的「偏左派」。〔註 15〕從大的趨勢上看，這種說法有一定道理，但是由於歷史的複雜性和當代文學的急遽變化，他們在不同時間點面對不同的問題，態度表現出很大差異。就具體事件而言，並不一定能簡單搬用「派性」來進行概括。

處在「惜春派」和「偏左派」鬥爭漩渦之中的馮牧，自然意識到對《文藝報》的批評和文壇全局的緊密關聯。馮牧在 1981 年 3 月 18 寫給彭荊風的信中說：「我暫時還不能出院，這個病房的科主任和醫生特別好。他們說，『你的病很複雜，出去不宜，此外，從外面政治氣氛看，我們也有責任留住你，也包含有保護的意思。』他們的態度令我感動，因此只好再住一段。」〔註 16〕連主治醫生都能深刻認識到時局的複雜與嚴峻，甚至以繼續治病的醫學名義讓其躲避政治風頭。當事人馮牧更清楚自己牽一髮而動全身的歷史處境：「近些天，北京氣氛比之一月前要緩和一些了。但那兩個『心硬化』病患者仍很屬害。這也沒什麼。好在周、夏等已明白，他們攻陳和我，目的在攻周，以便取代之。」〔註 17〕雖然馮牧當時比較樂觀，認爲政治對手的「黃梁夢」無法實現，但是也明確表示這個波譎雲詭的局勢是微妙和充滿玄機的，不可等閒視之。

〔註 14〕徐慶全：《陳荒煤和林默涵的一場筆墨「官司」》，《名家書簡與文壇風雲》，北京：中國文史出版社，2009 年 5 月，第 412 頁。

〔註 15〕許志英、丁帆：《中國新時期小說主潮》，北京：人民文學出版社，2002 年 5 月，第 29～34 頁。

〔註 16〕馮牧：《馮牧文集·日記書信卷》，北京：解放軍文藝出版社，2002 年 1 月，第 587 頁。

〔註 17〕馮牧：《馮牧文集·日記書信卷》，北京：解放軍文藝出版社，2002 年 1 月，第 588 頁。

　　事實是，儘管馮牧住進醫院，躲過在會上被批，但還是在巨大的壓力下，向周揚遞交了一份上綱上線的書面檢討，說發表沙葉新的文章〔註18〕是一個政治錯誤，所以請求給予處分。但是，問題並沒有結束，也沒有像馮牧預料的那樣順利，而是一直朝著不利於《文藝報》的方向發展。那些緊盯著《文藝報》的人也不斷發現問題，對《文藝報》的意見也越來越多。為此，骨子裏支持《文藝報》的周揚也不得不在 1981 年 5 月 14 日召集賀敬之、張光年、陳荒煤、馮牧、孔羅蓀五人開會，研究《文藝報》的問題。在這次會上，儘管觀點不同，時任中宣部副部長兼中國文聯黨組書記的周揚、中宣部副部長賀敬之、中國作協黨組書記張光年都提出了具體的批評意見。周揚說：「文藝界矛盾的焦點在領導核心：劉白羽、林默涵；陳荒煤、馮牧。問題不在哪一個人身上。我不主張講路線問題。但至少有兩條戰線鬥爭，一個是極『左』，一個是自由化」。針對老同志在會上點《文藝報》的名，臧克家等人說《文藝報》有小圈子等問題，周揚指出：「近年在批評文藝的錯誤傾向上，旗幟就不怎麼鮮明。要起來鬥爭，對『左』的、右的，要起來鬥爭。」賀敬之認為《文藝報》「對反右不大關心」。張光年雖然指出《文藝報》應成為黨的喉舌，但是對如何貫徹黨的方針有不同意見，在講話中談到「對王任重、趙守一、朱穆之的講話有看法」。〔註19〕

　　隨著矛盾的不斷加劇，「惜春派」和「偏左派」的鬥爭性質也被人為升級。在 8 月 8 日中宣部召集的思想戰線問題座談會上，胡喬木作了題為《當前思想戰線的若干問題》的報告，正式提出了反資產階級自由化問題。認為資產階級自由化思潮使得黨內思想戰線渙散軟弱，必須扭轉這種狀態。因為胡喬木中央思想戰線的領導人的角色，這個講話給文藝界帶來強烈震動。各級部門多次檢討自己管轄的機構和刊物上發表的有錯誤傾向的文章，《文藝報》也開始闢出版面進行自我批評。恰在此時，白樺的《對於文藝批評中某些現象的看法》在 8 月 7 日出版的《文藝報》上發表，一下子成為一些人的「眼中

〔註18〕指沙葉新的《扯「淡」》，發表於《文藝報》1980 年第 10 期。文章矛頭直指「劇本座談會」，認為這個會議開了變相禁戲的先例。而這次會議是在中央直接領導下、由中國戲劇家協會、中國作家協會、中國電影家協會聯合召開的。沙文的主旨是與胡耀邦在這次會議上的講話精神相悖的。發表這篇文章也成了《文藝報》資產階級自由化的表現之一。

〔註19〕以上引文均自劉錫誠：《風雨伴君行——文學界的領頭雁馮牧》，見《文壇舊事》，武漢：武漢出版社，2005 年 5 月，第 150～152 頁。

釘」，認爲與鄧小平六中全會上的講話是相牴觸的，引來更大的批評。這使得張光年在 8 月 13 日黨組擴大會議上大爲光火：「《文藝報》的同志不是不知道當前的緊張局面，還要發這樣的文章！這說明了我們領導的渙散。要彌補，要檢查錯誤……」〔註20〕

　　這種批評讓馮牧倍感委屈，以至於在 15 日向正常請示工作的劉錫誠氣憤地說：「你們不要再捅婁子了！白樺文章可能是你們故意搞的！」〔註21〕從張光年的嚴厲和馮牧的失態也可想見問題的嚴重程度和當事人承受的巨大壓力。一直到 12 月 17 日中國作協理事會三屆二次會議，馮牧還在工作彙報中作了如下檢討：「我們的評論，無論表揚還是批評，都不夠鮮明有力。對那些應當大力提倡、扶植的作品，沒有旗幟鮮明地給以突出的宣傳；應當加以及時疏導、批評的消極、有害的文藝現象，沒有理直氣壯地及時予以批評。」〔註22〕

　　整個 1981 年是「惜春派」和「偏左派」之間較量非常激烈的一年。年初因爲對經濟進行調整的過程中出現群眾鬧事的行爲，加上國際上波蘭團結工會的上臺，使得中央在政治上對意識形態的控制開始收緊。從 2 月的文藝骨幹座談會，到對白樺的電影劇本《苦戀》的批判，到 8 月胡喬木主持的思想戰線座談會，鬥爭逐步升級，最後「偏左派」逐漸佔據了上風。在政治夾縫中生存，瞭解高層複雜鬥爭的內情的馮牧，自然會在接下來的文學活動中更加謹慎。

　　但是 80 年代中央高層對意識形態領域的控制是一收一放，循環往復的。「惜春派」和「偏左派」之間的拉鋸戰貫穿其間。一位高層領導人就曾總結80 年代說：「就意識形態領域來說，是單年反右，雙年反左。」〔註23〕到了李子雲決定刊發「現代派」通信的 1982 年，中央高層正在醞釀十二大，出現了比較寬鬆的氣氛。一些探討人性、人道主義的作品開始風行。表面看當時的文壇，敏感話題的交鋒達成了暫時的妥協，新的話題正在醞釀之中，相對來說顯得有些平靜。其實自三中全會以後，文壇高層領導的分歧一直存在並逐

〔註20〕劉錫誠：《風雨伴君行──文學界的領頭雁馮牧》，見《文壇舊事》，武漢：武漢出版社，2005 年 5 月，第 154 頁。

〔註21〕劉錫誠：《風雨伴君行──文學界的領頭雁馮牧》，見《文壇舊事》，武漢：武漢出版社，2005 年 5 月，第 154 頁。

〔註22〕馮牧：《鼓起勁來，爭取文學創作的更大繁榮》，《文藝報》1982 年第 2 期。

〔註23〕見徐慶全：《轉折年代的文學與政治》，《粵海風》2008 年第 6 期。

步明顯，此時也正在積聚各自的力量。只是因爲標誌性事件的缺失而顯得局
勢相對緩和。當此之時，因爲各自的文壇身份和承受的現實壓力的差異，馮
牧和遠在上海的李子雲對文壇時勢的判斷就有著很大不同。

　　就文學觀念來說，馮牧和李子雲都堅持現實主義理論。但在統一理論體
系之下對作品的判斷卻存在很大差異。比如對於王蒙引起爭論的《雜色》，兩
人就有著截然相反的評價。馮牧將《雜色》和《自由落體》、《地平線》、《黑
牆》等作品歸爲一類，認爲刊物大量刊發這類作品，「社會主義文學就會變質。」
〔註 24〕他堅持認爲認爲這些形式上的創新，實際上就是否定現實主義理論。
同樣是堅持現實主義理論，李子雲對《雜色》的新形式卻給了很高的評價，
他在跟王蒙的信中說小說「在思想內容上最爲充分地表現了複雜與單純、現
實與理想的統一，而藝術形式也最爲完整和諧。」〔註 25〕李子雲的信寫於 1982
年 8 月 16 日，從時間點來看，包含有對新形式探索辯護的因素。由此可以看
出，李子雲和馮牧對「現代派」的不同判斷，並非是文學觀念之爭，更多是
文化政治因素使然。

1.1.2　李陀：「支持一下高行健」

　　按當事人李陀的回憶，當初發表「現代派」通信的目的是「支持一下
高行健」。〔註 26〕高行健的《現代小說技巧初探》於 1981 年 9 月出版，由
於是新時期第一本介紹現代主義的書，所以在讀者中反響很大，但是評論
界的反應卻截然相反。在高行健 1982 年 4 月 20 日寫給蘇晨的信中，介紹
了這本書出版後的情況：「這本書已引起相當的注意！特別受到中青年作者
和編導的歡迎。文科大學生中間也紛紛在找這本書，但在京買不到。不少
地方要我去搞講座，評論界則保持沉默。」〔註 27〕同時高行健還談到《文
藝報》曾經約他寫了一篇長文《談小說觀與小說技巧》，但是由於種種原因
一直沒能發表。

〔註 24〕轉引自劉錫誠：《風雨伴君行——文學界的領頭雁馮牧》，見《文壇舊事》，武
　　　　漢：武漢出版社，2005 年 5 月，第 170 頁。
〔註 25〕李子雲、王蒙：《關於創作的通信》，《讀書》1982 年 12 期。
〔註 26〕王堯：《「『現代派』通信」述略——〈新時期文學口述史〉之一》，《文藝爭鳴》
　　　　2009 年第 4 期。
〔註 27〕高行健於 1982 年 4 月 20 日寫給蘇晨的信，轉引自蘇晨：《高行健從花城起步》，
　　　　《粵海風》2008 年第 6 期。

　　當時文壇的局勢隨著批《苦戀》的結束而有所緩和，論爭雙方在各自積蓄著力量。由於沒有統一的結論性意見，所以很多人處於一種觀望狀態。這或許是《文藝報》對高行健曖昧態度的一個重要原因。正是在這樣的一個「空當時期」，高行健感到了評論界的沉默。評論界的「冷處理」和當時渴望新的知識資源的文學青年之間形成了巨大的反差。據當時的花城出版社的負責人蘇晨回憶，《現代小說技巧初探》是由他簽發的，由於思想有些保守，怕書積壓，這本書首印 1.7501 萬冊。書店很快銷售一空，而許多文學青年還在到處尋找，所以 12 月第二次印刷印到了 3.5 萬冊。可依然無法解決讀者的需要，後來繼續加印。〔註 28〕

　　高行健的這本小冊子爲什麼當時如此受歡迎，這本書到底講了些什麼呢？現在看來，書中更多是一些基本知識的介紹，帶有普及讀物的性質，限於材料的匱乏和當時的知識界的整體狀況，高行健也不可能對「現代派」作出更爲深入的研究。很明顯的是，這本書有強烈的現實針對性。高行健引進現代派針對的是現實主義文學成規，行文中的論爭色彩是很明顯的。對於長期受到指責的「現代派」的種種技巧，高行健明確提出，應該改變看法：「現代小說創作中普遍採用的許多手法，諸如敘述角度的選擇和多重的敘述角度的運用、意識流、怪誕與非邏輯、象徵、藝術的抽象、對語言規範必要的突破和新的語言手段的創造、造成真實感和距離感的種種手段、結構和時間與空間的有機組合，凡此種種，都豐富了小說藝術的表現手法。」〔註 29〕就是這樣一本簡單介紹西方現代派的小書，因爲其明顯的現實針對性，讓當時思想前衛的李陀看後都感到大爲吃驚。

　　這部書分爲十七章，既包括一些與現代小說有關的常識的介紹：如小說的演變、小說的敘述語言、人稱的轉換、第三人稱「他」、現代文學的語言、語言的可塑性、從情節到結構等，也包括文學研究者和文學青年迫切關心的問題：如意識流、怪誕與非邏輯、象徵、藝術的抽象、時間與空間、真實感、距離感、現代技巧與現代流派，現代技巧與民族精神、小說的未來等等。這些與當時的文壇有密切關係的問題，和作家創新的期望不謀而合，因此受到追捧。對於以創新爲己任的作家來說，是有一定借鑒意義的。王蒙就認爲高行健所談的「距離感」解答了自己寫作當中的困惑，非常有實際意義。對於

〔註 28〕蘇晨：《高行健從花城起步》，《粵海風》2008 年第 6 期。

〔註 29〕高行健：《現代小說技巧初探》，廣州：花城出版社，1981 年 9 月，第 107 頁。

創作成績已經斐然的王蒙來說，都有如此教益，何況對那些急於在創新大潮中一展身手的年輕寫作者，更是會有很好的參考價值。

高行健還在自己的創作實踐中身體力行。比如在《時間與空間》這一章中，高行健認為現代小說在結構上的靈活多樣，使得作品的時空關係獲得了極大的解放。現代小說「可以把現在和過去交錯串聯在一起，讓今天同明天對話，還可以讓死人同活人一起交談，而敘述者竟可以參加到主人公們的討論中去，同人物一起探討現實生活中的種種問題以及他們自己的命運。」〔註30〕這樣，作家把小說從三維空間和線性時間中抽出，在這種看似荒誕的情境中，把筆下的人物給徹底解放了，從而達到了更高意義上的心靈自由。高行健本人的小說《有隻鴿子叫紅唇兒》正是用的這種方法。魏明倫的《潘金蓮》則把這種方法發揮到了極致，並且取得了很大的成功。

如果僅僅如此，恐怕這本書也不會引起那麼大的爭議，三位已經成名的批評家也不會勞心費力去冒著風險發文章支持高行健。高行健這部書也非僅僅討論一般意義上的寫作技巧，而是有著更為遠大的目標。他實際上在爭取一種文學流派存在的合法性。這種合法性長期以來被「現實主義」所遮蔽。這是長期從事法國文學研究的高行健，出訪法國後所強烈感到的問題。引起爭議最多的是《現代技巧與現代流派》這一章。這也是高行健在談現代小說技巧時無法繞過的一個關鍵性問題。實際上，文學史上幾乎所有重要的文學流派都會有相對自足的技巧，成文或者不成文的美學主張和美學思想。19 世紀以來，許多分屬不同流派的作家為了凸顯自己的文學主張，也會在創作中極力實驗獨特的寫作手法。從事實看，技巧與流派之間的關係是無法掙斷的。

對此，高行健保持了足夠的重視，同時又把自己的討論引向深入。高行健以當時人們較為熟悉的巴爾扎克和司湯達為例，指出兩位同時代的文學大師在政治上分別屬於保皇黨和共和派，然而政治觀點的尖銳對立並沒有影響到他們在創作上用大致相近的藝術方法。由此得出結論：「同一流派的作家們儘管美學趣味相投，世界觀和政治觀點卻往往並不一致。」〔註31〕這種情況在現代主義作家中更為常見：同屬未來主義的馬雅可夫斯基是無產階級詩人，而馬利奈蒂則是一個法西斯主義者。超現實主義者普洛東捲進托派，艾呂雅加入了法共。

〔註30〕高行健：《現代小說技巧初探》，廣州：花城出版社，1981 年 9 月，第 86～87頁。

〔註31〕高行健：《現代小說技巧初探》，廣州：花城出版社，1981 年 9 月，第 105 頁。

　　由此，高行健進一步總結道：「某一文學流派的藝術方法和技巧固然同其文學主張密切相關，然而同該流派的作家的政治觀點經常是兩回事。對文學流派的研究不能等同於對政黨和政治派別的研究，而馬克思主義的政治學也不比文學研究來得簡單。但願對文學流派和藝術技巧的評價也從貼政治標籤的幼稚的辦法中解脫出來。」〔註 32〕高行健承認在不同文學流派的美學綱領和美學思想中往往會同時包含著某種政治傾向和藝術觀念。但同時卻強調雖然藝術技巧派生於其美學思想，但是要充分強調藝術技巧本身的獨立性，持完全不同政治見解的作家完全可以使用。

　　高行健所針對的是新中國成立以來長期對藝術技巧的看法。很多人把「現代派」技巧認爲是反動的、頹廢的、腐朽的、唯心的，藝術技巧的問題成爲一個嚴肅的政治問題。高行健認爲這種評價只適合對作品思想內容的評價，不能成爲衡量藝術手法的標準。

　　高行健還舉了反面的例子，認爲存在主義文學僅僅是一種哲學社會思潮在文學上的表現，「不論他運用哪種手法，作品中宣講的都是他那一套存在主義哲學。」〔註 33〕現代文學技巧並非是對小說創作中現實主義手法如情節的提煉、環境描寫、性格的塑造、主題、典型、體裁、風格等的否定，而是對這些藝術手法的延伸和發展。只不過是給小說藝術增添了新的表現手段。

　　對於高行健的這本著作，正在實驗各種寫作手法的王蒙給予了高度肯定。王蒙大致同意高行健將小說形式作爲一個歷史範疇來討論，認爲小說技巧是不斷發生演變的。但是王蒙站在一個作家的立場上同時又指出，無論現實主義還是現代主義的種種說辭都是來自西方，這些外來的概念要和中國的實際結合起來。同時指出高行健的探索是一種可貴的創新：「你分析了小說形式的演變。我想這至多只是一個大致的趨向，具體到某個人某個作品，我倒覺得小說的形式和技巧本身未必有高低新舊之分。一切形式和技巧都應爲我所用，畫地爲牢或拒絕接受已有的傳統經驗，都是傻瓜。」〔註 34〕王蒙認爲過去我們的文學研究討論技巧問題實在是太少了，而且預料這本書會引起激烈的爭論，但卻是非常有趣、有益、有啓發性的。

〔註 32〕高行健：《現代小說技巧初探》，廣州：花城出版社，1981 年 9 月，第 106 頁。
〔註 33〕高行健：《現代小說技巧初探》，廣州：花城出版社，1981 年 9 月，第 108 頁。
〔註 34〕王蒙：《致高行健》，《王蒙文存》（第 22 卷），北京：人民文學出版社，2003 年 9 月，第 33 頁。

相比王蒙，雖然與高行健是老朋友，但是劉心武的態度則顯得更爲保守和謹慎。劉心武對於當時所謂年輕作者脫離實際生活，刻意模仿現代現代文學技法，追求「新、奇、怪」的現象很看不慣，認爲走上了「邪路」。只不過劉心武對於如何解決這一問題，和當時的一些老作家有著根本的分歧。劉心武不主張利用行政的力量進行干預，也不主張禁絕對西方現代文學的閱讀和參考，恰恰相反，認爲應當加強對西方現代文學的研究，從而做到取其精華、棄其糟粕。

正是在這一意義上，劉心武給高行健的書以高度的肯定。認爲此書不但集中介紹了西方現代小說寫作技巧，而且在具體分析中與當時的創作實踐緊密結合，具有非常重要的參考價值。

書中的一個關鍵性問題，就是西方體現所謂資產階級思想、趣味、感情的寫作技巧，能否移植過來，爲中國作家所用。高行健給予了肯定的回答，劉心武認爲該書具有「雄辯的說服力」。這並不表明劉心武完全贊同高行健的觀點。劉心武認爲這個問題是需要進一步討論的：「看起來作者似乎是遵循著斯大林關於語言文字不是上層建築論斷在進行思考，小說技巧從某種意義上來說也就是運用語言文字的技巧，同一技巧對不同的政治、哲學、思想、情感傾向的應度是否相等，每一種小說技巧的獨立性和可用度是否都能達相同水平，作者基本上都給予了肯定性的答覆，但我以爲這是個頗高深的理論問題，似乎還不宜輕易作出最後的結論。」〔註35〕也就是說，在劉心武的眼裏，高行健的做法還是有些偏激和片面。在核心觀點上，劉心武並不認同技巧是超階級、超民族的。但是正如可以借鑒中國古代小說和西方古典小說的寫作技巧一樣，作家同樣可以借鑒西方現代小說的寫作技巧。劉心武認爲更要緊的是把西方現代小說技巧滲透進中國當代的小說創作，而不是籠統地鼓吹世界性的現代小說技巧。

在 80 年代初期的文壇格局中，王蒙和劉心武的聲音是異常微弱的。這和以創新爲標的的青年創作者的心理預期有著很大的差別。私下交流中的狂熱和評論界的冷漠之間形成了鮮明的對比，這種對比讓一些較爲激進的青年感到的是評論界的「沉悶」，而這種沉悶在他們看來簡直是無法忍受的。正是爲了表達對高行健的支持，同時藉以展現自己的基本文學立場，所以才有了這場引起風波的「通信」。

〔註35〕劉心武：《在「新、奇、怪」面前——讀〈現代小說技巧初探〉》，《讀書》1982 年第 6 期。

這種形式上的創新爭論與當時的意識形態控制、文壇症候有很大關聯，所以，形式技巧問題往往脫出了實際的所指，背後包含了複雜的意識形態論爭的內涵。

1.1.3 「現代派怪圈」與意識形態

在「現代派」通信中，馮驥才給李陀的信觀點鮮明，開宗明義指出「中國文學需要現代派」。其實馮驥才的作品和「現代派」有很大差異，之所以支持高行健純粹是出於文壇格局的考量。也就是說，馮驥才的一個重要出發點是文學生態。馮驥才用一個非常形象的比喻，稱好像在空曠寂寞的天空，忽然放上去一隻漂漂亮亮的風箏。這股現代文學思潮成了各種目光彙聚的焦點。

馮驥才重述了西方「現代派」思潮出現的歷史必然性。認為 20 世紀社會發展，工業革命和科技發展給人們的生活帶來了巨大的變化，這種變化必然影響到人們的意識、思維、審美以及生存方式。文學藝術的變化正是這一時代潮流的表現。而且在現代世界文學中，「現代派」的發展成為 20 世紀最惹人注目的文學現象。在分析了現代派文學思潮種種流派的藝術創新之後，馮驥才把對形式和內容的探討引向了深入，認為將現代派指認為「形式主義」實在是一種誤解，並且得出了一個大膽結論：「形式變化只是表象，變化的根本卻是對文學概念本質的新理解。」〔註36〕認為在強調形式為內容服務的同時，必須強調形式美的相對獨立性和獨立的審美價值。順著這一思路，很容易得出形式超階級的結論。

對於「現代派」的接受問題，馮驥才認為一方面在創作實踐中，作家已經在部分借用「現代派」的表現技巧，另一方面「現代派」的出現是走向社會主義現代化的歷史轉折中的必然結果。這種探索是和整個「第三次思想解放運動」相輔相成的，是歷史發展的必然。作家創作中對題材內容深入開掘，就會意識到原有形式帶來的嚴重束縛。更重要的是，這也是讀者接受的必然：「新一代讀者有自己的思想特徵、興趣特徵和愛好特徵。再加上生活面貌、節奏和方式的變化，審美感的改變，經濟對外開放政策引起人們對外部世界的興趣和好奇，等等，都促使文學的變化，新潮的出現。」〔註37〕讀者的自由選擇是促使「現代派」得以發展的深層原因。

〔註36〕馮驥才：《中國文學需要「現代派」！》，《上海文學》1982 年第 8 期。
〔註37〕馮驥才：《中國文學需要「現代派」！》，《上海文學》1982 年第 8 期。

　　如果仔細分析，馮驥才的論說也並非是天衣無縫的。比如他認爲思想解放運動完全是群眾自發的，對「現代派」的接受是群眾如同江海翻騰的思想使然。這實在是一廂情願的表述，事實上，讀者接受「現代派」需要很長時間，就算是被批評家所稱道的作品，一般讀者也未必買賬。直到今天，已成經典的西方現代派文學的讀者也是十分有限的。馮驥才所說的讀者群眾是一個不確定的概念，是被言說者所左右的，這一思維方式和他批評的文壇保守者如出一轍。

　　對於自己大力呼喚的中國「現代派」，馮驥才給出了如下界定：一是作品符合時代的需要，即當代社會的需要；二是作品必須是地道的中國「現代派」，而不是全盤西化、毫無自己創見的現代派。雖然強調了和西方現代派的不同，但是馮驥才並沒有說出中國「現代派」和西方現代派的根本區別，只不過是一種出於保護目的對正在成長中的新事物的呼籲。實際上，這種呼籲最後還是歸結爲對創新的呼籲：「文學藝術最忌重複，忌學舌，忌仿造。作家的工作和思想家很相像，都應該是尋求、是發現、是創造，由無到有。所以，作品的第一個要求就是『新』！」〔註38〕其實質是對文學多樣化的欲求，是對長期控制人們的文學觀念和文學成規的一種反動。

　　頗有意味的是，《上海文學》並沒有發表李陀寫給馮驥才的信，而是發表了李陀寫給劉心武的信。相比馮驥才的堅定和激烈，李陀開始謹慎的後撤。李陀強調了西方「現代派」文學產生、形成、發展本身的複雜性。進而轉移話題，將重點放在對中國「現代小說」的探討上。雖然現代小說和西方現代派小說具有某種聯繫，但只是「吸收、借鑒西方現代派小說中有益的技巧因素或美學因素」。很顯然這樣的說法更容易被接受，而實際上不過是「洋爲中用」的老調重彈。李陀強調作家應該創作出「一種和西方現代派完全不同的現代小說」，「尋找、發現、創造適合表現我們這個獨特而偉大時代的特定內容的文學形式」。〔註39〕這可能是李陀考慮到當時文壇實際狀況而採取的表述策略。

　　劉心武給馮驥才的信先是對「現代派」探索進行了一番抽象認同，指出已經升起了「四支風箏」〔註40〕，儘管馮驥才、李陀、王蒙的這三支難稱「漂

〔註38〕馮驥才：《中國文學需要「現代派」！》，《上海文學》1982 年第 8 期。
〔註39〕李陀：《「現代小說」不等於「現代派」》，《上海文學》1982 年第 8 期。
〔註40〕劉心武這裡所說的「四支風箏」分別是高行健《現代小說技巧初探》，馮驥才、
　　　　李陀的通信，以及王蒙給高行健的信。文學史一般把王蒙、李陀、劉心武、

漂亮亮」，而且只是小風箏。隨後，對馮驥才的觀點進行了質疑和反駁。認爲他寫給李陀的信中的若干想法，偏頗程度已超過了高行健書中的不準確、不穩妥之處。指出馮驥才由於論述的粗疏和忙於表態，陷進了片面和偏激的泥塘之中。要害主要有二：

一、沒有搞清楚文學發展的世界性規律與不同社會制度的地區間的文學發展的不同規律。強調在社會主義中國，文學發展必須在「四個堅持」的前提下行進。作家、讀者的構成狀況以及國家經濟、教育和社會生活結構等因素，決定了我國文學的發展，應當具有自身的特殊規律。指出馮驥才沒能從微觀角度即制約現代中國文學發展的特殊規律來看問題。底層農村、城鎮居民，以及大量軍人、工人、各類服務人員，他們的文化教育程度和欣賞趣味，還很難消化『現代派』的文學作品。

二、沒有搞清楚文學藝術的形式美的總規律與不同門類的形式美的特殊規律之間的區別。劉心武認爲高行健把形式美拆卸爲諸種技巧元素來考察，是受到了斯大林研究語言學的啓發。他承認語言本身沒有階級性，但是當使用語言的人表達完整意思時，便會體現出一定的政治傾向或階級感情，所以任何階級的人都要掌握好語言，並且可以互相學習、借鑒。「現代小說技巧（不是整個形式本身）也應當看作是沒有階級性的，因而對於任何一個國家、民族的任何政治信仰和美學趣味的作家來說，他都無妨懂得更多的現代技巧，從而在儲藏最豐富的武器庫中從容選擇最新的優良武器，去豐富和發展他征服讀者的魅力。」〔註 41〕馮驥才的問題是由於欣賞西方現代派形式的奇突詭麗，而過多地肯定它們的內容，甚至比高行健走得還要遠。這樣從形式美的總規律出發，對形式本身獨立性的強調過於絕對。

「現代小說技巧」這一文學形式的概念，在特定時代成爲了意識形態論爭的焦點。現在看來，將幾支小風箏放在一起實屬一種願望，他們本身的分歧是很明顯的。如果從總的趨勢來看，也只能說他們對「現代派」的態度都是寬容和開放的。但是，這並不妨礙在論爭中他們的占位。正是有了文學場和政治場的高度一致，這一形式論爭才具有了超出本身的現實意義。從這一

馮驥才四人的通信稱爲「四支小風箏」。如果按劉心武的説法再加上他自己的通信，則應爲「五支風箏」。按劉錫誠等人的説法再加上葉君健和徐遲，則應爲「七支漂亮的風箏」。（李建平即持此説，見《新潮：中國文壇奇異景觀》，南寧：廣西人民出版社，1989 年 6 月，第 39 頁。）

〔註41〕劉心武：《需要冷靜地思考》，《上海文學》1982 年第 8 期。

角度，審美烏托邦訴求的起源往往都是一個世俗性的基礎。文學總是和各種社會力量保持著實質上的依賴關係，文學的自主性往往來自於現實的政治壓力。西莫南在對午夜出版社出版新小說的策略研究時發現，恰恰是對於阿爾及利亞戰爭的抗議，使得原本乏人問津的新小說突然成為暢銷書，「從一種純粹的風格練習，一種無動機的文學遊戲，變成了一種更具顛覆性的事業。」〔註42〕由於出版社對戰爭的介入，文學形式獲得了一種政治尺度。

　　80 年代的「現代派」論爭有著同樣的效應，不但論爭的緣起是人們的現實焦慮，而且由於政治力量的直接介入，使得形式的意義遠遠超出了形式本身。其實西方現代主義的文學形式，是與 20 世紀作家感受到的刻骨的生命體驗緊密聯繫在一起的。碎片式的分裂的現代性經驗經由形式的破壞和重建保留在文本中。但 80 年代中國在接受過程中卻呈現為一種「反向運動」，「一個功利而實用的怪圈」：「現代派在真誠者的手裏變成了對自我的肯定，變成了執行真理的義舉，變成了通過努力而值得達到的彼岸。」〔註43〕這和西方現代主義在價值取向和哲學意味上都是截然相反的。在批評家以此對當代作家論對錯、比高低的時候，已經在本質上遠離了西方現代主義。甚至 80 年代後期的「偽現代派」概念也是「被許多『權力意願』認為是順手、便利的一個批評術語」。〔註44〕這種超越形式本身意味的「文化政治」實踐，同樣可以解釋先鋒文學「怎麼寫」的形式追求何以在 80 年代後期會獲得很多批評家的高度認同。

1.2 「現代派」論爭中的空間政治

　　「現代派」並非新生事物，人們對它的評判和自己的歷史經驗息息相關。儘管態度不同，論爭者們都不約而同提到了歷史，他們對「現代派」的判斷正是基於自己的歷史經驗。在摻雜複雜人事紛爭的狀況下，「現代派」論爭實際上是文壇不同身份的人，依據自己的歷史想像對現實進行的一次重構，儘管這種重構在很大程度上是在對歷史和現實的雙重誤讀之上進行的。頗有意

〔註42〕【法】安娜‧西莫南：《被歷史控制的文學：午夜出版社裏的新小說和阿爾及利亞戰爭》，吳嶽添等譯，長沙：湖南美術出版社，1999 年 7 月，第 33 頁。

〔註43〕李銳：《現代派——一種刻骨的真實，而非一個正確的主義》，《文藝研究》1989 年第 1 期。

〔註44〕黃子平：《關於「偽現代派」及其批評》，《北京文學》1988 年第 2 期。

味的是，無論是論爭的起因還是展開，都與上海文學界有著直接關係。正是在這一過程中，上海這一文學空間開始顯示出不同於政治中心北京的另一文學空間的意義。京滬兩地通過「現代派」論爭這場對話，上演了文學史上的「雙城記」。其間不同文學力量的分化重組，對 80 年代文學格局產生了深遠的內在影響。

1.2.1 《文藝報》與「現代派」論爭

處在文壇漩渦中心的《文藝報》面對「現代派」論爭，由過去受批評的傷痕文學的護航者，變成了現在受批評的「現代派」的批評者。這一身份轉換在當時文壇格局中富有多重意味。

「文學界」的領頭雁馮牧用「背向現實，面向內心」給這股所謂「現代派」思潮定性。並且在不到一個月的時間內先後兩次召開會議，討論現代主義思潮對當時文學造成的衝擊。〔註45〕馮牧認爲新時期文學從蒼白走向繁盛的同時，也出現了思潮混亂。有些作者感到巨大的壓力，徘徊不前，而蔣子龍、張一弓、諶容、張賢亮、徐懷中等作家則堅定地走在自己既定的道路上。針對王蒙的《莫須有事件》、李陀的《餘光》、劉心武的《黑牆》等作品，馮牧在中宣部的彙報會上說：「北京作家六年來對文學的發展是作出了貢獻的，有些人肯定是要進入文學史的，北京也培養了一批有才能的中青年作家。我個人與他們來往很密切，私交很好，在一個時期裏，我們的文藝觀也很接近。最近一個時期，一批很有才能的作家出現了政治思想、文藝思想上的混亂。」〔註46〕面對「現代派」思潮，最讓馮牧感到不能容忍的，是自己一手扶植起來的劉心武等傷痕文學的作者，對自己的「背叛」。

對於這些私交很好的作家，馮牧之所以發如此大的火。一方面是因爲自己地位的變化以及《文藝報》險些被整肅的特殊處境，另一方面則是文學理想的不同。就作家而言，經歷傷痕文學以後，創新的壓力是迫切需要解決的

〔註45〕 一次是 1982 年 10 月 15 日在西苑飯店召開的「現代主義與現實主義問題討論會」。與會者包括邵牧君、袁可嘉、陳冰夷、謝昌餘、金梅、徐非光、張勝澤等，討論主題是現代主義對文學造成的衝擊。另一次是同年 11 月 7 日，馮牧、孔羅蓀、唐達成等邀請陳荒煤、李希凡、張炯、張守仁、唐非又開了一個小範圍的「當前小說座談會」，主要議題仍是討論小說發展中出現的現代主義的創作趨向。

〔註46〕 轉引自劉錫誠：《風雨伴君行——文學界的領頭雁馮牧》，見《文壇舊事》，武漢：武漢出版社，2005 年 5 月，第 170 頁。

問題，所以對新思潮紛紛傚仿。而對文藝界負有領導責任的馮牧等人，首先要考慮的就是保持現有的好不容易爭取到的局面。對他們來說，確立和鞏固現實主義的地位是非常艱巨的任務，這一任務並非已經很好地完成。在 1983年 1 月 6 日中篇小說評獎讀書班上，馮牧直截了當地闡明了自己的觀點：「我不同意那些否定寫人物、寫典型，否定現實主義的理論。有人提出要寫文學的特異與例外性，可能是獨特性的，也可能是不健康的。但不管怎樣，不可能取革命現實主義而代之。我反對世界主義。」可見，馮牧的文學理想就是所謂撥亂反正，也就是回到「十七年」，並不希望看到現代主義，聲稱「如果我們的《人民文學》、《十月》等連篇累牘地發表《自由落體》、《地平線》、《黑牆》（包括《雜色》）這類作品，我們的社會主義文學就會變質。」〔註 47〕

在「現代派」問題上，《文藝報》的其它負責人唐因、唐達成、劉錫誠、李基凱等人與馮牧的意見比較一致，對於「面向內心」的現代主義感到非常不滿，因此接連發表批評「現代派」的文章。這些文章曾一度引起了作協黨組書記張光年的不滿。1982 年第 10 期發表的洪明的《論一種思潮》，就和張光年的看法有很大距離，「一開頭就斷定我國此刻已形成此種思潮，則估計過重了。」〔註 48〕如果說張光年對於這種帶有探討性質的文章還沒有太多意見的話，那麼對 11 期發表的李基凱與徐遲商榷的文章，表達了強烈不滿。1982年 10 月 31 日，張光年在日記中寫道：「我覺不妥，但這期已付印了，聽後不勝憂慮。半夜醒來，越想越不對，應當提意見。」〔註 49〕第二天一早，張光年就打電話給唐達成、孔羅蓀，並且當著唐達成的面指出，立即停印、抽換。張光年強調這是自己鄭重考慮後的意見，要唐達成向賀敬之轉達。並稱如來不及，可按中宣部意見辦，但自己保留意見。後來經唐達成向賀敬之、馮牧彙報，認為如果《文藝報》停印，會引起人們的各種猜測，甚至會引起文藝界的震動，所以只有暫印，然後再想辦法補救。

《文藝報》的主要負責人並沒有和張光年取得一致意見。唐因對於葉君健給高行健《現代小說技巧初探》寫的序言，在公開場合點名批評。這使得

〔註47〕轉引自劉錫誠：《風雨伴君行——文學界的領頭雁馮牧》，見《文壇舊事》，武漢：武漢出版社，2005 年 5 月，第 170 頁。

〔註48〕張光年：《文壇回春紀事（下）》，深圳：海天出版社，1998 年 9 月，第 403頁。

〔註49〕張光年：《文壇回春紀事（下）》，深圳：海天出版社，1998 年 9 月，第 401頁。

葉君健十分氣憤。而張光年在看完葉的序言後認爲「沒有大錯」〔註 50〕。這種對立的狀態讓張光年深感憂慮。中共十二大文藝界進行人事調整之後〔註 51〕，張光年正在籌劃兩件關乎全局的重要事情。一是作協整改。張光年想以《人民文學》編委會的改組爲切入點，調動積極因素，開創新局面。面對複雜的人際糾紛，張光年爲人事安排名單費盡心思。《人民文學》《文藝報》《詩刊》《新觀察》等報刊也要進行整改。同時還涉及報刊實行責任制、改版和企業化問題。如何穩妥地推進改革順利進行，是張光年必須要面對的問題，因此不想讓文藝界再出現大的紛爭，以免延遲改革的進程。二是作協四大的籌備工作。1982 年年底，張光年就決定在 1983 年 5 月間召開作協四大，沙汀、荒煤等作協領導也都同意。這兩件事情都不允許文壇出現動蕩和分裂，而是需要捐棄前嫌，儘量取得一致意見，否則會遇到難以想像的麻煩。

　　《文藝報》卻並沒有很好地配合張光年，對「現代派」的批評並沒有停止。而且因王蒙曾發表支持高行健的文章〔註 52〕，批評的矛頭一度指向他。據張光年在 1983 年 1 月 30 日的記載，馮牧多次談到王蒙、李陀等發表在《北京文學》1982 年 12 月號的四篇文章〔註 53〕，認爲王蒙否定寫典型，否定恩格斯的公式。馮牧在會議上的激動發言，甚至引起劉白羽說出「應當公開論戰」的話。而張光年則認爲「王蒙並未否認寫典型，無大錯，李陀文章不對頭。」〔註 54〕馮牧以及《文藝報》的批判有著複雜的因素，而在當事人王蒙看來「此次我國的現代派風波，帶有給剛剛當選中央候補委員的王蒙一個下馬威的色調。《文藝報》的資深副主編唐因等在一些場合還特別點出我的名字來。而另一位新歸來的副主編唐達成在一些場合——有的我在場——大批現代派」。〔註

〔註 50〕 張光年：《文壇回春紀事（下）》，深圳：海天出版社，1998 年 9 月，第 419 頁。

〔註 51〕 在 1982 年 10 月召開的中共十二大上，賀敬之當選爲中央委員，王蒙當選爲中央候補委員。周揚退居中顧委，張光年、夏衍、歐陽山分別當選爲中央顧問委員會委員。

〔註 52〕 王蒙：《致高行健》，《小說界》1982 年第 2 期。

〔註 53〕 分別爲：王蒙《關於塑造典型人物問題的一些探討》，余飄《典型藝術形象、典型化、典型性》，王葆生《「定義」及其它》，李陀《是方法，還是目的？》，見《北京文學》1982 年第 12 期。

〔註 54〕 張光年：《文壇回春紀事（下）》，深圳：海天出版社，1998 年 9 月，第 420 頁。

〔註 55〕 王蒙：《王蒙自傳·第 2 部·大塊文章》，廣州：花城出版社，2007 年 4 月，第 161 頁。

55〕王蒙還借用葉君健的話說：「他們這樣做是針對王某人的，通過此事件抵擋王某的勢頭，他們要向中央表達對他們認為中央擇人不當的抗議。」〔註 56〕因為有著長期的從政經驗，王蒙的說法可能有一些道理，但是也不排除有著更為複雜的因素。

張光年在自己一手推動的作協整改中，極力想重用王蒙。之所以把改組《人民文學》編委會作為作協調整的突破口，主要就是想讓王蒙主持《人民文學》。早在 1982 年夏天，張光年就找王蒙談過。這個想法得到了周揚的支持。周揚甚至認為《人民文學》的編委中應該加上徐遲。〔註 57〕1983 年 2 月 9 日，張光年將調王蒙到作協總會的想法與胡喬木進行溝通，還談到讓蔣子龍來京兼職以便協助王蒙的問題。〔註 58〕雖然由於天津市委的百般推脫，最終蔣子龍的問題沒有解決，甚至惹得張光年大動肝火，但王蒙最終還是被調到了《人民文學》主編的位置。正是在這種局勢之下，《文藝報》對「現代派」的態度更增加了張光年的不滿。

曾經以最愛護支持中青年作家自詡的馮牧，在批判「現代派」問題上的激動情緒確實有些令人費解，而且因為這件事不惜和很多本來關係很好的「同志」決裂，甚至尋求對自己持有嚴重批評保留態度的人的支持。對此，劉錫誠更多是從文學理想的角度來看的，認為《文藝報》同仁在粉碎「四人幫」初期，「提出了恢復現實主義傳統的口號，得到了全國各地作家理論家的贊同，現實主義也確實取得了從未有過的巨大成績，這次對現代主義的批評，再次表明我們編輯部的大多數人，懷著追求一種純粹的革命現實主義的理想。」〔註 59〕王蒙則看到了事情的另一面。「《文藝報》的同志也不順利，他們收穫的也不是他們所需要的果實。後來，張光年同志商量作協班子決定，《文藝報》改成報紙形式，馮牧改去編《中國作家》雜誌。副主編唐因到了文學講習所（後改名魯迅文學院）主持工作。編輯部主任劉錫誠到了民間文學研究會。李基凱則不久到美國探親，沒有再回來。我私下認為，這是該時的《文

〔註 56〕 王蒙：《王蒙自傳‧第 2 部‧大塊文章》，廣州：花城出版社，2007 年 4 月，第 162 頁。

〔註 57〕 張光年：《文壇回春紀事（下）》，深圳：海天出版社，1998 年 9 月，第 407 頁。

〔註 58〕 張光年：《文壇回春紀事（下）》，深圳：海天出版社，1998 年 9 月，第 423 頁。

〔註 59〕 劉錫誠：《風雨伴君行──文學界的領頭雁馮牧》，見《文壇舊事》，武漢：武漢出版社，2005 年 5 月，第 171 頁。

藝報》向周揚叫板的後果。」〔註 60〕不管這個說法是否準確，人們的確可以
看到批「現代派」時同仇敵愾的《文藝報》編輯部。這一文化空間的存在恰
是北京這一政治中心的產物。

1.2.2 《上海文學》：「搬來兩個大人物」

　　曾經都爲傷痕文學搖旗吶喊的《文藝報》和《上海文學》，在對待「現代
派」的問題上分歧越來越大。前文已經談到，就在刊登「現代派」通信的《上
海文學》出廠當天，刊物負責人李子雲與時任中國作協書記處常務書記的馮
牧，就因爲能否撤稿的問題在電話裏吵了起來。事實證明，馮牧的擔心是有
道理的。可是與馮牧鬧僵的李子雲，不僅沒有撤稿，反而又接連刊發了巴金
和夏衍的兩封信，引起了文壇的軒然大波。

　　巴金的信是寫給瑞士女作家馬德蘭·桑契的，但顯然不是一封普通信
件。信的第一部分是馬德蘭·桑契寫給巴金的信。女作家自述 1975 年來華的
經歷，引出形式問題。「我要求給我文學作品閱讀，我卻爲人們所提供的作品
形式的貧乏而感到吃驚……其中敘述了革命，但並沒有文學，或者至少沒有
我們西方人所謂的『文學』。」〔註 61〕女作家由此追問巴金，新時期中國文學
在這方面是否有了一些根本的變化，形式問題在中國是不是也變得重要起來
了。同時，這封信將形式問題與「西方化」緊密聯繫起來。巴金在回信中強
調隨著新作家作品的出現，文學已經和馬德蘭·桑契當初看到的大爲不同。
同時指出「用不著擔心形式的問題。」「在這方面我還看不出什麼『西方化』
的危機。」〔註 62〕巴金以自己的創作經驗，說明自己就是按照西方小說的形
式開始寫作品的，但並沒有影響表達中國人的思想感情。自己沒有用人們習
以爲常的舊形式，恰恰是爲了反對舊的社會制度。也正是在此種意義上，80
年代的作家更有創新的權利。他們的成敗只能交給讀者去評判。與世隔絕是
行不通的，文化交流是必然的趨勢，根本不必害怕「你化我、我化你」的危
險。

　　和馬德蘭·桑契對「文革」的判斷一樣，巴金的基本立論依據是對於「文

〔註 60〕王蒙：《王蒙自傳·第 2 部·大塊文章》，廣州：花城出版社，2007 年 4 月，
　　　　第 163 頁。
〔註 61〕巴金：《一封回信》，《上海文學》1983 年第 1 期。
〔註 62〕巴金：《一封回信》，《上海文學》1983 年第 1 期。

革」時期非正常文藝狀態的批判，是對當時開辦文藝「工廠」，用「三突出」、「三結合」等「機器」成批製造大批所謂「文藝作品」的嚴重不滿。這樣生產出來的作品僅僅是當權者搞政治陰謀的工具。巴金在反對「垃圾文藝」的同時，和當時高層主流講的撥亂反正是有差別的。撥亂反正是要回到「十七年」，而巴金明顯是要回到「五四」。正是這一基本出發點的不同，決定了他們對「現代派」的不同態度。

如果說巴金是一種粗略的表態式的闡述的話，那麼緊跟其後發表的夏衍的長文《答友人書──漫談當前文藝工作》則詳細系統地闡釋了對於文藝狀況的基本立場。「友人」對於那些「障眼的蛛網」、「碰腳的石子」、「東一撮西一撮的派性」等制約文藝的力量非常憂慮。夏衍一方面表達了對「友人」感受的現實有很深的體會，另一方面堅決認為「這種討厭的東西」是成不了什麼氣候的。認為在撥亂反正的過渡時期，「左」的思想遠遠沒有肅清，文藝界的重要任務是「進一步肅清十年內亂所遺留的消極後果」。夏衍引用十二大的報告指出「必須對『文化大革命』和它以前的『左』傾錯誤進行全面清理。」並且頗為大膽地解釋說，此處所說的以前，「似乎不單止於『文革』前的十七年」，要從歷史根源、國際根源和社會根源的不同層面，對諸如「留聲機論」、「一切文藝都是宣傳」、「文藝從屬於政治」等命題認真辨析，逐步肅清其遺留問題。夏衍對這一問題的反思深度已經遠遠超出同時代的大多數人。正是基於這樣的認識，夏衍認為在唯新是寵的文藝青年身上出現資產階級自由化的現象，是很正常的，對這類問題的處理要掌握好分寸。他重申自己在 1978年提出的「題材無禁區，但作為黨的作家，心裏卻要有一個禁區」的說法，主張將思想認識問題和現實政治表現區分開來。

雖然夏衍一再表明「現代派」的複雜性，但是卻清晰地表達了自己的立場。通過對喬伊斯、伍爾夫、勞倫斯等人的分析，夏衍得出對於「現代派」的三點認識：一是「現代派」不是統一的運動；二是它不代表特定的社會集團；三是它沒有特定的政治立場。在此基礎上，夏衍指出對有著現代主義傾向的文藝作品應該採取慎重對待的態度，不應該一聽到「現代派」、「意識流」等名詞，根本不理解其特有的含義，就上綱上線，群起而反之。和批判積極，實際對批判對象根本不瞭解的文藝界領導不同，夏衍對西方現代主義有較為深入的研究。問題是，同樣對西方現代主義很熟悉，甚至讀過《尤利西斯》原文的胡喬木，對「現代派」問題卻有著完全不同的判斷。胡喬木甚至認為

當時知識分子身上的「憂患意識」都是受了「現代派」和「納粹分子」海德格爾的影響。〔註 63〕兩人同樣有長期的革命經驗，同樣有文藝界高層領導的工作經歷，這種不同是引人深思的。

事實上，夏衍儘管強調「單單讀馬列經典著作是不是就可以保證寫出好作品呢，文藝創作並不這樣簡單，同樣重要的還有一個知識問題，技巧問題」，〔註 64〕但他對「現代派」本身並沒有特別的興趣，對「現代派」的態度更多取決於當時的文壇生態。如果從政治層面來看，和胡喬木一樣，夏衍雖然對文學有很深的見解，但提倡什麼、批判什麼則出於政治場占位的需要。另一個明顯的例子是周揚，周揚並不比胡喬木更熟悉「現代派」，但是對於王蒙創作中顯示出的探索傾向是支持的。當胡喬木委託韋君宜轉告王蒙：「少來點現代派」時，周揚則「立即表示不同意」，並公開宣稱「不要搞得多了一個部長，少了一個詩人」。〔註 65〕可見，藝術問題所附加的意識形態內涵，往往超出了藝術本身，而成爲場域中權力爭奪的一種策略。

如果說巴金的信具有某種程度的私人性的話，那麼作爲中顧委常委的夏衍的信則具有明顯的公共性。在文章後半部分，夏衍直接針對文藝界領導，明確提出了文藝民主的問題。這在「現代派」論爭的當口絕對是一個十分敏感的話題。這種政策解說者的身份引起了當時文藝界高層領導的嚴重不滿。在 1983 年 4 月 30 日召開的中宣部部務擴大會議上，一位中宣部領導就指出夏衍在兩個原則性的問題上和中央是不一致的：一是對形勢的估計。他認爲中央估計撥亂反正已經完成，只不過不是所有工作都已結束。二是針對夏衍提出的文藝界要實行民主的問題。該領導給予了強有力的質疑：「夏衍同志指的哪一級文藝領導？這樣提法不符合文藝界實際。光講要實行文藝民主，不講集中，不講紀律，用這種思想去指導文藝改革，只能帶來片面性。夏衍同志文章發表，在我們面前出現了一個難題，對待夏衍同志，我們不好批評；可是我們應照什麼樣的組織原則對待夏衍同志？夏衍同志發表這樣重大問題的文章，是否應該打個招呼？」〔註 66〕這位領導甚至把分歧上陞到階級鬥爭的高度。

〔註 63〕 王蒙：《王蒙自傳·第 2 部·大塊文章》，廣州：花城出版社，2007 年 4 月，第 163 頁。

〔註 64〕 夏衍：《答友人書──漫談當前文藝工作》，《上海文學》1983 年第 2 期。

〔註 65〕 王蒙：《王蒙自傳·第 2 部·大塊文章》，廣州：花城出版社，2007 年 4 月，第 162～163 頁。

〔註 66〕 轉引自顧驤：《晚年周揚》，上海：文匯出版社，2003 年 6 月，第 70～71 頁。

　　不僅是對文藝政策和十二大報告的解釋不同。實際上，十二大報告本身也是不同意見妥協的結果。比如「雙百」方針，本來是早已經確定的，但是十二大報告並沒有寫入。在討論報告時，張光年「要求將二百方針寫進精神文明部分，哪怕一兩句也行，圍繞精神文明與二百方針（三條理由）談了四十分鐘，同志們插話不少。王若水還提出了補充文字的方案遞送主席團秘書處，但這一條未被採納。事後得知，喬木同志很堅持，這次不寫這條」。〔註67〕可以看出，文藝界領導層對文藝方針是有分歧的。這種分歧必然會出現在對中央精神的解釋上，不同領導人具體執行過程當然會出現嚴重分歧。在「雙百」方針問題上，胡喬木和周揚早就有分歧。1978 年，周揚在哲學社會科學規劃會議上，就著重談過「雙百」方針，指出它的實質就是「兩個自由」，即藝術上的自由發展，學派上的自由討論。從那時起，「兩個自由」就成了周揚的「不變話題，因為這對他有切膚之痛，也是文藝上『左』傾錯誤癥結所在。」〔註68〕這樣，從「左」的營壘裏走出來的周揚，轉變為思想解放的先鋒。但中共十一大認為主要任務是批「右」，而不是反「左」，對「文革」則仍然認為是必要的。周揚對「文革」的批判則上陞到了對封建主義意識形態的批判的高度。結果 1979 年春天就出現了要批判周揚的傳說。由於胡喬木主抓意識形態，所以到了批「現代派」問題上，周胡之間的分歧進一步激化。

　　當時一位搞評論的文學界負責人指出，隨著劇烈的社會變革，文藝可能會走上背離社會主義的道路，因此不能一根神經反「左」。基於此，表達了對上海文學刊物的嚴重不滿：「《上海文學》、《收穫》，在解放思想、培養作家方面有很大成績，但《上海文學》好像逐漸改變了以創作為主而以理論為主了，而理論用的不是馬克思主義語言，有些文章我不大看得懂。」〔註69〕由於實際主持刊物理論版的是李子雲，而她曾經是夏衍的秘書。不但四篇小文章都發表在上海，同時夏衍、巴金也都不贊成如臨大敵地批「現代派」。「這使得一些不大不小的領導更加不安，似乎是上海不聽招呼，不服管」，「認為是李在串聯黨內外的力量搞異端。幾乎將李調出文藝界。」〔註70〕所以李子雲在

〔註67〕張光年：《文壇回春紀事（下）》，深圳：海天出版社，1998 年 9 月，第 386
　　　　頁。
〔註68〕顧驤：《晚年周揚》，上海：文匯出版社，2003 年 6 月，第 6 頁。
〔註69〕顧驤：《晚年周揚》，上海：文匯出版社，2003 年 6 月，第 78 頁。
〔註70〕王蒙：《王蒙自傳‧第 2 部‧大塊文章》，廣州：花城出版社，2007 年 4 月，
　　　　第 163 頁。

當時受到人們的猜測和攻擊。認爲她搬來兩個大人物，大力提倡「現代派」。

因爲涉及到文藝界的紛爭，所以批判「現代派」實際上是文壇不同身份的人進行了一次重新組合。這種組合當然和他們的歷史經驗有關，但是更重要的是通過這種歷史經驗，他們重新構築了對現實的認識。比如積極批判「現代派」的唐因等人，對夏衍文章中對文藝批評的消極評價很是不滿，並曾親自找過張光年。但是張光年堅持認爲夏衍的文章儘管不全面，畢竟是好文章，而《文藝報》對「現代派」的批評「方法不對，文風不好」。〔註71〕張光年的這一立場和夏衍、巴金的態度形成一種呼應關係。這種關係的重新組合不僅使得文學場的權力格局發生轉換，而且在壓力面前，支持創新的力量進行了一次「聚集」。這種效應進一步促發了新的文學空間特別是先鋒文學的生成。

1.2.3　身份焦慮與現實重構

「現代派」論爭，與文壇秩序重組過程中人們的身份焦慮有直接關係。在舊有秩序遭到破壞的轉型期，不同身份的人都想獲得更多的話語權，論爭也就異常激烈。更何況，80 年代人們有著純正的文學理想，他們相信通過文學途徑可以解決面對現實生活時隱藏在心靈深處的緊張和焦慮。文學論爭很大程度上就是現實焦慮的折射。阿蘭・德波頓在分析藝術作品和創作者身份焦慮的關繫時指出：「眾多的藝術家通過各自的作品，對人們在社會中獲得地位的方式提出質疑。藝術史充滿了對身份體系的不滿。」〔註72〕這在文學論爭中表現得更加明顯。

馮驥才曾談到「現代派」通信，緣起於和李陀的一次對話：「李陀說，咱們轟轟吧，北京的文化氣氛太沉悶了。我說怎麼轟，從哪兒轟？李陀說從藝術上。我說那我們把『現代派』教導教導。」〔註73〕正是在這樣強烈的現實焦慮的動機之下，馮驥才開足馬力打出了第一炮。李陀所說的文化氣氛沉悶，自然和北京作爲政治中心的特殊地位有很大關係，之所以選擇上海，正是看到了上海的特殊地位和文化空間較爲活躍的一面。可以說，在 20 世紀 80 年

〔註71〕張光年：《文壇回春紀事（下）》，深圳：海天出版社，1998 年 9 月，第 424 頁。

〔註72〕【英】阿蘭・德波頓：《身份的焦慮》，陳廣興等譯，上海：上海譯文出版社，2007 年 3 月，第 124 頁。

〔註73〕王堯：《「『現代派』通信」述略——〈新時期文學口述史〉之一》，《文藝爭鳴》2009 年第 4 期。

代的文藝舞臺上，上海和北京上演了新的兩地對話的「雙城記」。在此，人們的身份焦慮與人文地理空間結合在一起。

　　由於特大城市的特殊位置，上海在新中國成立後的國家政治生活中一直扮演著重要角色。這個在「文革」時期具有極「左」面貌的城市，在「文革」結束後又負載了特殊的功能。就連胡喬木，在反對資產階級自由化過程中，也感到了北京的「沉悶」，因而想從上海打開缺口。在一次同《文匯報》主編馬達的談話中，胡喬木詳細介紹了中央對胡績偉、王若水的處理決定。說胡績偉是自己的老朋友，王若水很有才華，但是太頑固。自己雖然爲他們感到難過，但是對於錯誤傾向不能遷就。指出雖然有人不願意反資產階級自由化，但是同資產階級自由化作鬥爭是大是大非問題。馬達認爲，「可能在他看來，反資產階級自由化，在北京阻力不小，他想通過和我的談話，能夠在上海有所進展。」〔註 74〕儘管馬達並沒有做出積極的反資產階級自由化的反應，但從中可以看出上海這一文學空間相對於北京的靈活性和兩重性。

　　像馬達這種對於極「左」有著深刻印記的人，由於矯枉過正的心理，政治傾向發生了很大變化，甚至是根本反轉。但馬達的個案並不足以說明上海缺乏「左」的勢力。事實上，就在李陀等人感到「沉悶」的時候，王元化也看到了上海出現的相似情形：「最近左的似又在冒頭。此間《解放日報》副總編……（新領導班子進駐上海時由軍報抽調來滬搞新聞）居然自稱爲『棍子』，並說打了好人不應該，打壞人有何不可？而且是必要的云云。」〔註 75〕同時，王元化還感受到上海文藝界拉幫結派極爲嚴重，而自己對此深感厭惡，堅決不迎合不投好。雖然沒有招惹什麼事端，但也被冷落在一邊。可見，上海文藝界人事複雜，偏「左」的勢力還是很強大的。李子雲正是有感於此，才堅決發表「現代派」通信，糾「左」的現實指向是非常明顯的。

　　上海文藝界內部的矛盾和京滬之間的矛盾是交織在一起的。批「現代派」和批周揚的間隙，停了半年的作協改革問題重又提上日程，並且在 1983 年 4 月 13 日作協會議上，擬定了作協四大的工作組名單。在這一敏感時刻，張光年 5 月的上海之行就有多重意涵。當時巴金因爲對「現代派」的態度，正處於京滬「傳言」的漩渦之中。在張光年去上海之前，夏衍就囑託其勸巴金「寬

〔註74〕馬達：《胡喬木同我的三次談話》，見《馬達自述》，上海：文匯出版社，2004
　　　　年 11 月，第 95 頁。
〔註75〕王元化：《清園書簡》，武漢：湖北教育出版社，2003 年 1 月，第 568 頁。

心些，超脫些」，周揚也表達了大致相同的意思。張光年到上海後，李子雲親自找他談了巴金的處境和不快，同時還解釋了因不確切的傳言引起的對《文藝報》的誤會。張光年希望加強京滬之間的交流，化解持不同意見者的矛盾。針對上海文藝界的人事糾紛，張光年多方斡旋〔註 76〕，希望上海帶個好頭。其間，鍾望陽、蕭岱向張光年表示，很同意團結杜宣、菡子等人的建議，但各方積怨很深，短時間內幾乎無望，上海文代會很難開成。〔註 77〕巴金也主張各方盡快化解前嫌。胡立教則談到了過去上海市委對巴金不夠重視。在聽了吳強詳細介紹造成分裂局面的歷史原因和複雜背景後，張光年深深意識到上海文藝界「積怨很深」。〔註 78〕

　　從中共十二大到作協四大，文藝界的爭論一直沒有停止，派系鬥爭愈演愈烈。對作協四大的評價，文藝界一位權威人士說是「中國文學史上的遵義會議」，而一位重要黨政領導則認爲「是一個反黨的會議」。〔註 79〕由此可見意識形態論爭的激烈程度。作協四大前夕，《上海文學》以「開創文藝界大鼓勁大團結大繁榮新局面」爲名，編發了一批專題文章，進行輿論造勢。徐中玉清醒地指出文藝界存在的嚴峻形勢：文藝隊伍裏的「三種人」並沒有都查清；一些人仍然在鬧派性，撥弄是非、互相拆臺；很多人不顧大體，只想爲個人保住或爭奪些名位、權力。儘管公然發表「左」的謬論者已經不多，可是針對具體的人與事，「左」的表現還是形形色色，根深蒂固的，所以，徐中玉認爲：「非常需要著重克服和防止『左』的影響，堅決從各方面徹底清除『左』的流毒。」〔註 80〕成谷也意識到文藝界派系之爭的嚴重問題，主張任何形式的哥們兒義氣都應該拆散。「『老哥兒們』可否先帶個頭，身體力行唱一齣『將相和』。變『文人相輕』爲『文人相親』。改『面和心不和』爲『心心相印』。搞小動作，散佈流言蜚語，應視爲整個文藝界的奇恥大辱。丟掉門戶之見、周瑜心腸。排除本位主義、山頭觀念和宗派幫會習氣。拋棄一切陳仇宿怨。」

〔註 76〕 張光年分別會見了巴金；鍾望陽、蕭岱；吳強、徐中玉、于伶、王元化、王西彦、茹志娟、畢朔望；杜宣、菡子；胡立教等文藝界的領導和作家。

〔註 77〕 張光年：《文壇回春紀事（下）》，深圳：海天出版社，1998 年 9 月，第 448 頁。

〔註 78〕 張光年：《文壇回春紀事（下）》，深圳：海天出版社，1998 年 9 月，第 452 頁。

〔註 79〕 郝懷明：《胡耀邦與作協四大》，《炎黃春秋》2010 年第 9 期。

〔註 80〕 徐中玉：《文藝界應該大鼓勁大團結大繁榮》，《上海文學》1984 年 11 期。

〔註81〕這些批評之聲，反證了當時文藝界鬥爭的激烈，《上海文學》作為「開明派」一塊堅固的「陣地」，發揮了重要的宣傳作用。

儘管上海文藝界內部矛盾重重，但尖銳的「上海聲音」還是引起了中央高層的不滿。比如《上海文學》副主編王若望，由於在「反右」以來的政治運動中吃盡苦頭，〔註82〕對當局的批評異常激烈。胡喬木曾專門找他談話，嚴厲地指出「我們是否是一個很好的時代？你所有的文章都未涉及這一點。你很少讀書，發議論不知天高地厚，是非顛倒，你組織上入了黨，思想上未入黨，你已不像黨員了。」〔註83〕明確告誡王若望不能因為個人悲慘遭遇，就將個別現象說成是普遍性的。指出王若望的言行並不僅僅在文藝界、哲學界，也不局限於上海一地，而是反映了一股全國性的潮流。在這股潮流面前，一些馬克思主義者變成了毫不掩飾的自由主義者，更有甚者從根本上懷疑和反對共產黨。值得注意的是，「現代派」就被批評者混入了這股「潮流」。

不過，從批周揚之後對文藝界一些人的處理情況來看，高層似乎對北京和上海在寬嚴的把握還是有一些差別。周揚被批之後，在中宣部做了檢討。發表周揚講話的《人民日報》社長胡績偉被撤職，給周揚起草報告的王若水則被調離《人民日報》，顧驤等人也都不同程度受到處分，各方面受到嚴重影響。胡喬木甚至指責胡績偉周圍存在一個「智囊團」。〔註84〕但是王元化在天津幫周揚起草完報告回上海不久，便被任命為上海市委宣傳部長，在「清污」中也幾乎未被觸動。這或許跟王元化在上海，並不處在意識形態鬥爭的中心有一定關係。

眾多文壇「開明」人士的存在，以及高層中夏衍等人和上海的特殊關係，對上海的文學空間產生了很大影響。比如巴金，雖然很少參與文壇紛爭，但是仍然成為被批判和懷疑的對象。對此，巴金心裏非常清楚：「有人甚至說我是『持不同政見者』，不過他也只敢在背後說，可能今天還在說。」〔註85〕陳

〔註81〕成谷：《不容推卸的時代使命——迎接全國五次文代會的召開》，《上海文學》1984 年 11 期。

〔註82〕王若望：《掩不住的光芒》，北京：人民文學出版社，1983 年 12 月，第 5～7 頁。

〔註83〕轉引自顧驤：《晚年周揚》，上海：文匯出版社，2003 年 6 月，第 91 頁。

〔註84〕張光年：《文壇回春紀事（下）》，深圳：海天出版社，1998 年 9 月，第 502 頁。

〔註85〕巴金：《巴金全集》第 24 卷，北京：人民文學出版社，1994 年 2 月，第 102 頁。

丹晨在 1987 年曾聽過一位文藝界高官的報告。這位在「現代派」論爭時點名批過巴金的官員，在報告中明確指出巴金的世界觀不是馬克思主義的，雖然要團結，但是革命文藝的旗幟只能是魯迅，如果把其它人奉爲旗幟是錯誤的。「不贊成社會主義，不贊成對作品展開批評，主張無爲而治……對這些觀點，我們也不能批評？！當然，我們對於民主主義的作品，還是肯定的。我們沒有宗派主義，我們不是對這樣的同志不尊重。但把他說成旗幟，當作標準，這不行？！」〔註86〕很明顯，這位官員對巴金的一些話有很大的歪曲，背後是別有居心的。巴金雖然不贊成對作家的大批判，但從來沒有反對過文藝批評，更別說反對社會主義了。巴金極力迴避人事糾紛，從未出現過旗幟、標準之類的說辭。同一時期，另一位高官在某校作報告時，公開點名說巴金支持自由化，是「持不同政見者」。在長期的政治鬥爭中，這種批判是非常厲害的，這頂「持不同政見者」的政治帽子，會將一個人置於死地。如果不是巴金，而是另外一個人的話，很可能會面臨一場政治災難。而如果巴金不在上海而在北京的話，恐怕處境會更爲艱難。

高層之所以對巴金等上海文藝界人士如此攻擊，實際上是對上海這一文化空間的嚴重不滿。反過來說，上海文學界正是有了這些文化名人，才在政治的縫隙中開闢了新的「文學陣地」。積極反「左」的人士通過文學刊物進行理論的探討以外，還利用自己的空間，廣泛聯繫和團結年輕作家，在 80 年代的文學生態中，佔據了非常重要的位置。通過對「現代派」的正面維護和對於形式探索的支持，一方面在意識形態論爭中佔據了一個「開明」的位置，另一方面通過對文壇新生力量的扶助獲得了眾多擁蔓。

1.3 「上海聲音」與先鋒文學空間

1.3.1 「上海聲音」與「陣地意識」

「上海聲音」在「現代派」論爭中的出現並非偶然，是文學空間生長的結果。在中共十一屆三中全會到十二大這段時間，一方面是創作上的新局面不斷打開，另一方面理論上的探討始終徘徊不前。當時文藝問題和政治問題

〔註86〕陳丹晨：《走進巴金四十年》，南京：江蘇文藝出版社，2008 年 1 月，第 197 頁。

緊密捆綁在一起，文藝界不同意見群體之間的拉鋸戰非常激烈。同時當代文學學科體系、學科規範遠遠沒有建立起來，爭論大多不是學術意義上的。對揭批極「左」路線作品的評價上，一度出現很強的否定性聲音。比如《犯人李銅鐘的故事》發表後引起很大反響，在全國第一屆中篇小說獎評獎過程中，「河南省紛紛提出反對意見。」〔註87〕南京的陳遼，在寫給劉錫誠的私人信件裏就曾表達了對此現狀的困惑和憂慮。〔註88〕爲了遠離政治，陳遼甚至有過轉向更爲安全的學術領域的想法。身在文壇風暴中心的李子雲內心更爲焦灼。十一屆三中全會召開不久，上海就有人試圖通過對劉賓雁和王蒙的批判製造緊張空氣。在文聯黨組會上，又有人對主要刊發在《上海文學》上的小說進行了一連串兒嚴厲批評，〔註89〕李子雲意識到「有人認爲仍可以打開缺口，擴而大之，範圍越擴越大……看來陣地不守，將無容身之地。」〔註90〕由於文學期刊承擔著規劃組織和引導文學生產的重任，身爲《上海文學》實際負責人的李子雲對文壇動向以及背後的更深的背景有著清晰的認識，所以才會有如此強烈的「陣地意識」。

　　文學空間爭奪戰是現實政治秩序的延伸和擴展。「陣地意識」是歷史的遺留物，是戰爭文化規範影響下，「兩軍對陣」思維模式反覆強化的結果。早在1928年的革命文學論戰中，「上海聲音」就因文化人從北京大規模遷往上海而出現。〔註91〕這次空間轉移強化了政治化和商業化的因素，作家對文學生產有了的不同於五四的全新認識。一大批文學期刊由文學園地轉變成充滿「火藥味」甚至「血腥味」的「陣地」，就連戴望舒、施蟄存等人也把自己流產的

〔註87〕閻綱：《悼犯人李銅鐘》，《隨筆》2001年3期。

〔註88〕陳遼在1981年11月19日的信裏，堅決反對將藝術探索與資產階級自由化混爲一談。因爲在敏感時期，特意在信後強調「這些想法也不一定對，只和您一個人談談，請勿外傳爲盼」。（見劉錫誠：《在文壇邊緣上：編輯手記》，開封：河南大學出版社，2004年9月，第612頁。）

〔註89〕這些作品包括：茹志娟《草原上的小路》（《收穫》1979年第3期），金河《重逢》（《上海文學》1979年4期），王蒙《悠悠寸草心》（《上海文學》1979年9期）、《說客盈門》（《人民日報》1980年1月12日），張弦《被愛情遺忘的角落》（《上海文學》1980年1期）等。

〔註90〕李子雲1980年給劉錫誠的信，見劉錫誠：《在文壇邊緣上：編輯手記》，開封：河南大學出版社，2004年9月，第385～386頁。

〔註91〕曠新年指出，從1927年到1928年，各地文人尤其是北京文化人像候鳥一樣成群結隊向上海遷徙，「造成了中國現代思想文化一次歷史性的大轉移」，「導致了中國現代思想文化性質的根本變化」。（見曠新年：《一九二八年的文學生產》，《讀書》1997年第9期。）

文學刊物稱爲「文學工場」。同時，李初梨在對蘇聯無產階級文化派、拉普派的社會「組織能力」論，以及辛克萊「一切藝術都是宣傳」論整合的基礎上，提出了更爲絕對化的文學價值論思想，指出文學家和革命家是合一的，文學作品不是血和淚，而是機關槍和迫擊炮，是「武器的藝術」。〔註92〕儘管魯迅、茅盾等人都曾批評過「由藝術的武器，到武器的藝術」的口號，但「武器」說因特殊的政治原因在之後的文學史中佔據重要位置。抗戰期間，茅盾特別強調文藝運動「須要在各地多多建立戰鬥的單位」，刊物「也是戰鬥的刊物」〔註93〕。在革命戰爭年代，文藝報刊作爲「陣地」，確實發揮了自己應有的武器功能和宣傳、鼓動功能。只不過歷史進程卻將這種功能推到極端，「文革」期間《紅衛兵戰歌》開頭便是「拿起筆，作刀槍，集中火力打黑幫」，對「陣地意識」的極端強調走上了歷史的反面。

「文革」結束後，文藝報刊逐漸由陣地轉變爲文藝「園地」，但潛在的「陣地意識」卻在暗中制約著人們的文學空間想像。直到 80 年代末還有人大力鼓吹「加強陣地意識」。這種對「陣地」的控制，其思維邏輯無非是敵我有別，「黨同伐異」。〔註94〕作爲審美文化活動，文藝不應被列入「武化」範圍，強調陣地功能「只能培養出一批一批的『爆破手』、『狙擊手』……使許多忠於人民文藝事業的辛勤的園丁，不斷倒在他們的槍口、炮口、明槍、暗箭之下。」〔註95〕在 1979 年 3 月 16 日召開的「文藝理論批評工作座談會」上，這種「以階級鬥爭爲綱」的極端「陣地意識」成爲與會者最爲關心的、也最爲棘手的關鍵問題。李子雲敢爲天下先的發言，以及其後以「本刊評論員」的身份在《上海文學》刊發的專論，對這個多年來困擾人們的命題進行了徹底的批判

〔註92〕 李初梨説「我們的文學家，應該同時是一個革命家。他不是僅在觀照地『表現社會生活』，而且實踐地在變革『社會生活』。他的『藝術的武器』同時就是無產階級的『武器的藝術』。所以我們的作品，不是像甘人君所説的是什麼血，什麼淚，而是機關槍，迫擊炮。」（見李初梨：《怎樣地建設革命文學》，《文化批判》1928 年 2 期。）

〔註93〕 茅盾爲 1938 年 4 月 16 日《文藝陣地》創刊號寫的《發刊辭》，見徐迺翔主編：《中國新文藝大系（1937～1949）理論史料集》，北京：中國文聯出版社，1998 年 11 月，第 821 頁。

〔註94〕 顧驤認爲這種人「無非是要在他們所控制的『陣地』內，讓老棍子，『新蒡』小棍子們舞槍弄棒；無非是要在他們控制的『陣地』內，對文藝簡單地、片面地、過分地、任意地賜以『資』或『社』的姓氏，以達到黨同伐異的目的。」（見顧驤：《「陣地意識」探》，《海邊草》，北京：人民文學出版社，1995 年 7 月，第 88 頁。）

〔註95〕 何西來：《文學觀念轉變與陣地意識》，《當代作家評論》1992 年第 6 期。

和剖析。〔註 96〕李子雲對「陣地意識」負面效果的清理，在充滿不確定性的歷史時期起到開關性的破冰作用。

　　弔詭的是，李子雲等人恰恰是以「陣地意識」的邏輯來反對「陣地意識」的。這一思維方式是單一政治權力結構的派生物。「文藝從屬於政治，文藝爲政治服務」的口號延續了幾十年，在一些人心中已經具有了「常識」的意義，成爲「一座難攻不落的堡壘」。〔註97〕它在社會轉型期仍然發揮著重要作用，文藝界人士在文壇占位時存在較爲明確的「陣地意識」。直到 1980 年 1 月 16 日，鄧小平才在中央幹部會議上提出廢除這個口號。〔註 98〕由於講話沒有公開發表，所以直到 1982 年，還有人還對不提文藝爲政治服務的口號提出不同意見。可見，對自己一貫堅持的文藝理論的重新檢視，是很多當事人所不願面對的。李子雲等人在當時之所以高度警惕，是因爲文藝界的新局面剛剛打開，這一局面的出現是得到中央高層「開明派」支持，論辯各方艱苦「談判」的結果。在這個關口，誰都無法預言將會出現怎樣的複雜變局。

　　「現代派」問題之所以會成爲文藝界意識形態論爭的焦點，就是源於論爭各方潛在的「陣地意識」。論爭之前，包括王蒙、宗璞、茹志娟等中年作家在內的不少人，已經開始大量借鑒現代藝術手法。批評家們對此幾乎沒有什麼異議。在他們看來，新時期文學之所以成就高於「十七年」，一個很重要的因素就是藝術上的探索和革新。《文藝報》兩度組織「文學表現手法探索筆談」，並在「編者引言」中聲稱：「藝術手法的革新，是文藝發展的必然規律」。討論中，王蒙把藝術手法同人物性格聯繫起來，認爲「略過外在的細節寫心理、寫感情、寫聯想和想像、寫意識活動」，「探索人的心靈的奧秘」，「並沒有什麼不好」。〔註 99〕同樣運用意識流手法的宗璞，借美國朋友之口說：「中國作品不重視技巧，只有生活」〔註 100〕。李陀認爲形式探索是文學創新的焦點，並且指出在現代西方世界的文學格局中，「現實主義流派是支

〔註96〕張守仁：《文壇風景》，北京：中國工人出版社，2002 年 12 月，第 222 頁。

〔註97〕崔道怡、夏衍、李子雲：《文藝漫談》，《人民文學》1988 年第 5 期。

〔註98〕鄧小平指出「我們堅持『雙百』方針和『三不主義』，不繼續提文藝從屬於政治這樣的口號，因爲這個口號容易成爲對文藝橫加干涉的理論依據，長期的實踐證明它對文藝的發展利少害多。」（見鄧小平：《目前的形勢和任務》，《三中全會以來——重要文獻選編》，北京：人民出版社，1982 年 8 月，第 301 頁。）

〔註99〕王蒙：《對一些文學觀念的探討》，《文藝報》1980 年第 9 期。

〔註100〕宗璞：《廣收博採，推陳出新》，《文藝報》1980 年第 9 期。

流。」〔註 101〕雖然並沒有說這是中國文學的發展方向，但是卻充分肯定了形式探索的意義。即使不同意李陀的觀點，與之進行商榷的人也主張「文藝變革的潮流，是不可阻擋的。文學表現手法的探索，也勢在必行。」〔註 102〕當然，所謂將文藝創作上的探索和理論上的探討從政治中剝離出來，這一說法本身就帶有很強的政治性，但由於先鋒文學空間尙不明顯，形式探索基本上是在擴展現實主義的框架下討論，所以並沒有多少人質疑。《文藝報》也與之後對「現代派」的態度大相徑庭。

　　眞正開始論戰，是因爲「上海聲音」的出現觸及到文學合法性的解釋權。主張形式試驗的作家不再以具體創作實踐，而是轉而用理論思考的方式來表達自己的文學見解。此時的形式實驗意味著對文學有效性的區分和認定。在明確的「陣地意識」支配下，文學解釋權成爲各種社會力量資源對文學空間的控制和爭奪的目標。在福柯看來，空間被權力、知識等話語塡充，權力關係的空間化構成「權力的地理學」。哈維也認爲空間是社會力量的「容器」，「重建力量關係的任何鬥爭，都是一種重組它們的空間基礎的鬥爭。」〔註 103〕不同文化資本通過重新塑造其地理基礎不斷對文學空間進行解構，被各種意義塡充的文學空間成爲不同利益群體爭鬥和協商的場所。在歷史的跌宕變化中，同一文學空間表達出不同的意義。即使在同一時刻，文學空間也會因論爭者的不同解讀而具有多重意蘊。在中國當代歷史實踐中，由於國家對空間的政治性宰制，論爭者對文學空間的處置含有明顯的政治象徵意義，對空間的態度就是一種政治態度。「上海聲音」的出現，表明對文學合法性的理解出現了嚴重分歧，文學空間開始裂變。

1.3.2　王元化：「太重字面或形式」

　　雖然 80 年代文學界的負責人和編輯存在明顯的陣地意識，但是這個陣地又是不斷變動的。既有時間上的變動更有空間上的變動。一個陣營的人可能在下個月就會成爲另一個陣營裏的人。即使同一陣營裏的人觀點也有可能會出現很大差異。之所以會出現這種情況，和過渡時期文壇內部的不斷分化有

〔註 101〕李陀：《打破傳統手法》，《文藝報》1980 年第 9 期。

〔註 102〕小仲：《能這樣「打破傳統手法」嗎？》，《文藝報》1980 年第 12 期。

〔註 103〕【美】戴維・哈維：《後現代的狀況——對文化變遷之緣起的探究》，閻嘉譯，
　　　　　北京：商務印書館，2003 年 11 月，第 297 頁。

很大關係。雖然創新成為反「左」的代名詞，但是對於創新的理解則有很大
不同。

王元化在 1980 年 12 月 3 日致蔣天佐的信中寫到：

> 你寄給《上海文學》編輯部的大作和信，他們都交我看過了。
> 我是同意你的意見的。劉白羽那篇文章，許多人都有看法，公開討
> 論，我認為很有必要。你文章最後一段，我讀後很感動，可以從中
> 體會你這些年來的心情。因此，我向《上海文學》編輯部和老鐘錶
> 了態，希望他們考慮發表。〔註 104〕

王元化信中所提到劉白羽的文章指的是發表於《紅旗》雜誌的《與新的時代、
新的群眾相結合》。文章認為：作家、藝術家必須堅定地實現同新的時代，新
的群眾相結合。在新時期新人新事物層出不窮的大變革時代，要與兩種錯誤
傾向作鬥爭：一是思想僵化、半僵化；二是追求資產階級自由化。劉白羽堅
定地指出：「長期地、無條件地，全心全意地投入實際鬥爭，是實現文藝工作
者同新的時代，新的群眾相結合的根本途徑。」〔註 105〕劉白羽所用的理論資
源是《講話》，歷史依據就是延安時期的文藝實踐。作家「長期地、自覺地深
入群眾鬥爭生活」，以自己鏤骨銘心的體驗，迅速反映現實鬥爭生活，通過描
寫「新的人物，新的世界」，謳歌新的時代。

蔣天佐認為劉白羽雖然在文章中大力強調解放思想，反對本本主義，倡
導實事求是探索新問題，但是口頭聲明和思想實際並不一致。針對劉白羽文
章的觀點和依據，蔣天佐逐一進行了商榷。首先對劉白羽把新時期和延安時
期的歷史情況簡單比附進行了質疑。認為當年延安文藝工作者面臨的時代難
題，確實通過文藝座談會解決了，但是把新時期的變化同延安時期的「從國
統區到革命根據地」的變化混為一談是缺乏說服力的，只會引起思想的混亂。
對於劉白羽強調的作家、藝術家「必須深入當前群眾鬥爭生活」這個已經迫
不及待的問題，蔣天佐認為表面上看說法很響亮，很動聽，但實際上潛臺詞
是現在文藝工作者們脫離實際、脫離群眾的嚴重，已經到了令人難以容忍的
地步了。也就是說，在劉白羽的心目中，文藝工作者迄今尚未參加四化建設，
還有待於創造條件去參加。等於變相否認這些人在四化建設中的主人翁地
位。如果真正承認他們的地位，就應該要求他們熱愛並且做好自己的本職工

〔註 104〕王元化：《清園書簡》，武漢：湖北教育出版社，2003 年 1 月，第 561 頁。
〔註 105〕劉白羽：《與新的時代、新的群眾相結合》，《紅旗》1980 年第 20 期。

作，因爲書齋無罪，所以也沒有必要號召什麼「走出書齋」。對於劉白羽所說的描繪「新的人物」和塑造英雄形象。蔣天佐認爲劉白羽除了強調了一些抽象的原則，到底哪些人是當代的新人物，含糊其辭，並沒有說清楚。「如果在當前社會主義四化建設的新時期，仍然認爲新的英雄人物只能在工農兵群眾中間去找，那是不夠的了。客觀存在的事物應該有足夠的力量說服我們。當代的新的人物，應當包括獻身於社會主義四化事業的屬於工人階級一部分的廣大知識分子在內。」〔註 106〕從蔣天佐的反駁中，可以清晰地看到他質疑的焦點是文藝工作者是否在「人民」之外。

劉白羽之所以發表這篇文章，當然具有很強的現實針對性。在經歷了傷痕文學的討論之後，文藝創作一方面不斷突破禁區，出現了前所未有的繁榮，另一方面，在一些領導者看來，「撥亂反正」過了頭，必須加以嚴格管制。從基層到高層領導之間，爭論相當激烈，甚至出現了針鋒相對的鬥爭。有人指出，之所以很多地方出現行政干涉文藝創作的現象，是因爲領導思想不解放，處於僵化半僵化狀態。有的則是對於三中全會路線，在思想上有很深的牴觸，甚至還有個別人生怕觸到自身的痛處，對於那些揭露現實醜惡和不正之風的作品橫加干涉。針對這一現實，「各級黨委應當幫助這些同志端正自己的思想路線，按照黨的政策辦事」。〔註 107〕鄭伯農對當時的情況有著更深的認識，他指出在基層一些單位，「負責人不但可以任意侵犯文藝工作者的藝術民主權利，甚至可以任意侵犯人權，打擊、處罰文藝工作者，扣發工資，進行人身污辱。」針對這一嚴峻現實，他主張「需要有具體，明確的文藝立法」，「保障憲法已經確定的文藝工作者的民主權利。」與此同時，要改革對文藝作品的審查制度，改變過去層層把關的審查方式，由文藝團體自行審查。對於存在缺點或錯誤的作品，通過文藝批評來解決：「用批評和獎勵的辦法代替強行禁止和強制推廣。只是對於那些違反憲法、違反社會主義法紀的東西，國家才進行強制干預。」〔註 108〕

由於歷史的複雜性，持不同意見者除了或明或暗的鬥爭之外，即便所說的大致相同的話，背後的具體所指也常常會有很大不同，同時在具體執行過程中也會走樣。被認爲比較「左」的《紅旗》，除了組織了談論文藝改革的稿

〔註 106〕蔣天佐：《蔣天佐文集》，南昌：百花洲文藝出版社，2005 年 4 月，第 198 頁。
〔註 107〕沙童：《對文藝不要橫加干涉》，《紅旗》1980 年第 18 期。
〔註 108〕鄭伯農：《文藝體制應當科學化、民主化》，《紅旗》1980 年 24 期。

件之外，也發表了一些作家的個人體會。在劉白羽之前，周克芹曾發表了一篇和劉白羽觀點接近的文章。周回憶自己創作起步階段，正是認眞學習了《講話》，印象最深刻的是：「必須長期地、無條件地、全心全意地到群眾生活中去。」〔註109〕周克芹結合自己《許茂和他的女兒們》的創作，談到作品的成功並沒有什麼秘密，只不過是由於長期同基層群眾生活在一起，與農民思想感情比較一致罷了。四姑娘、金東水、顏少春等人物的遭遇、苦惱，自己也同樣遭遇過。因爲生活在農民中間，不必拿著筆記本去採訪搜集材料，人物就浮在自己眼前。周克芹強調群眾的生活是文學創作的唯一的源泉。作家在任何時候都不應有什麼特殊優越感。

　　如果單單從創作角度看，周克芹的說法是有一定道理的。具體來看，雖然他和劉白羽都強調深入群眾生活，但所強調的具體內涵有著很大不同。周克芹的生活經歷和他的創作經驗顯然是一體的，即使不談深入群眾，他自身也是群眾中的一員。劉白羽所強調的顯然是另一回事兒。劉白羽的用意是以延安文藝工作的經驗來指導新時期文藝工作。且不說延安的文藝工作經驗本身的問題，即使這個經驗在當時有一定合理性，面對已經變化了現實，其合理性也會大打折扣。正是在這個意義上，在蔣天佐看來，這是非常「左」的，因而與劉白羽的論爭自然包含著「反左」的內涵。長期以來，「有些論者學會了一個永遠立於不敗之地的訣竅，就是搶佔最最左的位置，那麼你在任何時候從任何立場發言反對他，你的意見總是『從右邊來的』。因此，凡事總向左邊多跨幾步再說話才好，寧左勿右於是成風。」〔註110〕這就導致了許多口號表面很動聽，但是在具體應用過程中是脫離實際的。

　　在這一問題上，王元化當時的看法和蔣天佐十分接近。在 1981 年 1 月 30 日致蔣天佐的信中，王元化寫到：「四個堅持固需大力宣傳，但把堅持化爲兩個凡是恐大有人在。劉白羽即有此種味道。但中工會議傳達後，文藝界的痼疾『左比右好』似又抬頭，思想混亂情況頗嚴重」。〔註111〕到 1981 年底情況有所好轉，王元化在 12 月 25 日給蔣天佐的信中說：「最近北京作協召開理事會，耀邦、周揚均有講話，我認爲這些講話可糾正前一陣某些左傾思潮，甚至凡是觀點的回潮」。〔註112〕也正因爲基本觀點的一致和政治傾向上的一致，

〔註109〕周克芹：《堅持深入群眾的鬥爭生活》，《紅旗》1980 年第 18 期。
〔註110〕蔣天佐：《蔣天佐文集》南昌：百花洲文藝出版社，2005 年 4 月，第 191 頁。
〔註111〕王元化：《清園書簡》，武漢：湖北教育出版社，2003 年 1 月，第 565 頁。
〔註112〕王元化：《清園書簡》，武漢：湖北教育出版社，2003 年 1 月，第 566 頁。

王元化才極力推薦蔣天佐的文章，而蔣天佐自己也分別將這篇文章寄給了周揚、陳荒煤等人。王元化 1983 年在北京見到周揚後，專門問起過蔣天佐的信，並且就自己同意蔣文的立場表了態，但正忙於號召文藝界加強團結，思考如何改善黨的領導和文藝體制的周揚，由於種種原因，好像並沒有看到蔣的信件。

儘管王元化極力推薦，但是《上海文學》卻好像沒有發表蔣天佐文章的意思。蔣天佐曾在病中寫信給王元化提到過這一情況。因爲之前《上海文學》編輯部同意王元化的意見，讓蔣天佐修改後發表，於是王元化找到編輯部，得到的答覆是並非退稿，而是請蔣天佐修改後寄回，但是蔣不準備寄回去了。實際上，《上海文學》編輯部對王元化撒了謊。因爲大約兩年後，蔣天佐將《上海文學》編輯部的回信寄給王元化。王元化才意識到事情並非如自己所想，於是大發感慨：

> 你信中所說（並附《上海文學》編輯部信），我讀後，有些詫異，因他們對我說的和事實有出入。現在世事往往如此，良可慨歎。文聯主席是巴金（他不管事），黨組書記是老鍾，《上海文學》主編也是他，理論組看稿者（即和我談此事者）是位青年，你不會熟悉的。我僅是文聯黨組成員而已。上海文代會未開，所以我只是作協一個普通會員。你大概久未工作，對目前各單位作風不一定瞭解。上面的話，下面不執行是常事。所以老鍾也有難言之隱，望諒之。〔註113〕

對於王元化所說的情況，當然沒有理由懷疑其眞實性。但是還是讓人多少感到有些詫異，難道鍾望陽在自己主編的刊物上發表一篇文章都做不到？當時負責評論組的是李子雲，現有材料還無法證實當時李子雲或者其它人對這篇文章的態度。但把事件解釋成上級做不了下級的主，似乎有些牽強。或許並非是什麼「上面的話，下面不執行」，可能編輯部經過討論，最後形成的意見是不予發表。

按說就反「左」來說，《上海文學》編輯部同仁和王元化應該是站在同一個戰壕裏的，要不然蔣天佐也不會向《上海文學》投稿，王元化也不會極力推薦。爲什麼編輯部如此不給王元化面子呢？在王元化 1981 年 1 月 30 日給蔣天佐的信中曾說，因爲「左」開始抬頭，思想嚴重混亂，「作者們、編輯們紛紛揣測，心存猶豫，在此情況下，《上海文學》顧慮重重，無法披露尊文。

〔註113〕王元化：《清園書簡》，武漢：湖北教育出版社，2003 年 1 月，第 574 頁。

內中情況頗複雜，決非三言兩語可盡。」〔註114〕為了避開「左」的風頭，王元化決定將蔣文轉給《文藝理論研究》，因其偏重學術性，不如《上海文學》《文藝報》《文學評論》等刊物惹眼。當然可能有這種原因，但從《上海文學》公開對抗中國作協領導馮牧，刊登關於「現代派」的通信來看，這個理由似乎並不充分。

　　如果細究的話，雖然都在強調反「左」，都不同意劉白羽文章的觀點，但是蔣文和《上海文學》編輯部，尤其是評論組負責人李子雲的觀點也有很大差異。蔣天佐只是強調《講話》提出的時代和群眾問題有著特定歷史階段的明確含義，不能用來作為新時期的指導方針。而對於當年延安時期，文藝工作者迫不及待的改造任務並不否認，相反對其正確性是高度肯定的。認為這條「一定會發生許多痛苦、許多磨擦」的、長期的、艱難的思想改造是知識分子惟一的必由之路。蔣文對一般知識分子的認識是有「比較容易脫離實際、脫離群眾的毛病」，只是強調並不能以此「就認為知識分子終究是不可取的，或者終究『不是自己人』」。〔註115〕這和李子雲的主張有著很大差異。在歷史的巨大轉折面前，這種情況是很正常的。

　　李子雲和王元化的文學觀念也有很大差異。比如關於新形式的探索問題，李子雲就王蒙《蝴蝶》的新形式——主要是所謂意識流的實驗——寫信細緻探討過。李子雲認為形式的探索並沒有給《蝴蝶》增色，反而是一種浪費。形式的探索至少犧牲了兩個非常出眾的人物——海雲與秋文。兩個性格強烈的時代女性，因為文章的整體結構方法的限制，本來應該豐滿動人的人物形象的性格特徵，卻根本不可能充分展開。但是這種新的形式用在《雜色》上則非常合適。被下放到邊疆牧區當統計員的曹千里，騎馬去夏季牧場時由四周景物所觸發的雜色斑駁的思緒，隨著人物的思緒遊動，不受時空的局限，隨手拈來，令人目不暇接，最大限度容納了豐富深厚的內容，寄寓了太多的人生的感慨，斑駁的畫面中透露出不滅的理想之光，淋漓盡致地展現了縈繞在作家心頭的「風雨三十年、故國八千里」的錯綜複雜的感慨。新的寫法大大擴展了作品的容量。由此，李子雲認為：「你的新的創作試驗，對於人物較多，事件頭緒比較紛繁的題材，顯得有些礙手礙腳，有時不免削足適履。它倒適合於人物單一、『無』情節的題材。」

〔註114〕王元化：《清園書簡》，武漢：湖北教育出版社，2003 年 1 月，第 565 頁。
〔註115〕蔣天佐：《蔣天佐文集》，南昌：百花洲文藝出版社，2005 年 4 月，第 197 頁。

〔註 116〕李子雲對於新形式的探索沒有任何質疑，只是強調形式的實驗要與表達的內容最大限度地交融在一起。

就新形式的探索，王元化曾發表《和新形式探索者的對話》。對於這篇文章，王蒙曾以尖銳的反批評方式給王元化寫了回信，以至王元化說：「您的批評文章使我感到意外。我一直是把您當做並肩的戰友看待的。不管您怎樣看待我，我還是應公正地承認您在文學上的成就和貢獻。不過，您指出的文法問題我將不摻雜任何感情成分在內地完全被動式地辯明幾句。」〔註 117〕對待新形式的問題本來應該是一種文學觀念的正常爭論，但在特殊歷史時期，爭論者爲它賦予了不同內涵，只不過在王元化看來這僅僅是「同一戰壕」的內部爭論。

形式上的意見，也是《上海文學》編輯部對於蔣天佐文章的主要不滿。從王元化 12 月 18 日給蔣天佐的信中，可以看出《上海文學》給蔣天佐的修改意見中指出了其文章「語錄對語錄」的毛病。爲此，王元化一方面指出編輯部的想法「恐怕也不是敷衍之詞」，但同時也寬慰蔣天佐：「他們是較解放的，但也許太重字面或形式，而不能體會作者的用心和文章的實質。我覺得目前有股風氣，把嗓子大調門高，叫得最響的認爲才是最解放，而忽視這類文章往往只是想取得譁眾取寵的效果。」〔註 118〕王元化始終認爲蔣天佐抓住了文藝上的一個重要問題，而並不在乎形式上的問題。《上海文學》編輯部強調「陣地意識」，但是對於文章的文風有明確的要求。王元化所謂的「太重字面或形式」，恰恰說明編輯部對於文章形式的要求。

1.3.3 「現代派」與左翼文學：曖昧的歷史記憶

作爲一種權力流通媒介，文學空間一方面不斷受到衝擊而失去完整性和同質性，另一方面又總是力圖維持自身框架範疇的相對穩定性。由於時局的複雜性，「現代派」論爭中的「陣地」也並非固定的，而是在流動中不斷轉化，在空間的重新配置中重繪文壇地貌圖。「上海聲音」的存在使得文壇出現了多層次的權力空間，對文學觀念的演變、文學群落的生成具有重要的潛在影響。甚至可以說，如果沒有上海這個文學空間的存在，「現代派」論爭很可能不會

〔註 116〕李子雲、王蒙：《關於創作的通信》，《讀書》1982 年第 12 期。
〔註 117〕王元化：《清園書簡》，武漢：湖北教育出版社，2003 年 1 月，第 29 頁。
〔註 118〕王元化：《清園書簡》，武漢：湖北教育出版社，2003 年 1 月，第 563 頁。

發生。表面上看，好像僅僅是《上海文學》的負責人李子雲，以及與上海有著深刻關聯的夏衍、巴金等幾位文化老人的支持下，展開的一場文學形式的論爭。實際上，這並非一個獨立、偶然的事件，而是和社會結構性轉型過程中文學場域的變化有關。

「現代派」對於文壇老作家來說，實在不是什麼新鮮事，只不過長期被革命話語所壓抑。由於接受環境高度封閉，「文革」後出現的青年作家幾乎沒有聽說過「現代派」，更遑論讀過現代主義作品了。頗有意味的是，80 年代文學界爭取「現代派」合法性的邏輯，與 20 年代「現代派」概念最初引入時如出一轍。1921 年，陳望道在翻譯昇曙夢的文章時，用「摩丹派」指代英文的「Modernism」。〔註 119〕這是「現代主義」這一術語在中國首次使用，同時譯文中所列作家也正在本土現代主義的形成過程中扮演著重要角色。昇曙夢認為 19 世紀 90 年代俄國頹廢派象徵主義得益於西方的現代主義。同樣的歷史邏輯被中國文學界接受下來，「通過用時間差別來代替中西間的地理差別，西方現代主義被視作中國文學的未來和文學目的論意義上的終極目標。」〔註 120〕對進化論的線性時間觀的崇拜，成為現代主義本土合法化的結構性原則。依據同樣的邏輯，現代主義在 1949 年之後被「社會主義現實主義」所取代，80 年代「現代派」的倡導者再一次翻烙餅。

為「現代派」合法性進行辯護的文學界人士，無論是創作經歷還是文學觀念都存在顯著差別。比如巴金和夏衍，在 30 年代一位奉行無政府主義，一位則是左翼文學的領導。經過「文革」激進主義的衝擊，他們對「現代派」都採取支持態度。這一變化與整個社會結構性調整中文學體制的變化息息相關。「藝術體制的『進步』帶來的是體制的總體利益與行動者的局部利益之間差異化進程的加劇，它造成了藝術體制的總體性權威與藝術家主體的權威之間的斷裂。藝術家一方面固然需要通過遵循一定的原則來獲得自身身份的合法性和個體的權威；另一方面卻又在不斷地否定和對抗中改造和重構藝術體制本身。」〔註 121〕如果說巴金和夏衍等人在「十七年」時期不斷協調自己和

〔註 119〕【日】昇曙夢：《近代俄羅斯文藝的主潮》，陳望道譯，《小說月報》1921 年第 12 卷的「號外」（「俄國文學研究」）。

〔註 120〕【美】史書美：《現代的誘惑：書寫半殖民地中國的現代主義（1917～1937）》，何恬譯，南京：江蘇人民出版社，2007 年 4 月，第 66 頁。

〔註 121〕殷曼楟：《「藝術界」理論建構及其現代意義》，北京：社會科學文獻出版社，2009 年 6 月，第 263 頁。

體制的衝突的話，那麼到了「文革」與「藝術體制的總體性權威」發生巨大斷裂，這也是他們重返文壇後「改造和重構藝術體制本身」的動因，因爲對體制的改造需要新的合法敘述爲基礎。

僅僅從權力爭奪來考慮，無法看到深層的歷史關聯，只有通過作家與文學體制的張力關係，才能對他們的占位進行有效解釋。歷史地看，這些老作家所聯繫的是上海另一個被壓抑的傳統。巴金、王西彥、施蟄存、許傑、魏金枝等作家，是建國前上海的城市知識分子。他們和來自解放區的知俠、菡子、吳強、峻青、茹志鵑等革命作家，代表了兩種不同的文化傳統。這兩個傳統在新時期文學體制重建過程中發揮了不同作用，針對被「文革」架空的「左翼文學」的一元化地位，爲傷痕文學吶喊時，目標是一致的，但是面對「現代派」，態度顯示出巨大差異，這也是北京和上海文學界對「現代派」不同態度的原因。夏衍和巴金等人之所以走得更遠，與特殊文化氛圍中形成的文化人格有關，其背後起支撐作用的參照系是上海歷史上的多元文學空間。被喚醒的海派文化的歷史記憶，成爲一代文人對抗「文革」激進思潮的重要資源。

這裡涉及到左翼文學和「現代派」之間的複雜關係。左翼文學在逐步確立自身合法性的過程中，建立了一套強大的排斥機制。以左翼文學爲主流的「當代文學」，在文化資源的選擇上，與西方文學，特別是現代主義文學的關係最爲緊張。它的確立建立在對「現代派」激烈拒絕態度之上。這種拒絕，一方面通過對受其影響的作家公開批判的方式進行，另一方面「借助信息的掩蓋、封鎖來實現，用一種幾乎不動聲色的方式，把它們剝離出去。」〔註122〕「十七年」時期對西方現代主義文學的有限介紹，也主要是在批判資本主義的意義上進行的。〔註123〕但作爲一種歷史記憶，「現代派」即使在「文革」時期也沒有徹底消失，而是以一種隱蔽的方式生存下來。有著大批人文知識分子的上海，對這一知識譜系的延續起到了重要作用。70 年代初，隨著國內外形勢變化，上海的幹校成立由草嬰負責業務的「翻譯連」，以集體作業的方式翻譯了大量西方著作。這批被稱爲「白皮書」的譯作，在文化資源荒蕪的歲

〔註122〕洪子誠：《左翼文學與「現代派」》，《文學與歷史敘述》，開封：河南大學出版社，2005 年 10 月，第 75 頁。

〔註123〕主要包括：1957 年《譯文》對波特萊爾的譯介；50 年代中期至 60 年代初，「迷惘的一代」因爲對資本主義的批判性被引入；1956 年～1958 年，爲了引導青年創作，茅盾在《夜讀偶記》中對歐美現代派的介紹；60 年代上半期，内部發行供批判用的「黃皮書」、「灰皮書」系列。（見方長安：《「十七年」文壇對歐美現代派文學的介紹與言說》，《文學評論》2008 年第 2 期。）

月，成為上海讀書人寶貴的精神食糧。閱讀白皮書成為一代文化人永遠難忘的回憶，「為他們『文革』後最先接受大量湧入的現代西方的新思想做了重要的鋪墊。」〔註124〕當這一知識資源在新時期得到合法表述時，成為人們進入西方文學的一條捷徑，文學界對「現代派」的熱衷正是對左翼文學所建立的巨大排斥力量的強力反彈。

　　從左翼文學和「現代派」的複雜糾結可以看出上海這座城市的「兩重性」。它既與上海在世界格局中的特殊性有關，也與城市本身的結構性特性有關。「這座中國最『洋化』的城市，也是民族意識覺醒和群眾革命動員最早的城市。」〔註125〕在它資本主義發展的黃金時期，也成為革命力量高漲的熔爐。之後的歷史進程中，既出現了張愛玲等人的海派，又出現了「文革」期間的極「左」思潮。上海本身的駁雜只能放在世界性背景下進行解釋。當全世界不同膚色、不同國家的人齊聚這裡，上海真正成為一個多元文化混雜的城市。正如從那個時代過來的柯靈所描述的：

　　　　她又是個獨特的世紀大舞臺，無數應運而生的角色，竟演匪夷所思的戲劇。碧眼金髮的白種人是主角，扮演淨丑的是買辦、西崽；中國第一代的工人和民族資本家開始登場，紅眼睛綠眉毛的黑社會幫口也出現了。青樓賣笑，紅袖添香，原是封建時代的舊瘡疤，此際更是迤邐結對，蜿蜒成市，可憐那些粉白黛綠、被侮辱與損害的寄生草，竟找到了一棵同樣是被侮辱與被損害的寄生樹。〔註126〕

在這樣的歷史大背景下，無論是「現代派」的「情慾與道德的衝突」，還是左翼知識者的「革命渴望」，「都因依於上海空氣。」〔註127〕它們共同成為上海城市性格的組成部分，與時代氛圍相呼應。換句話說，兩者在現代想像中，都體現了都市意識上的「先鋒性」。施蟄存當時的「現代派」文學觀念，主要受日本盛行的「新興文學」、「尖端文學」等新概念影響。理論資源包括從蘇聯到西歐，以及英美的所有新型式的文學。蘇聯文學讚美機器、歌頌集團，描繪未來美景，西歐文學歌頌都市摩天大樓，強調個人主義，探究人的潛意

〔註124〕鄒振環：《20 世紀上海翻譯出版與文化變遷》，南寧：廣西教育出版社，2000 年 12 月，第 347 頁。

〔註125〕【法】瑪麗‧格萊爾‧白吉爾：《上海史：走向現代之路》，王菊、趙念國譯，上海：上海社會科學院出版社，2005 年 5 月，第 12 頁。

〔註126〕柯靈：《如果上海寫自傳》，《柯靈七十年文選》，上海：上海文藝出版社，1996 年 4 月，第 294 頁。

〔註127〕趙園：《北京：城與人》，上海：上海人民出版社，1991 年 8 月，第 247 頁。

識。但兩者都體現了對 19 世紀文學的反叛。上海的「現代派」們同樣「把十月革命後的蘇聯文學也看作是現代派的文學。」〔註 128〕可見「現代派」引進時的功能主義色彩，它的叛逆性和左翼有著內在的一致性，都受一種線性進步時間觀的支配。

新中國成立後，經過層層簡化和扭曲，「現代派」成了左翼的對立面。延安成長起來的革命幹部，對城市懷有本能的不信任感，更別說上海這個被指認爲充滿寄生蟲、罪犯、難民和冒險家的城市。經過改造，上海迅速建立起新的經濟與社會體制。經濟上的有效性，使上海依然在新中國具有重要地位，但也是意識形態鬥爭最爲激烈的地方。從 1953 年到 1955 年，高饒事件、潘漢年案件、胡風案件等政治事件，對上海產生了嚴重影響。伴隨著政治整肅和文藝批判運動，激進主義思潮開始抬頭。1957 年 12 月 25 日，柯慶施《乘風破浪，加速建設社會主義的新上海》的長篇報告，爲製造「大躍進」的全國輿論鳴鑼開道，受到毛澤東的大力讚賞，以至於在在南寧會議上誇獎說「北京不出眞理，眞理出在上海出在地方上」。〔註 129〕文學上，柯慶施 1963 年提出的「大寫十三年」，成爲上海衡量文學創作的唯一標準。隨著激進思潮不斷推高，上海一度被作爲城市「革命」的典型，「文革」期間，成爲極「左」勢力實施政治陰謀和炮製「陰謀文藝」的大本營。

1.3.4 「都市性」與「先鋒性」：糾結的文學空間

80 年代的上海，城市功能處於一個相當曖昧的時期。在政治轉型和經濟轉軌的歷史舞臺上，上海都不佔有絕對優勢。日常生活中，「上海大多數人都感覺到，這個城市的節奏在減慢，而不是在加快。」〔註 130〕昔日的「東方巴黎」在不斷鄉村化之後又開始邊緣化，但隨著城市的改革和人們的現代化想像，上海的都市文化開始復蘇。由於現實動因和歷史記憶的糾纏，使得和城市的結構性特徵相對應的文學空間出現了新的內涵，並在一個相對自由的空當中進行歷史修補。

「文革」期間，極「左」政治勢力將上海潛在的政治功能發揮到極致。製造各類案件 31 萬多件，株連 100 多萬人。「叛徒」、「特務」、「走資派」的

〔註 128〕施蟄存：《關於「現代派」一席談》，《文匯報》1983 年 10 月 18 日。
〔註 129〕李銳：《「大躍進」親歷記》，上海：上海遠東出版社，1996 年 3 月，第 56 頁。
〔註 130〕【美】邵德廉：《在上海，經濟上的改善使生活變得更艱難》，《華盛頓郵報》1988 年 2 月 7 日。

帽子滿天飛，幹部隊伍受到重創。〔註131〕1976 年之後，雖然多次揭批極「左」勢力，清查幫派體系，但要恢復政治秩序、重建新的領導層至少需要幾萬幹部，而幹部體系卻正面臨嚴重危機。〔註132〕隨著幹部結構的調整，上海在政治舞臺上的地位發生很大轉變。一方面，「四人幫」在政府機關安插的大量親信，雖然被撤換了三分之一，但他們對新政策仍有牴觸；另一方面，極「左」思潮給上海留下了不佳的聲譽，很難讓新上任的改革者對上海完全信任。這樣，上海在新時期的政治舞臺上很長一段時間處於缺席狀態。與此相關，歷經「文革」三起三落的大波動後，上海經濟發展顯得異常緩慢，綜合經濟實力在全國的地位大大下降。〔註133〕南方和上海周圍沿海地區卻在改革開放中獲得先發利益，經濟發展突飛猛進。隨著「南方崛起、兩翼隆起」格局的形成，上海經濟上的區位優勢已經不再，成了沿海經濟發展的「谷區」。

　　現代化訴求的推高和政治經濟影響力的下降，激活了上海的歷史記憶。在「重振海派雄風」的設想下，上海加大了文化投入力度，〔註134〕一時呈現出百花競放的景象。被革命話語壓抑的都市文化空間開始復活。雖然一度是革命的對象，但是色彩斑駁的都市文化已經滲透進市民的個體記憶，並沒有因為社會的劇烈變革而完全割斷，一旦放鬆控制，一些帶有舊上海痕跡的日

〔註131〕據載：「全市處級以上幹部被作為『敵我矛盾』揪鬥的有 3150 人，其中被關進監獄或隔離室的有 897 人；幹部被迫害致死的有 1716 人。」（見陳祖恩等：《上海通史・第 11 卷：當代政治》，上海：上海人民出版社，1999 年 9 月，第 275 頁。）

〔註132〕夏衍在 1977 年 9 月 2 日寫給李子雲的信中說：「突出的是六萬和七萬的問題，即六六年以後打倒、監護、靠邊了六萬人，十一年內，四人幫『提拔』了七萬人，而六萬人中，死、老、傷殘⋯⋯者過半，可用者不到三成，而七萬人中能涮洗者還不足五分之一」。（見《夏衍全集（16）：書信日記》，杭州：浙江文藝出版社 2005 年 12 月，第 22 頁。）

〔註133〕新中國成立後上海從遠東金融、貿易中心轉變為國內工業基地。「文革」期間由於戰備、三線建設、援外等任務需要，經濟上仍具有舉足輕重的地位。「在 1967～1976 年中，上海基建投資總額達到了 87.98 億元，年平均投資額比前 14 年的平均投資額增長了 68%。」但「文革」後經濟下滑，「1978 年上海創造的國內生產總值、社會總產值、國民收入和工業總產值，占全國的比重分別為 7.60%、8.65%、8.16% 和 13.0%，而 1990 年已分別下降到了 4.21%、5.37%、4.29 和 4.85%。」（見甘慧傑等著：《上海通史・第 12 卷：當代經濟》，上海：上海人民出版社，1999 年 9 月，第 118、309 頁。）

〔註134〕據載：「1979 年至 1984 年，上海地方財政用於文化建設的支出共 34.2 億元，其中用於文化、新聞、出版、廣播電視事業的支出約 1.1 億元。」（見戴翊等：《上海文化 15 年》，上海：上海社會科學院出版社，1995 年 3 月，第 107 頁。）

常活動就會重新浮現。比如 50、60 年代上海人發明的「假領子」襯衫，就是「海派於『社會主義』條件下靈魂不死，在質樸與摩登之間表現出彈性的最佳例證」。〔註 135〕「文革」後期，上海人在復蘇被壓抑的都市文化上表現出極大熱情。對於普通市民來說，這種文化抗爭幾乎完全出自生命本能：

> 姑娘們首先在衣領、袖口露出鮮豔的花色，用土法將額前的劉海燙得彎曲，並巧妙地將髮辮編得十分蓬鬆。在公園裏，她們脱下外衣，穿著色彩豔麗的毛衣拍照，或打著陽傘，手持封面有外國人頭的《阿爾巴尼亞畫報》。丁字皮鞋、香蕉辮、薇拉頭（阿爾巴尼亞電影中一女主角的髮式）等新的樣式開始出現並流行。〔註 136〕

曾經一次次高呼革命口號的人民廣場，開始成爲新潮男女嘗試新生活方式的場所，更在民間獲得了「十二頻道」的美譽。具有深刻傳統和強大生命力的市民文化，在其後的城市化進程中獲得了充分生長的歷史空間。

隨著都市經驗的復活和異質文化的植入，曾經風靡一時的「海派」逐漸走進上海記憶的前臺，成爲文學空間重構的重要資源。眞正意義上的「海派」凸顯的是文學的「現代質」：先鋒性、商業性、都市性和新文學性。〔註 137〕這種「現代質」是以上海這個現代大都市爲載體的，與西方現代主義的興起相類似。西方 19 世紀城市化的發展，不同階級、種族的融合，使城市成爲社會變革和新意識湧動的「風暴中心」。全新的生活系統摧毀了傳統藝術信念和表現方式，爲現代主義營造了巨大的生存空間。所以現代主義在很大程度上是一種「都市現象」，「存在於一種對於都市爆炸性增長的體驗。」〔註 138〕現代主義本土化過程中，中國社會在整體上未曾經歷如西方的結構性變動。上海的畸形發展和高度國際化，使它成爲絕無僅有的適宜現代主義移植和生長的土壤。隨著 1921 年新文學運動中心的轉移，上海在引進西方現代主義的先

〔註 135〕吳福輝：《遊走雙城》，北京：人民文學出版社，2006 年 1 月，第 65 頁。

〔註 136〕楊東平：《城市季風：北京和上海的文化精神》，北京：新星出版社，2006 年 1 月，第 215 頁。

〔註 137〕吳福輝說：「第一，它應當最多地『轉運』新的外來的文化。……在文學上具有某種前衛的先鋒性質。第二，迎合讀書市場，是現代商業文化的產物。第三，它是站在現代都市工業文明的立場上來看待中國的現實生活與文化的。第四，所以，它是新文學，而非充滿遺老遺少氣味的舊文學。」（見吳福輝：《都市漩流中的海派小說》，長沙：湖南教育出版社，1995 年 8 月，第 3 頁。）

〔註 138〕【美】戴維·哈維：《後現代的狀況——對文化變遷之緣起的探究》，閻嘉譯，北京：商務印書館，2003 年 11 月，第 37 頁。

鋒性上開始超過北京。從 20 年代的象徵詩派，30 年代的現代詩派、新感覺派小說，40 年代張愛玲等人的新海派小說的嬗變歷程看，都與上海都市文化有著複雜而微妙的關聯。新時期上海文學空間的重構也是「現代質」的再生長過程，主要表現爲「先鋒性」和「都市性」的糾結。〔註 139〕

　　「都市性」是海派商業性和都市性的某種象徵意義上的回歸，交織著人們現實感觸和歷史記憶的多重經驗。它並不是新感覺派筆下的欲望都市，而更多的是文化和日常生活意義上的都市。比較典型的是張愛玲的「復活」。《收穫》在 1985 年第 3 期增設的「文苑縱橫」欄目，刊發了《傾城之戀》和「愛玲老友」柯靈的紀念文章《遙寄張愛玲》〔註 140〕，引發了出版界的極大興趣。人民文學出版社很快向柯靈借去老版《傳奇》，上海書店搶先出版了影印本。柯靈對張愛玲的大力推介，使得一段被塵封多年的歷史重新進入人們的視野。柯靈 1943 年接替陳蝶衣出任《萬象》主編，憑藉自己的人脈網絡聚集「新文學」作家，在通俗性、趣味性基礎上增加了文學性。其間發表張愛玲的《心經》並與之結識。之後，柯靈一直關注著張愛玲的作品和研究狀況。「張愛玲熱」的重新出現，對於整個文學空間來說無疑是打開了一個禁區，而對於柯靈等人來說則是自身文學趣味的自然延續。

　　都市現代性文學經驗對應於上海的結構性特徵。儘管革命話語在 50 年代成爲壓倒一切的支配性力量，但生活於上海的文化人仍然在最大限度的營造包容性的文學空間。1950 年，上海《亦報》連載張愛玲的《小艾》和《十八春》。1952 年，張愛玲應邀參加上海第一次文代會，而「七月派」的賈植芳卻未被邀請。對此，很多人是有意見的。谷非曾質問負責上海文藝領導工作的夏衍：「賈植芳難道還不如一個張愛玲嗎？」〔註 141〕當然這裡有左翼內部的人事糾葛，但從這一現象，也可以看到有著多年上海生活經驗的文藝界領導，對於張愛玲這類作家的容納和接受程度。夏衍還準備邀請張愛玲到上海電影劇本創作所任編劇，因爲多人反對暫緩下來。張愛玲去香港後，夏衍、柯靈等人「甚感惋惜」〔註 142〕。在新時期文學空間重構過程中，上海知識分子特

〔註 139〕「新文學性」已經是不言而喻的，「商業性」嚴重受制於社會空間結構，爲了論述方便和有效性本文一併納入「都市性」進行討論。

〔註 140〕該文是大陸新時期第一篇重新評價張愛玲的文章。同時刊發於《香港文學》1985 年第 2 期、《讀書》1985 年第 4 期。

〔註 141〕賈植芳：《早春三年日記（1982～1984）》，鄭州：大象出版社，2005 年 4 月，第 108 頁。

〔註 142〕張理明：《柯靈評傳》，北京：中國社會科學出版社，2008 年 7 月，第 470 頁。

有的歷史經驗開始復活，並影響到當下的行爲。這是夏衍等和上海關係密切的文化人，與長期在政治中心北京的馮牧等人對「現代派」態度不同的一個深層原因。

在新的文學空間展開與分化過程中，「先鋒性」與「都市性」是緊緊交織在一起的。先鋒文學在中國的曲折生長，是經過變形後與本土社會結構對接的結果，所以「先鋒性」往往具有明確的功能主義色彩。早在 20 世紀 20 年代新文學運動之初，就曾大量借鑒西方先鋒文藝，但新文學運動「基本上不屬於先鋒派運動」，人們對先鋒派的追逐「與追求西化和現代化的熱忱有關」。〔註 143〕新時期上海文學空間中的「先鋒性」，依憑同樣的文化邏輯。與「都市性」一樣，強調文學的「先鋒性」意味著對前三十年「現實主義」文學實踐的疏離與反撥。由於處境悲慘，「文革」期間遭罪的知識分子，自然將這一歷史時期指認爲最黑暗的。在「反封建」和對抗激進左翼文學的歷史邏輯之下，西方文學和現代文學在新的文學實踐中不但獲得了合法性，而且在價值上具有了某種優先性。比如巴金在對「文革」文藝「一片空白」進行質問時，就是拿 30 年代上海「文藝活躍」的局面進行對比的。〔註 144〕雖然 30年代並不一定是巴金心目中最好的文學時代，但是遠遠好於「文革」則是肯定無疑的。文學的功能性再一次發揮了巨大作用，當年的「異質」文學不但成爲作家們批評激進思潮的有力武器，而且成爲判斷文學現象的有效資源。這也是「上海聲音」支持「現代派」的文化邏輯背後隱含的意識形態內涵。

「先鋒性」與「都市性」糾結於上海特有的現代都市經驗。對於長時間生活在上海的作家和知識分子來說，這種體驗不僅僅存在於話語領域，而且就是他們最眞切的日常生活經驗。基於這種現代都市經驗的海派，與京派共同構成中國文化本體內部兩種不同的演進模式。它們在向現代化邁進的根本目標上沒有不同，但方式上卻有很大不同：「京派方式是一切從『己』出，西化要從中化引來。『海派』正是又一種實現現代文化的模式，是舶來的，以惡

〔註 143〕【澳大利亞】麥克杜戈爾：《中國新文學與「先鋒派」文學理論》，溫儒敏譯，《中國現代文學研究叢刊》1985 年第 3 期。

〔註 144〕巴金曾悲憤地質問：「爲什麼在國民黨反動統治時期，30 年代的上海，出現了文藝活躍的局面，魯迅、郭沫若、茅盾同志的許多作品相繼問世，而『四害』橫行的時期，文藝園中卻只有『一花』獨放、一片空白，絕大多數作家、藝術家或則擱筆改行、或則給摧殘到死呢？」（見《巴金全集》第 16 卷，北京：人民文學出版社，1991 年 1 月，第 39 頁。）

開道的，急進的，突發的，甚至是狂轟濫炸，是外部向內部的侵襲、進攻。」
〔註145〕也就是說，海派的出發點是以西方爲基本參照系，一開始就站在都市文明的立場來看待一切。近代上海特有的歷史際遇，造成了多種殖民存在和不均衡發展的特點。當上海被多種殖民力量整合進全球現代化進程時，一方面充斥著都市消費和商品化的魅影，一方面充滿罪惡和墮落，同時階級分化也使得革命力量迅速壯大。在這個分裂的世界裏，多數作家的生活方式和知識趣味是非常西化的，但在他們作品的現代想像中，不僅沒有將自身他者化，反而「把西方文化本身置換成了『他者』」。這種置換改寫了現代性經驗，在他們看來，「現代性就是爲民族主義服務的」。〔註146〕在特殊的殖民權力結構中，上海的現代性都市經驗具有某種碎片化的特徵。

　　這種現代性經驗作爲一種集體無意識，既滲透進城市的文化性格，也潛在影響了知識分子的主體結構。生活在上海的知識分子，同樣置身於內憂外患和意識形態鬥爭的漩渦，但是在歷史經驗多元交叉的關係網絡中，他們很多人表現出與本土精英的差異。民族主義者強調的是二元對立式的「渴望模仿殖民者的被殖民意識」，而碎片化的現代性經驗爲知識分子「創造了一個搖擺不定的主體位置」〔註147〕。這一主體結構決定了一部分長期生活在上海的知識分子的價值判斷和現實行動，使他們在 80 年代和意識形態控制更爲嚴格的北京保持了一定距離，從而上演了文化上的「雙城記」。「上海聲音」暗示了先鋒文學在 80 年代特有的抗爭性。從新潮文學出現到先鋒文學終成氣候，很大程度上正是得益於上海這個較爲寬鬆的文學空間。但是此種意義上的「先鋒性」與中國整個社會結構出現很大錯位，局部的現代性經驗在其它地方不具有可複製性，這注定了先鋒文學勢能的迅速減弱。

〔註145〕吳福輝：《遊走雙城》，北京：人民文學出版社，2006 年 1 月，第 12 頁。
〔註146〕【美】李歐梵：《上海摩登——一種新都市文化在中國 1930～1945》，毛尖譯，北京：北京大學出版社，2001 年 12 月，第 323 頁。
〔註147〕【美】史書美：《現代的誘惑：書寫半殖民地中國的現代主義（1917～1937）》，何恬譯，南京：江蘇人民出版社，2007 年 4 月，第 269 頁。

第 2 章　大學教育與先鋒文學圈子

　　在後革命時期，大學是文化多元化的主要場所。對於西方革命政治失敗之後的文化政治而言，大學提供的文化空間尤爲重要：「大學應該被當做孵化器，而不僅僅是文化變革的主要創造者。」〔註1〕在 20 世紀中國，無論是革命政治還是文化政治，大學同樣是一個必不可少的活動舞臺。

　　作爲現代知識生產場域，大學和新文學一直保持著密切關係。尤其是恢復高考後的新時期文學，和大學校園文化的關聯尤爲緊密。在全社會的文學熱潮中，大學師生怎樣表達他們對文學的關切，又如何憑藉自身獨有的資源和策略，參與到新時期文學的生產中，是討論 80 年代文學無法忽視的問題。在文學知識傳播、文學觀念生成以及文學史的建構等方面，作爲學術和教育機構的大學，發揮著重要的功能。本章將重點放在先鋒文學的重要生產基地——上海，以上海的大學，尤其是華東師大和復旦大學爲中心，考察大學和先鋒文學生產之間的多重關係，試圖重構一幅爲我們的文學史敘述所忽略的，彙聚著各種文學想像的、面貌豐富的文學圖景。

　　如果說「十七年」經典作家的文學教育更多的來自生活經驗，那麼新時期逐漸成長起來的作家的文學知識，則主要來自整個社會的語文教育，大學在其中所起的作用尤爲重要。文學教育通過對文學經典的確認，提供一整套認識、接受和欣賞文學的基本方法、途徑和眼光，規範著人們的文學想像。大學中文系的課程設置、教師配備、教材選擇和學生來源，這些具體因素會對一個時代的文學想像具有很大的形塑作用。陳平原認爲「在文學生產和流

〔註 1〕　【英】傑勒德・德蘭迪：《知識社會中的大學》，黃建如譯，北京：北京大學出版社，2010 年 1 月，第 77 頁。

播的過程中，大學體制——包括課堂講授以及朋友、師生、同事之間的互相提攜，構成了另外一個重要的『文學場』。」〔註 2〕這個文學場深深影響著文學經典的建構和流傳。對這一文學場的考察將會激活已有的文學史敘述，還原出一個動態的文學生產網絡。

2.1　大學課程與文學想像

　　大學通過課程設置與學術研究，生產著關於文學的各種新知識、新觀念和新的表述方式。教師和學生在這一生產過程中組成文化共同體，由此形成的師生關係、人際網絡等制度性條件與文學想像密切相關。師生之間的知識傳承，同學之間的互相揄揚，都在潛移默化中生產著對於當代文學的歷史敘述。大學師生對於當代文學的想像，以及他們參與當代文學的方式，和他們在這一場域的位置緊密相關，同時深深影響到當代文學格局。

　　新時期的大學課程設置，學科體制建設與意識形態訴求糾結在一體。從校園文化的視角考察文學想像和再生產的複雜性，既可以看到學科規訓和文化政治的博弈，也可以看出經典確立與文學傳播的糾結，甚至可以梳理出教育制度的演變和具體的文本形式之間的關係。由此可以深入探討大學知識生產體系中知識的遷移以及文學趣味的變化與文學思潮的隱秘關係，從而催生新的問題意識以及理論視野。

2.1.1　教學改革與文學知識生產

　　由於長期荒廢，恢復高考之後的文學教學面臨理論和實踐分離的局面，急需改革。被集中在高校的文學青年，既有天之驕子的自豪感，也具有強烈的社會參與熱情。由於當時文學想像是整個社會想像力的重要內容，大學生們的文學熱情空前高漲。在當時的文學課程中，文藝理論課是學生用來評價文學創作的重要理論資源，與學生的思想狀態、社會生活現實有著最爲密切的聯繫。比如盧新華的《傷痕》發表後，他所在的復旦中文系一年級，正在學習《文學概論》，之前幾乎沒有經過任何文學理論訓練的學生，用課本知識對照分析，發現《傷痕》存在很多問題，比如「主人公王曉華是不是中間人物」，「社會主義能不能暴露陰暗面」，「可不可以寫悲劇和悲劇人物」，「王曉

〔註 2〕陳平原：《知識生產與文學教育》，《社會科學論壇》2006 年第 2 期。

華家庭的血肉感情算不算人性論」等〔註3〕。這些討論涉及到課堂知識和現實境遇之間的巨大矛盾，也是文學在轉型期必然要面對的問題。文學理論課面臨著知識更新的迫切問題，因此成爲課程改革的焦點。由於學科體制與意識形態的特殊關係，其間文化政治和權力運作與學科規訓異常緊密地結合在一起，使得課程改革具有了更爲深遠的內涵，對文學知識的更新起到了重要作用。

在高校一線教師的建議下，徐中玉任主編的《文藝理論研究》編輯部於1980 年 12 月 6 日，召開文藝理論教學問題座談會。參加會議的有復旦大學、華東師大、上海師院、上海戲劇學院、上海教育學院、上海師院分院等校的教師代表，以及外地在上海進修的教師，還有復旦、華東師大的學生代表。其後又在刊物上多次組織「文藝理論教學問題探討」專輯，使得這次討論成爲一次規模很大、時間很長的專題討論，對當時高校文學知識的生產方式的改革起了重要作用。

這場文學教學討論實際上是「文藝與政治關係」討論的接續。文藝與政治關係的討論是 1979 年文藝界的熱門話題。陳恭敏較早對「文藝是階級鬥爭的工具」的提法進行大膽質疑，認爲這一過時的提法已經不再適應新的歷史階段的需要。〔註4〕其後，在《文藝報》編輯部召開的文學理論批評工作座談會上，這一話題又一次成爲熱點。〔註5〕也正是在這次會上，李子雲的發言引起了震動。後來李子雲將發言整理成文，以評論員文章的名義發表。〔註6〕文章全面論證了「工具論」在本質上是一種「取消文藝的文藝觀」。在這種觀念影響下，文藝創作普遍出現公式化、概念化的模式，忽略了文藝的本質特徵，成爲簡單的政治傳聲筒。李子雲直指文藝與政治關係的關鍵性問題，在社會上引起了強烈反響。之後，劉再復、曾繁仁、劉綱紀、邱明正、王得后等眾多學者紛紛撰文參與論爭。

「文藝與政治關係」討論直接針對的是「文藝爲政治服務」這一歷史上多次爭論的根本性問題。隨著第四次文代會的召開，中央明確提出停止使用

〔註3〕　馬達：《〈傷痕〉和傷痕——小說〈傷痕〉發表前後》，梁永安主編：《日月光華同燦爛——復旦作家的足跡》，上海：復旦大學出版社，2005 年 9 月，第573 頁。

〔註4〕　陳恭敏：《工具論還是反映論》，見《戲劇藝術》，1979 年第 1 期。

〔註5〕　參見《文藝報》，1979 年第 4 期。

〔註6〕　「本刊評論員」：《爲文藝正名——駁「文藝是階級鬥爭的工具」說》，《上海文學》1979 年第 4 期。

「文藝爲政治服務」的口號，而代之以「文藝爲人民，爲社會主義服務」。〔註7〕但是關於文藝和政治關係的爭論卻一直沒有停止。1980 年的討論尤爲熱烈：敏澤仍然堅持文藝爲政治服務，只是強調「必須按照藝術的特點和規律來服務」〔註8〕；王春元就認爲應該堅決反對文藝爲政治服務。〔註9〕王若望主張從根本上重新認識文藝和政治的關係，「文藝跟政治並不是父子關係，而是兄弟關係」，「按其出生的年月來說，文藝還是老大哥，政治則是小弟弟」〔註10〕。眞正的文學永遠不能做政治的侍從和奴婢，而應該是政治的戰友。徐中玉進行了概念區分，指出「不能脫離政治」與「爲政治服務」是兩個完全不同的問題。雖然文藝創作無法完全脫離政治，但是以此就認爲作家的創作從屬於政治，只能讓作家寫出「瞞」和「騙」的東西。〔註11〕

　　積極參與這場討論，同時又在大學教書的徐中玉，更爲深切地感受到文藝理論教學改革的重要性，順理成章將這場討論產生的積極成果引入到大學教學改革中。因爲當時參考書籍非常匱乏，所以教學改革的第一個問題就涉及教材的重新編寫問題。這也是文藝理論教學長期以來試圖解決而沒有解決好的問題。當時有兩部用的最廣的教材：一是蔡儀主編的《文學概論》；二是以群主編的《文學的基本原理》。這兩部教材基本照搬蘇聯文學概論，以馬克思主義的認識論爲哲學基礎，以毛澤東同志關於文藝問題的論述爲出發點，把毛澤東文藝思想同蘇聯 80 年代的文藝理論體系揉合在一起，大量篇幅在談文藝與政治的關係，強調「從屬論」和「工具說」，受極「左」思潮的影響相當嚴重。教材「用毛澤東文藝思想來『統帥』蘇聯體系的『五個論』，即『統帥』文藝的本質和特徵、文藝的發生和發展、文藝的創作、文藝作品的構成和分類，以及文藝的批評和欣賞。」〔註12〕然而毛澤東文藝思想著重闡述的是文藝方向問題，對藝術本身的規律很少涉及，沒有建立完整的文藝理論體系，存在嚴重不足。

〔註7〕　分別見鄧小平：《在中國文學藝術工作者第四次代表大會上的祝詞》（1979 年10 月 30 日）和《目前的形勢和任務》（1980 年 1 月 16 日），《鄧小平文選》第 2 卷，北京：人民出版社，1994 年 10 月，第 208、257 頁。

〔註8〕　敏澤：《文藝要爲政治服務》，《文藝研究》1980 年第 1 期。

〔註9〕　王春元：《「文藝爲政治服務」是個錯誤的口號》，《文藝理論研究》1980 年第 3 期。

〔註10〕　王若望：《文藝與政治不是從屬關係》，《文藝研究》，1980 年第 1 期。

〔註11〕　徐中玉：《從實際出發看問題》，《文藝理論研究》1980 年第 3 期。

〔註12〕　王德勇：《文藝理論教材體系必須改革》，《文藝理論研究》1981 年第 1 期。

　　文藝理論教學與政治風雲變幻息息相關。特別是「文革」其間，極「左」勢力以「文藝革命」為突破口，建立了一整套為政治鬥爭服務的文藝理論體系。文藝理論教學自然成了傳播具體政策的陣地，而現實政策的多變性和靈活性，使得教師們多數感到文藝理論課程「變得快」、「跟不上」。雖然多數大學教師認為，「只有一定階級和政黨的文藝方針政策，才是直接從屬於政治鬥爭和一定的政治鬥爭的綱領，而真正符合文藝發展規律的文藝方針政策也一定同時符合於文藝創作和文藝思潮的實際，而絕對不可單純要求文藝理論屈從於政治鬥爭的需要而不顧及文藝自身的特點。」〔註13〕但現實情況是，文學理論緊跟政治運動和政治鬥爭，給人造成了一個極大的錯誤觀念，似乎馬列主義文藝理論並不是從文藝創作和文藝思潮的實踐中提煉而出，而是直接從政治運動中派生出來的文學概念。

　　高度政治化的文藝理論教學不但敗壞了文藝理論的聲譽，而且使課堂變得千篇一律、枯燥乏味，八股氣十足，整個理論體系趨向狹隘化、片面化、凝固化。這樣做的後果是不僅使中學的語文課教成了政治課，而且大學的文學理論課也變成了政治課，甚至乾脆變成了文藝政策課。「教師只能被迫做一個文藝政策的不高明的注疏家：只講政策、講鬥爭，不敢談技巧、談藝術規律。而且弄得不好，就會被抓住辮子、挨了棍子，甚至戴上帽子。同時政策又不斷變動，弄得講授者才編好的講稿，一夜間就成了『明日黃花』。」〔註14〕對此深有體會的復旦大學中文系學生孫乃修認為，文藝理論課程強調的是「一切文藝創作都被當作階級鬥爭的武器，只講火藥味，不講人情味；只講鬥爭性，不講審美性；只講紅色的恐怖，不講綠色的抒情。」〔註15〕在這種理論訓練之下，學生得到的只是文藝的階級性、鬥爭性等浮泛的概念，從政治角度、鬥爭眼光去分析文藝現象，忽略了文藝的美學意義。在審美鑒賞眼光受到極大限制的同時，學生們對於社會的理解也非常褊狹，從事文學批評的也多是蹩腳的批評家，甚至變成粗暴的政治打手。

　　改變現有教材模式，必然要引進新的理論資源。新中國成立後的文藝理論教材體系有過幾次轉變，但是理論資源卻變得越來越集中。「反右」鬥爭以

<hr />

〔註13〕李敬敏：《文藝理論教學改革芻議》，《文藝理論研究》1981 年第 2 期。
〔註14〕劉衍文：《關於文學理論裸的教學和教材編寫問題》，《文藝理論研究》1981
　　　　年第 1 期。
〔註15〕孫乃修：《當前的文藝理論教學必須趕快改革》，《文藝理論研究》1981 年第 1
　　　　期。

前，基本上是以蘇聯季摩菲耶夫的《文學原理》爲藍本。之後，爲配合文藝形勢，文藝理論的教學大綱、教材強調以毛澤東的《講話》和有關文藝問題的言論爲中心，除《講話》所涉及的「爲工農兵服務」這個總綱以外，突出了「雙百」方針和「兩結合」的創作方法。1961 年全國召開高等院校文科教材會議，確定由葉以群主持編寫《文學的基本原理》。1961 年年底教材完成初稿，1963 年～1964 年分上下兩冊出版。這本較爲完備的教材，恢復了一些文學基本原則，可惜影響並不大，而且「文革」時期被停用。這樣下來，文學理論課逐漸成爲《講話》的「演義」。到新時期，文藝思想（包括美學思想在內）除了馬克思主義基本原理以外，多半還停留在文藝復興以及 18、19 世紀歐洲古典文藝及古典美學的水平線上。

新中國成立前的文藝理論資源，最先受到討論者們的關注。徐緝熙指出在 20 世紀 20 年代和 30 年代，文學理論既受日本學者本間久雄、小泉八雲等人的影響，又受亨德等英美學者的影響，還受到我國傳統講詩詞曲賦、文章流別等理論的影響。〔註 16〕華東師大的龔濟民則指出 20 年代在大學的文藝理論教學上，魯迅和郭沫若爲後世樹立了榜樣。「魯迅教的是廚川白村的《苦悶的象徵》，郭沫若教的是博採眾說的《文學概論》。」〔註 17〕魯迅與廚川白村的文藝思想有很大差異，郭沫若和弗洛伊德等人的美學觀點也很不相同，但是他們在教學上能採取兼容並包、具體分析的態度，從而大大豐富了自己的課堂內容。對文學理論教學資源的歷史追溯，目的是完成理論資源的拓展。由原先片面強調《講話》、蘇聯資源逐漸拓展到歐美、日本的理論資源，由原來的單一眼光逐漸變成了「世界眼光」。

在空間上進行理論資源拓展的同時，人們也開始意識到理論資源的時間性問題。當時的文藝創作和理論批評，在時間序列中大體上停留在巴爾扎克、托爾斯泰或別、車、杜的水平線上。隨著翻譯的推進，人們開始接觸許許多多同傳統的浪漫主義和現實主義大不相同的新的流派、新的潮流。同時，新時期以來中國文壇的變革之風方興未艾，許多作家、藝術家在進行新的嘗試、新的探索。在對現代性的時間神話信奉的時代氛圍下，在要求同世界潮流接軌的變革理由下，西方各國的現代派、印象派、象徵派、荒誕派、意識流等

〔註 16〕 徐緝熙：《當前文藝理論教學同實踐嚴重脫節》，《文藝理論研究》1981 年第 1 期。

〔註 17〕 龔濟民：《對改進文藝理論教學的幾點意見》，《文藝理論研究》1981 年第 3 期。

創作流派和創作方法，對當時的文藝創作和文藝理論，都產生很大影響。許多青年學生懷著強烈的興趣，迫切希望文藝理論教師將之引入教學。

在教學改革探討中，強調文藝理論與文學創作緊密聯繫的呼聲甚高。大家認為馬克思主義經典作家從具體文學實踐中總結出來的理論是正確的，但是在新中國成立後的文學實踐中，這些理論沒有被很好的用來指導實踐。復旦大學的吳立昌分析了 1956 年江蘇的「探求者」文學社，認為這是一個自覺通過組織文學團體以形成流派的嘗試，但遺憾的是，被過早掐掉了。山西自然地產生了以趙樹理為代表的「山藥蛋派」，儘管讀者很歡迎，但是很快隨著對「寫『中間人物』論」的批判，他們的作品也成了黑樣板。「馬克思主義關於文學風格流派的正確理論只停留在口頭上，而沒有付諸實踐。」〔註 18〕這種說歸說，做歸做，理論和實踐的割裂直接導致社會主義文學流派非常罕見。

教學改革討論極大地推進了一線教師的課堂教學實踐。在華東師大進修學習的吳德銘親眼見到了教師的一些做法。老師把講授、輔導、閱讀、思考、討論、寫作幾個環節有機地組成一體，比如在講典型問題時，將高曉聲的《李順大造屋》印發給大家，讓同學們自己分析、琢磨，然後圍繞創造典型人物形象的課題展開討論。再比如，在講人性、人情、人道主義問題時，把在 50 年代遭批判的巴人的《論人情》、錢谷融的《論「文學是人學」》進行介紹，引導大家各抒己見。〔註 19〕這種方式激發了學生的學習興趣，也活躍了課堂氣氛。中山大學的姚芃子同樣聯繫理論批評和文藝創作實際情況進行教學。具體做法是從每章每節的具體內容和特點出發，在講清楚基本原理、基本知識的基礎上，讓學生瞭解有關的文藝現狀，把文藝界的論爭帶進課堂。為了活躍學生的思想，以輔導講座的形式向學生介紹最新的文藝動態。結合授課內容將「寫真實」的討論，典型環境和典型人物的討論，文藝批評標準問題的討論，「朦朧詩」和「意識流」的討論，戴厚英《人啊，人》的討論等，都帶進課堂，「引導他們思考分析、比較鑒別，培養學生分析問題和理論思維的能力。」〔註20〕這樣使課內和課外，學校和社會聲息相通，給教學帶來生氣。

這場有關文學理論教學的討論和文學知識生產直接相關。它不僅僅是理論層面的概念轉換和新的教材的編撰，而且具體到日常的教學實踐中去。這

〔註18〕吳立昌：《教學聯繫實際的一點想法》，《文藝理論研究》1981 年第 3 期。
〔註19〕吳德銘：《改進文藝理論教學的關鍵在於密切聯繫實際》，《文藝理論研究》1981 年第 2 期。
〔註20〕饒芃子：《我們是怎樣教文藝理論課的》，《文藝理論研究》1982 年第 3 期。

樣並非僅僅更新了文學知識，而且是直接關涉當時的文學生產。強烈的現實參與熱情使得教學和文學創作形成了良好的互動。當時的大學生正是在學習過程中，直接通過教學這一環節和整個文壇捆綁在一起，獲得了進入文學創作和文學批評的寶貴練兵機會。

2.1.2　課堂上下與知識譜系遷移

和「文革」期間的大學不同，新時期以來無論教育者還是被教育者，都發生了巨大變化。曾經被打倒的教育者，有的重新執掌教鞭，有的走上了教育領導崗位。教育者的身份轉換和他們的歷史經驗糾纏在一起，並對現實重構產生了重要影響。「人們在接受一個新的社會身份認同時，往往經過和自身歷史文化的複雜互動過程。」〔註 21〕教育資源的重新配置同時意味著知識譜系的重新調整。這些重新掌握話語權的教育者，通過新的課堂知識生產，不但接續了中斷多年的歷史脈絡，而且面對新的現實積極引導學生進行知識譜系的遷移。

在 80 年代和「十七年」之間有一個特殊的受教育群體──工農兵大學生。「文革」開始後大學停止招生。1968 年 7 月 21 日，毛澤東指出：「大學還是要辦的，我這裡主要說的是理工科大學還要辦，但學制要縮短，教育要革命，要無產階級政治掛帥」。〔註 22〕學生選拔對象是有實踐經驗的工農兵。他們到大學學習幾年後，還回到各自的生產實踐中去。1970 年 6 月 27 日，中央批轉《北京大學、清華大學關於招生（試點）的請示報告》。報告說明主要課程是：以毛主席著作為基本教材的政治課，實習教學、科研、生產三結合的業務課，以備戰為內容的軍事體育課。各個系科的學生都要參加生產勞動。1970 年，全國部分高等學校試點招收了工農兵學員 41870 人。1971 年開始有了第一屆工農兵大學生，生源為工、農、兵、商等各行業選拔推薦。他們入學沒有經過專業考核，文化水平參差不齊，多數為高中或者初中畢業，也有很多是小學文化程度。年齡小的 20 歲左右，大的有 40 多歲。

「政治掛帥」是工農兵大學生的顯著特徵。他們的任務是「『上大學、管

〔註21〕 張靜：《身份：公民權利的社會配置與認同》，見《身份認同研究》，上海：上海人民出版社，2006 年 3 月，第 9 頁。

〔註22〕 毛澤東為《從上海機床廠看培養工程技術人員的道路》所寫的「編者按」，《人民日報》1968 年 7 月 22 日。

大學，用毛澤東思想改造大學』，簡稱『上、管、改』。」〔註 23〕在具體的教學方式上，採用所謂「開門辦學」的方式。「所謂開門辦學，即走出去，到工廠中去辦學；請進來，將工廠老工人、工程技術人員請進課堂講學。」〔註 24〕這種辦學方式同樣在文科院系展開。「學軍」也是「政治掛帥」的重要「課程」。摸爬滾打，走隊列、練射擊，學習內務整理，夜間的緊急集合還步行背著行李去拉練。當時學員們模仿解放軍建制，按班、排、連編組。班長由學員擔任，排長由學員或教師擔任，連長由工宣隊和軍宣隊的人擔任。

由於沒有明確規定統一的教學計劃，所以開什麼課，怎麼開就是個難題。某師範大學中文系第一學期開了三門課：一是毛澤東思想課，主要學習老三篇；二是馬克思主義哲學；三是毛澤東文藝思想。〔註 25〕從這種課程設置可以看到政治學習的主導性。在《兵團戰士報》等處發表過文學作品的梁曉聲，以工農兵學員的身份進入復旦大學。據他回憶，與全國其它文理科大學差不多，中文系當時是復旦的「神經」，也是工宣隊控制最嚴的系。理科畢竟有專業知識要學習，可以將政治當作副科，但對於中文系學生來說，政治絕對是主科。中文系在實際大學生活中具有政治領導的職能。「復旦小舞臺上的政治戲與中國大舞臺上的政治戲，是按照同一腳本演出的。主演是工宣隊，導演也是他們。在一切運動中，中文系帶動哲學系、新聞系、歷史系，然後帶動起全校。」〔註 26〕在這種特殊的歷史氛圍中，中文系最能叫得響的課程就是毛澤東文藝思想。

在軍宣隊、工宣隊控制的大學裏，大學教師即使沒有在運動中被打倒，平時也幾乎沒有什麼話語權。張春橋曾稱大學為「藏龍臥虎之地，虎豹豺狼之窩」，教師，尤其是被控制使用的教師自然就是「虎豹豺狼」。梁曉聲就曾親眼看見中文系總支副書記，拍著桌子訓斥一位副教授，「大有順我者昌，逆我者亡的架勢。」〔註 27〕一位研究文藝理論的老師，更是給他留下了深刻印象：

> 我在系圖書館偶然翻到一本他的小冊子，「文革」前出的，便拿著向他請教某一文藝理論問題。

〔註 23〕李榮欣：《工農兵學員入北大》，《文史月刊》2006 年第 7 期。
〔註 24〕周武：《我的「工農兵學員」經歷》，《文史月刊》2007 年第 6 期。
〔註 25〕田文信：《大學情事》，石家莊：花山文藝出版社，2009 年 8 月，第 5 頁。
〔註 26〕梁曉聲：《從復旦到北影》，北京：中國物資出版社，2009 年 1 月，第 30 頁。
〔註 27〕梁曉聲：《從復旦到北影》，北京：中國物資出版社，2009 年 1 月，第 32 頁。

不料他連連擺手，有些驚惶地說：「不是我寫的，不是我寫的。」

我說：「別人告訴我就是您寫的呀！」

他更加驚惶：「同名同姓，同名同姓！」說罷匆匆而去。〔註28〕

當然，各地的具體狀況可能會有差別，但是，大時代的氛圍之下，很難說會有什麼像樣的人文知識傳承。

「文革」期間，上海的大學普遍很「左」，華東師大的黨委尤其「左」，在師生中打了很多「右派」。由於種種原因，作爲重點批判對象的錢谷融並沒有被扣上帽子。但到了 1960 年，錢谷融再次成爲重點批判對象之一。上海作協在市委直接領導下，開了 49 天大會，批判資產階級自由思想。上海三所高校各攤派了一個重點批判對象：復旦大學的蔣孔陽，華東師大的錢谷融和上海師院的任鈞。這些教師雖然沒有被直接劃爲「右派」，但在不斷受批判的狀況之下，根本無法將精力放在教學科研上，更談不上知識譜系的承傳。

「文革」後期，因爲教學需要，一些大學在學員帶動下，曾對一些有所謂歷史問題的教師進行「解脫」。解脫方式是讓教師把自己的「問題」在大會上說清楚，然後重新參加正常的教學和組織活動。北大東語系的季羨林等人就是在這種情況下重新走上教育和科研第一線的。「在解放軍學員的帶動下，當時北大各系『解脫』教授成風」。〔註29〕一大批被看管、專政的教授就是在這種情況下解脫出來，逐漸放下歷史包袱，小心翼翼重返講臺，開始接續學術薪火。

1977 年恢復高考之後，大學教師重返講臺，大學的整個知識系統跟著開始轉換。很多長期被壓抑的學界精英開始招收研究生，培養學術繼承人。僅華東師大，就有徐中玉、許傑、施蟄存、錢谷融等著名學者。限於篇幅和論述框架，本節主要以錢谷融的學術薪火傳承爲例進行討論。

錢谷融之所以能在 50 年代寫出爆得大名的《論「文學是人學」》，是與其學術淵源分不開的。錢谷融的「人學」理論強調人與人關係的具體性，以及具體的人的存在和感情對文學的制約，對於「工具論」文學思想有強烈的抵制色彩，是 50 年代不多的呼籲文學擺脫政治壓制的聲音。它弘揚的是新文學以人爲中心的基本主題，在個性解放的意義上與「五四」啓蒙精神一脈相承。革命和啓蒙作爲兩種形態的「五四」話語，構成現代性追求的一體兩面，兩

〔註28〕梁曉聲：《從復旦到北影》，北京：中國物資出版社，2009 年 1 月，第 33 頁。
〔註29〕李榮欣：《工農兵學員入北大》，《文史月刊》2006 年第 7 期。

種表述範式凸顯了新文學的內在緊張，並以一種巨大的慣性力量始終徘徊在這一學科領域。錢谷融的知識譜系承繼了「五四」新文化的一個重要層面，「通過對人的情感的啓蒙和改造，從而作用於社會和歷史」的思路，〔註 30〕也就是伊格爾頓所說的審美意識形態。在革命一邊倒並被不斷推向荒謬境地的年代，「人學」命題重燃了「五四」人文薪火。

　　錢谷融的學術思想中還有更重要另一面。他的老師伍叔儻，當年與羅家倫、傅斯年是北京大學同班同學。伍叔儻自由散漫，喜歡漢魏六朝文學，嚮往魏晉風度，踐行蔡元培倡導的北大精神。錢谷融傾心嚮往老師獨立不羈而又散淡自在的個性，在自己言行中儘量步趨效法，「在不知不覺間也逐漸養成了一種懶懶散散，對一切都漫不經心的態度。儘管自己一無所能，卻目空一切，對紛紛攘攘的追名逐利之徒，更是夷然不屑。」〔註 31〕這一人生態度，曾經讓錢谷融在新中國成立後的政治運動中吃過不少虧，但是也讓他在淒苦的生活中保持一種恬淡的心境，化解了個人生活危機帶來的心靈焦慮。

　　與人生態度緊密相關的是錢谷融「唯美」的文學觀念。這一文學觀念直接接通了傳統文化精神。40 年代大動亂的時代症候和痛苦的人生體驗，使得錢谷融把自己的目光投向傳統。徐復觀曾以莊子爲例說明中國最高的藝術精神是「在自己的精神中求得自由解放。」〔註 32〕也就是不把藝術當作追求對象加以體認，而是面對時代的痛苦求得自由解放，這種解放不能求之於現世變革，也不能求之於宗教生活，只能求之於內心。以「體道」的藝術化人生方式追求最高的藝術精神。「我認爲眞與善都不能離開美，都必須與美相統一。在文藝上，我更直言不諱地宣稱自己是服膺唯美主義的。」〔註 33〕這種在思想和言行中體現的人生與藝術的貫通，與朱光潛、宗白華等美學家是一致的，特別表現爲在堅持藝術獨立前提下對精神生活整體性和諧統一境界的憧憬。

　　在學術傳承上，這一精神資源對於錢谷融具有重要意義。它使得錢谷融沒有沿著啓蒙思想走向極端，無限放大人的理性的傲慢力量，而是與中國人

〔註30〕　羅崗：《生命中必須承受之「美」》，曾利文、王林主編：《錢谷融研究資料》，上海：華東師範大學出版社，2008 年 5 月，第 338 頁。

〔註31〕　錢谷融：《閒齋憶舊》，上海：上海人民出版社，2008 年 6 月，第 40 頁。

〔註32〕　徐復觀：《中國藝術精神》，桂林：廣西師範大學出版社，2007 年 1 月，第 46 頁。

〔註33〕　錢谷融：《散談人生・序》，上海：上海教育出版社，2001 年 3 月，第 2 頁。

的性情結合，承繼傳統文人的資源，回到多元的自由立場。並不是說錢谷融拒絕西方精神資源，實際上錢谷融倡導的「唯美」是「將英國唯美主義和魏晉的唯美人生態度進行了會通融合。」〔註34〕只不過這種探索路向使得錢谷融在現代性的急劇分化過程中，在激進主義潮流面前保持住了自己的獨特個性。在 20 世紀的發展歷程中，現代社會的文學活動的內在邏輯是科學主義，很多大學教授就是採用這樣的寫作與教學方式，但是這種文學活動與自由自在、性情為上的人格格不入。現代社會的發展，就是將知識分子逐漸吸納、改塑為知識生產雇員的過程。很多人不得已完成了改造，但是錢谷融卻沒有被這一現代制度所吞沒。錢谷融從人性的角度出發，以自己的常道化解了現代性的「異數」。〔註35〕

　　錢谷融知識系統的形成得益於所受的文學教育。錢谷融求學時的文學教育與整個現代制度建設的實驗相應，並非鐵板一塊，有著多種可能性。不同的文學教育理念顯示了不同的現代性制度設計理念。當時中央大學文學院以訓詁考據著稱，而師範學院反而在教學上求通識、講博雅。錢谷融就受惠於求通識、講博雅的文學教育理念。聞一多就曾主張打通國文系和外文系，合辦文學系，「錢先生的經歷，似乎也可以進一步證明當年聞一多先生改造『文學教育』的合理性」〔註36〕。這種文學教育的目的不僅是創造新文學，更重要的是為了培養新人。這一教育思路，使得錢谷融的文學理念中沒有學者這樣的目標，他最敬佩的伍叔儻也不是學者。

　　這和王瑤明顯的做學問的目標有很大不同。錢谷融和王瑤被稱為「北王南錢」，背後有著不同的做學問方式和不同的文學教育理路。新中國成立後擔任北大中文系主任的楊晦曾有廣為人知的名言：「中文系不培養作家。」當時的北大學者也身體力行致力於文學史的研究。王瑤以開闊的學術眼界，牢靠的知識根基，嚴謹穩實的學風，建構了文學史的宏大敘事。而錢谷融以敏銳的感受力，靈秀的氣質，內蘊的才情對文學經典有著精細的闡釋。一位傾向

〔註34〕徐燕、李紅霞：《錢谷融文藝思想初探》，上海：華東師範大學出版社，2008年 6 月，第 31 頁。

〔註35〕胡曉明的發言，見陳子善等《散淡：葆真、守誠、唯美——錢谷融和他的〈散淡人生〉座談紀要》，曾利文、王林主編：《錢谷融研究資料》，上海：華東師範大學出版社，2008 年 5 月，第 207 頁。

〔註36〕羅崗：《生命中必須承受之「美」》，曾利文、王林主編：《錢谷融研究資料》，上海：華東師範大學出版社，2008 年 5 月，第 336 頁。

於文學史的建構，一位傾向於文學批評。「北王南錢」的不同學術風格「隱含著古已有之的南北學風的歧異」。〔註37〕

　　目標不同在學習方法上也有很大不同。錢谷融的方法是通過閱讀古今中外文學作品，進而體會其中滲透的文學理念。他喜歡讀蘭姆的散文，也喜歡讀禁書。長期沉浸在各種文學作品之中，而不是有意進行嚴格的學術訓練，做學問也是採取較爲隨意的方式。即使搞學術講座，錢谷融也不是以學問的方式進行，而是眞正意義上的「座談」。比如錢谷融爲大學新生講座，「從《詩經》開始，講唐詩，講宋詞，講著講著講不下去了，想一下然後又講了一下契訶夫的《海鷗》。」〔註38〕錢谷融認爲「沒有豐富的知識，對社會和人生缺乏深刻的瞭解，又不具備嫻熟和高超的文字表達技巧，是不大可能寫出好文章來的。」〔註39〕在培養文學專業研究生時，招收學生特別注重才情與表達，入學考試時不以知識而以作文爲中心。

　　錢谷融在教學方式上也傳承了伍叔倘的方法。錢谷融在讀書時，「課程裏有國文教學法，伍先生是看不起的，我們都看不起，他教我們這門課程，就教《文心雕龍》，不講教學法。」〔註40〕平時伍叔倘經常帶著錢谷融下館子，到鄉下，喝酒吃蠶豆，散步聊天。就是在這樣的氛圍中，錢谷融一天到晚帶著書在茶館裏看，實際上是一種典型的英美自由主義的傳統。這種教學方式在錢谷融指導學生時被保留了下來。他從來不從頭到尾講授課程，也不指定學生閱讀大量深奧難懂的理論書籍，而是反覆強調兩條治學經驗：「一是儘量多讀，精讀古今中外第一流的文學名著」，「二是要多寫、多作讀書札記，不必宏篇大論，三五百字也可以，但必須是自己的心得和體會，不要重複別人說過的話」〔註41〕。而學生具體讀哪些書，寫什麼文章，用什麼方法，完全由自己決定。但一定要有自己的看法和見地。應該說，錢谷融這種教學方式

〔註37〕陳平原：《當代中國人文觀察》，北京：人民文學出版社，2004 年 2 月，第 242 頁。

〔註38〕羅崗發言，見《散淡：葆眞、守誠、唯美──錢谷融和他的〈散淡人生〉座談紀要》，曾利文、王林主編：《錢谷融研究資料》，上海：華東師範大學出版社，2008 年 5 月，第 207 頁。

〔註39〕錢谷融：《錢谷融論學三種》，開封：河南大學出版社，2008 年 5 月，第 153 頁。

〔註40〕錢谷融、李懷宇：《茶館裏泡出學問 漫談中教出高徒》，《南方讀書報》2006 年 5 月 17 日。

〔註41〕錢虹：《我的導師錢谷融》，《華東師範大學校報》，1986 年 10 月 25 日。

與 80 年代的時代氛圍非常契合。在學術體制尙在逐漸恢復，重思想輕學術，批評話語輪番表演的時代，錢谷融的弟子有了一展身手的用武之地。

錢谷融指導研究生的課堂是一種獨特的「沙龍式教學」（惜珍語）。上課就是師生在書房裏一起聊天，「我們古代孔子是這樣子，英國牛津大學也是這樣子，聊天、喝咖啡、抽煙。」〔註 42〕其實在研究生學習階段，聊天過程正好形成了一個知識傳遞的網絡，能夠瞬間碰撞和互相啓發。通常都會談到個人的讀書感受。錢谷融一直鼓勵學生任意而談，從不對學生的思維加以束縛，努力使學生把自己各種才能發揮出來。「從不講述任何具體的知識，他要培養的不是學匠、不是知識簍子，而是具有思想的學人。」〔註 43〕這種教學方式在當下的大學教育體制中是根本無法實現的。而錢谷融在當時卻保持住了這種風格，沒有完全被尙不成熟的當代大學教育所同化。正是通過這種任意而談的教學，一個新的知識譜系開始接續。

這種師生關係直接影響到了當代文學生產，在文學場中，「師生關係是一種非常重要的再生產的模式，大學無疑是這種關係表現得最爲集中的地方。」〔註 44〕像錢谷融這種與文壇有著緊密關係的大學教授，對文學生產有著更大的影響，不但以自己的言傳身教薰陶學生，而且爲學生發表作品提供重要園地。當殷國明、王曉明、許子東、李劫、夏志厚、胡河清、吳俊、楊揚等一大批弟子走上文壇，開始自己的批評操練時，文學知識譜系也實現了遷移。培養出大批弟子，形成華東師大批評家群，對先鋒文學的生成產生了很大影響。

2.1.3 學科體制與文學教育轉向

20 世紀 80 年代大學課堂知識的接續和遷移，並不僅僅是人事關係網絡的變化，而是涉及到更深層次的學科體制的轉變。在 20 世紀中國，學科體制的轉變和文學生產休戚相關。新中國成立後，學科體制直接受政治形勢的左右，在 50 年代和 80 年代完成了兩次重要的轉換，成爲當代文學知識生產的重要環節。

〔註 42〕錢谷融、李懷宇：《茶館裏泡出學問 漫談中教出高徒》，《南方讀書報》2006 年 5 月 17 日。

〔註 43〕葉凱：《走進錢谷融先生的書房》，曾利文、王林主編：《錢谷融研究資料》，上海：華東師範大學出版社，2008 年 5 月，第 368 頁。

〔註 44〕賀麥曉：《二十年代中國「文學場」》，《學人》第 13 輯，南京：江蘇文藝出版社，1998 年 3 月，第 307 頁。

80 年代初期的大學文學理論教學討論，一個重要動因是文藝理論聲譽的極度敗壞。文藝理論批評長期緊跟不斷變化的政治運動，扮演著具體政策闡釋者的角色。隨著政治鬥爭的白熱化，文藝理論和文藝理論教學威信掃地。以至於很多搞創作的人「稱那時的文藝理論為框框，稱文藝批評為棍子，稱從事文藝批評工作的人為『手持鋼鞭』的打手」〔註 45〕。文學批評被稱為以政治家的眼光去觀察創作現象的「哨兵」，文學作品和作家成了被懷疑的對象，隨時有可能被緝拿歸案。文學批評實際上充當了檢查官的角色。文學批評者和創作者由過去的知交和戰友，轉變為以政治鬥爭為目標的彼此戒備的敵對者。造成作家和有一定判斷力的讀者對文學批評的極度反感。如果進一步細分的話，文學批評和文藝理論研究雖然關繫緊密，但還是有很大區別的。文學批評的當下性、即時性，使它跟特定時段的文藝政策緊密相關，因而在政治極「左」時期成了讓人膽寒的「棍子」。這些批評的理論資源直接來自文藝理論研究，那麼文藝理論研究是如何一步步喪失自我的呢？

這一問題直接涉及「文藝學」這一學科體系的建制。中國歷史上有強大的史學傳統，在現代大學建立後中文系的學科建設中，文學史一直具有重要地位，學者的治學趣味和學術成就也主要集中在文學史研究。1949 年以前，沒有獨立的「文藝學」設置。它僅僅是一種新學科，有兩個特點：「第一是用外來理論解釋本土文學；第二是直接以日本和歐美文學為分析對象。」〔註 46〕新中國成立後，因為意識形態論爭的關係，「文藝學」成為一門重要的學科，對「文學史」傳統造成了很大衝擊，並且在理論資源上完成了從日本和歐美為主向以蘇俄文學理論為主的轉變。

這一轉變與畢達可夫有直接關係。1955 年，這位並不知名的前蘇聯學者來中國傳播他的文藝學理論，在北京大學開設了文藝學研究生班。他的《文藝學引論》改寫自季摩菲耶夫《文學理論》，卻有著更為鮮明的意識形態色彩，以階級鬥爭理論貫穿始終，所闡發的是「不久之後在蘇聯被糾正的、具有教條主義和庸俗社會學意味的文藝學」，是「斯大林——日丹諾夫時代控制下文藝學」。〔註 47〕為了和中國的實際相結合，畢達可夫儘量改用中國作品為例

〔註 45〕李敬敏：《文藝理論教學改革芻議》，《文藝理論研究》1981 年第 2 期。

〔註 46〕謝泳：《從「文學史」到「文藝學」——1949 年後文學教育重心的轉移及影響》，《文藝研究》2007 年第 9 期。

〔註 47〕孟繁華：《中國 20 世紀文藝學學術史》第 3 部，北京：中國社會科學出版社，2007 年 4 月，第 89 頁。

證，由於對中國作品缺乏瞭解，多數例證都是用的《暴風驟雨》，「幾乎使人疑心只有這部《暴風驟雨》才是我國文學的頂峰」。〔註48〕但就是這樣一部文學理論教材，恰恰適應了當時中國高等教育文藝學教學的需要，它的實用性和社會主義文藝範本的地位，與中國「一邊倒」的國策和日益激進的社會思潮完成了對接。

樣板和範本一旦確立，便迎來了編寫文藝學教材的熱潮，僅 1957 年出版的就有霍松林編著的《文藝學概論》（陝西人民出版社 1957 年版）、冉欲達等編著的《文藝學概論》（遼寧人民出版社 1957 年版）、李樹謙、李景隆編著的《文學概論》（吉林人民出版社 1957 年版）。受當時文藝形勢的影響，這些教材對於和國家文藝政策有距離的觀點，進行嚴厲的批判，其工具性和實用性一目了然。

隨著文藝學在大學中文系地位的提高，1958 年開始了對文學史研究的集中批判。這一批判對於當代學科體制的轉變，具有標本的意義。北京大學中文系集中批判了游國恩、林庚、王瑤、王力、高名凱、朱德熙、劉大杰、鄭振鐸、朱光潛、陸侃如和鍾敬文等學者。這些被批判的學者大都以文學史研究和教學見長。批判者的理論資源就是當時「文學概論」宣揚的理論和方法。這是典型的以「論」的方式批判「史」的事實。這些新意識形態的宣傳者，利用新的學科建制對知識承載者的學者進行清算。事實是，被批判者及其著作的學術史地位越來越堅固，而批判者及其學術地位並沒有超越他們批判過的前輩。大批判使得「文藝學」的作用凸顯，成爲當時中文系掛帥的學科。

文藝學對文學史的壓制使得研究越來越脫離具體的歷史語境，以充滿意識形態規訓的教條去解釋豐富的文學史事實。它的制度形式是在大學的學科設置中以教授「文學概論」爲目的「文藝學」學科的建立和逐步完善，最終形成了職業化體系。這樣，「大學的獨立性和它的知識權力被納入了體制，文藝學終於變成了一門與現實密切相關的『有用』的學科」。〔註49〕文藝學對於文學史研究的壓制，對於當代文學的發展影響深遠。60 年代初期，在周揚領導下開始了大學文科統編教材工作，對於「文學概論」，周揚甚至直接給出了體例。從 1964 年到 1978 年共出了兩種高校統編的文藝學教材：以群主編的

〔註48〕劉衍文：《關於文學理論裸的教學和教材編寫問題》，《文藝理論研究》1981
　　　　年第 1 期。
〔註49〕孟繁華：《中國 20 世紀文藝學學術史》第 3 部，北京：中國社會科學出版社，
　　　　2007 年 4 月，第 93 頁。

《文學的基本原理》，蔡儀主編的《文學概論》。這兩部教材都是在 1961 年高校文科教材編選計劃會議後，統一組織編寫的。

　　在教材的規範下，文藝學教學被完全納入權力運行體制。文藝理論研究者的研究成果往往是受批判的對象。文藝學知識的傳授並不是隨心所欲的，變成了對國家權力支配下的政策的解釋和運用。此間，真正掌握理論解釋權的並不是大學，而是和行使國家權力直接相關的機關，因為大學教授很多屬於「思想改造」對象，無法真正取得意識形態掌控者的信任。有學者已經注意到，80 年代中期以前，「當代文學的批評工作是由中國作家協會、中國社會科學院文學研究所這兩個系統主導的，大學教授只是做點冷門學問。」〔註50〕大學的文學研究，不得不採用「注經」式的研究方法。這種方法直接培養了大量的本本主義者，使得理論成為政策注腳，嚴重脫離實際，而且給人們造成一個直接的錯覺：「似乎學習文藝理論，只需要懂得和記住『經典』的條文和所包含的『微言大義』就行了，不需要閱讀大量的文藝作品和接觸大量的文藝作品。」〔註51〕

　　到了 80 年代初期，將這一被顛倒的歷史進行了某種程度的反轉。「文藝學」的焦慮恰恰是對自身歷史局限性的洞識。隨著新的學科體制的建立，文學教育的重心也在發生偏移。針對「注經」式研究教學方式，教學討論中逐漸確立了以講授文學內部規律為主，兼及外部規律，由具體到抽象的文藝理論教學體系。這一體系經由一代學人的復歸而得以貫徹，並且接續了久違的文學傳統。同時，文學史研究也開始成為顯學，尤其是文學史的重評。值得注意的是這一時期的文學史研究很大程度是具有和新中國成立後的以意識形態為中心的學科體制對話的性質，有著強烈的現實參與意識，學術研究更多時候具有批評的色彩，這在當代文學研究中尤為明顯。學科轉型的歷史合力使得「文學批評」成為一個重要的學科生長點。無論文藝學還是當代文學的研究，都把側重點放了了「文學批評」上。這一轉向對於 80 年代文學思潮走向有密切關係，可以說，80 年代建構起來的當代文學就是一個文學批評意義上的文學。「文學批評」的歷史敘述在完成了自我建構的同時，也遮蔽了歷史的豐富性和複雜性。

〔註50〕程光煒：《文學講稿：「八十年代」作為方法》，北京：北京大學出版社，2009年 9 月，第 286 頁。
〔註51〕李敬敏：《文藝理論教學改革芻議》，《文藝理論研究》1981 年第 2 期。

在具體操作方式上，則由詮釋轉向對話。理論與批評共同參與文學的生產。面對「文革」的極端政治化文學教育體系，大學文學教育領域產生了美與人性的變革呼喚，強調文學是美的，文學表現人性。借助於毛澤東關於「各個階級也有共同的美」和「詩要用形象思維」的指示的發表，改革開放時期文學教育的啓蒙論轉向號角吹響了。80 高齡的美學老人朱光潛發表《關於人性、人道主義、人情味和共同美問題》，明確主張馬克思主義是一種人道主義，進一步爲在文學領域推進「人性」和「人道主義」鋪平了道路。這時的文學教育界湧動著文學審美化、文學人性化和文學研究方法化等相互關聯滲透的陣陣變革熱潮。文學研究處於過渡時期的興奮之中。

「在這次文學教育的啓蒙論轉向中，教育者實際上扮演著文學體驗者與思想者角色。文學教育者在教育教學過程中以文學體驗者的姿態，把人性與美的光芒帶給受教育者，並自覺地充當了文學教育變革中的思想者角色。」〔註52〕這種體驗式文學教學，在當時全國高校文學教育中是一股潮流。就其針對「文革」的僵化的文學教育來說，確實是富有重大意義和成效的關鍵性突破。但是對於改革中多種歷史資源糾纏的複雜現實，則缺少必要的有針對性的本土話語支撐。今天再來反思的話，就會看到那時通過個體體驗灌輸的新思想，大多是對於西方理論資源的複製。這種生產方式雖然在文學批評上取得了驕人的成績，但是卻簡化了歷史本身的複雜性。

2.2 大學校園與文學空間

新時期大學爲文學提供了一個較爲寬鬆自由的空間。在大學風格逐漸顯現，學術師承開始接續的同時，大學的校園文學也非常活躍。80 年代的校園文化有時代的特殊性。一方面剛剛恢復高考，中斷多年的大學體制處於一個恢復和過渡期，在學生日常管理上制度性的要求相對寬鬆；另一方面，計劃體制的用人制度下，大學生根本不用去過多考慮職場的規劃，統一的分配製度也不用讓這些「天之驕子」產生巨大的就業壓力，兩者都爲大學生進行文學活動提供了充足的時間。

新時期文學的歷史構成與現實構造，也與大學教育的發展扭結在一起。尤其是新潮文學的歷史建構，文學自身的生產和再生產等問題，就離不開對

〔註52〕王一川：《近三十年文學教育的三次轉向》，《文學教育》（上）2008 年第 5 期。

大學校園文學活動的考察和探究。一方面，大學為文學再生產創造了諸如社團、師生關係、人際網絡等制度性條件。另一方面，文壇思潮又和大學進行互動，形成一個文學再生產的網絡。

2.2.1　大學文學熱與文學社團

由於歷史累積的巨大能量，80 年代大學生的文化時尚和美學趣味，與以往各個時期有很大不同。剛入校門的大學生們，年齡相差懸殊，卻有著共同的精神壓抑的歷史。社會生活的相對單一，使他們很難找到合適的突破口，於是巨大的情感力量都聚集到文學這一象徵性領域，由此造成文學至高無上的地位。「80 年代的年輕人，遇到詩人都是脫帽致敬。那個時候年輕人的唯一愛好就是文學。你這個人不喜歡文學就是沒有出息！」〔註 53〕當時最優秀的人大多心懷文學夢想，並且追逐和製造了一個個文學熱潮，這種文學熱幾乎遍及社會各個領域，青年人聚集的大學，自然成為最吸引人的核心地帶。

和當時大多數人一樣，大學生對於社會的想像方式也是文學化的。新時期文學的再生產，一個重要的組成部分是通過大學社團來進行的，由此大學校園成為最為重要的文學接受場域。「文革」中長期中斷的大學，在迎來第一批高考大學生的同時，也進入了自己的重要發展期。從教師到學生，大學彙聚了眾多不同年齡層次的文學研究者和愛好者。大學師生的文學熱情，為各種文學新思潮的傳播與生長創造了良好條件。他們受教育程度和興趣愛好的接近，形成了遠比「文革」期間分散各地更有優勢的群體。共同的文化趣味和思想立場使他們形成了一個個文學傳播與接受的場域。

文學社團與新文學的進程緊密相關，直到「十七年」時期，文學青年依然有結社的習慣。「文革」期間，散落在各地知青點，在秘密閱讀的歲月中，逐漸形成了一些文學群落。恢復高考後，這一長期被遮蔽的歷史現象，得以合法復蘇，於是迅速在各高校蔓延。據當年一份統計資料，「當時全國大學組織的各種文學社團超過兩百家之多，根據後來的考證，實際的文學社團數量應該遠遠在這個數字之上」。〔註 54〕實際上，這種結社活動，有著爭取公民權

〔註 53〕許德民的說法，轉引自魯育宗：《大學夢尋：1977～2009 中國大學實錄》，上海：上海書店出版社，2009 年 6 月，第 49 頁。

〔註 54〕魯育宗：《大學夢尋：1977～2009 中國大學實錄》，上海：上海書店出版社，2009 年 6 月，第 47 頁。

利的意味。社團的領袖，也因爲社團的熱潮而風光無限，他們長期被壓抑的
領袖欲獲得釋放的機會。大學的這種風氣，很快向社會蔓延，以工人、職員
和城市待業青年、甚至農村青年爲主體的各類文學社不斷湧現。

　　幾乎每所大學都有自己的文學社團。這些年齡有很大差異的青年群體，
形成了一個具有強大社會輻射力的文學網絡。當時大學也非常重視以社團活
動來鍛鍊學生參與社會的能力。這與「工農兵學員」的開門辦學雖然不同，
但在重視實踐上卻是一脈相承的，形成了很明顯的不讀死書的實踐性品格。
文學社團大都得到了學校團委的鼓勵和扶植。再加上，當時的課程設置也沒
有後來那麼緊張。學生們也沒有什麼更好的課外活動發泄青春期過剩的精
力，於是將大量時間投入課外社團活動。在知識開禁期，大量翻譯作品的引
入緩解了學生在單調生活中思想的饑渴。歷史地看，以社團的方式進入文壇
也是新文學流傳下來的一個傳統。新時期社會思潮的激盪，使得校園內外處
於緊密的互動狀態之中，爲學生參與文學活動提供了廣闊空間。

　　華東師大和復旦大學因爲自身的號召力，成爲當時上海大學文學活動的
中心。對於 77 級學生來說，歷史機遇使得他們成爲最爲活躍的一個年級，而
且是開風氣之先的一個群體。這一級學生年齡差距很大，有的甚至相差十好
幾歲。這批人經歷大都很豐富，幾乎來自各行各業，有當過工人的、有知青、
有軍人、有教師等等。很多人在進入大學之前，有過文學創作經歷，因此他
們引領了最初文學創作的風潮。比如華東師大中文系的趙麗宏、孫顒和王小
鷹等人，上大學前曾公開發表過作品，進入大學自然成爲大家關注的焦點。
由於當時文學的特殊作用，文學道路上躍躍欲試的大學生人數眾多。很多文
學青年經歷過曲折的人生，命運的轉換使得他們對生活有著自己的獨特看法
和強烈的傾訴欲望。

　　相對於龐大的創作群體，能夠提供發表作品的報刊是很少的。在缺少發
表空間的情況下，催生了一個個小的文學園地。比較風行的是走廊裏的壁報。
同學們將自己的作品認眞謄抄後貼在壁報上，有的還配上各式插圖。很快壁
報成風，「中文系四個班級，每個班都有自己的壁報，發佈在文史樓的走廊牆
壁上。有的甚至以寢室爲單位辦起了壁板，貼在宿舍樓走道的牆上。」〔註55〕
雖然水平高低不平，但基本上都是純文學創作，都有強烈的以文學參與現實

〔註55〕趙麗宏：《不老的大學》，杜公卓主編：《我的麗娃河》，上海：華東師範大學
　　　　出版社，2001 年 9 月，第 8 頁。

的熱望。這些壁報吸引了很多人的目光。不僅中文系的學生，其它文理各科的學生，甚至很多校外的文學愛好者，也經常去觀看。壁報的讀者群中，不但有學生，還有老師。新出的壁報前總是人頭攢動，人們對壁報上的文章評頭論足，還有人寫文章評論壁報上的作品。中文系的壁報，自然成為校園裏一道獨特的風景。發表在壁報上的短篇小說、散文和詩歌，有不少後來被文學刊物和報紙副刊發表。

在這樣的交流氛圍中，催生文學社團大量出現。華東師大 77 級在上大學的第二年，中文系成立了「草木社」，並出版油印刊物。全國各地的大學文學社也互相寄刊物交流。隨著創作的深入，開始出現以不同文類為主的文學社團。由於詩歌創作周期較短，具有更為直接的抒發情感功能，因此最初的社團中，詩歌佔據了很大的分量。據 1980 年進入大學的徐芳回憶，當時年級裏的、系裏的、校裏的賽詩會隔三差五地舉行，盛況沒有空前，卻可以說絕後了，雖沒有鑼鼓喧天，可也是人聲鼎沸。愛好詩歌的大學生人數眾多，比起現在流行歌曲愛好者，有過之而無不及。熱衷於組織策劃的同學，「一串聯，一拍桌子，就嘩啦啦拉出了『夏雨詩社』的大旗。」〔註56〕詩社成立以後，一呼百應。出版油印刊物《夏雨島》，並且在《文學報》上正式發表了《夏雨詩社發刊詞》，還請了幾十位校內校外的顧問：王辛笛、袁可嘉、黎煥頤等。有幾百名登記入冊並且交會費的會員。多年以後，當事人回憶起詩社成立大會的勝景仍唏噓不已：

> 幾千個座位不算，走道上、門外、窗外、都是黑壓壓的人。票，
> 幾天前就發完了。我手裏的幾張機動票，帶給我的好感覺，至今回
> 憶起來，仍有一種傷風咳嗽似的纏綿悱惻。〔註57〕

復旦大學的復旦詩社有獨特的歷史傳統。1981 年 6 月，該社編輯出版的刊物《詩耕地》的名字直接源於 40 年代的《詩墾地》。在《詩耕地》周圍，曾經出現了鄒荻帆、綠原、曾卓、冀汸等復旦詩人。復旦詩社不僅有文科學生，還有很多理科學生，年齡和經歷也有很大差別。經濟系 79 級學生許德民擔任了第一任社長。在下鄉的時候，因為在縣裏的小報上發了幾句打油詩，被看作知青中的秀才。進入大學第一學期，77 級的學兄就到新生中去挖人，要求

〔註56〕徐芳：《我的大學，我的詩》，杜公卓主編：《我的麗娃河》，上海：華東師範大學出版社，2001 年 9 月，第 26 頁。

〔註57〕徐芳：《我的大學，我的詩》，杜公卓主編：《我的麗娃河》，上海：華東師範大學出版社，2001 年 9 月，第 26 頁。

每人寫一首詩，爲賽詩會做準備。許德民就這樣順利進入經濟系詩歌組並且開始爲參加全校賽詩會進行創作，第一首詩獲得了創作二等獎並刊登在《大學生》雜誌上。在 1980 年 12 月舉行的賽詩會上，許德民的《心靈的自白》獲得了創作獎第一名。當時的情境讓許德民終生難忘：

> 朗誦全長共七分鐘，朗誦者是經濟系七八級的宋峰，他的朗誦充滿了滄桑和激情，非常有感染力。朗誦期間「如雷般的掌聲」響了二十多次，幾乎是每一個段落都有掌聲，最長的掌聲持續三分鐘。我當時坐在臺下，渾身發麻、發抖，我甚至不敢看身邊狂熱的同學，我被詩歌的力量所震撼，我從來也沒有想到詩歌的感染力竟然會那麼強烈，那麼激動人心。走道里站滿了人，窗臺上也爬滿了人，整個相輝堂幾乎要被學生的熱情撐破。那晚相輝堂裏狂風暴雨般的氣氛，被人稱爲是空前絕後的。〔註 58〕

在這樣的文學氛圍中，經濟系的許德民卻把大量精力用在詩歌創作上，立志要當一名詩人而不是經濟學家。隨著知名度的擴大，利用校學生會副主席的職位，許德民聯繫了 77 級的周偉林、韓雲，哲學系的景曉東和中文系的胡平（兩人當時已經發表大量詩歌作品），以及中文系 77 級的汪瀾、78 級的裴高，哲學系 78 級的曹錦清等人，起草了「復旦詩社章程」，成立了復旦詩社。

　　和當時絕大多數文學社一樣，詩社「得到了校黨委的關心和校團委、學生會的積極支持」。〔註 59〕「校團委書記是王榮華，他對詩社一向都是非常支持的。」「李源潮畢業留校後任團委副書記時分管學生社團的工作，對復旦詩社的活動也是非常支持。」〔註 60〕在 1982 年 12 月「青春獎」賽詩會上，李源潮還慷慨激昂地代表團委向賽詩會致辭。詩社的成立也得到了復旦校友鄒獲帆、姚奔等前輩詩人和老師們的關懷和支持，時任《詩刊》副主編的鄒荻帆被聘請爲名譽社長。詩人姚奔、蕭崗、寧宇、黎煥頤、雁翼、吳歡章、雷霆、宮璽、姜金城、徐剛等人也先後擔任了詩社顧問。

　　隨著一批批老社員和新詩友的交替，一次次激情澎湃的朗誦會的舉行，

〔註 58〕許德民：《喚醒沉睡的詩魂》，梁永安主編：《日月光華同燦爛——復旦作家的足跡》，上海：復旦大學出版社，2005 年 9 月，第 193 頁。

〔註 59〕見《編後》，復旦詩社編：《海星星》，上海：復旦大學出版社，1983 年 12 月，第 199 頁。

〔註 60〕許德民：《喚醒沉睡的詩魂》，梁永安主編：《日月光華同燦爛——復旦作家的足跡》，上海：復旦大學出版社，2005 年 9 月，第 196 頁。

一次次熱烈的討論與爭執，到了 1983 年，詩社從六期《詩耕地》的近千首詩作中篩選編輯出版了最早的大學生詩集《海星星》。這部詩集收入的詩人風格各一，各有千秋，多數歌吟自然、歷史、社會和人，抒發理想、事業和愛情的思索與探索，在大學生中產生了很大影響。詩集共收入許德民、韓雲、王煦、孫曉剛、胡平、景曉東、周偉林、王健、卓松盛等 30 人的詩歌作品。詩人鄒荻帆讀到詩集手稿時，激動地寫道：「我似乎又回到了我的母校，又回到我尊敬的老師和親愛的同學間。雖然那不是在江灣，而是在抗日戰爭年代的嘉陵江邊、黃桷樹下，是在竹編泥糊牆壁的教室間，是在沒有電燈而靠每天領一點青油點燈上夜自習的燈光下⋯⋯」〔註 61〕四十年的滄桑變化，因為詩歌而進入到一個歷史譜系，雖然他們的詩歌有著很大的不同，社會也已經完全變樣。

　　經過詩歌社團的歷練，即使將來不繼續從事詩歌創作，也會以良好的判斷力保持對文學的敏感。比如後來在《收穫》揚名的編輯程永新，就是當年復旦詩社的一員，其作品也被收入該社 1987 年編輯出版的第二部詩集《太陽河》。

2.2.2　大學與文壇的互動

　　當整個社會以文學方式進行思維的時候，文學的力量就蔓延到幾乎所有的角落。作為知識生產的大學，必然與文壇緊密捆綁在一起。80 年代文壇上的所有社會重要活動幾乎都可以波及校園，無論新作品的問世還是新思潮的出現，無論新問題的提出還是新現象的爭議，幾乎都會在大學校園引起熱烈討論，大學成為文學的重要接受場。另一方面，作為文學再生產的一個重要場域，大學也通過自己的文學實踐反過來影響文壇。大學師生通過自己的創作和批評，直接參與文學生產，並且為文壇輸送大量後備人才。

　　被歷史埋藏多年的大學教師，重新站在講壇，不僅僅意味著合法身份的恢復，而且意味著以他們為標識的文化的復興。他們為長期處於封閉狀態的青年學子打開了封存多年的文學天地，接續了一度中斷的新文學傳統。以華東師大為例，中文系的施蟄存、許傑都是在現代文學史上有名的作家，這自然引起學生們的極大興趣。曾經被魯迅點名批評過，進而半生都受牽連的施

〔註61〕鄒荻帆：《西窗剪燭話新詩》《海星星》，上海：復旦大學出版社，1983 年 12 月，第 1 頁。

蟄存，讓剛入學的青年學子感到驚疑莫名。當他走上講臺時，學生們頭腦中
出現的是魯迅的評價：

> 我旁邊有個女生悄聲說：「像不像『革命小販』，他？」我望著
> 他從當中分開梳的光滑整齊的頭髮，想，小販倒不像，不過有點「洋
> 場惡少」的派頭。我指的「洋場惡少」並非貶義，只是某個代名詞，
> 跟舊上海、海派、曾經的年少氣盛有關。〔註62〕

此時的施蟄存無疑成了歷史活標本。對於這些身份各異，但知識譜系非常相
似的大學生來說，面前的這位文學老人，給他們帶來了一個個疑問。在課後、
課間，學生們追著施蟄存先生，企圖尋找更多真實的歷史線索，而施蟄存也
非常喜歡和同學們交流。正是這種交流，讓大學生們逐漸清理出一個更爲完
整和複雜的歷史。更多的同學則課下跑到圖書館閱讀其著作，通過作品重新
打量眼前的老師，考察圍繞在作家周圍的種種歷史紛爭。通過對作品的閱讀
和對歷史的深入瞭解，學生們發現這位被魯迅當年罵爲「洋場惡少」的作家，
「真是冤枉了」，「他的文品和人品，都值得稱道。」〔註63〕經過歷史的淘洗，
「洋場惡少」的稱謂和面前這位爲人平和、學識淵博的施先生實在有著天壤
之別，歷史秘密就在這時開始展現，學生們也經由這種對歷史的追索，逐步
形成了自己的判斷。

　　曾經當過中文系主任的許傑，是「五四」時期的鄉土作家，在現代文學
史上佔有一席之地。當他滿頭銀髮出現在中文系的時候，同樣引發了同學們
的歷史聯想。雖然他的主要精力是帶研究生，很少給本科生上課，但學生們
即使遠遠地看見他的白髮，也會油然而生崇敬之情。曾以「人學」觀念被粗
暴批判的錢谷融，已經廣受好評。大家都認爲他用簡潔明瞭的語言，說出了
文學的本質。錢谷融主要精力也是指導研究生，只是偶而給本科生上幾堂大
課或搞講座。這些和文壇有著很深關聯的人重新執掌教鞭，通過自己的言傳
身教拉近了學生和文壇的距離。「我看著在講臺上給我們上課的許傑先生、徐
中玉先生、錢谷融先生，想著我所讀過的他們的著作，還有我所知道的一鱗
半爪的歲月加諸他們身上的硝煙，驚歎他們竟還是這樣從容和親切，心裏真
有夢一般的感覺，好像是在和現代文學史中走出來的人物相遇，既遙遠，又

〔註62〕周佩紅：《315教室的講臺》，杜公卓主編：《我的麗娃河》，上海：華東師範大
　　　　學出版社，2001年9月，第22頁。
〔註63〕趙麗宏：《不老的大學》，杜公卓主編：《我的麗娃河》，上海：華東師範大學
　　　　出版社，2001年9月，第11頁。

親切。」〔註 64〕對於這些大學生來說，歷史就在自己身邊，這個歷史有著更為隱秘的細節，和自己曾經粗略接受的歷史教育有著很大差別，通過這種教育，一個更為完整的文壇開始逐漸還原。

這些經歷文壇風雨的老作家、老教授，「文革」結束後雖然寫作量並不大，但是卻在培養學生方面下了很大力氣。因為自身和文壇的多種聯繫，他們熱情鼓勵學生進行文學創作和批評，從而營造了良好的文學實踐氛圍。華東師大中文系主任徐中玉，多次在全係大會上熱情鼓勵學生們進行文學創作，對於已經有些名氣的學生作者，常常點名表揚。創作上有成績的學生畢業時，畢業論文可以用文學作品來代替，趙麗宏的畢業論文，就是一本詩集。〔註 65〕這恐怕在中文系的歷史上也是極為罕見的。

這些具有責任感的大學教師，把自己的重要工作用於提攜後人，甚至把幫助學生出成果看得比自己著書立說還重要。他們不但耐心指導學生精心創作和進行文學研究，而且還利用自己的關係為學生聯繫發表文章和出版著作。比如華東師大的錢谷融，就極力向各個文學刊物推薦學生的文章，即使不是自己的學生，只要看到其文章的價值，也盡可能到處推薦。據魯樞元回憶，正是錢谷融教授把自己一一引薦給王元化、徐中玉、蔣孔陽等上海學者，甚至為了託王元化為魯樞元的著作寫序，「竟登門催促，逼得元化先生寫了又改、改了又寫、白撕去許多稿紙。」〔註 66〕同時把魯樞元的文章介紹給主編《上海文學》的李子雲、周介人等人。

復旦大學的賈植芳教授，早在「文革」以前就以提攜後人著稱。曾幫施昌東、曾華鵬、范伯群三人分別擬定畢業論文題目：《朱自清論》、《郁達夫論》和《王魯彥論》。完成後由他介紹合出一本書。「可惜文章還未寫好，賈先生就出事了，這三位年輕人也都因此而受到審查。」〔註 67〕對學術傳承的重視體現了一代學者的學術構想和熱望。在 80 年代重掌教鞭之後，他們更表現出對年輕學人的關心和支持。當時復旦本科生陳思和與李輝合寫了《怎樣認識巴金早期的無政府主義思想》，賈植芳教授把文章轉寄給《文學評論》的編輯

〔註 64〕周佩紅：《315 教室的講臺》，杜公卓主編：《我的麗娃河》，上海：華東師範大學出版社，2001 年 9 月，第 23 頁。

〔註 65〕趙麗宏：《不老的大學》，杜公卓主編：《我的麗娃河》，上海：華東師範大學出版社，2001 年 9 月，第 10 頁。

〔註 66〕魯樞元：《「吾其為水矣」》，《光明日報》1995 年 12 月 30 日。

〔註 67〕吳中傑：《海上學人》，桂林：廣西師範大學出版社，2005 年 10 月，第 83 頁。

王信和陳駿濤，〔註68〕在該刊 1980 年第 3 期發表。這篇文章正是兩人的學術起點。後來兩人在賈植芳的指導下，畢業論文分別做了《巴金的文藝思想》（陳思和）、《巴金與法國民主主義》（李輝），兩篇論文後來收進他們合著的《巴金論稿》。陳思和也因爲在《文學評論》發表文章而順利留校任教。

不僅教師，大學生的文學活動也直接對文壇產生了影響。有些大學生創作本身，就是文學新思潮的重要組成部分。復旦大學大一新生盧新華的《傷痕》，就是一個典型的例子。這篇作品的生產過程，無疑是新時期大學與文壇互動的一個標本。這篇引起巨大轟動的小說，創作靈感並非來自作家的親身經歷，而恰恰是來自大學課堂。在一堂「現代文學作品選」的課上，老師在講到魯迅的《祝福》時，提到當年許壽裳曾評價這部作品爲「眞正的悲劇不是狼吃了阿毛，而是舊禮教吞噬了祥林嫂的靈魂」。這一評價引起盧新華的很深感觸，〔註69〕自己耳聞目見的「文革」中的種種生活遭遇，終於促使他提筆寫出了這篇小說。最初，盧新華將這篇小說給部分同學和老師看，反響並不熱烈，反而出現了很多爭議：有人擔心會在政治上出問題，有人認爲人物和故事不夠典型，沒有反映時代的本質和主流。以至於讓剛剛開始寫作的盧新華一度失去信心，直接將稿子鎖進抽屜，連給文學報刊投稿的信心都沒有了。直到班級辦牆報，「同學倪彪找我要小說稿，我才不得不從抽屜裏拿出來交差」。〔註70〕最終，小說刊登在四月上旬中文系一年級辦的《百花》牆報上。從這一細節可知，這一小說的出現有著極大的偶然性，如果沒有當時的牆報熱，也許這篇小說就永遠不會問世了。

偶然發表的背後，是當時讀者接受的歷史必然性。小說在復旦大學牆報上被作爲頭條刊發出來，同時還配發了與盧新華同年同月同日生的同學陳思和的評論。很快激起巨大反響，引起了許多同學和老師的圍觀。但在對小說的評價上也一度出現分歧。盧新華所在的中文系一年級，正在學習《文學概論》課程，之前幾乎沒有經過任何文學理論訓練的學生，用課本知識來對照分析，發現《傷痕》存在很多問題，比如「主人公王曉華是不是中間人物」，

〔註68〕顧豔：《讓苦難變成海與森林：陳思和評傳》，武漢：武漢出版社，2009 年 3 月，第 18 頁。

〔註69〕魯育宗：《大學夢尋：1977～2009 中國大學實錄》，上海：上海書店出版社，2009 年 6 月，第 41 頁。

〔註70〕盧新華：《〈傷痕〉之後》，梁永安主編：《日月光華同燦爛——復旦作家的足跡》，上海：復旦大學出版社，2005 年 9 月，第 157 頁。

「社會主義能不能暴露陰暗面」,「可不可以寫悲劇和悲劇人物」,「王曉華家庭的血肉感情算不算人性論」等〔註71〕。實際上,這些討論涉及課本知識和現實境遇的巨大矛盾,也是文學在轉型期必然要面對的問題。有些教師堅持這種「典型」理論,認爲有缺點的只能是次要人物,正面人物應該是高大全式的,這樣《傷痕》中的主人公的評價就出現了問題。

這篇在校園中引起激烈爭論的小說,之所以會最終發表,和中文繫年輕女教師孫小琪有直接關係。正是這位老師將小說送到《文匯報》資深編輯鍾錫知手裏。鍾錫知讀後非常喜歡,於是向總編輯馬達彙報了此事。〔註72〕馬達馬上意識到這篇小說對於人們重新審視「文革」,具有非同一般的現實意義。於是決定一邊由文藝部先排出大樣,一邊直接報市委宣傳部副部長洪澤。洪澤的女兒在家裏奪去了父親正在審閱的樣稿,看完之後,淚流滿面,連說,「好文章,要發!要發!」洪澤看到小說能有這麼大的感染力,當即決定發表。〔註73〕最終小說發表在 1978 年 8 月 11 日的《文匯報》,引起了全社會的關注。一時間《文匯報》洛陽紙貴,連盧新華本人到幾處郵局排隊都未能買到當天的報紙。小說發表後,報社在一兩個月內收到一千多封來信來稿,小說先後被二十多家省、市廣播電臺播發,喚醒了很多人在特殊年代留下的心靈創傷。最初的校園文學活動,文學注重政治和社會問題的傳統得到場效應的擴大。大學生們從切己的人生出發,與文壇上掀起的以人爲本的文學價值觀相輔相成。

《傷痕》發表之後,在全國引起巨大反響,引發了關於傷痕文學的激烈論爭。盧新華曾被邀請到華東師大談創作體會,「幾個愛挑剔的同學對他的小說提了不少意見。大家很認眞地辯論,弄得面紅耳赤。」〔註74〕可見當時文

〔註71〕馬達:《〈傷痕〉和傷痕——小說〈傷痕〉發表前後》,梁永安主編:《日月光華同燦爛——復旦作家的足跡》,上海:復旦大學出版社,2005 年 9 月,第 573 頁。

〔註72〕此處採用魯育宗《大學夢尋:1977～2009 中國大學實錄》中的說法,與馬達《〈傷痕〉和傷痕——小說〈傷痕〉發表前後》中的說法略有出入,據馬達回憶當時是自己通過一位記者瞭解到,這篇小說在復旦吸引了全校同學的注意,於是派人去瞭解情況。

〔註73〕魯育宗:《大學夢尋:1977～2009 中國大學實錄》,上海:上海書店出版社,2009 年 6 月,第 42 頁。

〔註74〕趙麗宏:《不老的大學》杜公卓主編:《我的麗娃河》,上海:華東師範大學出版社,2001 年 9 月,第 10 頁。

學社團之間互相交流的情景。復旦大學愛好文學創作的胡平、張勝友、劉徽泰和顏海平等人，也是華東師大文學社團的常客。在良好的文學氛圍中，在教師的指導和幫助下，在同輩的競爭中，他們很快進入一種比較好的創作狀態。文學社的社團效應也使得這些人可以進行廣泛的交流，從而在大學文學場域中佔據更爲有利的位置。小組內部組織討論，請知名作家演講，提供發表園地。這些文學活動都是圍繞當時文學的核心問題展開，包括對引起重大爭議作品的評價。

文學的崇高地位，吸引了很多優秀大學生投身文學活動。和盧新華一樣，很多大學生也憑藉自己的創作取得了文學入場券，這批人也是 80 年代中期以後文學創作和批評的重要力量。拿復旦大學來說，詩社成立之後，1981 年 10 月，《萌芽》編輯部就在復旦召開詩歌座談會，詩歌編輯和同學們進行了面對面的交流。12 月，該刊發表了復旦詩社詩人專輯，包括許德民、韓雲、王健、周偉林、王煦等七人。韓雲的組詩《生活召喚著我》後來還獲得萌芽創作榮譽獎。在交流過程中，許德民寫下的「生活詩」《一個修理鐘錶的年》，獲得了《詩刊》1982 年度優秀作品獎，許德民也因此參加了第二屆青春詩會。甘肅《飛天》的「大學生詩苑」，也發表過大量復旦詩社詩人的作品。

華東師大的趙麗宏、孫顒、王小鷹在大學期間就加入了作家協會，1985年又一起出席了第四屆作家代表大會。在互相影響下，最初兩屆大學生中，出現了劉觀德、鄭芸、樂維華、劉巽達、毛時安、嵇偉、沈喬生、李其綱、朱大可、宋琳、徐芳等眾多作家。同時還有很多人成爲出色的文學編輯。孫顒畢業後先在上海文藝出版社當編輯，後來又當社長，再當出版社局長。陳保平先在《青年報》當編輯、副總編輯，當了幾年上海三聯書店的總編輯，後到上海文藝出版社當社長。阮光頁是華東師範大學出版社的副總編輯。90 年代中期，他策劃編輯了一套由華東師大畢業的作家創作的叢書。朱士信當了多年《上海文化報》的總編輯。林建法成了《當代作家評論》的副總編輯。這些人自然會把自己的目光緊緊盯住文學創作的生力軍，形成作家和編輯之間良好的互動。可以說，80 年代以後文學的發展和這些大學生息息相關。

大學與文壇的緊密互動，恢復了「五四」以來新文學的一個重要傳統。這是在「十七年」文學之外的另一個傳統。應該說，這兩個傳統共同作用於

80 年代的文學生產，使得文學生產內部更加複雜，許多矛盾和悖論也因此而起。也正是在這個意義上，考察大學社團和文壇的互動，才能更爲完整地揭示出 80 年代文學，尤其是新潮文學建構的歷史圖景。1985 年之前，兩個傳統同時展現出自身的優勢，有著共同反思過去，論爭意識形態合理性的作用。但 1985 年之後，以大學爲主要批評和傳播空間的新潮文學，在自身的發展過程中，沒能很好地消化「十七年」文學傳統，走上了一個學院化文學生產的道路，其結果是和中國現實發生了很大脫節，自身的能量很快耗盡。這是文學史研究需要認眞反思的。

2.2.3　從文學社團到先鋒文學圈子

作爲一種文學生產形式，文學社團內部也在逐步形成有序的自我生產機制。對於早期的社團成員來說，他們考慮的更多的是如何被文壇接納，公開發表作品。隨著大學文學知識生產的更新，新的社團成員的知識結構發生很大變化，在知識更新非常快的 80 年代，不同年級社團成員的文學觀念表現出很大的差異性。但是這種差異性相對於關係、代際錯綜複雜的文壇，又顯得是相當小的。因爲社團活動頻繁，所以成員之間的交流機會很多，在互相影響之下，內部的討論協商機制起了很大作用。

社團內部經過不斷協商逐漸形成一定的文學共識，並通過自辦的民間刊物體現出來。相對於控制較爲嚴格的文壇，大學社團有著更爲自由的表達空間，在發展過程中逐步形成自身的傳統。這使得大學社團具有很強的文學圈子的性質。各地大學幾乎都有自己的社團，隨著社團之間的頻繁交流，各大學文學社之間也形成一种競爭關係。這些社團又形成一個不同於主流文學界的文學場域。各大學的文學圈子，爲了在場域競爭中取得有效位置，當然會表現出旗幟鮮明的姿態和立場。

由於社會心理狀態的趨同，大學社團表達的姿態和立場與文學潮流有著內在聯繫。在 80 年代前期，創新成了人們共同的心理需求。這個「創新」的顯著特徵是把大家以前熟悉的文學規範指認爲「守舊」。在不同圈子的創作群體，雖然都指明自己在創新，但創新的具體內涵並不相同。它往往取決於被指認爲「守舊」的那個文學規範。劉納曾經指出：「闖入文壇的『新人』大體面臨著兩種選擇：或尊重前輩，沿著前輩已蹚出的路漸漸前行；或向前輩宣戰，另起爐竈，另立正宗，前者由於並未擾亂文壇秩序而容易

較順當地被容納和接受，後者有可能因適應時代的趨新潮流而開啓新的時尚。」〔註75〕這兩種選擇在 80 年代的大學生社團中都存在。對他們而言，創作梯隊多層纏繞 80 年代文學界，構成影響焦慮的「前輩」並不完全相同，考慮到成本和代價問題（當然很多時候是在無意識中進行的），他們所運用的文學策略也不同。

隨著翻譯出版的快速發展，閱讀資源的不斷更新，對既有文學成規的反叛力量也在快速發展。這種形勢下，帶有鮮明「先鋒性」的立場和姿態，對於初入文學場域的新面孔來說，無疑更具有吸引力，這種文學策略會使得他們在文學活動以至進入文壇時處於最佳位置。大學生先鋒性文學策略的不斷出現，促使某種新潮文學秩序開始建立，文學秩序從學校逐步進入文壇。在逐步成形的文壇秩序的生成過程中，大學社團的文學策略也在發生變化：以個人身份遵循和加入現有秩序，對於新人來說會造成一種群體效應，比起另組社團打破現有文壇格局，無論成本還是代價都更低，實在是一種更爲保險的文學策略。這就使得新潮策略獲得了更廣泛的接受。

文學社團的存在，使大學生眞正過上了一種「文學生活」。隨著他們畢業分配，這種文學生活方式也被帶到全國各地。同時，沒有上大學的文學青年，也因爲各種關係組合起來一起探討文學，這樣，文學圈子幾乎遍地開花。從大學文學社團到新潮文學圈子，構成了一種新的文學生產模式。這一模式與文學新人的篩選、文學思潮的形成有著內在聯繫。

在遼寧大學讀書的馬原，和多數大學生一樣，在大學過了四年熱鬧的「文學生活」。「讀大學以前，我已有了整紙箱的小說手稿。我總共寫了不到 200 萬字，我知道很多同齡人都寫了 2000 萬字。我從 1971 年開始寫，每年都在寫，已經形成了自己的方法論、審美觀。」「當時遼大中文系收了 5 個班，共 200 多個人，分數都不低。我們班 37 人，所有人都是爲了一個作家夢而來。」〔註76〕大學生活的訓練對於馬原來說是重要的。但同樣重要的是他在西藏加入的文學圈子。這一變化過程中，新鮮外部經驗的刺激和閱讀範圍的擴大，使馬原找到了最適合自己的文學表達方式。

大學畢業到西藏以後，因爲距離電視臺、歌舞團都很近，馬原的家很快

〔註75〕劉納：《社團、勢力及其它——從一個角度介入五四文學史》，《中國現代文學研究叢刊》1999 年第 3 期。

〔註76〕馬原、朱慧：《馬原：文學面前，男歡女愛不值一提》，《新周刊》第 207 期，2005 年 7 月 15 日。

成爲西藏文藝界的重要據點。「文藝界的人經常到他家去『聯歡』，有人開玩笑說他家是西藏自治區『第二文聯』」。〔註 77〕這個文藝沙龍形成了良好的交流氛圍。於小冬的油畫《乾杯西藏》，生動地記錄了這個圈子的生活場景。他們很多人都是大學畢業後進藏的青年。馬麗華畢業於山東臨沂師專。色波畢業於遼寧省瀋陽醫專。於小冬畢業於魯迅美術學院。正是文學藝術愛好，把他們和當地文學青年聚集到一起。馬原的創作和這個圈子有著很深的關聯。他曾經多次以自己身邊的人物爲小說原型。《風流倜儻》的原型就是王海燕、《疊紙鷂的三種方法》的原型是畫家李新建。《拉薩河女神》更是圈子活動的一次記錄。在這樣的交流氛圍中，馬原、札西達娃、金志國、色波、劉偉等人逐漸形成了「西藏新小說」的基本陣營，並且在《西藏文學》1985 年第 1 期公開集體亮相。這也是奠定馬原地位的關鍵一步。

　　蘇童大學畢業以後，也有過相似經歷。到南京參加工作以後，蘇童有了嶄新的生活經驗，很快認識了一些志趣相投的文學青年。在交往過程中，蘇童對於文學也有了新的認識。「通過其中的幾位朋友我朝文學圈子裏試試探探地伸入一隻腳，與文學圈發生聯繫使我非常激動，我總在暗暗地想他們快要賞識我了，他們已經開始賞識我了，他們在談論我的小說了。」〔註 78〕蘇童所說的文學圈子就是「他們」文學圈。

　　這個文學圈相對來說比較鬆散，是大學社團重新組合與自然延續的結果。《他們》創刊號的封面，是一位一手叉腰，一手托著一隻大鳥的體魄雄健的男子漢，有人立刻「想到先前那幅『雲帆』時期的刊頭畫」，並且認爲兩幅畫的內在一致性「揭示了那個時代最內在的主題形態：對人與生命的關注」。〔註 79〕這裡所說的「雲帆」，是指山東大學中文系的文學社。韓東曾是當時該社核心成員之一。大學畢業到西安以後，韓東又認識了丁當等詩人，創辦了民刊《老家》。個人生活地理學意義上的轉移，成爲韓東到南京後創辦《他們》的一個契機。這個圈子裏同樣多數都是畢業不久的大學生：

　　　　像王寅和于堅是通信認識的，看到他們東西就寫信，誰給誰寫

〔註77〕韓雨亭：《〈乾杯西藏〉——藝術烏托邦的失落》，《時代教育（先鋒國家歷史）》
　　　　2007 年第 18 期。

〔註78〕蘇童：《年復一年》，《紙上的美女》，北京：人民日報出版社，1998 年 12 月，
　　　　第 139～140 頁。

〔註79〕孫基林：《新詩潮場景或鏡象：另一種喧囂與裂變》，《山東大學學報》（哲學
　　　　社會科學版）2004 年第 6 期。

信已經記不清了，反正在辦《他們》之前好像就已經是通信上的朋友了，有同志的感情了。丁當是我在西安認識的，我當時在西安工作，他當時也在西安。像顧前在南京，我大學期間回家度假，就認識了。像李葦呢，跟顧前是親戚，就認識了。馬原當時是《青春》雜誌的作者，我哥哥在《青春》雜誌當編輯，馬原到南京來玩，就認識了。認識蘇童是因爲封新成的《同代》，他跟封新成是朋友，從北師大畢業後分到南京，封新成給我寫了封信讓我們互相認識，就認識了。〔註80〕

這些人好像是偶然通過各種方式聚集在一起，以南京爲中心形成一個文學圈子。對於蘇童來說，進入這個圈子是文學創作進入自覺階段的重要一步。發表在《他們》第一期上的小說《桑園留念》在蘇童的創作生涯中也具有重要的意義。

在當時的情況下，這個圈子有多種發展的可能，每個人的文學觀念也不完全一致。比如《他們》創刊號的宣言，就是每人一句大白話，「有人斷言南京付立會讓你們大吃一驚／丁方說這裡不止是希望在閃爍／廣州李葦的一對小眼放射不出他胸中的無限光芒／南京乃顧有一副驢嗓子卻想像夜鶯那樣優美地歌唱／阿童是個理想主義者如此而已／在這個世界裏哈爾濱胡泓知道處處被排斥／西藏馬原想獲得諾貝爾文學獎……」〔註81〕這裡並沒有統一的敘述規則，而是更多地指向每一個具體個人的境況。有的和詩人的某一首詩直接相關，有的是內心突然冒出的一個想法，有的是別人的一種外在描述，有的是呈現一種生存狀態。他們甚至對宣言本身都感到懷疑，最後一句對他們的宣言進行了有意無意地消解：「又有人說他們不是說出來的那個樣子但也不是別的樣子這又是什麼意思」。作爲地下性質的同人刊物，《他們》並沒有刻意強調自身的流派性質，而更多的只是想提供一個作品發表空間。從內容來看，除了韓東、于堅、丁當、呂德安、王寅、陸憶敏、陳東東等人的詩歌之外，還包括阿童（蘇童）《桑園留念》、馬原《拉薩河女神》等四篇小說。正如《他們》的實際負責人韓東所說：「離開具體的作品和詩人《他們》什麼也不是。正是這些具體的個別的詩人、小說家

〔註80〕韓東、常立：《關於「他們」及其它——韓東訪談錄》，見常立：《「他們」作家研究：韓東・魯羊・朱文》附錄部分，復旦大學博士論文，2004 年。
〔註81〕見《他們》創刊號，1985 年 3 月。

構成了《他們》的價值意義。」〔註 82〕也就是說，這個文學圈子是類似沙龍性質的。批評家和文學史的後續研究在推出一個個流派的同時，也縮減了這些圈子的複雜性和豐富性。

除了大學畢業生爲主的文學圈子之外，還有許多社會青年組成的文學圈子，他們很多也成立了文學社，編輯出版自印刊物。比如後來被列入先鋒作家的余華，就沒有上過大學，屬於文學青年。但是即使在偏僻的縣城，余華周圍也同樣有一群文學愛好者。1982 年底，余華將自己認爲相當成熟的小說《第一宿舍》，寄給了隸屬杭州市文聯的《西湖》，很快在 1983 年第 1 期頭條刊發。之後，余華的身邊就聚攏了一批當地的文學青年，「余華的那間小屋，差不多成了海鹽縣城的一個民間文學沙龍。」〔註 83〕正是在這樣的圈子交流中，余華眞正過上了「文學生活」，並且增加了寫作信心。在那個文學可以改變一個人命運的年代，余華成爲海鹽第一位去《北京文學》改稿的人，這件事情在當地引起了規模不小的震動。很快引起了海鹽縣委宣傳部、縣文化館等部門的高度關注。爲瞭解除創作上的後顧之憂，相關部門在瞭解余華個人意願之後，很快著手爲他辦理調往縣文化館的手續。但是余華所在的五源鎮衛生院是集體所有制，縣文化館則是全民所有制幹部編制。爲解決這一問題，「海鹽縣人事局特地向浙江省勞動人事廳火速遞交了一份報告，以自學成才爲理由，申請省勞動人事廳爲余華特批一個幹部編制，結果省勞動人事廳很快給了同意的批覆。」〔註84〕從此余華可以專心創作，很快進入創作高峰期。

在 80 年代的文學熱潮中，文學圈子在作家的創作中起著很大作用，儘管這種作用對於不同作家不盡相同。就馬原來說，正是在西藏新小說的群體效應中凸顯的。對於蘇童來說，圈子內的閱讀和交流使他實現了創作質的飛躍，進入文學創作的自覺階段。而對於余華來說，文學圈子成了自己最初創作的巨大動力，在圈子中地位的提升和因爲寫作而來的社會身份的轉變，都使作家眞正開始了一種「文學生活」，從而不用再爲生計奔波，能夠持續進行文學創作。

這些以大學生爲核心，向外逐漸擴散的文學圈子，聚攏了大批文學青年，他們互相討論、切磋，有些以團體的名義推出，有的則進行著自己的探索。

〔註82〕 韓東：《〈他們〉略說》，《詩探索》1994 年第 1 期。
〔註83〕 洪治綱：《余華評傳》，鄭州：鄭州大學出版社，2005 年 1 月，第 38 頁。
〔註84〕 洪治綱：《余華評傳》，鄭州：鄭州大學出版社，2005 年 1 月，第 42 頁。

他們也有著各自不同的文學追求。「圈子的存在，很大程度上取決於社會文化心理的共同性的存在，取決於讀者在一定的社會文化心理上的對文學的共鳴性反映。」〔註85〕社會文化心理越是單一和穩定，文學圈子的認同感就越高，文學作品流行的可能性也越大，文學熱點也越容易引起轟動效應。80 年代初期的文學圈子實際上有著很大的內在趨同性，這也是爲什麼「今天」派詩歌具有那麼大的社會轟動效應的緣故。之後出現的這些新的文學圈子，雖然創作追求各異，卻有著對於創新的共同渴望，文學以何種方式回到自身順理成章搭載上了這一願景。

在眾多的圈子中，要想眞正脫穎而出，必須提供獨特的文學元素。這種狀況下，創新似乎成爲了他們的唯一選擇。只不過這種選擇必須要經過文壇機制的揀選和命名，才能成爲被認可的一種方向。今天我們重新面對一個個文學圈子時候，有必要反思其在被命名的過程中，喪失掉的豐富的文學信息，從而將封閉的文學史敘述逐步打開。

2.3　大學與先鋒文學讀者

如果說新時期最初幾年的文學場中，「歸來者」成爲了寫作主體，那麼在經歷了知青作家的代際更替之後，向文壇輸送後備作家的主要場所就變成了大學。新潮迭起文學場就是在場域自主性的轉換中，與大學發生了密切關聯。無論知識儲備、讀者基礎還是專業閱讀、評價，大學都成爲新潮文學得以展開的重要場域。先鋒文學場的重要動力源就是大學與文壇的共振。

2.3.1　大學生的先鋒閱讀時尙

文學的意義是在互動的交流系統中生成的。埃斯卡皮曾經指出「如同作家心目中會創造出讀者的形象一樣，讀者心目中也會創造出一個作家的形象。……文學交流要以雙方創造的神話爲先決條件。」〔註86〕20 世紀 80 年代文學的更替，就與不同讀者群在一撥撥閱讀熱潮中生成的期待視野直接相關。最初引發閱讀狂熱的傷痕文學，與剛剛歷經「文革」的讀者大眾在社會

〔註85〕吳炫：《文學的圈子》，《鍾山》1987 年第 1 期。

〔註86〕【法】羅貝爾・埃斯卡皮：《文學社會學》，於沛選編，杭州：浙江人民出版社，1987 年 8 月，第 120～121 頁。

急劇轉型期的閱讀期待相吻合；知青文學則以 1700 萬上山下鄉的知識青年以及他們的家長、親友等龐大的讀者群爲基礎；改革文學直面各個層面的改革進程，與讀者大眾的切身利益息息相關。雖然受眾遠遠趕不上上述龐大的讀者群，但是先鋒文學的生成，同樣離不開讀者的文學想像。先鋒文學的讀者群以大學生爲中心，向社會各階層文學愛好者擴散，而對於先鋒文學的解釋，也與大學中的專業讀者有著很重要的關聯。這個「閱讀共同體」的群體心理和行爲特徵，他們的價值觀和交流方式與先鋒文學的確立直接相關。

歷史累積的閱讀需求一下子爆發，其能量是驚人的。剛剛改革開放的中國，社會生活單一，娛樂活動普遍匱乏，使得閱讀成爲一項重要的日常活動。這種社會閱讀活動與文學發展進程的內在關聯，也成爲文學史研究有待清理的重要內容。社會閱讀行爲發生有三個基本要素：直接源於讀者個人精神需求的「期待視野」，作者在文中表達的基本思想內容——「接受指令」，以及作爲二者之間中介的出版者的有效策劃和組織。由於社會分層結構的單一和改革初期的平等化效應，這三者在 80 年代，尤其是前期有著很大的一致性。讀者群研究也在這種文學生成網絡中獲得了重要意義。

80 年代前期的閱讀熱，主要集中在兩個方面：一是臺港通俗文學大量湧入，「金庸熱」、「瓊瑤熱」相繼出現；二是西方現代文學的閱讀熱潮與「哲學熱」、「美學熱」、「心理學熱」交叉進行。以往依靠嚴格的意識形態控制維繫的閱讀大一統格局逐漸被打破。事實上，作家在很大程度上也是這些閱讀熱潮中的讀者。隨著閱讀熱潮而興起的讀者群，勢必會影響到作家的創作。前蘇聯的梅拉赫認爲作家在創作過程中都會有對讀者接受狀況的估計和預測：「作家往往想到自己作品的思想傾向和審美內容是適應和影響哪些讀者的、如何獲得讀者的最好反應，從分析讀者的審美心理結構來尋找、安排自己作品最佳的內在結構。」〔註87〕這種作家在創作時頭腦中出現的「接受模型」，貫穿了從構思到寫完的整個過程。在這個意義上，文學史實際上包含了作家、作品、讀者的互動，是在這一互動過程中形成的關係史。

正是因爲讀者群對作家創作的影響，「閱讀共同體」的群體心理和行爲特徵，他們的閱讀價值觀和閱讀方式，就成爲理解一個時代文學的重要因素。王曉明在分析 80 年代的翻譯運動時，用了「青年知識分子族」的概念。他認爲這一「族」人的年齡集中在 25 至 40 歲，有過農村或工廠的生活經驗，受

〔註87〕龍協濤：《文學閱讀學》，北京：北京大學出版社，2004 年 11 月，第 32 頁。

過或正在接受大學教育；他們對「文革」式的官方意識形態普遍厭棄，同時
有理想主義激情和經世濟國的抱負；對現代世界有一定的瞭解，但並不系統
和深入。曾產生重要影響的《走向未來叢書》和《文化：中國與世界叢書》
的編委會成員，多數屬於這一群體。這些書的譯者和早期讀者，也多爲這類
人，以及集中在他們周圍、與之有密切關聯的人。王曉明因此斷言「80 年代
以來的許多文化、經濟乃至政治現象，都與這一『族』人有關」。「三套叢書
的主持者，絕大多數都屬於這一『族』；這些書的譯者，大半也都是這一『族』；
而這些書的最初的讀者，恐怕大多數也正是這一類人，以及那些接近這類人、
不同程度受他們影響的人。」〔註 88〕這一群體與 50 至 70 年代中國複雜曲折
的歷史息息相關，因此具有歷史的特殊性。其中的青年大學生讀者群，以文
學爲紐帶構建起一個相對鬆散但非常有效的交流網絡，對文學思潮的生成產
生了重要影響。

　　文學熱並不僅僅局限於中文系，在當時相對單一的大學日常生活中，課
外閱讀具有非常重要的意義。當時對上海八一級小年齡大學生的一次調查很
有說服力。〔註 89〕調查的學校主要有上海第二醫學院、復旦大學、上海交通
大學、華東師範大學、同濟大學、上海科學技術大學等十幾所大專院校，囊
括了理、工、醫、文各科，採用的是無記名調查的方式。結果顯示，課外閱
讀在業餘生活中所佔時間比較多，幾乎成爲大學生擴大知識面的主要途徑。
每天閱讀時間不低於一小時的高達 66.1%，超過 2 小時的也有 17.5%。另外
這項調查還表明，每月閱讀課外書 1～2 本者占 57.8%，3～4 本者占 24.4%，
有 8.3% 的同學達到 5 本以上。閱讀範圍也很廣，調查有一項是「請推薦您最
喜歡的五本書」，這些大學生共推薦了各類圖書 279 本，其中外國小說 111 本，
中國小說 70 本，中外著名詩人詩集 29 本，名人傳記、史書 29 本，青年修養
叢書 40 本。從當時的閱讀狀況來看，文學作品，尤其是小說佔有絕對的多數，
其中又以外國小說居首。

　　當然，受文學圈子的影響，不同文化場中大學生的閱讀狀況會有差別。
比如復旦大學因爲詩社的存在，對詩歌的閱讀就比較普遍。據許德民回憶，

〔註88〕 王曉明：《翻譯的政治——從一個側面看 80 年代的翻譯運動》，酒井直樹等主
　　　　 編：《西方的幽靈與翻譯的政治》，錢競等譯，南京：江蘇教育出版社，2002
　　　　 年 8 月，第 287 頁。
〔註89〕 上海第二醫學院八一級哲學自學小組：《八一級大學生業餘生活情況調查》，
　　　　 《當代青年研究》1983 年第 8 期。

復旦校內新華書店詩集的銷售隨著詩社影響的擴大而猛增。「由原來的十本二十本，發展到三百、五百，甚至到一千本。舒婷的《雙桅船》，經詩社提議，書店進了兩千冊。趙麗宏的詩集《珊瑚》，進了一千冊。據當時的書店負責人老林說，詩集是書店進書最多的。另外，當時我們還從遼寧大學的閻月君那裏，聯繫來了兩批《朦朧詩選》六百本，在一個中午被同學一搶而空，供不應求。顧城寄來了一千冊《舒婷顧城抒情詩選》，請詩社代銷，不到幾天就售完。」〔註 90〕而就當時的調查情況來看，對小說的閱讀更為普遍。正是在這樣的文化場中，大學構成了文學接受的主要場域，大學生也形成一個個閱讀群體。現代主義作品也正是在這樣的閱讀熱潮中成為最新的也是極有挑戰性的「閱讀時尚」。

閱讀接受狀況和文學創作是息息相關的。在文學熱潮中，文學青年的閱讀量往往是驚人的。當大家都在瘋狂閱讀外國現代文學作品時，文學創作上也必然會效法其寫作方式。在這種情況下，對現代主義的接受就是水到渠成的事情。對於處於青春期的大學生來說，這種接受因為受到某種程度的阻止，更加劇了破壞禁忌的衝動。同時，80 年代權力話語與精英話語結合緊密，以現代化方案一度整合了整個社會的民眾心理。這種心理影響下的全國各地青年大學生讀者有很大的相似性，只不過在這個龐大的讀者群中分出了不同層次而已。

正是在這樣的接受情境中，出現了先鋒文學讀者群。這個群體和先鋒作家的互動，構築了先鋒文學的接受網絡。格非曾經描述過華東師大的這一青年群體見到馬原時的情景。1986 年秋末，「穿著一件絳紅色的風衣」的馬原走進華東師大「校長們開會或用來接待外賓」的小禮堂，受到如饑似渴盼望的大學生的隆重禮遇。雖然那時的馬原已經開始發表先鋒小說，但還沒有被評論家廣泛討論，更沒有被一般讀者所接受，以至於很多中文系的學生都是第一次聽到馬原的名字，但是那些文學社團的骨幹分子們「早已將他視為真正的大師」，以至於出現了這樣一幕：「站在門邊的幾個學生激動得直打哆嗦。人群中出現的暫時的騷動顯然感染了社團聯的一位副主席，他在給馬原倒開水的時候竟然手忙腳亂地將茶杯蓋蓋到了熱水瓶上。」〔註 91〕

〔註 90〕許德民：《喚醒沉睡的詩魂》，梁永安主編：《日月光華同燦爛——復旦作家的足跡》，上海：復旦大學出版社，2005 年 9 月，第 201～202 頁。

〔註 91〕格非：《十年一日》，《塞壬的歌聲》，上海：上海文藝出版社，2001 年 11 月，第 63 頁。

　　可以想見，在這種如遇神明般崇拜心理的暗示下，會出現什麼樣的接受效果，而這樣的接受效果又會產生多麼大的誤讀成分。「許多人後來回憶說，儘管他們到底也沒弄清馬原那天下午都說了些什麼，但無疑卻得到了許多重要的啓示：僅僅是一種氛圍即可打開一扇塵封多年的窗戶。即便是那些心高氣傲、目空一切的油畫專業的藝術家，也並非一無所獲，至少，他們認爲馬原的鬍鬚很適合素描練習。」〔註 92〕格非略帶調侃的敘述揭示了一個重要事實，即交流情境（氛圍）對接受者的控制和影響。很難說在並不知道對方說了些什麼的情況下，所得到的那些「重要的啓示」，到底有多大程度上的主觀想像。其實這些渴望大師的文學青年也並不在乎馬原到底說了什麼，或者說馬原說了什麼對於他們並不重要，重要的是馬原提供給大家的那樣一種氛圍和情境，觸發了讀者無限的想像力。

　　讀者對作家的想像取決於特定時代的接受心理和讀書風氣。80 年代剛剛經歷長期的精神空白，對未知領域的敬仰達成了一種普遍的心理契約。由於知識準備的不足，這種敬仰又帶有某種程度的盲目性和獨斷色彩。正是在這種接受心理的影響下，形成了當時作家、批評家特有的讀書、交流風氣：

　　　　一位著名作家來學校開講座，題目是列夫・托爾斯泰，可這人講了三小時，對我們爛熟於心的三大名著竟然隻字未提，而他所提到的《謝爾蓋神父》《哈吉穆拉特》《克萊采奏鳴曲》，我們的書單上根本沒有。最後，一位同學提問時請他談談對《復活》的看法，這位作家略一皺眉，便替托翁惋惜道：「寫得不好。基本上是一部失敗的作品。」〔註 93〕

　　　　馬原坐下來沒說幾句話，就帶著萬分肯定、不容駁斥的語氣說：「世界上最偉大的作家就是霍桑！」我吃了一驚，雖然我也很喜歡這個美國作家，但是憑什麼他就是「最偉大」的呢？我當然表示不太同意，不料剛說了幾句，就立刻遭到他的同樣不容反駁的批評：「你根本不懂小說！」〔註 94〕

以上兩人的回憶都展現了 80 年代富有戲劇性的文學交流方式，這種讀書和言

〔註 92〕格非：《十年一日》，《塞壬的歌聲》，上海：上海文藝出版社，2001 年 11 月，第 64 頁。

〔註 93〕格非：《師大憶舊》，《收穫》2008 年第 3 期。

〔註 94〕李陀的回憶，見查建英主編：《八十年代：訪談錄》，北京：生活・讀書・新知三聯書店，2006 年 5 月，第 255 頁。

談風氣反過來加劇了讀者對作家的追星式認同。同時，作為先鋒讀者主體的文學青年無疑會進一步放大這種讀書、交流風氣，甚至會出現對未知的扭曲性渴求。以不知一書為恥的豪情使人們羞於談論「常識」意義上的經典作家作品。當然，崇尚未知、賣弄博學在不同時代的人身上都有，並非先鋒文學讀者的特權，但是這一特徵在他們身上更為明顯。

先鋒文學讀者的文學想像刻錄下了一個時代的文學風貌。在一個徹夜長談，甚至到處漫遊的狂熱文學時代，文學青年們通過舌槍唇劍的歷練漸漸悟出了扮演文化英雄所應該具有的招數：「不是追求所謂的知識和學術，而是如何讓人大吃一驚」。〔註95〕在短兵相接的交流情境中，對「獨門暗器」的需求和出演文化英雄的渴望成正比急劇增加。翻譯在這時則成了各路豪強競相爭奪的名副其實的武器庫。西方的「現代派」文學就是在這種情況下登場的。由袁可嘉先生編譯的《外國現代派作品選》很快成了中國版的現代派們的「獨門密笈」。這種狀況下對「現代派」的追崇就不完全是滿足內在要求的理性抉擇，而是成了追求讓人「大吃一驚」震驚體驗的文學青年的一種「時尚」。這種「現代派」時尚與對西方的想像交織在一起，對於傳統現實主義而言，是一種具有異質性的文化力量，所以這種時尚以突破各種文學禁忌為標的，對文學既有規範的公開冒犯成了他們的身份標識。

從代際關係來看，年青一代和年長一代的衝突是不可避免的，而且會隨著社會變化節奏的加快而增強。年青一代的成長也只有在代際關係中才能發生，實際是一個反控制和再選擇的「談判」過程。「每一代人只能參與歷史進程中一個有限的片斷，因而提供一層『經驗層理』。第一印象總是傾向於凝聚一種指引今後行動經歷方向的世界觀。因此，多代人共存就產生了不同的行動方向，他們並不都把注意力集中在戰鬥上（內部的或對外的）。代際之間緊張關係由於代際辯證法的作用而消釋於不同觀點間的互相補償中。」〔註96〕在長期壓抑過後，80 年代釋放出巨大的社會能量，代際關繫緊張但因提供的是不同的「經驗層理」而共存。先鋒文學圈子在這樣的代際關係中獲得了足夠大的文學空間。在那個文學可以改變一個人命運的年代，先鋒作家同樣被作為新生力量獲得了最初的社會認同。由讀者和作家共同構造的先鋒文學，在 80 年代的代際「談判」中很快獲得了自己的文化資本。

〔註95〕格非：《師大憶舊》，《收穫》2008 年第 3 期。
〔註96〕【法】克洛迪娜·阿蒂亞—東福《代際社會學》，管震湖譯，北京：華齡出版社，1993 年 12 月，第 45 頁。

80 年代的現代化方案一度整合了整個社會的民衆心理，全國各地讀者的閱讀趣味具有很大趨同性。雖然「先鋒讀者」層次較高，但是並不僅僅局限於大城市和高等學府卻是一個事實。據 1985 年在縣文化館工作的劉繼明回憶，那時「身邊總是圍繞著一群文朋詩友，其中有縣政府的公務員、師範學校教師、衛生防疫站的化驗員、縣總工會的小報編輯和愛好詩歌的退伍兵等等，儼然形成了一個小小的文學沙龍。」〔註 97〕這個圈子簡直集中了全社會的注意力，可見文學影響之廣。由於當時社會分層並不特別明顯，所以他們在文學觀念上並不比大城市的人閉塞落後多少。現代派剛剛興起，就經常掛在他們嘴邊了。後來劉繼明步入大學寫畢業論文，題目就是《論先鋒派小說的三個階段》，「指導老師陳美蘭教授給了我 95 的高分」。〔註 98〕

總體而言，先鋒小說的讀者肯定是很小的一部分，但是他們代表了小說讀者的一類，具有一定的穩定性。曼古埃爾將小說讀者分爲兩類，一類「相信小說中的角色，舉止也與之認同」，另一類「不去理會這些角色，只將他們當作是捏造出來的，與『眞實世界』無關。」〔註 99〕此前的現實主義文學，小說的虛構職能被壓到最低，無法滿足後一類讀者的需求。這一閱讀期待與「現代派」在中國的傳播互相滲透，形成了具有先鋒傾向的文學圈子。先鋒文學觀念通過這些圈子逐層向外擴散。

這些圈子對讀者起到了同化與分化的雙重功能。其接受狀態，可以借用齊美爾對時尚的分析得到說明：「時尚本身一般從來不會流行開來，這個事實使接受了時尚的人有這樣的滿足感：他或她覺得自己接受的是特別的、令人驚奇的東西，而同時他或她又內在地覺得自己受到一大群正在追求──而非正在做──相同事物的人的支持。」〔註 100〕大群處在追求先鋒「時尚」路上的讀者，一方面滿足了先鋒文學圈子被追捧的心理需求，另一方面想像性地參與了先鋒文學。這樣層層擴展，潛在的先鋒讀者群就變得非常可觀。從文學青年到普通民衆，從青年學子到大學教授，構成了一幅「先鋒讀者」的動

〔註 97〕 劉繼明：《我的激情時代》，上海：上海三聯書店，2003 年 8 月，第 93～94頁。

〔註 98〕 劉繼明：《我的激情時代》，上海：上海三聯書店，2003 年 8 月，第 99 頁。

〔註 99〕 【加拿大】阿爾維托·曼古埃爾：《閱讀史》，吳昌傑譯，北京：商務印書館，2002 年 5 月，第 385 頁。

〔註 100〕 【德】奇奧爾格·齊美爾：《時尚的哲學》費勇譯，北京：文化藝術出版社，2001 年 9 月，第 78 頁。

人風景，他們的閱讀期待構築了先鋒文學的接受基礎。讀者的需求會給文學期刊的編輯造成「壓力」，通過編輯的作用推動先鋒文學的發展。

2.3.2　青年批評家的先鋒闡釋衝動

先鋒文學的接受是 80 年代文學知識生產的重要環節。接受過程是從中心到邊緣層層展開的，位於中心位置的是專業化閱讀。通過閱讀闡釋，這一接受群體對自己的象徵權力進行了想像性表達。伊格爾頓認為：「文學根本就沒有什麼『本質』。如果把一篇作品作為文學閱讀意味著『非實用地』閱讀，那麼任何一篇作品都可以被『非實用地』閱讀，這正如任何作品都可以被『詩意地』閱讀一樣。」〔註101〕先鋒文學被接受和其後的被冷落也不能僅僅從文學自身解釋，其背後是社會意識形態實踐自身不斷變化的結果。

先鋒文學運動本身是魚龍混雜的，其經典化過程存在虛張聲勢的理論氛圍，進而加劇了先鋒小說的神秘性。如果沒有專業化理論批評的搖旗吶喊，其文學史地位肯定會大打折扣。先鋒小說的經典化是被作家、編輯、批評家這些「利益攸關方所刻意維持的一個文學神話」。〔註102〕背後有青年人文學占位的利益考量。就連為先鋒小說擂鼓助威的批評家李劼事後也承認：「那些如今自以為是的新潮作家，當年沒有我們那麼賣力地給他們作評，誰知道他們到底新潮在什麼地方。」〔註103〕新潮批評家雖然比普通讀者更傾向理性閱讀，更具有專業化色彩，但他們將研究對象置於文學史的脈絡中闡釋，同樣有著渴望經典化的闡釋衝動。

先鋒作家聲稱拒絕普通讀者雖然有風險，但從歷史效果看卻是一種頗為有效的文學策略。其實，沒有任何作家真的不在意讀者，正如王蒙所說：「與一些創作家口頭上的輕視評論的標榜相反，我倒是知道許多作家拿到一本刊物常常是先翻開評論文章看的。」〔註104〕先鋒作家很清楚自己的作品召喚的是理想讀者。他們並非僅僅在展示自己的文學技巧，而是不斷在和心目中理想讀者的關注點相呼應。朗松認為一部作品裏總有「兩個人」：「一個是作者

〔註101〕【英】伊格爾頓：《二十世紀西方文學理論》，伍曉明譯，北京：北京大學出版社，2007 年 1 月，第 8 頁。

〔註102〕劉復生：《先鋒小說：改革歷史的神秘化》，《天涯》2009 年第 4 期。

〔註103〕李劼：《中國八十年代文學歷史備忘》，臺北：秀威信息科技股份有限公司，2009 年 3 月，第 193 頁。

〔註104〕王蒙：《讀評論文章偶記》，《文學評論》1985 年第 6 期。

──這是眾所週知的，還有一個是讀者，除了例外的情況，這個讀者不是一個人，而是一個集體的人，一個公眾。」〔註105〕先鋒作家對自己小說讀者「公眾」有著理想化的預期：「他既是文本希望得到的合作方，又是文本在試圖創造的讀者」。〔註106〕這些模範讀者作爲小說潛在的「收件人」，以一種無形的方式操控作者。先鋒作家對模範讀者預設反應的捕捉，影響到小說的形式策略和文體風格，成爲一種無形的規範。看似遠離普通讀者的作品並不是作家異想天開的產物，而是受制於文學場中理想讀者的喜好。

如果說模範讀者是先鋒作家理想化的想像和創造，那麼一批有專業素養的青年批評家的積極介入，部分實現了模範讀者無法完成的現實的生產能力，使作品意義不斷增值。作爲內行的讀者，先鋒批評家與先鋒作家保持密切聯繫，掌握了作家生存空間與創作空間的相關信息，並且具備一般讀者所沒有的歷史意識。面對新潮迭出的先鋒寫作，先鋒批評家通過分類、鑒別、判斷與評價，讓這些作品變得可以理解。他們「創造一個由概念、關係和理解組成的世界」〔註107〕，完成了對先鋒小說的第一輪經典化。

專業化的先鋒批評是 80 年代文學範式轉換的推動力量，也是文學場域自主性的結果。「方法熱」引發的批評群落分化與先鋒文學的發展是相輔相成的。當代文學批評長期在「鬥爭論」、「工具論」等觀念控制之下，用一元性的政治說教隨意宰制文學作品。文學批評變成了教條化的社會學、歷史學、政治學批評，失去了自己應有的身份和品格。當它以政治代言人的身份出現時，無論是望文生義的粗暴指責，還是文學廣告式的廉價褒揚，都令讀者大倒胃口。作爲對這種局面長期泛濫的反撥，文學批評的本體性追求成爲一種歷史必然。這一追求與先鋒作家的探索實驗一拍即合、互相確證。

更爲重要的是，先鋒文學批評借助大學教育的興起完成了話語權的轉移。大學師生構成的交流圈，使得先鋒文學的接受和傳播多了一個較爲穩定的場域。而且，大學的學術生產方式又使得先鋒文學的知識再生產得到了保證。接受過大學教育的先鋒批評家一度熱衷於西方現代主義，在和時代潮流

〔註105〕【法】朗松：《方法、批評及文學史》，昂利·拜爾編：徐繼曾譯，北京：中國社會科學出版社，1992 年 2 月，第 44 頁。

〔註106〕【意】安貝托·艾柯：《優遊小說林》，俞冰夏譯，北京：三聯書店，2005 年 10 月，第 11 頁。

〔註107〕【法】阿爾貝·蒂博代：《六說文學批評》，趙堅譯，北京：三聯書店，1989 年 3 月，第 76 頁。

的互動中，很快完成了知識譜系的更替。被譽爲 80 年代前衛文化搖籃的華東師大，就形成了一個青年批評家群體。這一群體的出現，得益於中文系搭建的首屈一指的學術平臺。時任中文系主任的徐中玉，率先在高校創辦了中國文藝理論學會等四個全國性學會，又先後創辦了《文藝理論研究》等四種刊物。以學會和會刊爲依託多次主辦全國性的學術會議。同時，中文系還聘請文化界的知名人士吳一弓、吳強、王元化等人擔任兼職教授，不斷邀請國內外專家學者講學。〔註108〕在良好的學術氛圍內，通過這些學術交流平臺，青年批評家有效確立並維持群體的良好形象，保證自己在場域中的有利位置。

　　寬容活躍的學術氛圍產生了良好的連鎖反應。教授們的鼓勵和推薦，對於文學批評新人來說是相當重要的。他們不但與學生傳遞和分享文化資源，而且爲學生進入文壇提供了重要通道。導師們寬容到近乎放任的姿態，使學生們得以自由發展天性，保持一種可貴的叛逆精神。這種與眾不同的精神特質由於群體效應在更大範圍內進行傳播，構建了先鋒文學批評的生存空間。與師生交流相比，在青年學生相對鬆散的人際網絡中，文學交流規模更大，彙聚的能量也更強。「當時的華東師大幾乎成了先鋒小說家的中轉站，一方面是因爲華東師大的先鋒批評家多，先鋒主義氣氛濃重；另一方面是因爲先鋒派作家之一的格非在這裡當老師。馬原、余華、蘇童、北村，三天兩頭打這裡路過，程永新、吳洪森更是長期待在這裡玩」。〔註109〕圈子中的這些人以「文學」爲紐帶，可以分享共同的文化資源，並在討論和批評的中培育出相近的文學趣味。

　　從文學社會學來看，所有的社會群體都有自己的文化需要，每一種文學也都擁有各自賴以生成的交流系統。在不同社會群體中，文學身份最清楚的是文化群體。批評家、編輯和作家等人表現得更明顯，「文學事實以封閉方式在這個群體內展開著。」〔註110〕對於 80 年代的華東師大來說，自由生長的人文環境和生態氛圍，培養出華東師大作家群和批評家群兩個互相影響的文化群落。由於精神裝備和意識形態裝備的差異，各自認同的文學譜系並不一致。

〔註108〕陳大康：《徐中玉先生和華東師大中文系》，華東師範大學中文系編：《慶祝徐中玉教授九十華誕文集》，上海：華東師範大學出版社，2003 年 9 月，第 45 頁。

〔註109〕見張宏訪談：《文化精神的解剖學》，《山花》2004 年第 8 期。

〔註110〕【法】羅貝爾·埃斯卡皮：《文學社會學》，於沛選編，杭州：浙江人民出版社，1987 年 9 月，第 53 頁。

在批評家內部，也由於學術專業化程度的提高，各自的專業研究和批評風格同樣存在很大差異。比如夏中義執著於藝術心理學研究，宋耀良興趣點更多在岩畫，方克強集中於神話原型的闡釋，南帆、殷國明更多關注文學創作現象，李劼、朱大可則明顯帶有先鋒批判色彩。〔註111〕但他們幾乎都下力氣寫過小說創作評論。以《當代文藝探索》等批評雜誌爲華東師大青年批評家群體編輯專刊爲標誌，他們產生了巨大的群體效應，改變了文學批評的風貌。

學院批評的興起並不僅僅只存在於華東師大，就上海來說，復旦大學有以陳思和等人爲代表的青年批評家，在北京，有季紅眞、黃子平等青年批評家。甚至在福建，也以《當代文藝探索》爲中心，出現了以林興宅等人爲代表的閩派批評家。這些由青年學子構成的新潮批評家大多在大學工作。學院環境本身更能保障文學世界的相對自足。他們的批評方法、批評體式都有很大不同。隨著各自批評個性的形成，相互競爭促進了文學批評內部的結構性漸變，一個分化的場域結構漸漸顯形，逐漸發展爲兩大群體傾向：「作協群體的追蹤式批評和高等學校與科研機構的學院式批評。」〔註112〕不同的批評群體，佔據著條件不同的等級和權力位置，由文化資源的不同發展出不同的文學立場。其中，上海新潮批評對先鋒小說抱有更大熱情。

當學院青年批評家進行批評操練的時候，文學自身的發展也正到了呼喚文體自覺的關口。兩者在文學意識上一拍即合，很多剛出道的批評家把目光轉向了「形式」。從文學自身發展來看，掙脫高度政治化的一元化束縛，自然要尋求自律性。對文學本體的呼喚使得批評家們堅信：「只談論內容本身決不是談論藝術，而是在談論經驗；只有當我們論及完成的內容，也就是形式，也就是藝術品的本身時，我們才是批評家。」〔註113〕從文學場域來看，對文學自覺的強調和文學批評範式的轉化是相一致的，同學院批評確證自身的現實需要緊密相關。對形式本身的專業化認同，包含著學院批評某種自我肯定的邏輯。通過對一般讀者閱讀先鋒小說能力欠缺的印證，新潮批評家在某種

〔註111〕毛時安：《徐中玉先生和華東師大作家群》，華東師範大學中文系編：《慶祝徐中玉教授九十華誕文集》，上海：華東師範大學出版社，2003 年 9 月，第 50頁。

〔註112〕馮光廉主編：《中國近百年文學體式流變史》（下），北京：人民文學出版社，1999 年 10 月，第 674 頁。

〔註113〕【美】馬克‧蕭勒：《技巧的探討》，【英】戴維‧洛奇編：《二十世紀文學評論》（下），葛林等譯，上海：上海譯文出版社，1993 年 5 月，第 32 頁。

程度上獲得知識上的優越感。正由於此，學院派批評可以理直氣壯地肯定先鋒小說脫離普通讀者的趨向。

2.3.3　閱讀的「政治」

　　知識譜系的接近使得先鋒讀者和先鋒作家有一種「家族相似」性。這個範圍相對較小的文學圈子，對先鋒文學理解的共識較多。文學圈子是 80 年代特有的公共交流領域。在圈子內部，人們感到的是友情和詩意，而在圈子之外的人，則可能會有完全不同的體驗。不同職業的人們在圈子化的交流中，過上了一種真正的「文學生活」。這種情況下，「文學圈子」不僅是特定年代的文學生活方式，同時也是一種新的文學生產機制。

　　雖然先鋒文學讀者文化水平較高，但是並不僅僅局限於大城市和高等學府卻是事實。散居各地的文學青年，很多也成立了文學社，編輯出版自印刊物。身在偏僻縣城的余華，周圍就聚集起一群文學愛好者，「余華的那間小屋，差不多成了海鹽縣城的一個民間文學沙龍。」〔註 114〕據劉繼明回憶，自己 1985 年在縣文化館工作時，「身邊總是圍繞著一群文朋詩友，其中有縣政府的公務員、師範學校教師、衛生防疫站的化驗員、縣總工會的小報編輯和愛好詩歌的退伍兵等等，儼然形成了一個小小的文學沙龍。」〔註 115〕這些圈子在當地幾乎集中了全社會的注意力，可見文學影響之廣。由於當時社會分層並不特別明顯，所以各地文學圈子在文學觀念上並不比大城市的人落後多少。「現代派」剛剛興起，就經常掛在這些文學青年的嘴邊了。

　　從總體數量來看，先鋒小說讀者肯定是很少的，但是他們代表了小說讀者的一種類型，具有一定的穩定性。對小說形式創新的閱讀期待與「現代派」在中國的傳播互相滲透，形成了具有先鋒傾向的文學圈子。在圈子內部表現為互相發現、互相激賞。先鋒批評家和先鋒作家成為同謀者，甚至一些相互支持的文字讓人看到如遇知音式的惺惺相惜。在聽完李陀對自己小說形而上力量和絕對意志崇拜的分析後，馬原激動地說：「我頓時感到被打中了。很少有這種時候；很少有人這樣一語破的，道出我深在的感受或想法。」〔註 116〕

〔註 114〕洪治綱：《余華評傳》，鄭州：鄭州大學出版社，2005 年 1 月，第 38 頁。

〔註 115〕劉繼明：《我的激情時代》，上海：上海三聯書店，2003 年 8 月，第 93～94頁。

〔註 116〕徐振強、馬原：《關於〈岡底斯的誘惑〉的對話》，《當代作家評論》1985 年第 5 期。

先鋒作家對批評家有著同樣的內在影響。李劼在談到自己的理論轉向時，明確表明自己在與朋友的交流中獲益良多：「在與青年作家馬原和孫甘露的交談中，受到了一些啓發。比如馬原談到的他小說中的文學語言，孫甘露談到的在創作中的語感，對於我形成文章的觀點都有很大幫助。」〔註 117〕如此的交往方式在先鋒文學圈子內部是常態化的。

對先鋒文學的閱讀闡釋具有某種策略性。這一文化策略是先鋒小說接受群體和作家們共謀共享的。批評家對先鋒小說的形式分析有著強烈的生命體驗色彩。他們往往會以小說秘密掌握者的身份和作者爭辯，探討應該如何處理和不應該如何處理的問題，進而把細緻的閱讀感受融入學術性語言之中。南帆、李劼、許子東、王曉明等人的批評，將感覺印象化爲相對自足的理論體系，使批評具有某種文學色彩。對小說深層內蘊的提煉和對作家精神軌跡的揭示，建立在對小說敘事特徵詳細分析的基礎之上，顯示了批評家運用審美批評的內行和有效。同時，不同語體風格先鋒小說的出現，讓迷戀語言分析的批評家們獲得發現的驚喜。他們意識到語言與世界的同構性，意識到語言方式變換和世界改變的內在關聯。李劼甚至認爲：「衡定中國人擺脫過去的標記就在於他們能否構建新的語言。」〔註 118〕先鋒文學的形式探索由此得到更大的理論支撐。

先鋒文學的接受不僅僅是作家和批評家的個人選擇，而是特定時代群體願望和焦慮的想像性表達。先鋒文學並不僅僅是美學沉思或文本遊戲，而是和社會的結構性變動密不可分，呈示了社會意識形態構成不斷變化的過程。詹姆遜認爲：「一切文學都可以解作對群體命運的象徵性沉思。」〔註 119〕在此意義上，先鋒文學不僅僅是西方現代主義實驗的改寫版，實際上更是本土文化意識自我更新的體現。正是這種體驗，將青年讀者和先鋒作家的文化訴求扭結在一起。他們對現代主義的推崇，並非要遠離現實自娛自樂，而是要讓文學擺脫對各種現實權力的依附，進而維護作家精神上的獨立。這種文化意識與 80 年代的「新啓蒙」話語有著內在的呼應關係。

作爲一種文化策略，先鋒文學的話語建構是在政治抗辯中展開的。所謂形式試驗、敘述冒險、自我表現、個人經驗等等都具有某種權宜色彩並體現

〔註 117〕李劼：《我的理論轉摺》，《上海文學》1987 年第 3 期。
〔註 118〕李劼：《中國當代語言革命論略》，《社會科學》1989 年第 6 期。
〔註 119〕【美】弗雷德里克・詹姆遜：《政治無意識：作爲社會象徵行爲的敘事》，王逢振、陳永國譯，北京：中國社會科學出版社，1999 年 8 月，第 59 頁。

出象徵意義。實際上，它的純文學化建立在去政治化的意識形態之上，是一種文化政治。先鋒作家所建構的文學「自主性」並非本質意義上的，這種文學「自主性」在起源上有著較為明確的現實指向，體現了多重現實焦慮。在歷史進化論的邏輯之下，先鋒小說的形式實驗一度分享了 80 年代現代化方案賦予的歷史價值。在當時人們的現代化想像中，改革的成敗不僅僅在於政治體制和經濟體制，更為根本的還在於語言方式和思維方式的改革，因此先鋒小說的形式試驗被編織進了歷史前進的齒輪中。在「主動現代」、走向世界的文化意識支配下，先鋒文學同樣承載了人們的現代化夢想，只不過是從文學層面為這種現代性訴求尋找出口。

　　問題是中國的歷史語境和西方是錯位的。西方現代主義有在宗教衰落以後尋找替代性精神信仰的文化內涵，但是中國現實的劇烈變動使得現代主義運動無法有效展開，一度激勵過先鋒小說的現代精神意向不斷滑落。放棄了終極價值的先鋒小說陷入了一種精神悖論：「徹底拋棄現實卻又以嘲弄的方式認同現實；徹底拋棄自我卻又幽遁到空洞的自我中去隱蔽起來。」〔註 120〕很快，對後現代主義的部分認同取代了現代主義的尋找和反抗。對現代主義意識的後現代改造一度煥發了文本的活力。小說往往以激進的句式和結構，表達自我的錯位和歷史的中斷，甚至沉迷於幻覺、暴力和逃亡主題的極端表達。作家試圖用虛構對混亂的現實進行重新編碼，以感覺化的方式重構已經損毀的象徵秩序，但是實際效果是後現代文本實驗僅僅局限於觀念層面，因缺乏精神意向和現實境遇的支撐而面臨深層困境。

　　先鋒小說的歷史困境並沒有妨礙青年批評家將其寫作實踐納入到文學史邏輯中的努力。從事文學研究和教學的專業批評家，很自然會把作品放置在文學史譜系內進行歷史評價。這種為批評對象賦予某種意義使其合法化的行為，不能完全從文學內部解釋。在文學場域內，不同位置之間的權力關係潛在地塑造了不同的文學觀念。專業批評家在突出自身學術個性的同時，也和自己所處群體保持某種默契，從而構築了一種群體精神，使群體中的成員分享其它成員以個人名義持有的象徵資本。由此，專業批評將自身與其它批評相區別，從而構建了自身的精英形象。

　　先鋒小說固然依靠專業批評的有效闡釋，但之所以產生社會影響卻是圈子化的青年閱讀群體選擇的結果。對先鋒小說的接受有不同的期待視野，在

〔註 120〕陳曉明：《現代主義意識的實驗性催化》，《當代作家評論》1989 年第 3 期。

實際閱讀中這些不同的接受者之間是相互聯繫的。在激情澎湃的理想主義文化氛圍裏，會出現一批批象徵意義上文化抗爭英雄。先鋒文學的構建者共享這一抗爭性文化資源，不可避免具有某種內在的相似性。由批評和創作的歷史合力共同建構的先鋒文學，就具有了某種精神突圍和文化歷險的象徵意味。只不過在形式技巧被廣泛接受的同時，早產的先鋒精神很快遭遇深刻的歷史危機。

第3章　文學期刊與先鋒文學規劃

　　作爲重要傳播媒介的雜誌，與傳媒文化有著內在的同構關係。雜誌的出版時間介於書籍和報紙之間，並結合了兩者的優點，成爲社會轉型期催生新文化形式的重要力量，代表的是「一種精英文化」〔註1〕。在印刷媒體佔據主要位置的80年代，文學期刊扮演了極爲重要的角色，成爲多層次意識形態對話、多側面話語權爭奪的文化場域。

　　現代傳媒文化在中國的演進，與整個社會的結構性變化相對應，既承擔著進行政治宣傳的社會公器的任務，又扮演著現代化想像的公共空間的角色。在各個歷史時期，傳媒文化與社會的政治動員相配合，與民眾的共同體認同相協調，對現代社會的整合起到了支撐性作用。傳媒逐漸演變成一種重要的現代社會權力，「和文化領導權是密切聯繫在一起的。」〔註2〕當代中國前30年，傳媒與政治鬥爭強制疊合在一起，成爲國家對社會整體實施控制的重要手段，建構了新的文學與政治一體化的文學生產機制。

　　在當代傳媒文化發生巨大裂變的80年代，文學成爲聚集社會各界注意力的主要場域。這種「文學期刊化」的傳媒文化，在建構人們整體生活方式和重構民族文化認同的過程中發揮了巨大作用。徘徊在體制規約和文化自主之間的文學期刊，成爲承載想像共同體的文學公共領域。隨著城市改革進程的

〔註1〕 蔣曉麗主編：《傳媒文化與媒介研究》，成都：四川大學出版社，2007年9月，第130頁。

〔註2〕 孟繁華：《傳媒與文化領導權》，濟南：山東教育出版社，2003年12月，第2頁。

加速和都市面貌的逐漸還原，新時期開始大面積復興文學期刊。據統計，80
年代中期文學期刊達到 556 種，發行總數接近 2.5 億冊，比 50 年代增長了將
近 70 倍（見《文藝報》1986 年 5 月 6 日）。傳媒文化曾經非常發達的上海，
明確提出「重振海派雄風」的設想，豐厚的歷史文化資源被激活。此時，傳
媒制度發生了巨大轉變，市民意識興起，讀者開始分流。對先鋒文學的想像
正是這一應對方式的一個結果（當然其對「新」的認識遠遠大於之後文學史
的窄化）。

　　本章主要以上海爲觀察點考察傳媒文化和先鋒文學的關係。同屬上海作
協的《上海文學》、《收穫》、《萌芽》各自分工，承擔了面對不同讀者定位的
文化功能，形成了市場格局日益分化的傳媒空間。《上海文學》讀者定位更爲
寬泛，在爭取普通讀者的同時，表現出了宏闊的文化氣度和前衛的海派特色，
也是「先鋒話語」傳播的重要陣地。面臨轉折期的市場挑戰，上海的文學刊
物表現出經營理念的前瞻性，一定程度上有賴於老上海傳媒文化的潛移默
化。作爲文學資源社會化的載體，刊物的讀者定位和文壇規劃（依靠批評家
的鼓吹）對文學潮流產生了深遠影響。《上海文學》對文學新潮的推動，《收
穫》對先鋒文學的規劃，直接促成了先鋒文學群落的生成。

3.1　傳媒文化與文學轉向

3.1.1　傳媒制度與都市想像

　　作爲一種重要的傳播媒介，文學期刊在 20 世紀 70 年代末到 80 年代中期
具有特殊的作用。在社會資源重組過程中，文學期刊負載著強大的意識形態
功能：一方面努力配合政治實踐的宣傳需要，成爲國家重要的輿論陣地；另
一方面又以文學的方式表達複雜糾結的思想文化波瀾，顯示出社會劇烈錯動
帶給人們的心靈震蕩。由於特殊時段的特殊地位，文學期刊在社會和文學的
互動中，實踐著「文學代言社會」和「文學改造社會」的特殊功能。

　　文學期刊的強大社會影響力是和新時期傳媒制度的轉變同步進行的。「文
革」接近尾聲時，國家對傳媒控制的極端狀態出現了變化。1975 年 7 月 14 日，
毛澤東在和江青的談話中，表達了對文藝現狀的不滿：「缺少詩歌，缺少小說，
缺少散文，缺少文藝評論」，明確提出：「黨的文藝政策應該調整一下，一年、

兩年、三年，逐步擴大文藝節目」。〔註3〕此前和鄧小平的談話中，毛澤東提出了「樣板戲太少，而且稍微有點差錯就挨批。百花齊放都沒有了。別人不能提意見，不好」〔註4〕。毛澤東對調整文藝方針作出指示後，鄧小平很快向胡喬木、鄧力群等人傳達，要求政研室迅速調查收集文化、科學、教育、出版等方面的相關材料。10 月，鄧小平在農村工作座談會上，針對調查材料提出的問題，非常嚴肅地將不提「百花齊放」上陞到「割裂毛澤東思想」的高度。〔註5〕「文革」後期領導人的講話和文藝政策調整方針的落實，使得緊繃的傳媒空間出現鬆動，文學期刊重新走上歷史舞臺。

《人民文學》、《詩刊》等文學期刊的復刊工作很快提上日程。張春橋將鄧小平關於《人民文學》復刊的批示壓了一個多月後，於 10 月 15 日轉給文化部和出版局，《人民文學》於 1976 年 1 月正式復刊。同時復刊的還有《詩刊》。在文學刊物幾乎空白的情況下，復出的文學期刊周圍迅速聚集了最大多數的讀者。之後，文學期刊開始遍地開花，1978 年省市級的大型文學期刊僅有《十月》，1979 年上陞到 13 種，1980 年達到 26 種之多。在電視、廣播節目嚴重匱乏的時代，文學期刊具有強大的文化傳播功能。同時，又趕上「文革」結束後的思想解放運動，文學期刊的功能被長期壓抑的政治能量成倍放大。

具體來看，當時文學期刊在傳媒空間中舉足輕重的地位，與兩個特殊因素緊密相關：

其一，全國性的書荒和人們幾近瘋狂的閱讀需求的錯位。「文革」結束後，幾乎沒有什麼可讀的文學作品。1978 年 2 月 23 日，北京市新華書店在全市各主要門市同時發行《家》、《一千零一夜》、《希臘神話和傳說》和《哈姆雷特》四種書。這些重印的文學作品立即受到廣大讀者的熱烈歡迎。各地紛紛搶購中外文學作品，強烈要求增加印數。5 月 1 日國家出版局組織 13 個省、市出版部門及部分中央級出版社重印的 35 種中外文學作品，開始相繼發行。這批書共印了 1500 萬冊，成千上萬的讀者在書店蜂擁搶購：

〔註3〕　中共中央文獻研究室編：《毛澤東文集》第 8 卷，北京：人民出版社，1999年 6 月，第 443 頁。

〔註4〕　劉杲、石峰主編：《新中國出版五十年紀事》，北京：新華出版社，1999 年 12月，第 155 頁。

〔註5〕　鄧小平：《鄧小平文選》第 2 卷，北京：人民出版社，1994 年 10 月，第 37頁。

> 淮海路新華書店外面，買書的隊伍一直排到思南路上，簡陋的
> 木頭門裏白熾燈放著淡灰色的光，燈下所有的人都面有菜色。重印
> 的書，簡樸而莊重，就像那時的人心。這情形曾把王元化感動得在
> 街上流了淚。〔註6〕

在書籍出版無法有效供應的情況下，出版迅速的文學期刊成為人們爭相閱讀
的對象。

其二，文學期刊對現實生活的快速反應，滿足了人們強烈的現實關注熱
情，以及思想感情決堤之後情感宣泄的需要。在文學狂熱的年代，「文學的影
響力絕不遜於新聞，甚至超過了新聞」。〔註7〕文學刊物承擔了巨大的社會傳
播功能，在 80 年代前期彙聚了整個社會思潮，製造了一個個文學熱點，它的
社會凝聚力是其它歷史時期不可比擬的。文學期刊在數量急劇增加的同時，
發行量也在節節竄高，紛紛創下發行量的歷史之最：《人民文學》150 多萬份，
《收穫》120 多萬份，《當代》55 萬份。

就文學期刊本身來看，依然延續了「十七年」時期的運行方式，基本是
一種「一元化」體制。這種「一元化」體制與高度集中的政治權力狀態相一
致，「文學期刊的生產也被納入到整個行政分配體系之中，有著嚴格的等級原
則，所以期刊的體制基本都是一個行政主體，即國家的文化事業單位或者文
化權力機關」。〔註8〕這種需要行政資源的大力支持的一元化制度格局，隨著
80 年代中期的社會轉型發生了影響深遠的轉變。1984 年 12 月 29 日，《國務
院關於對期刊出版實行自負盈虧的通知》正式發佈，要求期刊改善經營，自
負盈虧：「中央一級各文學、藝術門類可各有一個作為創作園地的期刊，中國
作家協會可有兩個大型文學期刊，各省、自治區、直轄市可有一兩個作為文
藝創作園地的期刊，這些期刊也應做到保本經營，在未做到之前，仍可由主
辦單位給予定額補貼。」同時指出「各類繼續補貼的期刊，要實行獨立的經
濟核算（人員、行政開支均應計入成本），積極改善經營管理，精打細算，杜
絕浪費，努力提高質量，擴大發行，逐步減少虧損，爭取盡早實現自負盈虧」

〔註6〕 陳丹燕：《上海的風花雪月》（增補本），北京：作家出版社，2008 年 1 月，第
262 頁。

〔註7〕 盧躍剛的看法，見《80 年代：一個時代和它的精神遺產》，《新周刊》2005 年
8 月 1 日。

〔註8〕 李明德：《當代中國文化語境中的文學期刊研究》，蘭州大學博士論文，2006
年。

〔註9〕。儘管由於各種原因，文件精神並沒有得到全面貫徹，文學期刊仍然在主導方向上維繫著原來的運營方式，保持著對文學事業的堅定信念，繼續探索文學潮流的培植和對文學新人的扶持。但是這一期刊發展思路卻在改革進程中逐步推進。

1985 年前後，在社會大趨勢的挾裹下，刊物開始悄悄地進行經營模式和運作機制的變革。從內容到形式，從經營管理到編輯策略，都顯示出和以往的不同，更加主動地直接推動文學思潮的變革。此時，上海的文學期刊走在了經營改革實驗的前列，對新潮文學思潮的生成產生了越來越大的影響。

1985 年之後，隨著城市經濟體制改革步伐的推進，上海作為最早開阜的國際大都市，被政治空間壓抑的都市文化空間開始復蘇，城市的文化結構和功能開始轉變。和人們的一般想像不同，如果單從統計學的指標來看，80 年代的上海經濟是艱難曲折的：增長速度緩慢，經濟效益下降，財政收入連年滑坡，外貿出口徘徊不前，生產優勢逐步喪失。僅從兩個具體指標就可見一斑：「1978～1990 年，上海國內生產總值從 272.8 億元增長到 744.6 億元，年均遞增率為 7.45%，比同期全國平均的 8.72% 低 1.27 個百分點」；「1978 年上海地方財政收人為 169.2 億元，到 1990 年仍維持在 170 億元」。〔註10〕雖然 GDP 增長率低於全國平均數、財政收入增長緩慢，但是在文化發展上卻走在了全國前列。隨著政府投入的大幅度增加，上海城市發展戰略在 80 年代中後期進入逐步成熟的歷史時期。1986 年制定的《關於上海文化發展戰略彙報提綱》，規定了使上海成為具有國際影響的文化中心的長期戰略目標，以及把上海建成高水平的、在國內外具有一定影響的文化交流中心的近期戰略目標。

於是文化界有人提出「重振海派雄風」的口號，引發了學術界對「海派文化」持續數年的討論。由此可以看出城市記憶的重要性，雖然經濟沒有進入前列，但是上海市民潛在的都市觀念和商業意識被激發出來，一個深藏多年的都市想像空間開始復活：

> 他們都很忙，都以小時（而不是半天、一天）來計算時間。他們對我的專業已不像前兩年那樣「敬仰」了，而他們的談吐，反使我感到驚訝，感到陌生——某某同學，曾是「大隊團支書」，現在辭

〔註9〕 國務院辦公廳法制局編：《中華人民共和國法規彙編（1984 年 1 月～12 月）》，北京：法律出版社，1986 年 9 月，第 523～524 頁。
〔註10〕 熊月之、周武主編：《上海：一座現代化都市的編年史》，上海：上海書店出版社，2007 年 1 月，第 569、571 頁。

職擴印照片，自購摩托假日兜風（正道？歪道？）；某某搗蛋鬼、「小
赤佬」，如今當了菜場水產大組長，香噴噴被關係網包圍著，反而方
寸不亂（思想好？）；還有，「我在丁香花園宴請日商，這個項目至
少爲廠裏省了七、八萬，可招待費卻報不了」（眞的嗎？）；還有，「我
們廠搞獎金不封頂，結果一個造反派頭頭拿了最多，（怎麼
辦？！）……〔註11〕

一個無比生動、信息駁雜的城市空間夾雜著大量的革命記憶出現在人們面
前，幾乎涉及到生活的方方面面，小到個體照相館，大到外資項目，無論是
體制機構，還是倫理觀念，都在突破單一的框架模式，成爲改革熱潮中流動
的風景。詩人筆下出現了這樣的句子：「一個巨廈遮日、霓虹燈鬧海的地方，
／一個流水如墨、路似峽谷的地方。」「一個酒綠燈紅，領導消費新潮流的地
方，／一個夜幕降臨，迪斯科如癡私狂的地方。」〔註12〕王安憶則勾畫出另
一個充滿懷舊色彩的「海上繁華夢」：「你看那紅男綠女，就像水底的魚一樣，
徜徉在夜晚的街市。他們進出於飯店，酒樓，咖啡座，保齡球館，歌舞廳以
及各種專賣店，或是在街頭磁卡電話亭裏談笑風生」。〔註13〕音樂茶座、酒店、
舞廳等各種新興的市民消費公共娛樂場所，成了時髦人士經常光顧的去處。
這樣一個都市空間中的文學生產自然發生了很大變化。正是這一歷史記憶逐
漸復活的都市，形成了和政治中心北京相對的另一文化空間。

　　《上海文學》打破行業壁壘，積極投身於市場化的運作。1985 年 2 月 4
日起舉辦了爲期五天的作家與企業家的聯誼活動。會上成立了《上海文學》
與鐵路上海分局綜合服務公司聯合創辦的文學創作開發公司。同時還與東海
艦隊聯合簽訂了關於共同開展文學活動的協議書。〔註 14〕刊物與企業家的聯
誼當然要尋找利益連接點。文學刊物在獲得企業讚助的同時，也逐漸開始在
刊物上登載廣告。在信息荒漠時代，文學期刊一度成了廣告的重要傳播媒介。
1985 年第 3 期《上海文學》封三刊登了上海鐵路分局綜合服務公司的廣告，
與後來的廣告相比，這期的廣告半遮半掩，是以介紹作家生活基地的方式刊
登的。刊發的兩張圖片也是公司董事長和口不離瓜子公司經理分別陪同吳
強、茹志娟、李子雲等作家訪問的照片。爲了增加廣告的文學性，還配發了

〔註11〕許子東：《離生活近些，再近些》，《上海文學》1984 年 11 期。
〔註12〕宋路霞：《上海──和邵燕祥老師〈青海〉》，《萌芽》1985 年第 5 期。
〔註13〕王安憶：《尋找上海》，上海：學林出版社，2001 年 11 月，第 112 頁。
〔註14〕有關報導參見《上海文學》1985 年第 3 期。

一首王也寫的題爲《人生的啓示》的「廣告詩」。這期的廣告設計充分照顧了
當時文學讀者的情緒，顯示了文學和企業最初聯姻時的微妙狀態。但是這種
多少有些不倫不類的「廣告詩」並沒有維持多久，僅僅刊出三次就被取消了。
廣告也與文學失去了任何聯繫。

　　到 1989 年年底，《上海文學》分別在封二、封三、封底共刊登 111 次廣告，
在同類期刊中廣告量是非常高的。從廣告內容來看，則是五花八門、異常蕪
雜，幾乎覆蓋社會生活的方方面面。值得注意的是，廣告中有大量和老百姓
日常生活幾乎沒有什麼關係的產品，比如聚氯乙烯電纜料、電動絞車、飛躍
牌輪胎、金菱牌壓路機等等，以及遠離老百姓日常生活的上海汽油機廠、上
海貴稀金屬提煉廠、上海四方鍋爐廠、湖州市南潯水泥廠等工廠的廣告。這
些廠家並非都像上海鐵路分局綜合服務公司那樣與刊物有文學合作項目，大
多僅僅是爲了通過刊物宣傳自己的產品。但從大量與人們日常生活無關的廣
告來看，廣告主在投放廣告時多少顯得有些盲目，似乎並不瞭解文學刊物的
受眾，或者也有可能企業負責人僅僅是出於對文學的熱愛而對刊物給予讚
助。大量廣告設計和製作水平較差，圖像呆板、色彩單調、印製粗劣，致使
封二、封三、封底的圖版形同廢品，和之前以美術作品佔據現有廣告位時相
比，刊物外在形象大打折扣。更重要的是這些廣告客戶定位偏差相當大，《上
海文學》讀者群幾乎與此類廣告沒有什麼聯繫。從刊物本身來說，對於廣告
內容幾乎沒有什麼限制。把這些廣告搜撿到一起，很難相信這是在有著廣泛
影響的文學期刊上刊發的。這一現象除了表明廣告經營者缺乏必要的眼光與
經驗外，也說明尚未建立市場規則時代的廣告客戶對媒體宣傳效果缺乏必要
的評估標準。

　　更多的廣告則爲市民提供了豐富的認同資源。用各式各樣的宣傳方式爲
消費者預設了各種新興的社會角色：先富起來的人、時髦青年、漂亮女人、
有身份和品位的人等等。如果說 1920～1930 年代《申報》上的廣告「利用了
在一個身份喪失的社會中，人們對身份的崇拜和對重塑身份的渴望，以時尚
爲號召，不斷地製造著時尚」，〔註15〕那麼，20 世紀 80 年代《上海文學》上
的廣告則是在身份轉換的時代，重現喚起並製造出了不同層次的身份想像，
顯示出社會分層加速進程中群體認同的多元以及個性差異的凸顯。

〔註15〕王儒年：《欲望的想像：1920～1930 年代〈申報〉廣告的文化史研究》，上海：
　　　　上海人民出版社，2007 年 3 月，第 322 頁。

那些大量與人們衣食住行緊密相關的廣告，既有橘子汽水、魚皮花生、雪花軟糖、龍蝦牌味精等食品飲料，也有阿替洛爾片等醫藥產品；既有長風牌電吹風、蝴蝶牌縫紉機、鑽石牌鬧鐘等家庭用品，也有威達爾皮衣、飛達羽絨服、佳佳牌繡衣、泡沫塑料拖鞋等服裝衣物；既有新歌牌電視機、電唱盤、冰箱等家用電器，也有護膚霜、洗髮液、蜂花液體香皂、愛麗絲化妝筆等護膚美容用品。甚至還出現了金銀飾品、健美豐乳器；上海國際租賃有限公司、上海虹口文化娛樂廳等內容的廣告。雖然這類廣告的創意也一樣不理想，但是在無創意廣告時代，這些廣告讓人看到的是一個市民消費階層的興起。這些與人們日常生活緊密相關的廣告的廣告主，他們的利益都和上海社會的消費有著密不可分的關係。他們都需要通過廣告激發上海市民強烈的消費意識和消費熱情，以便建立良好的消費市場。如果說改革開放之前因爲商品緊俏，老百姓購買商品都要通過關係，不存在推銷商品的問題，那麼，這些廣告的大量湧現，讓人看到的是一個城市改革帶來的商業的復興和市民消費的興起。廣告中滲透的強烈的市場消費意識和欲望想像，既是消費者又是文學愛好者的讀者也在發生很大的變化。

作爲一種表徵意象，曾被指責爲「資本主義毒草」的廣告無疑是社會變遷的晴雨錶。新時期廣告的復興就與真理標準的大討論幾乎同時拉開序幕。最早爲廣告進行合法性辯護的是丁允朋。他在《爲廣告正名》一文中，針對認爲廣告是資本主義生意經的意識形態偏見，指出「對資本主義的生意經要一分爲二，要善於吸收它有用的部分，廣告就是其中之一。我們有必要把廣告當作促進內外貿易，改善經營管理的一門學問對待。」〔註 16〕此文在全國廣告界迅速得到了廣泛回應。廣告研究機構、廣告組織和廣告學界眾多人士，紛紛從不同角度爲廣告合理性進行辯護。僅三個月之後，李子雲就發表了《爲文藝正名》，並且在《上海文學》等刊物專門開闢了「關於《爲文藝正名》的討論」專欄，圍繞這篇文章進行了廣泛的討論。兩篇相隔時間很短，文章都題爲「正名」，都是上海人所寫，都在上海的報刊發表，又都在各自領域引起了熱烈討論，就不僅僅是偶然的巧合，而是有著意識形態表意功能的對應性。同時也表明廣告和文學在某些方面的內在關聯。

從發展歷史來看，上海的幾度興衰都同商業的興衰緊密聯繫在一起。商業不僅是上海重要的經濟命脈，而且對於上海人大都市意識的形成起到了重

〔註16〕 丁允朋：《爲廣告正名》，《文匯報》1979 年 1 月 14 日。

要作用。歷史沉澱在經過長時期的被壓抑後，在 80 年代獲得了新的生命。上海這個中國近代廣告誕生的搖籃，在 80 年代又一次成為廣告復興的策動基地。70 年代末，上海廣告公司逐漸恢復，被遣散的人員陸續調回，各項廣告的工作重新開展起來。不過，當時主要是在境外媒體發佈中國出口產品廣告。隨著國內媒體廣告的開禁，1979 年之後紛紛在國家權威報紙媒體上出現。1981 年 7 月 15 日，我國第一本專業性的廣告雜誌《中國廣告》正式出版，該雜誌由上海廣告著名裝潢公司主辦。1985 年 9 月，中國對外貿易廣告協會會刊《國際廣告》在上海創刊。廣告的興起無疑印證了一個消費社會正在崛起。也正是 1985 年之後，讀者的閱讀消費成為文學期刊的一個重要關注點。

和濃重的商業氣息有關，無論是《上海文學》還是《萌芽》，這些上海文學雜誌的廣告量明顯多於其它地區的同類刊物。《十月》在 1985 僅僅刊登過一則「上海躍進不銹鋼製品廠」的廣告。《人民文學》直到 1987 年第 4 期，才開始與企業聯姻，刊登廣告。而早在 1984 年就開始刊登廣告的《鍾山》，廣告的刊登量也遠遠不如《上海文學》。當然在上海刊物大量刊登廣告的同時，也出現了極端的反例，那就是從 1985 年起就完全自負盈虧的《收穫》，完全將廣告拒之門外，這當然是另外一個話題。僅從《上海文學》刊登的五光十色的廣告來看，它傳達了豐富的社會信息，成為當時上海市民生活的一個重要窗口。不僅為正在崛起的市民階層提供了豐富的消費認同資源，而且為以往社會逐漸身份失效的人們，提供一種重塑身份的內在渴望。通過產品的宣傳為消費者提供了都市想像空間，這個空間除了滿足日常生活的需求，還增加了娛樂、休閒、化妝、美容等內容，社會身份分化而帶來的品位意識開始顯現。

值得注意的是，這樣一個充滿都市想像的消費群體同時也是純文學的主要受眾。走向開放化的城市格局、多層次的人群結構和多元化的經濟形式，顯示出過渡期都市空間的市民空間的斑斕多姿，傳統意義上的人際關係被逐漸取代，人們的「都市體驗」變得駁雜多彩：

> 全是一張張陌生人的臉，或是微笑，或是漠無表情。在每張臉的背後隱藏著每個人的行蹤、身世、職業、動機、家庭、心境、近況以及他不可預知的未來。我於是意識到在我素來熟視無睹的城市中，存在著無以計數的日常戲劇；存在著無以計數的面具和面具後的真相，存在著滾滾人流中的孤寂、盲目和相互模仿；存在著未明

的計劃、目標和行動；存在著斑駁絢麗或灰濛濛的色彩；存在著信
賴、隔膜和神秘感；存在著迷惘、焦慮和不安定；存在著巨大的工
程以及這一工程下無以計數的瑣細情慾和小小的願望。〔註 17〕

吳亮的觀察和體驗印證了一個新的表意空間的生成。這個尚未被命名的市民
文化空間需要被表達，在 80 年代，文學承擔著最重要的表意策略。讀者群的
變化，對於逐漸從行政分配過渡到市場化運營的實驗的文學期刊來說，實在
是一個極爲重要的考慮對象。刊物的改版和文學潮流的推出，也會充分考慮
變化的讀者的需求。其間出現的新潮文學，自然和這一空間有著複雜的關聯，
只不過這一關聯較爲隱蔽，很少被急於總結潮流的批評家所注意。

3.1.2　讀者分層與期刊對策

《上海文學》1985 年第 6 期，爲《解放日報》創辦的大型文學季刊《連
載小說選刊》登載了一則宣傳廣告：

> 《連載小說選刊》採擷各報連載小說精華，搜集海內外通俗文
> 學佳作，鎔鑄思想、藝術、趣味於一爐，描繪社會風雲、人間世態
> 於一冊。有小說、傳奇、傳記、人物故事等，內容豐富、引人入勝，
> 雅俗共賞、特色鮮明。該刊第二期於五月中旬出版，刊有泥土著的
> 長篇人物傳記《趙丹傳》，生動翔實地描繪了這位藝術大師的一生。
> 描寫國民黨統治集團內部鬥爭的長篇小說《曇花夢》，是香港作家陳
> 娟女士的力作。該刊一次發表九萬字。作者正在撰寫後半部並親筆
> 致函編輯部表示感謝。《擒雕記》是作者何瓊瑋描寫溫州實業家吳百
> 亨的傳記小說。《袈裟塵緣》是郭青描寫佛門香火的長篇小說。還有
> 翻譯小說《爵府豔遇》等，都將在該刊第二期上和讀者見面。

考察 1985 年文學讀者的變化，這則廣告是一個非常具有典型性的標本。作爲
選刊，它的讀者針對性是非常強的。1980 年《人民文學》之所以增辦《小說
選刊》，就是「爲評獎活動之能經常化，有必要及時推薦全國各地報刊發表的
可做年終評獎候選的短篇佳作。」〔註 18〕《小說選刊》也確實對推動評獎活
動的展開，起到了非常重要的作用。很多讀者和評委是從選刊讀到相關作品
的。但《連載小說選刊》並不是爲了評獎，甚至也不是爲了嚴肅文學的發展。

〔註 17〕吳亮：《城市人：他的心態和生態》，《上海文學》1986 年第 1 期。
〔註 18〕茅盾：《發刊詞》，《小說選刊》1980 年第 1 期。

在國家剛剛頒佈刊物自負盈虧後推出，充分體現了相關人員樂觀的銷售預期，其鮮明的市場意識是一目了然的。宣傳廣告無疑完整體現了編輯部對最大多數潛在讀者的定位。它的預期讀者和 80 年代初的文學讀者已經有了根本性的差異。他們關注的是社會風雲、世間百態，並不關心文學思潮和文學事業。他們對小說的要求是獵奇、揭秘、娛樂、刺激等等，並不在乎如何反應現實生活、如何創新文學藝術。這些讀者在當時成了最大多數的讀者，他們從 80 年代初的龐大文學讀者群中分離出來，與嚴肅文學越來越遠。

讀者分流並非從 1985 年才開始，而是伴隨著 80 年代的社會變革一直在進行著。只不過 1984 年之後，文學期刊相對較爲抽象的讀者變成了實際的訂戶，變成了事關刊物命運的消費者。這個變化過程也是讀者主體意識不斷成長的過程。刊物和讀者關係的變化早就引起了編輯的注意，並且出現革新刊物的企圖。1983 年 7 月，王蒙正式出任《人民文學》主編，組成新的編輯委員會。第 8 期面貌就有了很大改變，明確體現了新編委會的革新意願。最明顯變化是突出了讀者的地位。不僅發表了《不僅僅是爲了文學——告讀者》和《編後語》，而且增開了「作者・讀者・編者」專欄，和讀者交流談心，共同探討改革進程中既令人激動又令人困擾的生活和文學藝術提出的新問題。

面對龐大的閱讀群體，刊物的讀者定位顯得非常重要。王蒙在自己親自執筆的編者的話中清楚地表明「不僅僅是爲了文學」，「希望奉獻給讀者的是億萬人民的心聲和時代的壯麗而又斑駁的畫卷」，「特別熱切地呼喚那些憂國憂民、利國利民的作品，那些勇敢地直面人生、直面社會矛盾而又執著地追求共產主義的理想和信念的作品。」〔註 19〕時代生活大潮、多姿多彩的生活，普通人的眼淚和歡笑依然是刊物關注的中心。這裡的讀者更多的是指最廣大的各行各業的民眾。這當然是當時絕大多數的期刊的主流要求。但下面的話才真正顯示出刊物革新的實際內涵：「希望不拘一格，廣開言路，滿足讀者多方面的精神需要，包括知識、趣味、娛樂休息的需要。」〔註 20〕很明顯，這裡的讀者開始轉變，他們不再是革命的螺絲釘和四化建設的生力軍，而是具有多方面需要的日常生活中的普通人。對於「知識、趣味和娛樂休息」的強

〔註 19〕「本刊編輯部」：《不僅僅是爲了文學——告讀者》，《人民文學》1983 年第 8 期。

〔註 20〕「本刊編輯部」：《不僅僅是爲了文學——告讀者》，《人民文學》1983 年第 8 期。

調釋放了讀者之前被壓抑的閱讀需求，刊物的讀者對象眞正開始由「革命群眾」向「普通民眾」轉變。

尤其值得注意的是，王蒙除了申明歡迎一切對於革命現實主義文學傳統的繼承和發揚的作品之外，還明確提出了「支持和鼓勵一切能使我們的文學表現手段更加豐富和新穎的嘗試」。這其實才是刊物新風貌的根本之處。在剛剛經歷了「現代派」論爭和反對資產階級自由化之後，這一提法是相當具有衝擊力的。因爲「一切」「表現手段」和「新穎嘗試」自然包括「現代派」的手法和嘗試。同期頭條刊發的是諶容的《楊月月和薩特之研究》。當時薩特剛被批判不久，作品引發爭論和猜疑是很自然的。可見，《人民文學》的革新舉措無疑是試圖最大限度地滿足之前被壓抑的創新傾向。當然不能以此判斷編輯部贊同現代主義作品，實質上對於不同流派手法的最大限度的寬容，不過是「百花齊放」的具體化，隱含著「創作自由」的內在渴望和動機。

此時的《上海文學》雖然沒有《人民文學》動靜大，也在第 5 期刊登了舉辦「《上海文學》獎」的通告。試圖通過對該刊 1982～1983 年發表的小說、評論、詩歌進行評獎，體現編輯部的文學傾向和審美偏愛。這是刊物和讀者、作者的一次主動交流與互動，評選說明聲稱熱烈歡迎廣大作者和廣大讀者參加評獎活動，採取群眾推薦、專家評議相結合的方法，在充分尊重群眾推薦意見的基礎上進行評議。爲了增加和讀者的溝通和交流，刊物別出心裁製作「第一屆《上海文學》獎紀念章」，參加推薦並選中四篇以上者，就可以獲贈紀念章。

王蒙也充分注意到了上海相對開放的文學空間。爲了聽取文學界的辦刊意見，《人民文學》編輯部於 1983 年 12 月 28 日，在上海召開了座談會。會議邀請了老中青幾代作家，哈華、陸俊超、胡萬春、白危、張士敏、唐克新、俞天白、沙葉新、王西彥、王小鷹、包蕾、史中興、艾明之、孫顒、陳村、陳繼光、歐陽文彬、陸揚烈、吳強、趙自、費禮文、程乃珊等都在座。他們希望刊物「要形成自己鮮明的個性，做到內容豐富，題材廣泛、形式多樣、容納各種風格流派，改變刊物單調古板的形象」〔註 21〕。由於其國刊的特殊地位，與會者特別希望刊物推動文學創新的多元化。

首屆「《上海文學》獎」評論獎頒發給王蒙，一方面表明王蒙的文學觀念

〔註21〕 參見《廣泛聽取意見，共同辦好刊物——本刊編輯部在上海召開作家座談會》，《人民文學》1984 年第 2 期。

和編輯部較爲接近，另一方面也有刊物之間互相支持的意味。在獲獎文章中，
王蒙比較了兩種讓自己大爲駭然的文學觀念：海明威認爲在寫作之前要抑制
自己不去想將要寫的內容；某些「現代派」則主張自動寫作，任憑下意識的
驅使，要徹底排除理性思維，才能達到藝術的極致。對此，西德作家根特‧
格拉斯坦然告訴王蒙不可信。由此引申出對王蒙對中國文學創作實際的態
度：「否定文學創作心理活動的特殊性與規律的客觀性可能導致簡單粗暴的瞎
指揮或作品的概念化」，相反，「誇大文學創作心理活動的特殊性乃至神秘性，
會使作家變成如狄德羅說的『發瘋的鋼琴』，自以爲宇宙的一切和諧都包容在
自身之中，走到脫離社會、脫離生活、脫離人民的窄路或邪路上去」。〔註22〕
王蒙反覆重申文學並不單單是作家們的事業，而是全社會的事業。因此，對
於文學創作的各種奇談怪論甚至異端邪說，要善於抉微知隱、理解、分辨並
且揚棄，但是不能拒絕任何新鮮獨到的思想表達。這篇文章寫作之時，正是
文藝界批現代派內部分歧很大的時候，對現代派持不同意見者在各種場合發
言措辭激烈，主抓意識形態的領導也在醞釀整黨、反精神污染的措施。在此
節骨眼上，王蒙雖然文章較爲委婉含蓄，還是表明了自己鼓勵探索創新的基
本態度。

　　此時，王蒙所謂的讀者更多指的是「文學事業」的讀者，雖然已由「革
命群眾」變爲「普通民眾」，但是這裡的普通民眾的主體性並沒有完全確立起
來。換句話說，這些讀者依然是需要被專業讀者引導的。而讀者這個在「文
革」期間內涵被抽空的對象，在政治立場不同的領導的心目中，自然是完全
不同的。雖然在 80 年代讀者的主體地位逐步得到恢復，但通常他們是被意識
形態論爭所左右的。王蒙所謂的讀者顯然是支持創新的，這裡的讀者有著思
想觀念論爭中站隊的成分。他們需要被作家圈、評論家圈內部的支持創新的
「開明派」所引導。此間顯示出的知識分子精英意味是很明顯的。只不過相
比以前，對讀者個人的主體性有了很大程度的尊重。

　　如果說 80 年代前期，文學讀者由「文革」時期被意識形態完全操控的「革
命群眾」，開始向作爲參與黨的文學事業的「普通民眾」轉換，那麼到了 80
年代中後期，由改革帶來的現代意義上具有某種程度的原子化個人的出現，
使文學讀者發生了一次根本轉移。隨著傳媒制度的變化，文學期刊不得不積

〔註22〕王蒙：《漫話文學創作特性探討中的一些思想方法問題》，《上海文學》1983
　　　　年第 8 期。

極面對已經變化了的讀者。由於社會結構的多層次和人們身份的巨大差異，這一變化了的文學讀者群並非是一體的，而是有著多個層次。對於文學期刊來說，面對整齊劃一讀者群的時代已經一去不復返，根據變化了的讀者進行重新定位則成了必然的選擇。

1985 年之前，文學期刊還是釋放被壓抑的讀者，爲文學實踐的多樣化進行努力。之後，情況已經發生了巨大變化。雖然讀者分層和傳媒制度的轉變對於不同文學期刊的衝擊程度不同，但是各個期刊都不得不把決定發行量的訂戶放在一個重要的位置。同時，作協四大「創作自由」的提出，也釋放出前所未有的文學創新能量。正是在多種歷史因素的合力之下，爲了儘量滿足更大多數讀者的需求，文學期刊從 1985 年開始紛紛進行改版，以便在市場競爭中佔據一個有利位置。這次文學期刊的巨大變革，直接影響了之後的整個文學格局。

受政治局勢影響，北京的刊物顯示出前所未有的變革熱情。王蒙破格提拔朱偉爲《人民文學》小說編輯室副主任，形成了該刊探索小說的總爆發。對於當時的刊物來說，「王蒙無疑是個異類，他對文學和生活的理解與他的前任們及當時《人民文學》的許多老編輯都相差太遠。」〔註 23〕調整辦刊策略後，該刊推出的新潮小說成爲文學界的談論的焦點。其後舉辦的 1985 年度「我最喜愛的作品」推選活動，以讀者投票多少爲唯一標準，爲研究讀者的審美心理提供了一份較爲可靠的資料。位列三甲的是：賈平凹《黑氏》、劉心武《5.19 長鏡頭》和王蒙《高原的風》，被稱爲現代派的劉索拉的《你別無選擇》和徐星的《無主題變奏》分別爲第八和第十三，刊物重點推出的何立偉的《花非花》和阿城的《孩子王》分別爲第五和第十，在總共二十篇作品中，小說十四篇（包括紀實小說一篇）、報告文學五篇、詩歌僅一首。總體看，讀者推薦反饋的信息與評論界的一般反應之間大體相同。

從中可以看出 1985 年文學變革中兩個極爲突出的創作傾向獲得了讀者的廣泛認同：一是紀實文學的創作，二是引入現代派技法的實驗性小說。但讀者的直接反應和評論家的判斷也存在一定差異。比如新筆記體小說《黑氏》，夾雜著大量現代生活節奏和氣息，引發了不少爭論。評論家們在價值判斷上一度「頗覺躊躕」，卻意外獲得最多讀者的青睞，這讓批評家曾鎮南感到「有

〔註23〕朱偉、張映光：《朱偉：親歷先鋒文學潮漲潮退》，新京報編：《追尋 80 年代》，北京：中信出版社，2006 年 12 月，第 55 頁。

些愧怍」，因爲「讀者容受作品的胸懷似乎更闊大一些，眼光也更銳敏一些，表達意見則坦率得多」。〔註24〕

直接把評判權交給普通讀者，顯示了編者對刊物改革的自信。這些認眞填寫無獎選票的讀者，也是眞正熱愛、關心嚴肅文學創作的。讀者的熱情和眼光的開闊讓評論家們「鬆了一口氣」，畢竟還有那麼多熱心的讀者關注著嚴肅文學。而「庸俗、粗陋的『文學』讀物似乎滔滔於天下」的 1985 年，龐大的消費市場讓出版者群起而上，爲通俗文學吶喊助威的評論也大量出現，嚴肅文學讀者面臨急遽萎縮的局面，簡直要讓評論家「大放悲聲」了。這次評選讓評論家看到了嚴肅文學依然有自己固定的讀者群，並沒有被通俗文學搶過去。評論家在感到安慰的時候，也忽視了一個問題。讀者的分流是複雜的，有的讀者可能既喜歡嚴肅文學也喜歡通俗文學，而有的通俗文學讀者根本就不知道嚴肅文學爲何物。一張評選表格也並不能說明嚴肅文學讀者的狀況。

新時期之初的文學期刊延續了「十七年」的等級管理體制。受行政管理體制約束，形成一種自上而下的等級制約關係。在這種關係格局中，《人民文學》對於地方文學期刊具有示範和導向作用。雖然作協只對同級期刊具有管理權限，對下級期刊沒有具體管理權限，但由於行政機構管理方式附加的權力，使得各級期刊之間存在一種隱秘的管理關係。這種關係使得隸屬於中國作協的期刊在傳播功能和效力上高於各級地方作協主辦的期刊。隨著改革的推進，這種隱形管理關係不斷鬆動，但是各級地方期刊培養本地作家的地域意識還是很明顯的。「國家級」期刊在文學輿論導向上依然發揮著重要作用。其銳意革新所具有的風向標的作用，對各級地方期刊產生了巨大影響。

正是在創新不斷取得轟動效應的文學氛圍中，一直較爲謹愼的《北京文學》也開始嘗試革新。在 1985 年 9 月推出了小說專號，並且第一次出現封面要目：鄭萬隆《異鄉異聞三篇》、何立偉《雪霽》、尹黎雲《大圓頂的樓房》、趙義和《河北有個馬勝利》以及羅強烈的評論《評一九八四年全國獲獎小說的不足》。雖然這期所列刊物的主編、副主編並沒有變化，但從「編輯的話」可以看出，這一變化是編輯部領導班子調整後的結果。對於新的辦刊理念，編輯部也明確做了說明：

> 其一，便是追求時代性。承擔起時代賦予我們無可推卸的使命，
> 努力去表現時代。我們渴求像《笨人王老大》、《轆轤把胡同九號》、

〔註24〕曾鎮南：《創作發展與讀者心理》，《人民文學》1986 年第 1 期。

《條件尚未成熟》以及《高山下的花環》那樣發聾振聵、扣動人心
的反映現實生活的作品。其二，便是放開眼界尋覓諸如《受戒》那
樣純情至美的篇章。其三，便是提倡探索，這不僅僅是指藝術表現
手法而言，《愛，是不能忘記的》此類佳作今後仍將是我們千呼萬喚
的作品。其四，便是追求較強的可讀性。這可讀性是一個啓用不久
的新概念，有各種理解和追求。我們認爲可讀性，不等於我們過去
一貫追求的藝術性、思想性。然而如若捨去了藝術性和思想性的可
讀性，必定會變成荒誕。〔註25〕

這個立場明確的辦刊理念其實並沒有想要推動新的文學創作潮流的意向。所
謂「時代性」、「純情至美」等說法並非是什麼新潮，而是 80 年代以來就取得
重要收穫的創作理念。只不過獲得主流文學界的認可程度有所差異，「純情至
美」也是該刊大力倡導的重要創作理念。雖然明確提出「探索」、「可讀性」，
但是對這兩者的解釋語焉不詳，沒有準確定位。從編者所列舉的文學標本來
看，則是該刊曾經發表的在文壇引起一定爭議和反響的作品。也就是說，編
輯部倡導的新的編輯理念和他們所列舉的標本之間存在裂隙。被列爲標本的
作品在某種程度上否定了這個新的編輯理念。可以感到編輯部內部似乎對於
新的編輯理念並不一致，只不過是把刊物之前成功的經驗進一步明確了一
下。這期大力推出的作品，包括尋根小說和紀實文學，倒是在 1985 年備受關
注的創作傾向。只不過這些作品和編輯部所大力提倡的作品在現實把握和審
美理念上都有所不同。

在文學期刊的轉型過程中，「提高刊物的生存價值」已經成爲眾多刊物「暗
暗使勁的一個焦點」。〔註26〕文學期刊受單一行政權力制約的模式開始鬆動，
文學消費者成了刊物需要考慮的重要因素。一方面，刊物首先要保持自己已
經具有的優勢，穩固已有的讀者市場；另一方面，要及時發掘甚至推動新的
文學潮流，充分滿足讀者變動的審美需求。受主編和編輯部文學觀念的影響，
本來可以守成的《人民文學》表現出銳意進取的姿勢，而《北京文學》則表
現得更爲謹慎。

面對讀者分層，有著深厚辦刊傳統的上海的文學期刊在 1985 年有著出色
的表現。但是由於地理位置和在期刊權力系統中的結構的不同，它們和北京

〔註25〕「編者的話」，《北京文學》1985 年第 9 期。
〔註26〕「編者的話」，《北京文學》1985 年第 9 期。

的期刊表現出很大的差異性。上海的期刊並沒有囿於地域的局限，而是在謀求全國性大刊名刊的位置。本書以下各章將集中論述，在激烈的競爭格局中，上海期刊的內部分工和定位也逐漸開始明確，形成了一個互補的文學期刊網絡，這個文學期刊網絡對當代文學思潮流派的生成，以及審美意識的嬗變都發生了至關重要的內在影響。

3.1.3　期刊革新與文學轉向

　　80 年代中期，文學期刊面臨著從行政資源向市場資源導向的轉變。如何在激烈的市場競爭中獲取更多象徵資本，對於編者是一場嚴峻考驗。刊物編者全面考慮刊物在文學場的結構中所處的位置，並努力利用現有結構獲得自身利益最大化的「聲譽」，「這種聲譽由其同輩和整個公眾所授予，也由他們對於保持或改變這一結構的利益，以及由維持或推翻遊戲規則的利益所授予。」〔註 27〕不管維持還是推翻現有「遊戲」規則，都來自編者的現實利益考量。面對革新潮流，不同級別和不同地域的文學期刊表現出很大的不同。不同刊物的革新策略，一方面與其編輯部領導的編輯力和文學觀念有很大關係；另一方面也取決於刊物在整個期刊網絡中所處的結構性位置和期刊自身的歷史。

　　在文學期刊的變革潮流中，唯一能夠和文化中心北京形成競爭關係的就是上海。雖然上海的政治資源比不上北京，但 20 世紀前半期現代化都市上海在文學刊物出版上取得的輝煌成績，作為一種歷史積澱沉積了下來。一旦獲得有效的釋放途徑，必然爆發出巨大的能量，再度引領潮流。隨著城市改革的展開，人們有理由期待一個新的都市空間的出現。80 年代前半期，上海作為一個文化空間，比政治中心北京有著更大的包容性。

　　歷史和現實因素，都使得上海的文學期刊能夠超出地域觀念，具有全國性的眼光。如陳思和所說：「上海的文學期刊都是面向全國的，許多外地作家都是因為在上海發表了優秀作品而一炮打紅，上海的文學評論家也都是面對全國文壇，在全國文學創作的總體水平上發現新人新作而不為地域觀念所

〔註 27〕P. Bourdieu, The Field of Cultural Production, ed. Randal Johnson Cambridge, Polity Press, 1993, p.194. 轉引自朱國華：《文學場的邏輯：布迪厄的文學觀》，《文化研究》2003 年第 4 輯，北京：中央編譯出版社，2003 年 6 月，第 56 頁。

圍。」〔註 28〕在行政分化和戶籍制度的嚴格限制下，上海的文學編輯、評論家當然也十分關注和提攜本地作家，但因爲特殊歷史背景和文化地位，使得上海在文化上可以和北京形成競爭關係。這在其它地域都是不可想像的。

致力於革新的王蒙對新潮文學的支持，並非全是文學觀念的原因。儘管在創作中借鑒了意識流手法，但是王蒙對新潮文學更多的是一種創作多樣化的理解，也就是作協四大提出的「創作自由」的具體實踐，是解放被壓抑的寫作的方式。對新潮作品的具體評價，王蒙有很大保留：「探索創新云云，這樣說也容易引起反感，使這一批小說處於挨打的地位。難道那樣寫就是創新這樣寫就不是創新嗎？難道這幾篇創新了，未被選入的就守舊嗎？這些道理都站得住。算什麼創新，兩千年前我們就有了，外國人都玩膩了！」〔註 29〕支持王蒙進行改革的張光年等人，對新潮文學的支持也取決於自己在政治格局中所處的位置，和周揚、夏衍等人積極反「左」的政治姿態不可分割。

如果說，在意識形態論爭中極力反「左」的文藝界領導支持文學創新是形勢的必然的話，那麼，在新時期一貫表現出「左」的姿態的丁玲對文學新潮的支持則多少有些讓人費解。作爲文學創作內行的丁玲，強調作品的社會效果以多數人的感受和評價爲準，作家要加強生活實踐和多讀書，「不能想著效果問題去搞創作」。同時丁玲更明確強調「創作本身就是政治行動，作家是政治化了的人。」〔註 30〕照此理解，文學批評、文學編輯對探索創新的支持，自然也是「政治行動」，而並非僅僅是爲了文學自身。《中國》的創辦與丁玲對文學的理解有很大關係。丁玲對辦刊方式的最初設想是民辦公助，實際是強調作家自己辦刊，作協只提供資助，與刊物不構成直接領導關係。胡風對這一刊物運營方式評價很高，認爲是文學史上「一個有生命力的勞動組合」。〔註 31〕但這種辦刊方式未獲作協批准，沒有眞正實施。

在作協四大開幕前一個月，即 1984 年 11 月 28 日，《中國》在新僑飯店舉行了多達三百餘人創刊招待會。關於此舉的意義，丁玲說：「這是招待會，但又不單是招待會，我以爲這是一次中國文學工作者的團聚會。」「《中國》

〔註 28〕陳思和：《從評獎看上海地區的文學創作》，《社會科學》1994 年第 6 期。

〔註 29〕王蒙：《序》，《探索小說集》，上海：上海文藝出版社，1986 年 9 月，第 6～7頁。

〔註 30〕丁玲：《作家是政治化了人》，《文藝理論研究》1980 年第 3 期。

〔註 31〕孫曉婭：《訪牛漢談〈中國〉》，靳大成編：《生機：新時期著名人文期刊素描》，北京：中國文聯出版社，2003 年 1 月，第 161 頁。

和《中國作家》是姐妹刊物，都屬中國作家協會領導。這兩個刊物的出現都是合乎當前形勢要求的，對我們的文壇將起到大活躍、大競賽、大提高的作用。」﹝註32﹞作協同時創辦兩個大型文學期刊，丁玲又在這樣一個敏感的時間點召開大型招待會，顯得意味深長。作為文學場權力爭奪的主要媒介，誰都明白文學期刊的重要意義，兩本文學期刊的同時出現自然讓人聯想到文學界不同話語權的激烈爭奪。

1984 年，圍繞著作協四大的人事佈局，文學界對文學規劃有著不同看法的領導層展開了激烈角逐，矛盾進一步公開化。2 月 25 日，負責人事安排領導工作的中宣部副部長賀敬之，拉王蒙找作協黨組書記張光年談了兩個問題：一是中組部將對丁玲進行二次平反，二是人事安排小組提出賀敬之兼任作協黨組書記，並調馬烽參加領導。張光年對丁玲問題無法提出不同意見，對馬烽則當即表示不同看法，認為此舉明顯在排擠馮牧。次日，馮牧告知張光年「賀日前已到丁家報喜過了」，並表示對這一人事安排「有情緒」，對今後工作「頗有顧慮」，表示下一步將退出黨組專稿《文藝報》。對人事安排的憂慮同樣使張光年「服藥後仍久久不能入睡」。﹝註33﹞賀敬之認為「報喜」之說是以想像代替事實，純屬子虛烏有，「馮牧同志不顧事實地這樣說，張光年同志不顧事實地這樣寫，而且在多年以後這樣發表，難道真是想以此『證明』我和丁玲成『派』了嗎？用他們的話說，就是我『背叛了周揚』，『投入了丁玲的懷抱』」。﹝註34﹞

不管事實真相如何，圍繞丁玲二次平反，中宣部的人事安排意見遭到了以張光年為首的幾乎整個作協黨組的不滿。以張光年、馮牧等人為代表的作協領導層和以賀敬之為代表的中宣部領導層的分歧越來越大。張光年曾直截了當地說：「你們要把丁玲抬出來，丁玲一掌權，文藝界可就大亂了！」﹝註35﹞並且堅持說丁玲一貫反對周揚，讓馬烽掌權，等於是讓丁玲掌權，理由是馬烽是丁玲的人。早在此事之前，賀敬之就曾經想調和丁玲和周揚的矛盾，

﹝註32﹞丁玲在《中國》創刊招待會上的講話，參見張棣、劉少博：《〈中國〉文學雙刊創刊招待會記略》，《中國》1985 年第 2 期。

﹝註33﹞張光年：《文壇回春紀事（下）》，深圳：海天出版社，1998 年 9 月，第 523、524 頁。

﹝註34﹞賀敬之：《賀敬之文集》第 6 卷，北京：作家出版社，2004 年 10 月，第 451 頁。

﹝註35﹞轉引自賈漫：《詩人賀敬之》，北京：大眾文藝出版社，2000 年 1 月，第 311 頁。

但並不成功。在丁玲二次平反的問題上，周揚和賀敬之的關係徹底惡化。

在人事複雜糾葛的狀況下，丁玲創辦《中國》確實遇到了巨大阻力。7 月 13 日作協黨組會上，討論《中國》在作家出版社出版問題時，對丁玲意見很大的張僖竟以「出版社下馬」相威脅。〔註 36〕此事雖遭張光年批評，但在作協領導層的重重阻力下，《中國》的刊號、經費、編制等等問題，都必須丁玲親自出面。「刊號是找出版局陳翰伯直接說的；十五個編制，一直驚動到政治局，找當時負責文教的政治局委員習仲勳才批了字解決問題。」〔註 37〕以至於丁玲死後，許多人說是因為辦《中國》累死的。

對於丁玲衝破重重阻力創辦《中國》的意圖，也有另外一種解釋。當時老作家對年輕人極力鼓吹的文學新潮頗多指責，丁玲認為主要是刊物原因：過去管得太死，而新時期以來又過於自由，刊物的放任使得文學青年想怎麼就怎麼，如果沒有自己的陣地，僅靠呼籲沒有用。就在丁玲即將二次平反的時候，一群老作家「為文壇一窩蜂的『新潮』得沒有『百花齊放』而憂慮，為越來越勝的『交換文學』之風氣而搖頭」。〔註 38〕正是這些人的不斷吹風，一向重視文學導向和陣地並有多年辦刊經驗的丁玲，堅定了創辦《中國》的想法。由此看來，《中國》最初包含的一個重要意圖恰恰是針對文學「新潮」的。

弔詭的是，以「開明派」自居的馮牧主編的《中國作家》與文學新潮幾乎沒有瓜葛，而以「左」的面目示人的丁玲主編的《中國》則對新潮文學起了很大的推動作用。在短短兩年時間裏，刊物不僅編發了北島等朦朧詩人以及大量新生代詩人的作品，而且刊發了殘雪、格非等新潮作家處處碰壁的作品。在創刊號上，編輯部就聲稱《中國》不是同人刊物，不是少數人的刊物，「我們要繼承和發揚『五・四』以來革命新文學的優良傳統，同時也有選擇地介紹其它各種現代形式和藝術流派，只要它們確有藝術特色，不但無害於讀者，還能豐富我們的精神生活。」〔註 39〕這一辦刊方針在《中國》創刊招待會上，被丁玲更加明確地表述為：「《中國》文學雙月刊沒有門戶之見，容納各種不同的風格流派，給在藝術上有所創新、在思想上有所創見的作品留

〔註 36〕 張光年：《文壇回春紀事（下）》，深圳：海天出版社，1998 年 9 月，第 556 頁。

〔註 37〕 周良沛：《丁玲傳》，北京：北京十月文藝出版社，1993 年 2 月，第 814 頁，

〔註 38〕 周良沛：《丁玲傳》，北京：北京十月文藝出版社，1993 年 2 月，第 812 頁，

〔註 39〕 「編者的話」，《中國》1985 年第 1 期。

出很大的篇幅。」〔註 40〕對此，巴金在寫給丁玲的信中不但為刊物「吶喊助威」，而且對這個提法極為讚賞，認為這兩個「創」字「提得很好」，真正的創作就需要作家獨立思考，寫出自己熟悉的生活與自己真正想說的話。〔註 41〕

《中國》的辦刊策略不僅和最初的設想有很大差別，而且和丁玲 80 年代的言論也大相逕庭，這一內在矛盾恰恰說明丁玲內心的文學觀念和在意識形態論爭中表現出的姿態的不同，也從一個側面表明文學界左右劃分的簡單和流於表面。在意識形態論爭中，各方都是全力和自己的論敵進行論爭，而都願意對文壇新生力量保持一種寬容的態度。正如極力推動批「現代派」和異化論的胡喬木，對王蒙反而禮遇有加，丁玲對不斷碰壁的執著於文學探索的文學青年自然也大力支持。

意識形態論爭和文壇人事糾紛的複雜化，使得較為封閉文學空間因為不同聲音的存在出現裂變，在 80 年代中期一下子釋放出巨大能量。同時，以上海為代表的消費性的現代都市空間的逐漸壯大，給新潮文學發展提供了巨大的推動力。上海的文學期刊因為距離文壇爭鬥中心較遠，具有更大的靈活性和文學活動空間，對推動新潮文學的發展也更為有力。就拿《北京文學》和《上海文學》來說，兩刊都是省市級文學的「甲級隊」，在 1985 年也都力求革新，但表現卻有著很大差異。如本章上一節所提到過的，為了應對刊物革新潮流，身在政治中心而較為謹慎的《北京文學》在 1985 年 9 月推出了小說專號。隨後還專門就這期作品組織了討論會。人們對刊物的新面貌高度肯定，幾乎不約而同地談到鄭萬隆的《異鄉異聞》等小說，指出刊物改革的路子正。林斤瀾更認為這一期「體現了 80 年代的高度，即多樣化」。〔註 42〕但從這期刊物所倡導的主要探索方向——對尋根和紀實文學的強調來看，基本上是《人民文學》、《上海文學》路子的繼續。從推出的主要作家——鄭萬隆、張辛欣、何立偉等人來看，則偏重於已經引起文壇注意的北京作家。由此可以看出刊物的相對保守和較為明顯的地域意識。1985 年底，《北京文學》還專門組織了鄭萬隆作品討論會。將 1985 年的「尋根」熱潮從宏觀層面的討論引向了結合具體作家作品的微觀探究。但令人奇怪的是，1985 年的「《北京文學》獎」卻

〔註40〕 見張棟、劉少博：《〈中國〉文學雙月刊創刊招待會記略》，《中國》1985 年第 2 期。

〔註41〕 《巴金致丁玲信》，《中國》1985 年第 1 期。

〔註42〕 《在探索中前進——本刊第九期作品討論會發言摘要》，《北京文學》1985 年第 12 期。

並沒有鄭萬隆的作品，整個第 9 期也只有一篇評論獲得了這個獎項。這個在讀者推薦基礎上，經編輯部初選，最後由評選委員會無記名投票產生的文學獎，實際上體現的正是《北京文學》編輯部的整體態度。可見，編輯部對刊物革新不僅存在不同意見，而且多數人並不看好第 9 期的嘗試，這也是該刊很快回到老路的原因。

反觀《上海文學》，在極力爲作協四大提出的「創作自由」宣傳的同時，從第 4 期開始，到第 7 期開始實施，幾乎每期都會出現新的面貌。不僅繼續以專輯或重點作品推薦的形式推出尋根類作品、紀實類作品和體現「上海味」的作品，而且與其它刊物聯合召開文學評論方法討論會，舉辦作家與企業家聯誼活動等多種形式積極探索期刊改革路徑，推動甚至引領文學潮流，其輻射力遠遠超出了地方刊物的範圍。

以「四大名旦」〔註43〕爲代表的大型文學期刊，在刊物革新潮中的表現差異非常明顯。處在改革開放前沿廣州的《花城》，最關心的是文學怎樣更好地書寫色彩絢爛的改革浪潮。爲此，該刊於 1984 年 11 月聯合《當代文壇報》、《特區文學》召開「1984 年文學與改革研討會」。核心議題是文學如何通過自身改革，追趕和適應改革開放的大趨勢，書寫現實生活的翻天覆地變化。與會者提出在改革開放前沿，人們的貧富觀、苦樂觀和消費觀都發生了巨大變化：萬元戶代替衣衫襤褸的農民，成了新的榜樣；巧幹會玩代替了出苦力流大汗的幹法；能掙會花開始取代勤儉節約的美德。相應的，作家只有更新自己的觀念，才能準確捕捉生活中的新苗頭。與此同時，要重新調整知識結構，走出文學圈子，與企業家、經濟學家、科學家廣交朋友，改變文學作品內容蒼白的局面，甚至有人提出「作家不應該生活在作家之中，而應該生活在實踐當中，應該工人寫工人，農民寫農民，知識和勞動不分家」。〔註44〕

《花城》的辦刊思路就是這次會議的自然延續。1985 年重點推出柯雲路的《一個系統工程學家的遭遇》、楊東明的《孤獨的馬克辛》、蘇叔陽的《假

〔註43〕文學期刊「四大名旦」的說法來自 1980 年。當時全國各大型文學期刊在南京召開了一次討論會。在會上，一名來自北京的編輯站起來發言，作了「四大名旦」的比喻：《收穫》老成持重，是老旦；《花城》活潑新鮮，是花旦；《十月》文武兼備，是刀馬旦；《當代》正宗，是青衣。（據《南方都市報》2004 年 4 月 16 日。）

〔註44〕鍾曉毅：《實行文學的改革 鼓吹改革的文學──記「1984 年文學與改革研討會」》，《花城》1985 年第 2 期。

面舞會》、周梅森的《黑色的太陽》等作品，或揭露官僚主義的可笑、倡導幹
部制度改革，或展現以五十年代觀點和方法處理當下問題的可悲，或書寫背
負「紅字」的不同女性的命運，或描述底層礦工的日常生活，都是和迅疾變
化的改革緊密聯繫。而描寫女排隊長的《張蓉芳傳》，描寫曲藝藝人命運的《墜
子皇后》等作品更是直接以真人真事為對象。香港作家陳浩泉的新聞體小說
《選美前後》，臺灣作家瓊瑤的《翦翦風》則滿足了改革浪潮中的人們對港臺
好奇窺視的欲望。可以看出，此時的《花城》關注的並非文學自身，而是現
實層面的改革，文學在繼續現實主義反映生活真實的同時，更多的承擔了新
聞的社會功能。

　　《十月》和《當代》則表現得中規中矩，穩健中各有突破。《十月》是新
時期創辦的第一個大型文學刊物，是中篇小說崛起的一個重要陣地，在其周
圍形成了穩定的作家群和讀者群。到 1984 年 7 月，在全國中篇小說、短篇小
說、報告文學、劇本等評獎中，有近二十部作品獲獎。在 1981 年春天和 1983
年春天兩次舉辦的全國中篇小說評獎中，得獎作品共三十多部，其中就有十
部發表在《十月》上。〔註45〕鐵凝的《沒有鈕扣的襯衫》、張賢亮的《綠化樹》、
古華的《爬滿青藤的木屋》、李存葆《高山下的花環》、張潔的《沉重的翅膀》、
李國文的《花園街五號》、葉楠的《巴山夜雨》、高行健的《絕對信號》等一
大批引起轟動的作品，讓《十月》在讀者中獲得了較高讚譽。在 1985 年的文
學新潮中《十月》並沒有表現出過多的焦慮，刊物在努力保持自己已經取得
的優勢，除了繼續倡導題材多樣化和不斷扶植文學新人外，並沒有多少明顯
的革新動作。

　　和《十月》有些類似，《當代》在 1985 年繼續提倡題材和風格的多樣化。
第 2 期推出了山西作家專輯：鄭義的《老井》、雪珂的《女人的力量》、成一
的《雲中河》和李銳的《紅房子》。前三篇直接寫變革中的農民、工人的生活，
後一篇寫過去的歲月。都試圖對民資性格做深入反思。《當代》雖然也把主要
關注點指向變革中的現實，大力提倡現實主義的深化，但更多關注的是文化
層面、民族心理層面的變革。張煒也因此成為《當代》重點推介的作家。編

〔註45〕這十部中篇分別是：王蒙的《蝴蝶》、蔣子龍的《開拓者》，鄧友梅的《追趕
　　　隊伍的女兵們》，劉紹棠的《蒲柳人家》、宗璞的《三生石》、李存葆的《高山
　　　下的花環》、張承志的《黑駿馬》、王蒙的《相見時難》、張一弓的《張鐵匠的
　　　羅曼史》、朱春雨的《沙海的綠蔭》。

者認爲他的小說「以敏銳的觀察反映了當前農村經濟體制改革中的新問題，以凜然的正氣體現著作者對中國農民命運的關切和思考，並從這種極爲可貴的思想感情出發，探索著新的藝術表現手法。」〔註 46〕《紅麻》、《秋天的憤怒》等小說也不愧爲同類題材中的佼佼者，既深入揭示變革中的農村現實，又不同於新聞報導式的就事論事，對文化的反思也不同於「尋根」的極端傾向。同時，《當代》也開始編發青年作家藝術上探索性嘗試，甚至受到西方現代派影響的小說，如第 6 期的《黑夜‧森林‧傻青》和《浮出海面》。

和這些大型文學期刊不同，《收穫》在 1985 年徹底實現了自負盈虧，沒有任何撥款和讚助，完全依靠讀者的訂閱。這對刊物是個極大的挑戰。但恰恰是這個完全自負盈虧的刊物，卻堅持不刊登任何廣告。而《當代》1985 年第 2 期不但在內文中出現鸚鵡牌磁帶的廣告，還在封三刊登了雪松牌麵粉加工成套機組的工業廣告。第 3 期封底又刊登了威力牌洗衣機的廣告。7 月份，雜誌社與宜昌雪茄煙廠聯合邀請作家舉辦文學講座，試圖在文學和企業的結合方面，探索新的經驗。《十月》也刊登了上海躍進不銹鋼製品廠的廣告。有著自身深厚歷史傳統的《收穫》不但不登任何企業廣告，而且在嚴肅文學市場萎縮，市民消費空間崛起，通俗文學的熱潮中，堅持自己一貫的純文學立場，這在同類期刊中的確是絕無僅有的。

《收穫》的選擇表明文學期刊的特殊性。它的生產力除了經濟上的量化關係以外，期刊歷史累積的精神價值發揮著重要作用，構成了文學期刊的無形資產。作爲純文學期刊，它的生產力取決於文學生產力。《收穫》刊發的大量優秀文學作品，使它擁有忠實的讀者群和優秀的作家群，並以此建立起自己的品牌效應。雖然讀者在分層，但是《收穫》緊緊抓住了那一部分最忠實的純文學讀者。

3.2 《上海文學》與文學新潮

3.2.1 政治夾縫中的文學活動

80 年代前期，評獎活動成爲文學創作的有力推手，直接參與了文學生產。首屆「《上海文學》獎」，選擇了一個非常敏感的時間點。評獎通告刊登在 1983

〔註 46〕「編者的話」，《當代》1985 年第 4 期。

年第 5 期，整個活動的醞釀應該在三四月份或者更早。此時文藝界正處於一個緊要關口。一方面，對現代派的第一輪批判剛過，更嚴重的批判正在醞釀；另一方面，文藝界高層正準備批周揚，局勢牽一髮而動全身。兩者都和上海文藝界有緊密關係。參與起草周揚《關於馬克思主義的幾個理論問題的探討》報告的王元化，當時曾給張光年寫信急切詢問文藝界高層對此的反應。張光年在看到鄧力群為批周揚而編印的人道主義異化材料後，「情緒搞亂了，寫文二百字，寫不下去，只想寫辭職書」。進而對批周揚之風傳出後，自己苦心經營的文壇局勢漸漸失控，工作處處被動的局面大發感慨：「要真是搞學術爭鳴倒好了，為什麼一說批周、（關於調王蒙、蔣子龍），京、津、宣馬上給我們另一副臉色看？周揚並不是作協領導人啊！」〔註47〕如果說在批周揚的問題上《上海文學》還處於外圍的話，那麼在批「現代派」的問題上，如本書第一章所述，《上海文學》則處於風暴的中心。此時《上海文學》舉辦評獎活動，是在政治夾縫中尋求一種文學空間。

　　「文革」後的文學評獎活動是在 1978 年開始的，此前文學界只在 1954 年，由中國人民保衛兒童全國委員會舉行過全國兒童文藝創作評獎，另外就是藝術部門給一些優秀劇本、表演和歌曲授過獎，但這些獎項往往是由專業性的機構進行評選。60 年代初《大眾電影》舉辦過「百花獎」，第一次由群眾投票評選。除此以外，文學界就一直沒有舉辦過大規模評獎活動。《人民文學》於 1978 年在全國範圍內評獎，方法是依靠讀者進行群眾性評選，這種方式「的確是空前的，過去沒有做過的」。〔註48〕袁鷹將評獎活動和文藝民主聯繫起來，認為「群眾性的評選，便是文藝民主的具體實踐之一。因為不管怎麼說，人民群眾終究是文藝的最權威的評定者」。〔註49〕新時期文學評獎由此成為重要文學事件。

　　到「《上海文學》獎」評出的 1984 年，《人民文學》已經進行了多次評獎。其中全國優秀短篇小說獎 7 次，中篇小說獎 2 次，報告文學獎 3 次，新詩獎 2 次，兒童文學獎 1 次。由於《人民文學》在文學刊物中的隱形領導地位，其組織的文學評獎也往往關涉到文學規劃。1981 年，周揚就強調「要把對文學

〔註47〕張光年：《文壇回春紀事（下）》，深圳：海天出版社，1998 年 9 月，第 443 頁。
〔註48〕茅盾：《在一九七八年全國優秀短篇小說評選發獎大會上的講話》，《人民文學》1979 年第 4 期。
〔註49〕袁鷹：《第一簇報春花》，《人民文學》1979 年第 4 期。

藝術創作的獎勵經常化、制度化，並且使之逐步完善起來。」〔註 50〕儘管在評獎中難免要進行各方利益平衡，但總的來看，作協的評獎在促進作家創作的同時，也規範著新時期文學的發展方向，引領了最初的文學浪潮。與中國作協組織的，代表國家意識形態的評獎不同，《上海文學》的評獎需要突出自己的特色。

即使就地方作協組織的評獎來說，《上海文學》的評獎也不算早。《山東文學》早在 1980 年就舉辦了優秀短篇小說、插圖獎。其它地方也分別以文學期刊爲依託，進行優秀作品評獎活動，甚至連《延邊文藝》也對 80 年優秀作品進行過評獎。但各省的評獎一般只局限於本地的文學作品，目的也在於推動本省文學發展。《上海文學》和一般省市文學刊物的地位還是不一樣的。「上海的文學期刊都是面向全國的，許多外地作家都是因爲在上海發表了優秀作品而一炮打紅」。〔註 51〕首屆「《上海文學》獎」獲獎作品的作者，三分之二是上海以外的，包括北京、天津、遼寧、江蘇、河南、黑龍江等地的作者。這和地方期刊的獲獎範圍有明顯不同。

儘管是在群眾推薦基礎上評的，但是從獲獎名單還是可以看出刊物文學規劃的意圖。在獲獎的 11 部中、短篇小說中，有 6 部是刊物重點推出的頭條〔註 52〕。沒有出現在頭條的，比如曹冠龍的《浴室》（83.6）與張抗抗以頭條獲獎的作品在同一期，鄧友梅《戈壁灘》（83.4）與當時炙手可熱的劉心武的《登麗美》相撞，發表《石場風情》的蕭矛還是名不見經傳的文學新手，陳村和王安憶則都是上海作家。這些作品和其它刊物的風格有一定差異，《上海文學》在努力打造自己的文學品牌，以期直接參與文學潮流規劃。

張抗抗在獲獎感言中談到編輯對自己創作的理解和支持。「我以自己對幹部選拔，人才標準和極左殘餘的危害的全部複雜關係的理解，向人們大喊：『當心紅罌粟！』當時，編輯部的同志們第一個聽懂了我的心聲。」〔註 53〕但這篇被刊發在頭條的作品，沒有刊物轉載和評論。可以看出《上海文學》編輯

〔註 50〕周揚：《文學要給人民以力量──在一九八〇年全國優秀短篇小說評選發獎大會上的講話》，《人民文學》1981 年第 4 期。

〔註 51〕陳思和：《從評獎看上海地區的文學創作》，《社會科學》1994 年第 6 期。

〔註 52〕分別是鄧剛《迷人的海》（83.5）、馮驥才《高女人和她的矮丈夫》（82.5）、陳椿年《她的家屋臨街》（82.3）、張抗抗《紅罌粟》（83.6），而達理《無聲的雨絲》（83.9）和張承志《大阪》（82.11）前面分別是學習中央文件的筆談，當然也算是頭條。

〔註 53〕張抗抗：《源與海之間》，《上海文學》1984 年第 8 期。

對於文學的獨特理解。文學新人蕭矛偶然在火車上與編輯相遇，並談起了一位老師傅感人至深的故事。這次談話引起了編輯注意，在編輯鼓勵下蕭矛開始寫自己身邊的人物。「首先被感動再反過來指導我的，又是這位編輯同志。」〔註54〕他的獲獎，正是編輯發掘和培養文學新人的例子。鄧剛的《迷人的海》是創作上一次有意的形式突破。這個讓他激動的題材迫使他必須找到一種新的表現手法。在作品中加大情節跨度，將故事的進程用傳遞對冷熱、對堅硬、對兇險、對歡樂的感覺來代替，把生活細節糅進浪漫想像。由於形式上邁步太大，以至於稿子寄出以後，鄧剛「總是擔憂和疑慮重重，怕編輯和讀者不能理解」〔註55〕。但是《上海文學》編輯部在不到十天的時間內，就給了他肯定的回音，並用最快的速度發表。這些獲獎作品體現出的刊物的文學選擇，直接涉及到在文學場的占位問題。

「《上海文學》獎」最引人注目的是對評論的重視。設立文學評論獎在全國是首創。由於撥亂反正中《上海文學》表現出極大的理論勇氣和鮮明的立場，評論文章成為該刊的重要部分。對文學理論的重要意義，上海作協領導吳強指出：「我們需要開展用以促進和指導文學創作的文學理論和文學批評活動。我們需要有專門的文學理論工作者，也需要作家在從事創作的同時，兼搞一點文學理論工作，寫點理論文章，將文學理論工作和文學創作工作結合起來。」〔註56〕關於評論文章的評選範圍，該刊強調應該是中、青年作者（特別是青年作者）所撰寫。〔註57〕這一要求在小說、詩歌中是沒有的。文學界早有人呼籲設立文學評論獎，但是一直沒有引起相關負責人的重視。在當時的文學熱潮中，人們對於創作的關注遠遠超出了理論。但《上海文學》推出的理論文章，無論是內容還是寫法都頗有新意。陳駿濤就聲稱該刊青年批評家的文章「很有生氣，很有闖勁，敢於言人之未言，獨標真愫，在文體上也敢於創新」。〔註58〕這些青年作者以上海的批評家為主，包括陳思和、程德培、吳亮、楊文虎，毛時安、蔡翔、方玲、宋耀良等人。陳駿濤建議對這些人多作點介紹，使他們的文章更多出現在人們的視野中。

〔註54〕蕭矛：《生活與友情》，《上海文學》1984 年第 8 期。

〔註55〕鄧剛：《奮力開拓》，《上海文學》1984 年第 7 期。

〔註56〕吳強：《衷心的希望》，《上海文學》1984 年第 7 期。

〔註57〕見《上海文學》1983 年第 5 期。

〔註58〕陳駿濤：《關於首屆〈上海文學〉獎獲獎作品的通信》，《上海文學》1984 年第 8 期。

在文壇格局非常微妙的歷史時期，評獎活動作爲刊物直接參與規劃文學生產的產物，不僅僅是對文學創作的檢閱與推廣，推動文學新潮流的湧現，更重要的是，它通過自己獨特的審美標準和價值判斷，成爲文學界突破現有文學秩序，製造新的文學生長點的背後推手和新潮文學的催化劑。

如果說評獎活動，顯示了《上海文學》在作協四大以前的積極姿態的話，舉辦杭州會議則直接標明了其文壇規劃的努力。

關於杭州會議的緣起，據當時負責組織工作的蔡翔回憶，與 1984 年秋天《上海文學》編輯部在浙江湖州參加的一個會有關。會上蔡翔認識了李慶西的弟弟李杭育，當時李杭育正因爲《最後一個漁佬兒》等「葛川江系列」作品的發表風頭正健，且對韓少功、張承志、阿城等人極爲讚賞。感到創作正在出現新趨勢的李杭育建議《上海文學》組織一次南北青年作家和評論家的會議。此事得到周介人和李子雲的大力支持。當時《上海文學》因發表阿城的《棋王》引起強烈反響。編輯部也意識到文學正在發生某種變化，貌似知青題材的《棋王》究竟以什麼樣的敘事方式和文化內涵引起震動，還很難說清，但大家都由此感覺到「文學創作可能正在醞釀著一種變化」。〔註 59〕

與會者就文學的當代性問題展開了熱烈的討論。引起特別關注的是兩部作品。一是張承志的《北方的河》。與會者認爲文學的當代性首先在於它所表現的人物命運能使人感受到與當代世界在物質、文化、道德、感情、哲學上的緊密關聯。二是阿城的《棋王》。與會者認爲小說表現了作者對傳統文化的重新發現，這正是搞經濟改革與對外開放的立足點之一。與會者認爲「文學的當代性問題是一個對文學創作的綜合性要求：既包括題材問題，也包括觀念問題，既包括內容問題，也包括形式問題。」〔註 60〕這就要求作家在寫什麼和怎樣寫兩個方面同時有所突破，批評家應該對此及時捕捉。即使從這個經過重重過濾的四平八穩的報導中，也可以看出當時文壇對於文學成規的急於突破的渴望。所謂「當代性」的提法，固然有掩人耳目的成分，但認爲「只有具有鮮明的當代性的文學作品，才可能具有眞正的歷史性，才可能走向世界。離開了當代性而追求歷史性與世界性是行不通的」〔註 61〕這一觀念即包

〔註 59〕蔡翔：《有關「杭州會議」的前後》，《當代作家評論》2000 年第 6 期。
〔註 60〕見《青年作家與青年評論家對話 共同探討文學新課題》，《上海文學》1985 年第 2 期。
〔註 61〕見《青年作家與青年評論家對話 共同探討文學新課題》，《上海文學》1985 年第 2 期。

含了對於「歷史性」（從傷痕文學到改革文學）、「世界性」（西方現代主義觀念）的雙重超越或者說偏移。

　　雖然杭州會議被稱爲地地道道的「神仙會」，但鋒芒初露的作家和批評家還是針對當時的小說觀念和文學批評觀念，進行了集中討論。一些新鮮的見解也開始碰撞，比如：

　　　　韓少功：小說是在限制中的表現，眞正創造性的小說，都在打
　　破舊的限制，建立新的限制。

　　　　阿城：限制本身在運動，作家與評論家應該共同來總結新的限
　　制，確立新的小說規範。這種新的小說規範，既體現了當代觀念，
　　又是從民族的總體文化背景中孕育出來的。

　　　　陳思和：現代意識與民族文化應該融會。

　　　　黃子平：文學的突破與發展，是同對人的理解的深度同步的。

　　　　季紅眞：人永遠處於歷史、道德、審美的矛盾與困惑之中，文
　　學就是人類對自身的認識與把握。〔註62〕

面對醞釀著變革的文學新潮，作家和批評家從不同角度給出了自己的見解，新的文學觀念也開始逐漸成熟。在思考什麼是文學、什麼是文學評論的同時，作家和批評家開始著手規劃文壇。「文化熱」成爲被普遍關注的現象：北京、湖南、浙江的作家分別談起了京城文化、楚文化和吳越文化。受馬爾克斯《百年孤獨》的強烈刺激，把「文化」「引進文學的關心範疇，並拒絕對西方的簡單模仿，正是這次會議的主題之一」。〔註63〕周介人敏銳地感到了當時文壇上同時出現的兩種創作心理趨向：「深感到『傳統模式』束縛創造力的同志，力主『反傳統』；而領悟到中國文化傳統之豐富而活潑的同志，則又倡導『找傳統』。其實，這兩種趨向的目標是一致的，都是力圖改變出現在某些書本上、文章中的小說觀念與批評觀念，使小說與批評進一步獲得解放」。〔註64〕雖然杭州會議沒有正式提出「尋根」的文學概念，但卻無疑成爲尋根文學興起的重要源頭。

　　從十二大到作協「四大」，文藝界的爭論和派系鬥爭愈演愈烈。1984 年「反自由化」和「清除精神污染」更是鬥爭的極端形式，爲避免麻煩，會議沒有

〔註62〕周介人：《文學探討的當代意識背景》，《文學自由談》1986 年第 1 期。
〔註63〕蔡翔：《有關「杭州會議」的前後》，《當代作家評論》2000 年第 6 期。
〔註64〕周介人：《文學探討的當代意識背景》，《文學自由談》1986 年第 1 期。

邀請任何記者，也沒有留下完整的記錄。但對於新潮文學來說，會議的重要
意義遠遠超出了其本身。最為重要的是《上海文學》通過組織南北作家、評
論家對話，形成了一個新潮文學生產網絡。如李劼所說，有巨大活動能量和
人脈的李陀在杭州會議上「扮演了一個十分重要的文學活動家角色，把指導
性的領袖角色和遊說性的說客角色，同時演得活靈活現」。由他推薦的作家作
品「差不多就是整個 80 年代的新潮小說和新潮作家了」〔註65〕。會後李慶西
組織策劃的「新人文論」，也奠定了 80 年代批評家的基本格局。

通過會議等文學活動，《上海文學》積極構建一個由文學期刊、編輯、作
家組成的文學網絡。這個網絡類似於哈貝馬斯意義上的文學生產公共領域。
哈貝馬斯所說的公共領域，既指有形的交往空間，如咖啡館、沙龍和宴會等，
也指供人們發表各種言論的雜誌、報紙等出版物。公共領域最重要的一點就
是要具有公共性，也就是允許各種不同的觀點在這一空間中共同存在，形成
一個具有活力的競技場。80 年代中期，由「兩個自由」釋放出的文學能量，
恰恰形成了這樣一個多元的新潮文學公共領域。

3.2.2 「85 新潮」中的多副面孔

杭州會議對於《上海文學》是重要的一步。與作家、批評家的廣泛交流，
讓編輯部有了更為明確的文學觀念和更為自主的辦刊方向。面對新潮迭起的
文壇，1985 年的《上海文學》謀劃了很多創新的舉措。和很多處於觀望狀態
的刊物不同，《上海文學》開始以積極的變革姿態，置身於引領風潮的第一現
場，介入新潮文學生產。

在作協四大之前的政治敏感期，杭州會議不得不在半隱蔽的狀態下召
開。作協四大之後，文學界緊繃的神經一下子鬆弛了下來。為穩固和加強這
種局勢，《上海文學》對作協四大作了廣泛宣傳。很快全文發表了引起廣泛關
注和好評的胡啟立的講話。胡指出作家「有選擇題材、主題和藝術表現方法
的充分自由，有抒發自己的感情、激情和表達自己的思想的充分自由」〔註
66〕，創作中出現的失誤和問題，只要不觸犯法律，都只能通過文藝評論來解

〔註65〕 李劼：《中國八十年代文學歷史備忘》，臺北：秀威信息科技股份有限公司，
2009 年 3 月，第 349、350 頁。
〔註66〕 胡啟立：《在中國作家協會第四次會員代表大會上的祝詞》，《上海文學》1985
年第 2 期。

決，保證被批評的作家在政治上不受歧視，不被亂戴政治帽子。這對於那些致力於創新探索的作家、批評家以及編輯來說，是盼望已久的。緊箍咒一旦解除，緊跟而來的是緊張忙碌的情景和自由之後的無所適從。

　　一方面充滿樂觀情緒，另一方面編輯部也明白，雖然提出了「兩個自由」，但是意識形態的論爭並沒有結束，反對的力量還是很強大的。因此《上海文學》緊跟著推出「出席中國作協第四次會員代表大會歸來筆談」，試圖將局勢穩定下來。在這些久經風浪的人的筆下，雖有激動之情，也不乏憂慮之心。錢谷融認爲作協四大驅散了在文藝界上空長期作怪的陰雲。在喜出望外的同時，也清醒地意識到，仍然有些人念念不忘階級鬥爭，一有機會就要製造事端，搞得人心惶惶。錢谷融相信多數人是認識問題，長期被「左」的思想包圍，一時跳不出「左」的框架，但也確實有少數人不完全是認識問題，「是夾雜有這樣那樣的私心。他們或者是爲了有所希求，以此來顯示自己革命；或者是爲了圖泄私憤，而借機整人。」〔註67〕王西彥指出那些「驚鳥之弓」老是窺察時機，引而待發，形成一種令人膽戰心驚的萬箭齊發的險惡趨勢。「當然不是我們的作家都缺少歌德所說的那種藝術家必不可少的『勇敢的種子』，但肉身的鳥兒畢竟很難抵禦金屬的箭鏃。」〔註68〕參加作協四大的很多人對新局面的開拓滿懷熱望和期待，但也的確未能完全消除過去不愉快的記憶。所以「兩個自由」的提出，對於長期思想緊張、心情憂慮的作家來說，無疑是「一瓢聖水，一種福音」。

　　爲推動文學變革，《上海文學》組織了許多文學活動，爲文學熱潮的到來加油鼓勁。2 月 4 日起舉辦了爲期五天的作家與企業家的聯誼活動。參加聯誼活動的有劉賓雁、陸文夫、吳強、茹志鵑、諶容、袁鷹、雷抒雁、梁曉聲等一百多位作家。同時舉辦了由三百多位作家、企業家、編輯、記者出席的大型信息交流茶話會。茹志鵑說，這次聯誼活動，旨在溝通文學與改革的信息交流，讓更多的企業家關注和支持文學事業，也讓更多的文學家投身改革洪流，譜寫創業者的心靈史。劉賓雁說，在觀念大變革時代，許多企業家、改革家以自己的親身經歷提供了大量生動材料，成爲文學賴以維生的養料。陸文夫說，作家由於受生活本身的局限，是不完全自由的，只有在充分的自由中才能獲得自由。企業家與作家加強來往，可能使作家獲得眞正的創作自由。

〔註67〕錢谷融：《維護創作自由，必須堅決反「左」》，《上海文學》1985 年第 3 期。
〔註68〕王西彥：《沒有弓，鳥才能不驚》，《上海文學》1985 年第 3 期。

市委宣傳部長王元化在茶話會上說，企業家不但成爲經濟生活中的主人公，而且越來越成爲文學作品中的主人公。文學家與企業家應該攜起手來，共同投身改革的洪流。〔註69〕

　　3 月 17 日到 3 月 24 日，《上海文學》編輯部積極參與組織了文學評論方法討論會。80 多位活躍於全國各地的中青年文學評論工作者，就文學觀念與文學評論方法的更新問題作過一些有益探討。邊交流，邊爭鳴，討論會開得熱氣騰騰。與會者認爲系統論、信息論、控制論中包含的哲學方法屬於一般的思維方法問題，應該把科學的思維方法滲透到具體的文學研究方法中去。具體的文學研究方法則可包括社會學的、心理學的、道德的、美學的等研究方法，在西方還有結構主義、形式主義、接受美學、原型批評等研究方法，我們應該批判地借鑒他們的方法，以改變文學研究方法單一化的狀況。〔註70〕

　　政治壓力緩解之後，刊物直接面對的是讀者的壓力。對此，《上海文學》作出了積極有效的回應，在同類期刊中顯得極爲突出。在舉辦一系列活動的同時，《上海文學》開始著手版面的革新。「將從七月號起革新版面，增加篇幅，同時每頁擴大字數，使刊物的容量更爲充盈。」「將每期推出反映當代文學新潮流的中篇小說一至二篇。」「爲了讓廣大讀者及時瞭解作家對生活與藝術的新探求，本刊從七月號起將堅持組發作家作品小輯。該小輯將作爲作家前進的里程碑，永遠留在讀者的審美意識中。」「將集中精力從來稿中發現新人新作。今後本刊的短篇小說將更加富有生活的原生美與藝術的魅力。」「理論版將繼續探索新時期文學創作與文學理論中一系列已知與未知的問題，力爭在文學觀念與創作論方面不斷有所突破。」〔註71〕這些革新計劃並沒有被有效實施，說明編輯部始終在不斷探索調整之中，隨時根據變化的情況做出最快反映。

　　就 1985 年《上海文學》發表的小說來說，探索創新有著多個向度的指向。周介人清醒地意識到：「當我們有些同志對於從西方現代派小說中借鑒技巧來表現當代生活感到忐忑不安時，正是當代的讀者在文化心理上給予呼應；而當《棋王》一反潮流，以中國最傳統的說書藝術來表現當代青年對於我國傳

〔註69〕 見《上海文學》1985 年第 3 期。
〔註70〕 見《更新文學評論方法　促進文學觀念變革——廈門文學評論方法討論會簡訊》，《上海文學》1985 年第 6 期。
〔註71〕 《堅持改革，革新版面，增加篇幅　本刊將刷新面貌》，《上海文學》1985 年第 5 期。

統文化精萃的癡迷，又是當代的讀者給予文化心理上的認同。」〔註72〕正是
這一對當代讀者文學心理需求的估計，讓《上海文學》致力於文學多樣化的
展示，以贏得最大多數讀者的認同。

借助杭州會議的推力以及阿城《棋王》（1984.7）的強烈反響，《上海文學》
在 1985 年大力推動尋根文學潮流。第 1 期推出了鄭萬隆的《老棒子酒館》，
第 4 期推出阿城的《遍地風流（之一）》，第 5 期更是以「作家作品小輯」的
方式推出鄭萬隆的《異鄉異聞三題》（《黃煙》、《空山》、《野店》），同時發表
鄭萬隆的創作談《我的根》，之後在第 12 期又發表羅強烈的對鄭萬隆的評論
文章《簡化──一種由繁到簡和由簡到繁的藝術運動》，第 6 期同樣以「作家
作品小輯」的方式推出韓少功的《歸去來》、《藍蓋子》，1986 年第 5 期又刊發
了韓少功的《女女女》。1985 年 12 期「作家作品小輯」推出的是尋根文學的
外圍作家何立偉的《影子的影子》（包括《遠處》、《水邊》、《死城》）。為了彌
補王安憶的《小鮑莊》沒有在《上海文學》發表的缺失，《上海文學》在第 8
期推出了其另一篇小說《我的來歷》，並且在第 7 期就提前預告：「王安憶寫
出尋根之作《我的來歷》」，在第 9 期發表了陳村和王安憶的書信《關於〈小
鮑莊〉的對話》。正是在編輯部的文學規劃之下，《上海文學》幾乎提供了一
份完整的尋根文學作家作品名單，尋根文學也因此走進了批評家、讀者的視
野，對文學史產生了深遠影響。

如果說尋根文學體現了《上海文學》追求的歷史感的話，那麼紀實類作
品則體現了其當代性。

之所以提倡當代性，或許與《上海文學》遭到過的指責有關：「倘要從你
們的刊物中尋找一批反映變革時期的現實生活的優秀之作，卻不是那麼容易
的。」〔註73〕在大變革的時代，《上海文學》的編者當然注意到了社會政治、
思想意識、道德倫理、價值觀念等一系列巨大的變化，但正如本文第一章曾
討論過的，《上海文學》對文學形式有著嚴格要求。除了編輯們較高的文學修
養之外，在 80 年代前期，《上海文學》大力反對「政治標準第一」的歷史局
限，非常重視文學作品的形式感和「文學性」，因此當代性略顯不足。1985 年
面對讀者的壓力，《上海文學》及時做了調整，開始不斷推出紀實類作品。張

〔註72〕周介人：《文學探討的當代意識背景》，《文學自由談》1986 年第 1 期。
〔註73〕陳駿濤：《關於首屆〈上海文學〉獎獲獎作品的通信》，《上海文學》1984 年第
　　　　8 期。

辛欣、桑曄的《北京人》（第 1 期）和陳可雄的報告文學《橫渡太平洋——去南極日記》（第 5 期）都被以頭條的形式隆重推出。《北京人》是由《上海文學》、《收穫》、《作家》、《鍾山》、《文學家》五家文學期刊同時在 1985 年第 1 期推出的，引起了巨大反響，從當時幾家刊物的地位和影響來看，《北京人》完全是被上海的文學期刊捧紅的。

在《上海文學》所倡導的反映當代性的小說中，還有一類是如周介人所說的「從西方現代派小說中借鑒技巧來表現當代生活」的作品，包括 11 期以頭條推出的張承志《GRAFFITI——胡塗亂抹》、第 6 期發表的劉索拉的《藍天綠海》等。這一小說流向被認爲與尋根文學齊頭並進，強調現代生活節奏和現代心理色彩，具有鮮明的現代意識。這些作品中的人物被方克強概括爲「奇零人」，「展示了人的心理和觀念現代化進程中的一個側面，表現作家對現代意識崛起的關注以及對現代個性的追蹤和思考。其意義並不亞於受到普遍推崇的改革題材和改革者形象。」〔註 74〕其綱從審美層面梳理了此類小說和尋根文學相同的「美學共相」，即「超驗，或者說，對現實世界一種機警的、形而上的把握」。〔註 75〕只不過文學史對這類作品缺乏有效分析，往往以對西方現代派小說的借鑒爲口實，將劉索拉、徐星等人的作品簡單歸入「現代派」了事。

強調「上海味」，倡導新型城市文學是 1985 年《上海文學》的又一顯著特色。隨著現代文學學科研究的推進，一大批被革命話語壓抑的以上海爲背景，描寫上海的人與事的作品開始出現在人們視野中。人們忽然發現現代文學曾在上海的亭子間獲得過的輝煌。從共時層面來看，上海文學在當時並不佔據優勢。新時期以來，以蘇叔陽的《故土》、鄧友梅的《那五》《煙壺》爲代表的富有「北京味」的作品，以馮驥才的《神鞭》爲代表的具有天津特色的作品，以陸文夫的《美食家》爲代表的展現蘇州韻致的作品，都獲得了人們廣泛的好評。歷史和現實的雙重失落讓上海人產生強烈的「重振上海雄風」的文學夢想。與此相伴的是對有「上海味」的城市文學不夠興旺的指責。上海市首屆文學作品獎評委會就認爲，上海的文學創作「和上海這樣一個經濟文化中心城市的地位相比，我們所取得的成績還是不盡如人意的。」〔註 76〕

〔註 74〕 方克強：《奇零人和現代意識》，《萌芽》1986 年第 2 期。

〔註 75〕 其綱：《超驗：對世界的理解與藝術的追求》，《萌芽》1986 年第 2 期。

〔註 76〕 《上海市頒發首屆文學作品獎》，《上海文學》1985 年第 9 期。

評論家徐俊西也「不認為上海的作家們在三年中奉獻給讀者的這些藝術成果就已經很自足了。這無論是從作品數量或質量上看，和上海在全國所處的地位和影響還都是很不相稱的」〔註77〕在這次評獎中，長篇小說也因無合適作品而空缺。而對這種指責，王安憶深有體會：「這些年來，我們上海的作者受到的指責是太多了，四面八方都說上海的創作與其經濟發展不相稱。我們不爭氣，也沒有多少可為自己辯護的理由。」〔註78〕

這種情況下，《上海文學》在第 8 期推出了「上海青年作家作品專號」。集中發表唐寧、趙長天、韓建東、宗富先、王安憶、彭瑞高、程乃珊、王小鷹、孫顒、陳村、曹冠龍等作家的作品。並且在第 7 期就提前作了預告：「《新民晚報》女記者唐寧將獻出力作《失落》，描摹改革浪潮中一個報社記者的內心生活；新人韓建東創作了富有上海城市特色的短篇《店堂軼事》，其中塑造的『阿德哥』，為新時期文學增添了一個獨具個性面貌的人物形象；擅長體育題材的彭瑞高，此次另闢蹊徑，在上海郊區農村『覓礦』，寫出《秋夜蟹棚裏》，對社會、對人生作了新的觀察；因寫中篇小說《老街盡頭》而引起廣大讀者注意的趙長天，在專號內，將以新姿出現」。〔註79〕之後又在第 9 期推出「上海青年作家作品專輯」：趙麗宏《鳥癡》、彭小連《被磨蝕的渴望》、沈善增《黃皮果（三篇）》、梅子涵《溫和的綠燈》。儘管編輯部規劃意圖非常明顯，而且極力推介，但從實際效果來看，卻並不理想。文學創作畢竟要靠作家的生活經驗和寫作技巧的雙重積纍，要寫出讓人信服的「上海味」，光有口號是不行的，它需要作家深入發掘城市的歷史記憶，「關鍵在於要寫出上海人特有的稟賦、氣質、風度、教養等等內在的東西，以及與此有關的環境氣氛、生活節奏、風土人情和藝術意境。」〔註80〕由於歷史的慣性，文學中「革命上海」向「消費上海」的轉變也不會一蹴而就，真正出現「上海味」的優秀作品也是 90 年代以後的事。

1985 年文學的熱鬧局面和活躍氣氛，是之前當代文學史上不曾有過的。從重大事件到私人領域，從社會思潮到文化心理，從借鑒手法到創新實驗，

〔註77〕徐俊西：《走出狹弄以後——首屆上海文學獎獲獎小說述評》，徐俊西：《再現與審美》，上海：學林出版社，1991 年 11 月，第 249～250 頁。
〔註78〕陳村、王安憶：《關於〈小鮑莊〉的對話》，《上海文學》1985 年第 9 期。
〔註79〕見《當代性與歷史感融會「上海味」與多樣化並舉——本刊八月號、九月號將先後向讀者鄭重推出上海青年作家作品專號、專輯》，《上海文學》1985 年第 7 期。
〔註80〕陳詔：《寫出有「上海味」的城市文學》，《上海文學》1985 年第 8 期。

都出現了前所未有的新氣象。當代文學在色彩斑斕的意識、觀念、風格的碰撞和融彙之下走向多元。夏衍將之形象地描述爲「山花爛漫」。〔註81〕之後的文學史格局也因這一年而改寫。這與文學刊物的積極策動是緊密相關的。《上海文學》在這一變革中成爲文學規劃意識最強的刊物之一。它在文學新潮中呈現出的複雜樣態，和文學史已有的簡單化描述形成一種對應關係，激發了人們重返歷史現場的探究熱情。

3.2.3　先鋒的遊移：「探索性」與「當代性」

　　《上海文學》和先鋒小說結緣甚早，1985 年第 2 期就發表了馬原的成名作《岡底斯的誘惑》，這篇作品讓馬原聲名鵲起，成爲「85 新潮」中重要一員。1986 年又發表了孫甘露的《訪問夢境》。要知道，當時這些作品都幾經波折，幾乎沒有刊物願意發表。但是在 1987 年先鋒小說逐漸生成的時候，一貫積極參與規劃文學潮流的《上海文學》並沒有積極參與，而是對先鋒文學表現出明顯的遊移態度。

　　1987 年的《上海文學》給人煥然一新的感覺。刊物明確提出了自己的辦刊口號：當代性、探索性、文學性。在編輯風格上也做了很大調整，每期扉頁上都出現「編者的話」，添加了「讀者評論」和「署名小說」欄目。編輯通過這種方式增加和讀者的交流、規劃文學方向的用意非常明顯。1987 年第 1期「編者的話」重點向讀者推介了三篇小說，這三篇小說出現在作家署名小說欄目之下，體現了編輯部的總體構想：

> 　　一篇是蔡測海的短篇小說《往前往後》，既是小說，又是一首耐人回味的哲理詩；它不僅使我們想到個人的生命，而且想到一個運動著的過程，它的指向是普遍的。《遊神》是馬原的又一篇力作。作者講了一個不甚明瞭的故事，但其妙處恰在那「不甚明瞭」的神秘氛圍之中。以故事爲基本框架同時又拆漏故事，能否說是馬原在小說文體上的一種新的追求？上海作家彭瑞高的中篇小說《禍水》，描寫了三位知青在十年內亂中的悲劇性命運。作者不僅將人的悲劇與當時的社會環境相聯繫，而且從人的內在欲望出發來探討悲劇，這是可喜的突進。

〔註81〕崔道怡、夏衍、李子雲：《文藝漫談》，《人民文學》1988 年第 5 期。

編者聲稱這三篇小說「體現了本刊在新的一年中願就小說文體、小說意態、小說技巧諸方面繼續作多向度探索的構想。」〔註 82〕如此鮮明地表明自己的編刊立場，這在當時的刊物中是很少見的。「編者的話」不但涉及到對具體作家作品的評價，而且直接表明刊物的喜好和對於創作潮流的把握，對於讀者和作者來說，都具有很強的導向作用。這種評價方式，使得《上海文學》在1987 年的文學場中顯得別具一格。這種原生態的文學場和之後文學批評所建立起來的文學敘述有著很大差異。通過對刊物的觀察，我們可以清晰地看到文學潮流的具體流變過程，這一過程中的雜語共生，以及在創新潮流中文學的多重想像關係。

　　強調多元只不過是一個開放性的說法，以顯示刊物的包容性。一個無所不包的多元性的刊物實際上會成為一個大雜燴，在社會生活急劇變化，文學讀者日益萎縮的情況下，僅僅強調多元的是遠遠不夠的。多年的辦刊經驗，使得《上海文學》的編輯們在這方面有著較為敏銳的眼光，他們所說的多向度背後，有著刊物自己的主導傾向，這也是在文學場中獲得自己有效位置的一種方式。儘管當時《上海文學》沒有策劃什麼思潮流派，但是在辦刊過程中，其思路和對策是相當清楚的。這一策略儘管沒有進入文學史的敘述，但是其有效性和針對性是非常明顯的。

　　標舉「文學性」對於文學刊物來說，實在是應有之義。在經過一段時間的實驗之後，編者對刊物所標舉的文學性進行了清楚的界定：「強化文學作為語言藝術的特質。不能將語言藝術僅僅理解為遣詞造句一類的小修辭。它應該還包括作者在作品中恰當地選擇敘事者，確定語調、語態，強化語感，構成新鮮別致的語境等一系列難題的大修辭。」〔註 83〕強調文學語言藝術的特質，是 80 年代文學自身發展的必然歷史結果。在不斷製造社會轟動效應的 80 年代前期，由於「社會主義現實主義」規範的長期制約，對文學本體的不斷弱化，當時的作品在藝術性上存在很多可指謫之處。後起的作家在面對這些作品時，為了突出自己的位置，極力在這些地方做文章，以實現對於成名作家的「超越」。

　　由於在刊物格局中位置所限，《上海文學》對自身的明確定位是突出短篇小說藝術探索。這也是為了增加和《收穫》的區分度。早在 1986 年，該刊就

〔註82〕　「編者的話」，《上海文學》1987 年第 1 期。
〔註83〕　「編者的話」，《上海文學》1987 年第 1 期。

在扉頁登出「重要啓示」，決定要刹「長」風。編者認爲文壇「長」風盛行，中篇寫得像長篇，短篇寫得像中篇，連一般評論文章都寫成了「萬言書」。〔註84〕爲了糾偏，刊物在當年 11 期鄭重推出了「萬字內短篇小說薈萃」欄目，包括錢玉亮、李遜、王平、丁當、沙黽農等小說新手，他們的小說被認爲是「眞正的」短篇小說。針對評論的「長」風，在 1987 年，推出了「讀者評論」欄目，所發評論皆在五百字以內。

緊跟著，1987 年第 2 期又重點介紹了兩部短小精悍的小說，雷鐸的《半面阿波羅》和老作家林斤瀾的《黃瑤》。第 5 期推出謝友鄞等八位作者的小說二題。第 10 期是「紀念《上海文學》新時期辦刊十週年」的專輯，也是這一期，正式標明了周介人爲該刊執行副主編。這期推出的十位作者集題，更顯示了《上海文學》的決心和一以貫之的對短篇小說藝術的追求。「編者的話」稱短篇小說藝術「首先是敘事的藝術」，趙本夫和李曉的小說都靠某種「內在的情緒力」來推動，體現了某種從容不迫的敘事的魅力。這也是他們之所以能在較短的篇幅內表達出發人深思的主題的原因。在一些不太成功而又較長的作品中，「與敘事能力背離的描寫常常成爲導致短篇臃腫的病根」。〔註 85〕魏志遠、李志川、鄭榮華、李森祥等人的小說，雖然藝術水平並不一致，但也各自在敘事語調、情緒力、敘事態度等方面表現出自己的特色。

強調「萬字內」的短小精悍的小說形式，並不是爲形式而形式，而是希望通過這種外在形式的限制，使得短篇小說藝術眞正能成爲與長篇小說、中篇小說比肩的藝術形式，「使短篇小說的文體形象明朗化」。〔註 86〕這一做法針對當時文壇流行的一種看法：只會寫短篇小說，算不上大作家。編者認爲正是這種風氣的存在，使得短篇小說明顯處於下風。編者認爲，文學史上的大量事實證明，很多優秀作家只擅長一種小說形式。三種形式的小說創作，有著與之相對的三種不同的藝術思維方式和藝術才能。它們是等值的，並不能以長短來區分高低。有些作者放棄了自己擅長的短篇，去盲目跟風，結果不但沒寫好中長篇，連自己短篇的陣地也丟失了。正是在這種觀念指導下，《上海文學》將主要精力用來扶植短篇小說。

其實，藝術形式的發展，有著自身的合理規定性。短篇小說之所以和新

〔註84〕《本刊重要啓事：刹「長」風》，《上海文學》1986 年第 10 期。
〔註85〕「編者的話」，《上海文學》1987 年第 10 期。
〔註86〕「編者的話」，《上海文學》1987 年第 11 期。

時期之初相比，顯得不如中長篇，是與社會的發展和人們對於變革中社會現實複雜性的認識有關，並不僅僅是作家們跟風的結果。《上海文學》之所以大力扶植短篇小說，當然有藝術上的考慮，但同時不可忽視的一個原因是刊物在文學場中的占位問題。僅就上海而言，以中篇爲絕對主力的《收穫》已經名滿天下，中篇的轟動效應也讓《收穫》在讀者心目中聲譽日隆。無論是稿源還是篇幅，《上海文學》都沒法和《收穫》相比，因此，扶植短篇以期佔有一定的位置，就成爲一種必然的選擇。

「探索性」是《上海文學》所著力強調的，但是編者對於文學的探索性有自己獨特的理解。這裡的探索性和文學的形式試驗有著本質上的區別。編者認爲文學的探索性並非只局限在外在形式。換句話說，編者認爲探索更多的不是表現在怎麼寫，重要的是寫什麼的問題。作家不僅需要深入研究怎樣說、怎樣寫、更需要探索說什麼，寫什麼。面對急遽變化的社會，文學遠遠沒有把自己應該表達的內容寫完，相反，眞正需要深入表達的內容並沒有被表達出來。在這樣的背景下，「如果僅僅用眼花繚亂的形式，表達一些易說易寫甚至不值說、不值寫的內容，這並不是眞正的探索。」〔註87〕作家應該將自己的藝術創造力用到那些被遮蔽的「難說難寫的東西」上，尋求新的藝術方法來表達。

對於藝術表達方式，《上海文學》也並不強調西方現代主義藝術手法，而是強調作家應該表現出自身歷史的連續性和歷史感，在前人成果基礎上探索。對於那些具有人類性的、民族性的重要創作母題，尤其需要深入開掘，對已有成果進行一種補充或者偏移。從中可以明顯看出編者對於類似於尋根文學一類作品進一步深入探索的強烈呼喚。這種說法在當時的歷史語境下，顯得較爲保守，因此，其市場號召力也十分有限。但如果放在更大的文學場的歷史關聯來看，其對於當時創作中的激進主義實在是一劑良藥。編者認爲總是希望出現「爆炸性效果」，而不去關注歷史感，不可能產生突破性的探索。但是當時頭腦發熱的青年作家，並不接受這樣的觀點。應該說，《上海文學》的這種糾偏傾向是較爲穩健的一種選擇，可惜從實際創作來看，儘管推出了謝友鄞、雷鐸、高曉聲、薛勇、趙自等人的作品，他們的作品也不是「咋咋呼呼的」，在對英雄主義或者國民性的開掘上有一定的深入探討，但是卻並沒有取得相應的文壇位置，作品的水平也沒有達到編者所極力倡導的那種水平。

〔註87〕「編者的話」，《上海文學》1988 年第 1 期。

　　如此看來，《上海文學》所標舉的目標中，「當代性」是最爲顯眼的。那麼，「當代性」這個似乎在當時有些過時的說法，又被編者們賦予了什麼樣的特定內涵呢？編者並不認爲當時人們熱烈議論的「種種超前性苦悶」就是「當代性」的表徵。他們強調的是對「社會主義初級階段現實生活的自覺介入」。80 年代中期之後，日常生活深受商品經濟的影響。它給人們物質生活和精神生活帶來巨大衝擊，既帶來滋潤，也造成泥濘。人們討論的一些核心觀念，諸如競爭、實效、多元、過程、互補、整合等，都與商品經濟息息相關。面對人們不斷變化的價值尺度和日常行爲準則，文學應該「更眞誠、更眞實地記錄當代社會與當代人艱難跋涉的歷程」。〔註 88〕這種介入，在編者看來不是報告文學意義上的介入，而是文學意義上的介入。它是在文學性的前提下的審美介入，而不是現實層面上具體問題的解決。可以想見，在這樣一個接受場中，編者發現池莉的《煩惱人生》，心情會多麼激動：

　　　　它那完全生活化的、尾隨人物行蹤的敘事方法；它那既有故事
　　又沒有故事模式，讓主人公面對實際生活中大量存在的機緣、偶遇、
　　巧合自由行動，因而就像植物的生長與發育那樣，不是預先定型而
　　是逐漸定型的結構形態；它那接近於提供生活的「純態事實」的原
　　生美；它那希望由讀者自己面對作品去思索，去作判斷的意願。自
　　《人到中年》問世以來，我們已很久沒有讀到這一類堅持從普通公
　　民日復一日、月復一月、平凡又顯得瑣碎的家庭生活、班組生活、
　　社交生活中去發現「問題」與「詩意」的現實主義力作了。〔註 89〕

雖然《上海文學》沒有像《鍾山》那樣提出新寫實主義的標語口號，但所倡導的恰恰是這一類作品。《鍾山》雖然既樹標語，又搞專輯，但很多作品並沒有新寫實主義的韻味。從文學思潮的承接來看，這一創作趨向跟 1985 年《上海文學》倡導的城市文學有著內在的關聯。

　　縱觀這一時期《上海文學》的文學規劃，以馬原爲標本的小說「文體」上的追求不見蹤影。而對類似新寫實的小說卻青眼有加。這一刊物風貌與此時實際主持《上海文學》工作的周介人有直接關係。實際上「編者的話」也基本上出自周介人之手。從中可以完整看出周介人的文學觀念和審美判斷。在 1986 年的一篇文章中，周介人寫到：「小說技巧的引進，導致小說觀念的

〔註 88〕　「編者的話」，《上海文學》1988 年第 1 期。
〔註 89〕　「編者的話」，《上海文學》1987 年第 8 期。

變化，小說觀念的變化，導致對傳統的重新理解；而這一切，又植根於人對自身把握的逐步深入。於是，新時期小說中出現了一種新的意態——中國青年一代的生存意識與文明狀態，在這種新的生存意識與文明狀態中，我們同樣可以觀察到西方現代小說的某種影響。」〔註90〕周介人此文是對1976～1986十年間中國作家向西方現代派文學借鑒的總結，由技巧轉入意態，這一說法本身就包含了對強調「怎麼寫」的先鋒性的某種否定。這也可以解釋爲何刊物倡導的「探索性」最後歸結到了「當代性」上。正如李劼所說，雖然周介人在推動新潮小說發展上，做了大量實際工作，但骨子裏和新潮小說有著一定距離：「周介人的審美趣味，既不在於尋根小說，也不在於馬原格非式的實驗小說。他對史鐵生，余華，蘇童他們的小說可能認同一些，但他最爲醉心的，除了王安憶的上海小弄堂物語，便是他自己後來在《上海文學》上推出的池莉，方方那樣的女作家。」〔註91〕

　　《上海文學》的這一特色一直延續的90年代，並逐漸生成「新市民文學」潮流。這一寫作向度，對反思80年代知識分子所建構的文化空間，具有特別的意義。如周介人所說，80年代知識分子依據政治模式建構起的文化空間，帶有濃重的知識精英啓蒙色彩，具有自身的狹隘性。市民文學空間提供了另外的圖景：「它接受當前建設有中國特色的社會主義政治的引導，但運用民間性的、社會公共性的話語來表述老百姓對於生活、對於美好人性、對於社會進步的期盼；它欣賞並努力追求『精英文化』的個性與創造性，但其表述的策略卻是大眾化的而非書齋化的；它不拒斥知識分子對於終極價值與終極信仰的眞誠追求，但它認爲生活首先是實實在在的事，因此它更看重從平凡的，世俗的人生中尋找美，從充滿人間煙火味的普通人身上來表達對於精神的守望。」〔註92〕

　　從文學期刊的結構性位置來看，《上海文學》的這一策略是成功的。當時《收穫》以積極姿態規劃先鋒小說潮流的時候，《上海文學》與之拉開了距離。雖然在文學史的意義上，80年代後期《上海文學》的文學規劃不如《收穫》，但卻給文學研究的歷史化提供了一個廣闊的空間，將《上海文學》與《收穫》

〔註90〕周介人：《小說的借鑒：技巧、觀念、意態》，《文藝爭鳴》1986年第4期。
〔註91〕李劼：《中國八十年代文學歷史備忘》，臺北：秀威信息科技股份有限公司，2009年3月，第113頁。
〔註92〕周介人：《序言》，見周介人、陳保平：《幾度風雨海上花》，上海：上海三聯書店，1996年12月，第2頁。

放在一個共時的文學場中，才能更爲眞切地看清先鋒文學的生成脈絡以及被文學史敘述所遮蔽的豐富的文學信息。

3.3 《收穫》與先鋒文學

3.3.1 品牌意識與欄目規劃

在 80 年代文學期刊「四大名旦」中，《收穫》歷史最爲悠久。創刊之初是中國作協委託靳以辦的。原計劃在北京印刷發行，靳以不願把家搬到北京，編輯部便設在上海。〔註93〕後來靳以邀請巴金合編，兩位早在 1936 年就共同編輯《文學季刊》的老搭檔又走到了一起。靳以可能想不到的是，這份因爲他不願把家搬到北京而留在上海的刊物，對中國當代文學史產生了重要影響，被陳村譽爲「中國當代文學的當然的簡寫本」。

《收穫》的名刊效應是歷史累積的結果。50 年代，徐遲就認爲「《收穫》比《人民文學》更要崇高」。〔註94〕「文革」期間才八九歲的札西達娃，曾看到過這樣的場景：

> 有一天見媽媽正讀一本很大的書，封面是綠色的，當時我居然也能認識那上面兩個大大的黑色繁體字：「收穫」。打開書本，裏面是密密麻麻的小號字體，像無數精靈在跳動，也許是這兩個大字，也是封面的顏色，我總是聯想到廣闊的田野和郁郁蔥蔥的莊稼，還想到誘人而未知的綠色世界。〔註95〕

王安憶也記得早年閱讀《收穫》的情景：

> 那一本刊有半部長篇《大學春秋》的天藍色封面的《收穫》，被我讀得爛熟，至今還記得其中一位「反動學生」的一句「反動詩」：「爆炸前的炸彈是塊死鐵」，當時眞覺得它是妙極了，又「反動」極了。〔註96〕

讀者群歷史記憶的累積會發生巨大的心理效應，這一效應在 80 年代被放大，奠定了《收穫》在文學界的重要地位。

〔註93〕巴金：《〈收穫〉創刊三十年》，《收穫》1987 年第 6 期。
〔註94〕徐遲爲「祝賀《收穫》創刊三十週年」寫的話，《收穫》1987 年第 6 期。
〔註95〕札西達娃爲「祝賀《收穫》創刊三十週年」寫的話，《收穫》1987 年第 6 期。
〔註96〕王安憶爲「祝賀《收穫》創刊三十週年」寫的話，《收穫》1987 年第 6 期。

「文革」後復刊的《收穫》不發應時應景的文章，也不作指導性的言論，不動聲色刊發了各種年齡作者、各種風格流派的作品。已經不算新生力量的鄧友梅被當作新生力量來扶持。陷入生活困境的張一弓，悄悄寫下了《犯人李銅鐘的故事》，在抽屜鎖了四個月之後，寄給《收穫》，從此走上了創作之路。在茶廠勞動的王小鷹的處女作由《收穫》的編輯幫著修改了八遍得以問世。之前從未寫作小說，憑著一腔熱血滿腹悲憤，用十八個日夜寫完十二萬字《禍起蕭牆》的水運憲，在上海改稿時，編輯對作品談了十六點意見。作品獲得了第二界全國優秀中篇小說獎。已經有些名氣的蘇叔陽，為了驗證自己的文學才華，竟然用一個陌生的筆名寄給《收穫》兩篇作品，不明真相的《收穫》果然照發，蘇叔陽也真正認識了《收穫》「以質衡文」的辦刊原則。只看作品不看人，完全沒有門戶之見的《收穫》周圍聚集了大批作家，刊發了許多重要作品，如張潔《方舟》、路遙《人生》、陸文夫《美食家》、賈平凹《小月前本》等，贏得了大批讀者的認同，形成了穩定的讀者群。

良好的品牌效應是《收穫》在 1985 年真正實現自負盈虧的保證。在刊物刷新面貌的熱潮中，《收穫》比較醒目的就是封面上出現了要目，每期要目列四篇作品。這也是《收穫》在 80 年代唯一這樣做的一年。封面要目所列很顯然是《收穫》最為看重，並且重點推出的作品，成為其辦刊理念的風向標。這也成為分析《收穫》在 1985 年文學新潮中文學規劃的一個入口。

在 1985 年封面要目所列的 24 篇作品中，中篇小說 17 篇、長篇小說 2 篇、短篇小說 2 篇、口述實錄文學 1 篇、電影文學劇本 1 篇、散文 1 篇。格局基本和往年相似，突出了《收穫》中篇小說為主的大型文學期刊特色。從作者來看，既有成名作家如王蒙、諶容、張賢亮等人，也有文壇新人。《收穫》一方面是以慣性力量維持著自己的名刊風貌；另一方面在內容和導向上進行著一些變革。在封面要目唯一出現兩次的是張辛欣的作品：第 1 期的《北京人》，第 2 期的《封‧片‧連》。《收穫》推出張辛欣並非僅僅為了突出紀實文學的重要性，還體現了編輯部為一度被批判而受盡委屈的張辛欣重新走上文壇而做的努力。張辛欣也確實因為紀實小說而名滿天下。其它五篇頭條分別為：陳珂《大巴山下》、諶容《散淡的人》、陳敦德《九萬牛山》、張賢亮《男人的一半是女人》、張承志《黃泥小屋》。同樣既有聲名顯赫的作家、也有文壇新秀。封面要目雖然赫然出現了在文壇嶄露頭角的作家作品，如札西達娃《巴桑和她的弟妹們》、馬原《西海的無帆船》、莫言《球狀閃電》等，但從中看

不出《收穫》有意規劃文壇流派的傾向。只不過《收穫》刊發直面改革的作品時，和具體寫改革人物、事件的作品保持了一定距離，更突出了其文化縱深感。也就是說，此時的《收穫》更多關注的是文學作品本身，而不是被各種力量所左右的文壇格局。

1985 年《收穫》在欄目上的新突破，是從第 3 期增設了「文苑縱橫」欄目。主要介紹海外、臺港作家和作品。最先推出的是張愛玲。當時的張愛玲是被文壇遺忘的作家。《收穫》不但重新發表了《傾城之戀》，而且轉載了「愛玲老友」柯靈的紀念文章。這位從認識張愛玲起，就成爲其忠實讀者的老作家，幾乎把張愛玲所有的作品都搜集全了。文章不但回顧了和張愛玲交往的細節，而且還具體介紹了當時上海鮮爲人知的情境，指出「張愛玲在文學上的功過得失，是客觀存在；認識不認識，承認不承認，是時間問題。」〔註 97〕恐怕連柯靈都不會想到，幾年後張愛玲會重新名滿中國。緊跟著出現的是身居香港的作家施叔青的《窯變》，同時配發的古劍的評論文章還特別提到了施叔青在與李準、沙葉新、諶容等人交往中，兩地作家的思想碰撞。〔註 98〕第 5 期推出的是身居美國的臺灣作家陳若曦的《尹縣長》。這篇作品和當代中國關係更緊密。寫的是中國西北 1966 年，一位時任縣長的原國民黨軍官被當作潛藏的階級敵人槍斃的故事。據曹禺介紹，「1966 年，陳若曦與她的丈夫段教授因思念祖國，回到鄉土。恰值『文化大革命』開始。他們時而北京，時而南京，時而西北，跑了許多城市。她目睹了那時橫行於中國土地上的『法西斯』。」〔註 99〕這段經歷正是小說的現實生活基礎，因而更有現實針對性。

從欄目規劃來看，編者的眼光是敏銳的，之前已有多家文學期刊刊登海外華文文學作品，但是都缺乏《收穫》的衝擊力和現實針對性。值得一提的是，這個欄目和上海當時的文化戰略有一定關係。80 年代中後期，上海城市發展戰略逐步成熟。1986 年制定的《關於上海文化發展戰略彙報提綱》，「規定了使上海成爲具有國際影響的文化中心的長期戰略目標，以及把上海建成高水平的、在國內外具有一定影響的文化交流中心的近期戰略目標。」〔註 100〕與此同時，上海文學界的對外交流也變得非常活躍，「1986 年共有 12 個國家

〔註 97〕 柯靈：《遙寄張愛玲》，《收穫》1985 年第 3 期。

〔註 98〕 古劍：《破繭的蛹——施叔青印象》，《收穫》1985 年第 4 期。

〔註 99〕 曹禺：《天然生出的花枝》，《收穫》1985 年第 5 期。

〔註 100〕 熊月之主編：《上海：一座現代化都市的編年史》，上海：上海書店出版社，2007 年 1 月，第 583 頁。

作家代表團及 9 位作家訪問上海，1988 年上海共接待美、蘇、日、德、捷克等國 15 批 80 人次作家代表團」。〔註 101〕文學交流的日益活躍，使編者的眼光和胸襟都有了很大變化，爲這個欄目提供了現實基礎。這也是《收穫》經營自己刊物品牌欄目的開始。

從 1986 年起，欄目更名爲「朝花夕拾」，正式成爲發表並評介臺港、海外作家作品的專欄。從這個專欄開始，《收穫》採取了欄目主持人的方式。特邀海外著名詩人和作家、《美洲華僑日報》文藝副刊主編王渝擔任主持，同時還有張辛欣和桑曄任編輯和撰稿人。這種辦刊方式在當時是很少見的。編者也希望通過王渝的人脈，建立一個海外和臺港作家的聯絡網。該專欄逐漸發展成爲 80 年代中後期《收穫》的重要品牌。

「朝花夕拾」的名字是張辛欣起的。她說：「因著人爲的阻斷，不可能帶露折花，只好『夕拾』，只好編發舊作。」〔註 102〕雖然從文學傳播的角度看，有「炒冷飯」的嫌疑，但對於大陸讀者來說，沒有幾人能夠看到臺港、海外的原版著作，因而實際上是新鮮的。欄目首先瞄準了臺灣有影響的，比如獲得「中山獎」、「聯副獎」的作品。大陸讀者非常陌生的年輕作家，比如臺灣的林華洲，香港的也斯等人，實際在海外已有很大影響。而大陸讀者非常熟悉的金庸，他的頗具歷史感的《袁崇煥評傳》也少有人知道。像李昂的《殺夫》、黃凡的《賴索》和《零》等影響很大的作品對於大陸很多讀者來說仍然是空白。除此以外，還有美國、新加坡、馬來亞、日本、歐洲的華文作品，逐漸進行介紹。

張辛欣借用了在臺灣編大陸作家作品的高上秦所倡導的三性：社會性、前瞻性、文學性，作爲「朝花夕拾」的目標。選發作品跨度時間較長，但注重經典性和代表性，「它是個窗口而不是節目已被剪輯了七八次的『電視』」〔註 103〕。編輯希望這個欄目「能將大陸的文學評論對於臺港、海外中文作家與作品的認識引入更現實的層面，希望『朝花夕拾』所紹介的作品能對《收穫》的作者朋友們的創作有一點推動」〔註 104〕。同時注重非小說類作品的介紹。比如很多人拿來與劉賓雁進行比較的古蒙仁，就引起了編者的強烈興趣。

〔註 101〕熊月之主編：《上海：一座現代化都市的編年史》，上海：上海書店出版社，2007 年 1 月，第 581 頁。

〔註 102〕張辛欣的話，見《我們的自白》，《收穫》1986 年第 1 期。

〔註 103〕桑曄的話，見《我們的自白》，《收穫》1986 年第 1 期。

〔註 104〕王渝的話，見《我們的自白》，《收穫》1986 年第 1 期。

　　第一個專輯是編發的沈因等人的 11 篇「極短篇小說」。都是曾獲「聯合報極短篇小說獎」的作品，其中《梅莉的晚約》、《賣身契》曾得到總評選委員們的全體推薦。張辛欣還專門介紹臺灣在評獎時，根據字數把短篇小說分為三類：五千字至一萬五千字是甲類；三千字至五千字是乙類；千字以下的就是極短篇小說。臺灣對於極短篇小說的字數規定比歐美的「短短篇小說」（Short short Story）更為嚴格。這種評獎方法也規範和引導了作家的創作。有相當多的作家就是依照這種體例進行創作。評論家認為，臺灣的極短篇小說，是現代社會快節奏制約下的現實性作品。受到歐美短短篇小說和日本極短篇小說的某些影響。這個欄目對於大陸文壇的影響是非常明顯的。此後《萌芽》和《上海文學》對於短篇小說的大力倡導和這期刊物有很大關係。

　　80 年代中後期，《收穫》一方面經營自己的品牌欄目，一方面開始先鋒文學規劃。「私人照相簿」、「文化苦旅」為《收穫》贏得了大批普通讀者，先鋒文學面對的更多是專業讀者。這一經營策略使得純文學刊物在市場上獲得了穩定的地位。

3.3.2　程永新：「一個人的文學史」

　　一位文學編輯曾經深有感觸地說：「能否與作家長期保持一種密切的關係，在某種意義上決定著你工作的成敗。編輯與作家之間的這種關係，除了一種私人交情之外，我認為還建立在一種閱讀和傾聽的基礎之上」。〔註 105〕有長期寫作經驗的程永新，與 80 年代的青年作家可謂是惺惺相惜。因為《收穫》的特殊地位，他的周圍很快形成一個作家圈子。「編輯就像硬盤，如何擁有豐富的優秀軟件，決定一個編輯的價值。」「編輯必須擁有許多在關鍵時刻可以變成重要軟件的作者人脈。」〔註 106〕面對新潮湧動的文壇，程永新開始依靠自身的資源規劃文學生產。

　　《收穫》1985 年第 1 期頭條刊發的是長篇小說《大巴山下》。作者陳珂是上海戲劇學院戲文系在讀學生。在 1983 年的一次大學生話劇會演中，因觀看程永新創作的話劇而認識。隨後程永新談起了一部長篇小說創作構想，陳珂

〔註 105〕文能：《閱讀與傾聽》，陳思和、虞靜主編：《藝海雙槳》，濟南：山東畫報出版社，1999 年 3 月，第 348 頁。

〔註 106〕【日】鷲尾賢也：《編輯力——從創意、策劃到人際關係》，陳寶蓮譯，北京：中國人民大學出版社，2007 年 1 月，第 149 頁。

開始著手進行創作。在一次次的長談過程中，兩人就細節安排到人物設置都進行過探討。所以，實際上整個創作過程都有程永新的參與。

因為之前陳珂從未寫過小說，所以作品有些模仿痕跡。故事採用「回鄉模式」展開，接受過現代教育的青年董康回鄉後，想要施展自己的抱負卻陷入各種權勢漩渦包圍圈，與之相伴的是與當地兩位美麗少女——楓花、劉小青的三角戀情。無論是《人生》還是《黑駿馬》，都曾用過這一情節模式。小說粗魯活潑的方言與淳樸荒唐的民俗帶有某種奇異的效果，再加上對於「包圍主人公的社會網的透析」和「玩味人物內心雜質時所表現的冷峻、老辣」，〔註107〕都使得這部作品具有很大的可讀性和現實感。程永新的編輯生涯中，這件事具有非常重要的意義。在參與作品討論過程中，「第一次像老編輯那樣將自己的心血浸透到一部他人寫的作品裏去」。〔註108〕這種歷練對於編輯來說是重要的一步。成功的喜悅也讓他增加了編輯策劃小說的自信。

就在程永新對自己的事業充滿野心和欲望的時候，一篇具有現代主義色彩的稿子到了他的手裏。這就是湖南作家徐曉鶴的《院長和他的瘋子們》。在此之前，徐曉鶴的短篇小說《殘局》就以出色展示敘述的「空白」而具有先鋒意味。《院長和他的瘋子們》寫一位瘋人院的院長，退休之後仍然以對待瘋子的習慣對待常人，結果自己變成了瘋子。其中的一些細節，比如院長在大街上像過去抓瘋子一樣抓過往行人。魏老伯家後面的鋸木場，不斷傳來刺耳難忍的電鋸聲。一旦突然停電，聽不到電鋸聲的人們反而揣揣不安，無所適從。對深層心理的切入，使得表面的簡單顯示出背後的複雜和深邃。作品由無頭無尾的瑣碎片段組成，以心理的現實撐起總體結構。人們可以由瘋人院的現實表象聯想到浩劫年月的生活模態，正是荒謬的現實導致了正常人與瘋子之間的顛倒。實際上荒誕的敘述結構揭示的是極權政治所導致的精神創傷與心理災變。

這篇小說原本是《上海文學》編輯楊曉敏準備發表的。程永新想辦法拿到稿子後，心裏還是不斷打鼓。「這篇小說表面上看現代派傾向甚為嚴重，我吃不准《收穫》能否接納它。這篇小說最終好像還是李小林看過後才定發的。」1985 年第 3 期徐曉鶴《院長和他的瘋子們》，這件事「使我明白了《收穫》以

〔註107〕許子東：《現代青年重回故鄉——讀長篇小說〈大巴山下〉》，《文匯報》1985
　　　　年 3 月 11 日。

〔註108〕程永新：《如果可以重新選擇》，《八三年出發》，昆明：雲南人民出版社，2004
　　　　年 1 月，第 166 頁。

它的大氣和海納百川的胸懷，是可以接受各種風格各種藝術流派的作品，只要是上乘的，第一流的。」〔註109〕

1985 年小說的探索熱潮，尤其是劉索拉《你別無選擇》和徐星《無主題變奏》等作品發表後的廣泛好評，都爲程永新選擇探索文學作品，提供了充足的理由和依據。

《西藏文學》在 1985 年 6 月號策劃了「魔幻小說特輯」，集中推出札西達娃《西藏，隱秘歲月》、色波《幻鳴》、劉偉《沒上油彩的畫布》、金志國《水綠色衣袖》和李啓達《巴戈的傳說》五篇小說。不知是印刷失誤，還是編者的有意安排，這個專輯的目錄和正文有出入。目錄用的是「魔幻小說特輯」，和「本期魔幻小說編後」，而正文則變成了「本期魔幻現實主義小說編後」。這涉及到編者對這一新的小說寫作方式的價值判斷。「如果有『現實主義』這四個字，那麼就意味著這不僅是借用了已經取得巨大成就的拉美魔幻現實主義小說的名稱，還意味著西藏小說家們的嘗試很難走出已經定型化的拉美魔幻現實主義小說的陰影，並且其中沒有質的不同。而沒有『現實主義』這四個字，那麼說明西藏小說家努力創新的空間還很大，意味著他們正在嘗試的這些新小說與拉美魔幻現實主義有著質的不同。」〔註110〕或許編者自己在用「魔幻小說」還是「魔幻現實主義小說」之間也猶豫不定，因爲這些正在生長的小說還沒有被有效闡釋，很可能是編者的猶疑造成了這種現象。從編者說明中我們也能感受到這種心態。西藏神奇的地貌、神秘的習俗，尤其是藏族人的信仰習慣、思維方式，都具有明顯的獨特性，但是其形態神韻在文學上如何表達，則是長期沒有解決好的問題。編者對新出現的這批小說是滿意的，這種滿意本身就帶有對創作革新的渴望。該刊 1984 年第 9 期發表了色波的《竹笛・啜泣和夢》，1985 年第 1 期頭條刊發了札西達娃的《西藏，繫在皮繩扣上的魂》。一方面，編者承認作家們是「從拉丁美州的『爆炸文學』——魔幻現實主義中悟出了一點點什麼」；另一方面，又強調所謂「魔幻」，「看來光怪陸離不可思議，實則非魔非幻合情合理」，「不是故弄玄虛，不是對拉美亦步亦趨。魔幻只是西藏的魔幻。」〔註111〕編者的用意很明顯，在強調和

〔註109〕程永新：《如果可以重新選擇》，《八三年出發》，昆明：雲南人民出版社，2004 年 1 月，第 167 頁。
〔註110〕鄭靖茹：《現代文學體制建立的個案考察：漢文版〈西藏文學〉與西藏文學》，四川大學博士論文，2005 年。
〔註111〕見《換個角度看看 換個寫法試試——本期魔幻現實主義小說編後》，《西藏文學》1985 年第 6 期。

外來拉美文學的淵源時，同時強調了這批小說的現實感和本土意義。或者說，借鑒的只是一點點寫作方法，「魔幻」本身就是西藏的現實日常生活本身。

在我看來，這個專輯之所以產生了很大影響，是因爲之前各個刊物的專輯往往是以地域、性別或者年齡出現的，雖然這個專輯也是以地域爲界的青年作家專輯，但是它具有強烈的流派色彩，並且受到了國外文學流派的影響。或許正是這個原因，使程永新讀了之後非常激動，分別給那些並不相識的高原作家寫了信。

之後，在《收穫》舉辦的廣西筆會上程永新與馬原結識。兩人的交往對程永新的編輯策略產生了很大影響。當時馬原和札西達娃已經開始探索性作品，在西藏青年作家中間非常突出。因爲文學見解的一致，比如共同喜歡《西藏文學》魔幻現實主義專號裏面的色波和李啓達，兩人常常聊到深夜。馬原驚人的閱讀量讓程永新很是傾心。雖然程永新對馬原的《岡底斯的誘惑》有所保留，但卻認爲《虛構》「是可以堂而皇之走向世界的」。〔註112〕正是在與馬原徹夜長談的過程中，程永新推動文學發展的願望更爲強烈，萌發了在《收穫》組織青年作家專輯的想法。

從兩人之間的通信來看，馬原直接參與了《收穫》青年作家專號的策劃：

> 另外就是明年四期稿子的事。我計算了一下，如果按原來計劃的，人人完成，大概就要超出幾萬或更多。你想，我十五萬，札（西達娃）六萬，殘（雪）、韓（少功）、張（獻）、劉、史（鐵生）、莫（言）、陳（村）即使各六萬也已經四十二萬字了，另外還有幾個短篇，怎麼得了？我可以讓出二三萬，那也不行，多太多了。怎麼辦你拿主意。還有殘雪小說我以爲短篇盡夠了。我剛剛讀到她一個短篇，《中國》五期與我同期。長了反而嫌多。陳村也約短的吧，還有莫言。你約稿時最好規定一下字數。李啓達一個短的，魯一瑋再說。〔註113〕

這裡所說的「明年四期」應該是 1987 年第 5 期。最後的結果和這裡計劃的人選有很大差別：札西達娃、殘雪、韓少功、史鐵生、莫言、陳村、李啓達並未出現，取而代之的是洪峰、余華、蘇童、孫甘露、色波、樂陵、李彬勇。

〔註112〕程永新：《如果可以重新選擇》，《八三年出發》，昆明：雲南人民出版社，2004年 1 月，第 63 頁。

〔註113〕馬原寫給程永新的信，程永新：《一個人的文學史》，天津：天津人民出版社，2007 年 10 月，第 13 頁。

人數相同，只不過李彬勇的是散文。變動可能有各自的具體原因。比如札西達娃是因爲剛剛受到批評。但變動後的作者群基本上是馬原和程永新兩個人的圈子。洪峰、魯一瑋、色波是馬原圈子裏的人，余華是李陀推薦給程永新的，孫甘露、張獻則是上海圈子裏的人。

此時的程永新，隨著編輯業務的熟悉和發稿子的增多，聯繫的作者圈子也在不斷擴大，編輯策略也在逐漸成熟。

蘇童是程永新的大學同窗好友黃小初推薦的。在南京一家出版社工作的黃小初，也寫過不少小說，比如被叫好的《運河的底細》。這樣在日常交往中形成了一個朋友圈。互相交換習作的風氣，使得黃小初的手裏積壓了不少手稿。看到自己心儀的作品，熱心腸的黃小初總是會向編輯部的熟人推薦。正在躊躇滿志準備挖掘青年人的程永新，此時收到了黃小初熱情洋溢的推薦信，信中說「我在《鍾山》有個朋友，叫蘇童，寫小說有好幾年歷史了，在外面發了不少（其中包括《十月》、《北京文學》），並在《青春》獲過獎，南京一幫人都對其寄予厚望」，「對這個傢夥你多加注意不會吃虧，將來他很可能是莫言一類的人物。總之望你在李小林面前多加關照。」〔註114〕可見黃小初對蘇童的極力推崇和讚美，作爲一個寫作者，黃小初是很有眼力的，對自己不看好的作品，即使礙於情面勉強推薦，也會向推薦者直陳自己的真實想法。比如在另一封給程永新的信中，黃小初就稱一位「花杆子」的作品「有小趣，但無太大的意思，在《收穫》上發表的希望不大」。〔註115〕

黃小初向程永新推薦的是蘇童的小說《青石與河流》。之後，黃小初還親自打了一個電話，繪聲繪色講述蘇童爲「奇人」，放下電話之前高調宣稱「日後此人定將紅過莫言」。〔註116〕信誓旦旦地拿一個名不見經傳的新手和紅極一時的莫言相比，自然不能不引起程永新的注意。在認真讀過蘇童的小說後，程永新發現黃小初將莫言與蘇童放在一起很有道理。他們都有獨具特色的「感覺」：莫言的感覺「奇異詭譎」、「變形誇張」；蘇童的感覺「柔婉如水」、「兼

〔註114〕黃小初 1986 年 6 月 13 日寫給程永新的信，程永新：《一個人的文學史》，天津：天津人民出版社，2007 年 10 月，第 23 頁。

〔註115〕黃小初 1990 年 11 月 21 日信寫給程永新的信，程永新：《一個人的文學史》，天津：天津人民出版社，2007 年 10 月，第 24 頁。

〔註116〕程永新：《蘇童的世界》，《八三年出發》，昆明：雲南人民出版社，2004 年 1 月，第 72 頁。

具反差與和諧」。〔註 117〕程永新很快將蘇童列為即將嶄露頭角的青年作家。在程永新向蘇童約稿不到一個月，蘇童寫出了第一部中篇《一九三四年的逃亡》。

除了作家圈子的自然形成，刊物主要負責人的想法也很重要。1985 年之後，很多人都意識到文壇正在醞釀著某種變化，一些作家也紛紛寫出了讓人耳目一新的小說。程永新正是受《西藏文學》的啓發，想把這批人中拔尖的彙集到一起。但是因為這些作品的探索性、實驗性比較強，和主流意識形態的期許有很大差距，所以編專號，尤其是在影響力非常大的《收穫》上，會引起很大震動。當程永新將自己的想法告訴當時《收穫》的實際負責人李小林時，獲得了非常爽快的支持。程永新組來稿子，最後都是李小林定奪，兩人共同編發新潮小說專號。「事後據說作協有關領導頗有微詞，說是把多數人看不懂的先鋒小說集中起來隆重推出不知有何企圖。」〔註 118〕李小林承受了很大的壓力，這個時候，需要的不僅是主編的文學辨別力，更是膽識和魄力。長期形成的《收穫》的傳統，才使得這個場域總能夠顯示出自己的胸懷。

3.3.3　先鋒的規劃：從北京到上海

《收穫》對先鋒小說的規劃，最明顯的就是 1987 年第 5 期的先鋒小說專號。儘管醞釀了很長時間，但對於這個專號，《收穫》編輯部還是非常謹慎的：「不樹旗幟，不叫專號，不發評論注解性的文字，後來我在編書時斟酌再三才選用『新潮』這樣的字眼。」〔註 119〕之所以如此小心，自然和當時的政治形式緊密相關。

1987 年是文藝界比較沉悶的一年，三、四月間還出現了一次「倒春寒」，頗有風雨欲來的氣勢。「知識分子很敏感，折騰多了，不免還有一點餘悸。『弱不禁風』的人也不是沒有。有些小心謹慎的編輯收回了已發排的原稿（我就有一篇雜文被一家刊物『冷截』起來了），當然也有作家主動地索回了可能有風險的作品。」〔註 120〕在夏衍看來，這一年文藝的歉收，和這次「倒春寒」

〔註117〕程永新：《蘇童的世界》，《八三年出發》，昆明：雲南人民出版社，2004 年 1 月，第 73 頁。

〔註118〕程永新：《如果可以重新選擇》，《八三年出發》，昆明：雲南人民出版社，2004 年 1 月，第 169 頁。

〔註119〕程永新：《如果可以重新選擇》，《八三年出發》，昆明：雲南人民出版社，2004 年 1 月，第 169 頁。

〔註120〕夏衍：《續〈天南海北談〉——答〈瞭望〉周刊記者問》，《瞭望》1987 年第 52 期。

有很大關係。所謂「倒春寒」，就是指的就是反資產階級自由化，雖然這次沒有以運動的方式展開，但正如夏衍所感覺到的，在文藝界還是產生了很大影響。直到趙紫陽「5.13 講話」之後，反自由化宣告中止。這期間《人民文學》的「舌苔事件」是一個典型的標本，從中可以看出文學界當時的基本格局以及「新潮文學」問題的敏感性。

1987 年 2 月，《人民文學》以第 1、2 期合刊，首刷 70 萬份，銷售一空，再加印 50 萬份，又告售罄。在黑市上，原本 1 元的價格被抬高到了 20 多元。合刊大膽前衛的，登載了不少具有探索實驗性的小說。11 篇小說除了老作家路翎的《鋼琴學生》外，其它作家都較爲年輕。莫言的《歡樂》列爲頭條，其它是馬原《大元和他的寓言》、劉索拉《跑道》、楊爭光《土聲》、馬建《亮出你的舌苔或空空蕩蕩》、北村《諧振》、葉曙明《環食・空城》、姚霏《紅宙二題》、樂陵《扳網》、孫甘露《我是少年酒罈子》。半數以上採用現代派手法，具有荒誕意味。這在《人民文學》的歷史上還是空前的。在詩歌欄目裏則發表了伊蕾《獨身女人的臥室》、廖亦武《死城》等前衛作品。評論欄目則有陳雷《張辛欣創作心理軌跡探微》，葉廷芳：《泛表現主義──第三種創作方法》，「作家對話錄」則有葉君健、高行健《現代派・走向世界》等爲「現代派」張目。

《人民文學》這一嶄新的方式體現了編輯部的構想。「編者的話」指出，當代文學已經在改革、開放的「雙輪馬車」上鍛鍊出了一雙矯健的翅膀。不僅需要直面改革、切近現實、感時撫事的作品，同樣還需要遠離政治和經濟，遠離社會和大多數讀者，追求「唯美」具有小圈子傾向的「前鋒文學」。爲了顯示銳意進取的決心，實現「兼容並蓄、百花紛呈」樣貌，編者明確宣告需要：「那些把民族的生存與發展同自我的生存與發展交融在一起感受與思考、既勇於剖析社會與他人更敢於審視命運與自我、既孳孳於美妙新奇的文學形式又諄諄於增強對讀者的魅力的那樣一些嚴肅而成熟的力作」〔註 121〕這份宣言，實際上是在多元化的方向下，試圖整合現實主義與現代主義兩股創作潮流。在編者看來，對探索性作品的容納有清除封建文化專制的內涵。主張文學一元化實質是「帝王思想」在作怪，是「臥榻之側，豈容他人酣睡」在文學上的表現。因此刊物要「爲多元化中的絕大多數元」提供發表空間，以滿

〔註 121〕 「編者的話」:《更自由地扇動文學的翅膀》,《人民文學》,1987 年 1～2 期合刊。

足多層次讀者的審美需求。不過，相對於以前的刊物，給人的感覺是突然強化了探索性作品的分量。

1985 年以後，創作自由漸成氣候的文壇，出現了許多讓普通讀者大惑不解甚至瞠目結舌的作品。與作品相關，這些新銳人物的生活態度和藝術觀念與之前的作家有著明顯區別。「不同美學見解的作家間不僅存在著爭論（這是絕對正常的），也存在著隔膜、誤解、門戶之見乃至人際糾紛（這也並非絕對開不正常）」。〔註122〕文壇硝煙彌漫論爭的背後，隱含著各自文壇占位的焦慮。儘管很多人對這期刊物有意見，但問題並非出在那些探索性作品上，而是出在馬建的《亮出你的舌苔或空空蕩蕩》。因為小說涉及到藏族的一些鮮爲人知的生活習俗和生活方式，尤其是在對兩性關係的描寫上，被指責爲醜化藏族同胞，危害社會安定。事件變得非常敏感，局勢變化很快。甚至中央民族學院藏族學生準備遊行。在多方壓力下，2 月 12 日下午，中國作協黨組決定，立即停售、回收這期《人民文學》，在《文藝報》發表編輯部道歉文章，對有關人員的處分將視其態度而定。

從事件發展過程來看，作協 2 月 12 日的決定是迫於壓力作出的，在統戰部向中央呈送簡報之前，一周內連續向中國作協打了三次電話，要求嚴肅處理此事，「竟不見作協領導有什麼舉動」。〔註123〕但是整個事件卻依然在擴大。在中央民族學院的嚴厲要求下，中央領導三次做出批示，中宣部約請有關方面負責人，作出了「關於進一步處理《人民文學》事件的八條意見」〔註124〕。2 月 21 日，《人民日報》發表評論員文章，指出從《舌苔》事件可以看到「資產階級自由化思潮和其它錯誤思潮是怎樣地侵蝕了我們創作隊伍中和編輯隊伍中的某些共產黨員」。整個事件告一段落。

但對於這次「事件」本身性質的認定，則有著相當大的爭議。無論是中國作協還是《人民文學》內部，都有著一些不同的聲音：「有人認爲《人民日報》爲此事而發的評論員文章太厲害，用語太猛。有人說，決不能把我們的

〔註122〕劉心武：《我與「新時期文學」》，《我是劉心武》，天津：天津人民出版社，2006
　　　　年 8 月，第 154 頁。

〔註123〕金聖：《「舌苔事件」備忘錄》，《中流》1990 年第 4 期。

〔註124〕主要內容爲：收回《人民文學》後要予以銷毀，並由新聞出版署通令全國，
　　　　任何人不得以任何形式翻印、擴散這期雜誌；《人民文學》編輯部做出嚴肅深
　　　　刻的公開檢查；《人民文學》主編先行停職檢查，視其檢查情況和態度，最後
　　　　再給予應有的處分。

問題同資產階級自由化掛上鈎，一掛上就完了，我們的問題是違反民族政策。」〔註125〕編輯部的道歉中認為：「這是一篇內容荒謬、格調低下的所謂『探索性』作品」，「發表這樣的文字，嚴重違反了黨的民族政策和宗教政策；嚴重傷害了藏族同胞的感情和兄弟民族的團結；背離了黨的關於社會主義精神文明建設的指導方針」。〔註126〕將整個事件和資產階級自由化思潮做了嚴格區分，雖然承認編輯受到「資產階級自由化」的影響而「思想混亂」，但畢竟不同於資產階級自由化本身。但是中央民族學院院長的文章則嚴厲地指出：「這是旨在『獵奇』而飽享『創作自由』麼？不是。這是銅臭薰心才嘗試『文藝商品化』麼？不是。這是為追逐文藝『新潮』在『大膽求索』麼？不是。所有這一切似是而非的辯解，都不過是自欺欺人的謊言！」「我們必須遵循黨中央的統一部署，把對《空蕩》的批判匯入反對資產階級自由化的滾滾洪流，並與加強民族政策的宣傳教育相結合，在各個民族、各個地區、各條戰線，廣泛、深入而特久地進行。」〔註127〕這篇文章和中宣部 16 日會議上的調子是完全一致的，會上就曾尖銳明確地指出《人民文學》這次事件並非偶然，是資產階級自由化思潮泛濫的結果。

　　「劉心武事後也曾對人說，說有人給他寫信，說《人民文學》事件是有人挑動的，什麼人挑動，他也知道，到時候他要報仇（劉說時還拍了桌子）。〔註128〕因為歷史和現實的多重原因，文壇存在複雜的人事糾紛。當事人對於形勢的估計和判斷有著相當大的差別。比如當時流傳的一些「流言」：「中宣部與作協有矛盾，不過是利用《人民文學》的問題作文章」，「有人利用劉心武這顆子彈，想打誰就打誰」，「中國作協對劉心武這次是揮淚斬馬謖」。〔註129〕這些說法可能有的純粹是捕風捉影，但是背後卻呈現出當事人不同的文學觀念和歷史判斷。從反對「資產階級自由化」的角度來看，這個事件當然是一個很好的契機。所以他們不會就事論事，而是將它當作資產階級自由化潮流中的一個典型個案。實際上，當時的文化思想界確實處於一個高度敏感時期。1986 年底，在全國 28 個省市爆發了學潮。成千上萬的大學生走出校園，擁向社會，一時間，貼大小字報，遊行請願，攔車砸物……混亂迅速在全國

〔註125〕金聖：《「舌苔事件」備忘錄》，《中流》1990 年第 4 期。
〔註126〕「本刊編輯部」：《嚴重的錯誤　沉痛的教訓》，《人民文學》1987 年第 3 期。
〔註127〕任世琦：《讓壞事變好事》，《人民文學》1987 年第 3 期。
〔註128〕金聖：《「舌苔事件」備忘錄》，《中流》1990 年第 4 期。
〔註129〕金聖：《「舌苔事件」備忘錄》，《中流》1990 年第 4 期。

蔓延。面對自由化思潮的嚴重泛濫和學潮帶來的動蕩局面，高層採取了果斷措施：將王若望、方勵之、劉賓雁開除出黨，調整了中央主要領導人，同時決定在全國開展反對資產階級自由化的教育和鬥爭。《人民文學》合刊剛好撞在了這一槍口上，作為具有領導地位的期刊，當然是逃不脫的。

值得注意的是，無論是編輯部的自我辯護，還是批評者的指責，這個事件都不僅僅是一個民族感情的問題，都不約而同地和「文學新潮」聯繫在一起。《人民文學》編輯部認為：「面對所謂『文學新潮』，一些編輯人員片面追求藝術探索，不僅缺乏起碼的民族政策、宗教政策觀念，而且也淡薄了文藝為人民服務、為社會主義服務應有的責任感，美醜不分，良莠莫辨，把一篇充滿污穢的文字當作是文學的探索」〔註130〕在處理事件過程中，已經有人指出合刊號上很多作品都程度不同地存在問題，遠不是僅僅《舌苔》一篇，有的比《舌苔》還要嚴重。只不過棒打出頭鳥，也因為這個事件後來發生了轉折，別的問題被忽視了。而「新潮文學」和資產階級自由化之間的隱秘關係也始終貫穿在 80 年代的文學論爭之中。

對於合刊「新潮」的指責，集中在兩個方面。一是受西方現代派影響的「怪誕晦澀」的荒誕手法。推崇新潮者認為荒誕手法只是小說革新的一種方式，針對的是被用爛的現實主義。這種手法對於多數普通讀者來說，閱讀上會有一定難度。對於合刊的指責並沒有僅僅停留在手法上，而是直指荒誕的意象和語彙背後的「政治意圖」。比如北村的《諧振》，寫一名大學生被分配到了人妖神鬼混雜的地震局。這裡主任偽善專橫，同事麻木呆滯，連看門老人都是精神病患者。大樓裏任何一點聲音都會引起強烈共鳴，只有女廁所沒有回音，牆上刻著 5172153 幾個數字，實際是國際歌第一句的曲譜。歌聲響起的時候，沒有防震功能的地震局大樓倒塌。指責者認為小說表現的是對社會現實刻骨銘心的厭惡、詛咒和極端的偏激情緒的發泄。如果說這種指責有些牽強的話，那麼對於姚霏的《紅宙二題》的指責則不能完全說是捕風捉影。比如其中的「木刻」，寫三個在首都接受過檢閱的青年人，看到一本油印刊物封面上的「木刻」，上面的頭像幾十年後依然紅光滿面。後來，一百萬看過木刻的人都得了猩紅熱，治療的唯一辦法是把木刻燒掉。指責者認為紅光滿面的頭像誰都清楚指誰，小說不過是用荒誕的手法掩飾自己的險惡用心，「用荒誕手法寫『政治小說』來醜化和否定領袖和群眾，可算是合刊的一個發明」。

〔註130〕「本刊編輯部」：《嚴重的錯誤　沉痛的教訓》，《人民文學》1987 年第 3 期。

〔註 131〕雖然這種聯繫有幾分道理，但是對於這種文學創作上的問題如何界定，也並非沒有可討論的空間。

另一方面對合刊「新潮」的指責是格調低下、粗俗露骨。除了《舌苔》，指責者還認為莫言的《歡樂》存在同樣問題。這篇被編輯部認為「運用了獨特的文學視角和文學語言」的小說，主要寫的是高考落榜的農村中學生的心理和情緒。小說用大量筆墨描述中學生性的苦悶和某些變態的心理。不但描寫跳蚤在母親肚皮、乳房、生殖器上爬的細節，而且描寫長髮姑娘將貯滿「巴克夏」精液的交配器插進一頭「約克夏」母豬的後腔，進而對姑娘白大褂裏豐滿的臀部等等的描寫，「不堪入目」、「難以卒讀」，「怎麼能發揮對青年的引導和幫助作用」。〔註 132〕莫言獨特的藝術感覺使得他的作品汪洋恣肆，但個別小說確實存在一些不足，比如對人的噁心感的放大。指責者將這種「玩文學」的態度與「新潮」並舉，認為「玩小說」是某些號稱「先鋒小說」慣用的伎倆。由於缺乏嚴格的界定，通俗刊物上發表的作品和真正具有探索性的作品中的片段被剪接到一起，自然引發對作家價值判斷的質疑：「所謂『玩』文學與其說表達了一種創作態度，倒不如更確切說是表達了一種生活態度。」〔註 133〕這種方式被認為是對現有文學秩序的質疑與反動，甚至是從根本上反對社會主義文學的社會價值和社會功能，「未嘗不是某些『精英』們走向歧途的先兆。」〔註 134〕上陞到這一層次，自然就是政治問題。

當然，指責者所說的都是極個別的例子，合刊中的絕大多數作品也並不存在上述問題。但是「新潮文學」，或者編者所稱的「前鋒文學」，在這次事件中受到很大衝擊，則是無可置疑的。

這種狀況下，對於本來準備出專號的《收穫》編輯部來說，是個嚴峻挑戰。好在李小林頂住了壓力，而下半年整個形勢也發生了轉變。宣揚「新潮文學」的陣地由《人民文學》轉到了《收穫》。早在 1980 年，一些文藝界刊物負責人聚會時，就有人發出號召：「文藝界要一方有難，八方支持」，「東方不亮西方亮，黑了南方有北方」。〔註 135〕刊物在廣泛的接觸中達成了某種默契。在推動新潮文學方面，則形成了「北有朱偉，南有永新」的格局。朱偉

〔註 131〕草木：《扇動的什麼翅膀？》，《中流》1990 年第 4 期。
〔註 132〕草木：《扇動的什麼翅膀？》，《中流》1990 年第 4 期。
〔註 133〕趙小鳴：《文學的位置與「玩」文學的出路》，《文論報》1989 年 7 月 5 日。
〔註 134〕奎曾：《「玩文學」：沒有出息的惡作劇》，《中流》1990 年第 5 期。
〔註 135〕宜明：《〈WM（我們）〉風波始末》，《文藝理論與批評》1990 年第 6 期。

曾在寫給陳村的信中談到過「合刊」的事：「我們一二期合刊不知你是否收到。這是我編的第一期小說，希望你一讀，並給予指正。這是第一期。我覺得除個別稿外，基本體現了我的想法」，並稱：「北京好像反映強烈，包括李陀，很激動。」〔註136〕從中可以看出這期刊物實際的組稿者恰恰是朱偉。他也因爲這期刊物被迫停職檢查。如前一節所述，由於合刊的問題，爲了減少麻煩，程永新將本來計劃好的名單做了很大調整。

正如之後的文學史表明的，程永新的文學規劃是成功的。它是先鋒小說一次重要的集體亮相，不但陣容強大，而且作品質量過硬，直接促成了先鋒小說文學思潮的生成。批評家李劼看完之後異常激動，在逐一分析之後，認爲這期中篇小說「一個比一個激動人心。有的把故事講到出神入化，有的把感覺發揮到極致境地，有的把意象呈現到深遠不底」。〔註137〕蘇童說「這一期有一種『改朝換代』的感覺，這感覺不知對否？《鍾山》要想這麼幹『氣』就不足。」〔註138〕余華說：「去年《收穫》第5期，我的一些朋友們認爲是整個當代文學史上最出色的一期。但還有很多人罵你的這個作品，尤其對我的《四月三日事件》，說《收穫》怎麼會發這種稿子。後來我聽說你們的5期使《收穫》發行數下降了幾萬」。〔註139〕

儘管一般讀者還不認同先鋒實驗，但《收穫》的純文學策略在文學場中的占位是成功的。文學場並不完全等同於經濟場，它有著自身的運行規則。「文學場是圍繞著一些集體性幻覺被組織起來的。這些幻覺包括對獨創性意識形態、對天才的神秘性、對文學超越功利關係的藝術自主性等信念的崇拜。」〔註140〕相應的，這一場域也不能完全以暫時的經濟指標來衡量。人們對藝術自主性的崇拜暗示了文學超功利的一面。隨著文學場自主性的增強，純文學的接受開始出現明顯的時間差，「供給與需求之間的這種時間差距，有成爲有限產品的場的一個結構特徵的趨勢：這個從嚴格意義上來講反經濟的經濟領域，處於文學場中經濟上受統治的一極，但在象徵意義

〔註136〕朱偉：《致陳村的12封信》，《文學角》1988年第6期。

〔註137〕李劼：《寫在年輕的集束力作的爆炸聲裏》，《文學角》1988年第1期。

〔註138〕蘇童寫給程永新的信，程永新：《一個人的文學史》，天津：天津人民出版社，2007年10月，第40頁。

〔註139〕余華寫給程永新的信，程永新：《一個人的文學史》，天津：天津人民出版社，2007年10月，第44頁。

〔註140〕朱國華：《文學與權力：文學合法性的批判性考察》，上海：華東師範大學出版社，2006年10月，第127頁。

上處於統治的一極」。〔註 141〕看起被排斥的文學卻在文學場的結構中獲得
了更多的象徵資本。當先鋒小說在 80 年代後期隨著批評的展開取得了合法
地位之後，獲得了廣泛的接受，並且在大學教育體系中佔據了經典地位，
純文學作品的發行量也開始穩步攀升。大力推動的純文學運動的《收穫》
在日益複雜的期刊格局中也佔據了一個穩固的位置。

〔註 141〕 【法】皮埃爾‧布迪厄：《藝術的法則──文學場的生成和結構》，劉暉譯，
北京：中央編譯出版社，2001 年 3 月，第 99 頁。

第4章　批評意識與先鋒文學接受

在喬治‧布萊看來，批評意識就是讀者意識，即讀者把作品呈現的存在當作自己的存在經歷和體驗，與隱藏在作品深處的有意識的主體產生一種「相毗連的意識」。「批評是一種思想行為的模仿性重複」，通過閱讀對作品「模仿」進而成為一種再創作。通過這種再創作，批評家觀察到作家在文本中建立起來的精神秩序，「文學文本的一致性變成了在轉移中重新抓住它的批評文本的一致性。」〔註1〕文學批評的閱讀行為也就意味著讀者和作者的意識的重合。布萊運用交互主體性的內涵解釋批評意識，是以胡塞爾先驗自我的優先性作為方法論的。

雖然80年代先鋒批評家並沒有深入研究布萊的現象學美學方法，但兩者的批評意識卻有著內在的一致性。先鋒批評理論資源駁雜，但在張揚形式實驗時有著非歷史化的、非意識形態化的傾向。「批評即選擇」（吳亮），「批評是一種闡釋」（李慶西），「批評是一種對批評家的精神考驗」（蔡翔），「批評，是自我意識的產物」（黃子平）……這些批評宣言既體現出自覺的批評意識和獨立的個性，也暗含著理論的焦慮和意識的空疏。但不可否認的是，在批評家自我懷疑和審視的目光中，批評的文化範式發生了歷史性轉換。先鋒文學的接受不僅僅是作家和批評家的個人選擇，而是特定時代文化範式轉換的具體體現和印證。

文學批評話語是為了實現特定效果而被建構起來的，雖然這些話語有自

〔註1〕【比利時】喬治‧布萊：《批評意識》，郭宏安譯，桂林：廣西師範大學出版社，2002年2月，第262頁。

身的眞理價值，但它並不僅僅是美學沉思或文本遊戲，而是和更寬廣的社會關係密不可分，「如果脫離了它們被嵌入其中的那些社會目的和狀況，就基本上是不可理解的了。」〔註2〕80 年代留在人們回憶中的最大亮點是：「朝野上下都有人一直在努力拓展表達的自由度」。〔註3〕在這種文化氛圍中，冒著脫離一般讀者危險出現的先鋒小說，就是作家寫作自由度延伸的結果。激進的文化意識暗中支配著先鋒文學的接受方式，文學場內部的複雜性制約了先鋒文學的接受格局。

在先鋒小說經典化過程中，正是學院與作協兩股力量的合作與共謀，才有了先鋒文學話語的廣泛傳播。緊接著，隨著文學與教育的定型化和規範化，多數學院批評家開始體制化，在知識分化和學科壓力下，有意識轉化自己的批評職能，逐步強調學術性和專業性，和之前激情膨脹的文學批評拉開距離，也不單單把意識形態的焦慮看作批評的中心。這是代表純文學極端傾向的「語言中心論」出現的一個重要動因。作協創研室的批評家也發生了很大變化，如上海的吳亮更多直面消費性的城市生活現場以及知識分子的複雜心態，程德培轉向專業化的小說敘事學研究。批評家的職業化和分化，使得新潮批評迅速圈子化。通過對批評策略的考察，既可以看到先鋒批評對先鋒小說的文學史書寫產生的深遠影響，也可以看出批評意識的流變對先鋒小說接受的制約和改造。

4.1　文化範式與批評意識

文學批評話語作為重要的文學實踐，不斷被整合進意識形態的生產與複製中。對於傷痕文學、反思文學、改革文學建構起來文學成規來說，本來就是「現代化」這一意識形態主導話語的同義反覆。由此建構起來的意識形態批評範式規定了批評家的思想資源和想像模式。「現代化」的主導意識形態發揮了強有力的社會一體化功能。這一結構性的存在使得文學批評很難超出它的範疇，文學批評所操持的撥亂反正、人性、人道主義等話語，都可以被整合進一體化的文學生產實踐當中，並發揮功能性的意識形態作用。

〔註 2〕【英】伊格爾頓：《二十世紀西方文學理論》，伍曉明譯，北京：北京大學出版社，2007 年 1 月，第 207 頁。

〔註 3〕朱正琳：《80 年代的文化關懷》，《讀點》，北京：生活・讀書・新知三聯書店，2009 年 8 月，第 185 頁。

隨著 80 年代中期整個社會的結構性轉型，現實情境逐步變化。經濟建設和改革開放成爲眞正的時代主題，同時消費主義開始復興、文化市場出現多元化、讀者需求呈現多層次化。文壇體制也隨著人事更替在調整和變異之中，主流文學批評也在逐步淡化意識形態色彩。意識形態本身也向協調各種現實關係的功能性存在轉換。一體化的社會文化結構不可避免地走向分化和多元。主流意識形態的構成及功能都在發生變化。當文學主體論、「向內轉」等接連出現，意識形態再也無法有效地整合文學實踐，一體化的意識形態批評模式基本失效了。

隨著文化範式的轉換，先鋒批評家的批評意識具有了某種策略性的內涵。這一文化策略是作家群和批評家群共謀共享的。先鋒文學運動中的批評家和作家之間有很大相似性：「有些讀者經過研究，變得酷肖他們的研究對象；而另外一些讀者最初即選擇與自己相似的作家作爲研究課題。」〔註 4〕他們所實施的文化策略是一種文化政治意義上的反抗，有場域內權力鬥爭的影子。儘管先鋒批評更多依賴西方後現代話語，但「中國當代的後現代主義批評本身，再現了現代主義的對抗模式」。〔註 5〕其實，除了審美批評的部分以外，先鋒批評所藉重的解構策略，本身就是一種絕對眞理失效以後，精神體驗意義上的對抗性的體系。

4.1.1　「方法年」與第五代批評家

隨著 80 年代中期文學的急遽變革和新潮流的湧現，對批評的指責之聲越來越強烈。創作落後於生活、批評落後於創作之類的說法廣爲流傳。1984 年7 月，北大研究生李書磊等人做了一次關於當代文學創作和批評的調查。結果發現讀者們（包括大學生、工人、市民等）對作家特別熟悉，就連知名度不高的作家，都知道並且表示喜歡，但是對評論家就特別冷淡，即使是相當活躍的批評家，大學生們知道的也寥寥無幾。與此同時，讀者對文學批評的指責卻不絕於耳。李書磊感歎道：「什麼人都罵批評，作家覺得批評不值得一提，讀者罵批評，好像是一派胡言！批評家自己罵批評，好像罵的時候把自己排

〔註 4〕【法】讓－伊夫・塔迪埃：《20 世紀的文學批評》，史忠義譯，開封：河南大學出版社，2009 年 4 月，第 62 頁。
〔註 5〕張大爲：《理論的文化意志──當下中國文藝學的「元理論」反思》，天津：天津社會科學院出版社，2009 年 7 月，第 119 頁。

除在外了！」〔註6〕這種對批評的普遍不滿證明當代文學批評確實出現了危機，面臨一個新的轉捩點。

所謂批評落後於創作的指責，有一個潛在前提，即認爲兩者至少是應該同步的。在新時期之初的文學熱潮中，批評與創作確實產生過巨大的共時效應。批評不但認定作品價值，確定作家地位，而且爲創作潮流把脈，甚至引領創造潮流。傷痕文學、反思文學、改革文學都與批評的確立直接相關。甚至連純學術刊物《文學評論》，創刊號都被搶購一空。隨著學術傳媒影響的擴大，印數不斷上陞，「大概在 1979～1980 年間，最高印數曾經達到每期 18 萬冊」。〔註7〕學術媒介產生如此大的社會輻射力，與特殊的社會背景有關，當時文學和批評共同承載著巨大的公共論域職能。但學術傳媒畢竟屬於小眾傳媒，隨著知識的分化和傳播空間的多層次化，《文學評論》也向自己的專業領域開掘，但即使這樣，1985 年刊物各期售罄之後，編輯部還不斷收到買書款，以至於不得不在 1986 年刊出「1985 年各期均已無存書，請讀者勿再匯款購買」的啓事。〔註8〕可見，人們雖然對批評不滿，但文學圈子內部並非不重視批評，而是對批評寄予了很高的期望。

當時文學界對批評的不滿，主要集中在兩個方面：

一是對批評的空泛和模式化的指責。青年作家鄭義指出：「說的套話太多了，一點新鮮的見解都沒有，老是把別人重複了一萬遍的再重複。眞正需要研究的那些問題，和有爭議的作品一個個都噤若寒蟬！而且還是瞎子，裝瞎！」〔註9〕面對知識界快速的知識更新，有些批評家沒能跟上，依然在舊有的知識譜系中解釋新出現的文學現象，難免讓人感覺有隔靴搔癢之感。而這些批評對於創作是不利的，尤其對於那些急於創新的青年作家。「虛僞的，老套的，乾巴刻板且面目可憎的『非批評』仍然充斥著我們的報紙雜誌，至於批評觀念和批評方法的『老化』問題，更是嚴重地妨礙了當代文藝批評的發展」。〔註10〕

〔註 6〕 見李書磊的發言，載《當代大學生視野中的當前文學——北京大學五四文學社當前文學討論會紀要》，《當代文藝思潮》1985 年第 3 期。

〔註 7〕 陳駿濤：《〈文學評論〉復刊的前前後後》，見《歲月熔金——文學研究所五十年記事》，北京：中國社會科學出版社，2003 年 5 月，第 294 頁。

〔註 8〕 見《文學評論》1986 年第 4 期。

〔註 9〕 鄭義在討論會上的發言，載《當代大學生視野中的當前文學》，《當代文藝思潮》1985 年第 3 期。

〔註 10〕 陳劍暉：《論新的批評群體——兼談當代文藝批評的發展》，《當代文藝思潮》1985 年第 4 期。

　　二是對批評生搬硬套、食洋不化，「概念大換班」卻沒有新意的不滿。這主要體現在批評界內部。新時期學術研究經過撥亂反正，出現了更深層的反思和創新局面。新的觀念、新的思維、新的方法爲眾多的研究者介紹、嘗試和運用，與此同時也出現了盲目借用新概念的情況。簡單的新名詞轟炸，不過是用新的概念演繹出陳舊的結論。在舊有的文學觀念中簡單拼貼一些新名詞，表面上眼花繚亂，實際上是「新瓶裝舊酒」。〔註11〕面對「三論」熱潮，復旦大學夏仲翼就指出，不能把「三論」看作文學研究的指導方向，應更多地注意文藝學自身觀念的變革，對新名詞引入批評要慎重：「有的文章講了不少新概念，但實際上就像飯店裏工藝性很強的大冷盤，擺出來的新花樣很好看，但實質上還是原來那幾樣東西。」〔註12〕

　　在文學界內部對批評指責的同時，批評正在發生範式轉換。尤其是在自然科學、社會科學各學科的強有力衝擊下，許多新概念、新方法紛紛湧入文學批評領域。這讓致力於創新的作家異常興奮，在杭州會議上就有作家提出，希望批評家與作家們一塊「換一個活法（即改變陳舊的生活方式），換一個想法（即改變僵化的思想方式），換一個寫法（即改變套化的表現程序）」，希望青年批評家們敢於形成自己的批評個性，「操自己的犁，用自己的方法，鋤自己的地」。〔註13〕

　　面對新潮文學湧動和批評方式的轉移，文學界在 1985 年組織了多項活動，這些活動對當時的文學創作、文學運動乃至文學思潮，都起到了極爲重要的推動作用。3 月 14 日，《文學評論》組織的文學評論進修班開學。90 多位來自各地的大專院校的教師、期刊學報的編輯和宣傳、文化、科研部門的工作人員，齊聚愛智山莊。其中丁帆、李明泉、許總等人之前都在《文學評論》上發表過文章。與其說是來上課，不如說是一次眞正的文學批評交流。一個月的學期內，40 多位學者、作家進行授課。老一代有唐弢、朱寨、潔泯、荒煤、吳祖光、袁可嘉等人。年輕的則有風頭日盛的青年學者黃子平、李陀等人。另外還有：鄧紹基、劉世德、何西來、杜書瀛、錢中文、林非、張炯、

〔註11〕 王光明、南帆：《文學評論方法論討論會漫述》，《當代文藝探索》1985 年第 3 期。

〔註12〕 轉引自錢競：《欲窮千里目，更上一層樓——記揚州文藝學與方法論問題學術討論會》，《文學評論》1985 年第 4 期。

〔註13〕 參見《青年作家與青年評論家對話　共同探討文學新課題》，《上海文學》1985 年第 2 期。

陳駿濤、曾鎭南等。文學所外的有：吳元邁、柳鳴九、朱虹、吳小如、袁行霈、嚴家炎、黃修己、謝冕、胡經之、王富仁、陳傳才、顧驤、劉心武、劉賓雁等等。從部分授課人的名單可以看出，幾乎集中了當時所有活躍的在京批評家和學者。學員中，則有丁帆、羅成琰、王幹、費振鍾、王又平、陳墨、潭湘等人。進修班的意義遠遠超出了聽課，在學術交流信息並不十分暢通的80 年代，實際上成了學員「開闊視野和活躍思想、交流信息」的交流場所。〔註14〕通過這次密集的知識交流，這些即將引領潮流的研究者「在知識結構上進行了一次向優化狀態的急劇調整，在文學研究的思維空間展開了一場新與舊、寬泛與狹窄、多向與單一的衝撞」。〔註15〕

就在進修班上課的同時，《上海文學》、《文學評論》，天津文聯文藝理論研究室、《當代文藝探索》、廈門大學中文繫於 3 月 17 日，在廈門聯合召開了文學評論方法論討論會。處於知識變革時期，各地學者、批評家豪情滿懷，「如此一致地對僵化單調的文學批評產生了情感上的厭惡和理論上的反省，如此一致地期待著文學批評道路的開拓和探索。」〔註 16〕由於各自理論資源的不同和對文學觀察角度的差異，激烈的理論交鋒頻頻出現。與會人士多數普遍意識到，面臨越來越豐富的文學現象，越來越多元的思想資料和文化信息，迅猛發展的自然科學，文學批評亟變須變革和完善。批評家應該重新思考原有的思維模式，移動審視世界的觀察點，改變習慣性的思路和超越常規科學規範的限制。

廈門會議上，自然科學和文學研究的關係成爲爭論的焦點。林興宅滿懷信心地認爲：

> 人類思維的發展經歷了一個由合到分，再由分到合的邏輯大圓圈。社會科學和自然科學目前正在走向一體化。數學和詩最終要統一起來，成爲數學的詩，詩的數學。而且目前已經出現了數學與詩合流的趨勢：模糊數學、離散數學已經能夠描述複雜的生命現象，窮盡世界的神秘性；現代藝術則表現出高度的抽象性和象徵性。具

〔註14〕 信：《春寒時節的愛智山莊——憶〈文學評論〉編輯部舉辦的進修班》，《歲月熔金——文學研究所五十年記事》北京：中國社會科學出版社，2003 年 5 月，第 300 頁。

〔註15〕 李明泉：《一次密集知識和拓展思維的進修》，《文學評論》1985 年第 4 期。

〔註16〕 王光明、南帆：《文學評論方法論討論會漫述》，《當代文藝探索》1985 年第 3 期。

體到文學批評，則可以通過系統科學方法論，使它的思維方式與自
然科學的思維方式統一起來。〔註17〕

林興宅的觀點引起了激烈的爭論。吳亮認爲人的精神世界是豐富多彩的，而
非機械的。文學把握世界的方式是直觀的、審美的。純理智、純客觀地研究
文學，只會破壞美感。魯樞元指出從西方心理學的發展來看，心理學永遠不
會成爲精密的科學。文藝心理學很難用「定量分析」的數學方法。藝術的一
個重要功能就是調節補償人們的感情。感情不能完全由理性來代替。南帆指
出自然科學雖然能在某個側面爲文學批評提供理論框架，但其研究方法難以
直接呈現於文學批評之中。許子東認爲文學與自然科學互相滲透有利於文學
發展，但自然科學的研究方法並不能代替對文學這一特殊對象的研究。

這一爭論一直延續到 4 月 14 日揚州的「文藝學與方法論問題學術討論
會」。對「三論」等科學方法引入文學研究，李冬木持積極肯定態度，認爲新
的科技革命衝擊波已衝擊到文學研究，最優化、結構功能及通過模型手段定
量分析的方法使人們獲得了觀察文學的多個角度。陳遼認爲眞正的科學要以
數學方式來表述，要以實驗複製來檢驗印證，信息論的威力就在於它能夠複
製出認識的信息流程。劉小楓則對科學主義持基本否定態度。他尖銳地指出
在文學研究中引進自然科學的觀念和方法，在西方都是屬於末流而被棄用
的。自康德把認識領域和價值領域分開後，西方的科學哲學家一直反對把兩
個領域融合在一起，傳統的形而上學把二者混爲一談造成了許多謬誤。生命
哲學、闡釋學、存在主義、價值學的興起都是一種抗爭，人生的問題不能靠
自然科學來解決。急於向自然科學汲取實際上是一種饑不擇食的現象。徐賁
也提醒人們警惕科學主義深入文學研究的傾向。用數理統計法分析文學作
品，要比一般的考據學還低一個層次。自然科學不能揭示文學的價值，無法
作出審美判斷，文藝批評絕不能成爲哲學和自然科學的附庸。〔註18〕

運用新方法成功的例子被人多次提及。比如劉再復、林興宅等人的《論
人物性格的二重組合原理》、《論何 Q 性格系統》等都對一些懸而未決的問題
做出全新的表述。在當時，這種探索和嘗試的意義遠遠超過了方法更新本身。
當批評方法成爲核心詞彙的時候，其釋放出的能量是巨大的，也引來整個批

〔註17〕轉引自曉丹、趙仲：《文學批評：在新的挑戰面前》，《文學評論》1985 年第 4
　　　期。
〔註18〕錢競：《欲窮千里目，更上一層樓——記揚州文藝學與方法論問題學術討論
　　　會》，《文學評論》1985 年第 4 期。

評界的深入思考，從而順利完成了知識的遷移。不管人們對科學主義持何種態度，但對新的評論方法的吸納達成共識。如果說幾次會議還是務虛會的話，那麼會後印證新方法有效性的新潮批評的成果則是大家普遍期待的。和文學新潮相應，批評的更新換代在進化論的意識下顯得非常緊要。新潮批評群體就是在這種強大的需求下出現在人們視野的。

《當代文藝思潮》爲此專門推出了「第五代批評家專號」，算是新潮批評家的一次集體亮相。關於第五代命名的由來，謝昌餘解釋爲：「五四」時期；左翼文藝運動到延安文藝座談會時期；新中國成立後的十七年和新時期加起來，共有四代。第四代在新時期發揮了重大作用和產生了重大影響，是承前啓後、除舊布新的一代。歷史交給他們的任務是撥亂反正，他們以出色的成績回報了自己的時代。推倒「文藝黑線專政論」和「文藝黑線論」，恢復現實主義和革命現實主義的傳統，爲天安門詩歌平反，爲錯批的作家和作品落實政策，爲文藝的眞實性正名，爲傷痕文學反思文學吶喊，爲迎接新時期文藝運動的最早幾個潮頭大聲疾呼。新出現的第五代，則是在知識結構、思維視野、理論風格、文化氣質等各方面都不能不讓人刮目相看的新一代。謝昌餘從宏闊的歷史眼光、頑強的探索精神、現代的理性自覺、深刻的自由意識等四個方面做了概括，並且指出「批評是一種獨立的精神現象，它有自己的規律、特性和存在方式」，「在批評活動中，批評家是自由的主體，它不依從外在的權威和定義」。〔註 19〕正是在多種批評風格和多種批評體式共存競爭的發展格局中，批評眞正走向了自覺。

但編者也指出了這群批評家「在強調藝術的自覺、文學的審美特性的同時，又多少有點冷淡了那些英勇地針砭時弊、干預生活的作家作品及創作潮流。」〔註 20〕對這種實際存在且值得重視的文學現象，第五代批評家少有文章論及，或論及了卻很不充分，這不能不說是一種較大的缺憾。其實這也是批評走向自主時必然出現的局面，文學在走向自身，逐步放棄承擔的外在社會職能時，它的有限性和狹隘性也必然出現。

方法的更新實際上印證了文學批評地位的偏移。長期以來，文學批評一直承擔著社會學、政治學、新聞學的多重任務。因爲意識形態鬥爭中心的位置，文學批評一直具有泛社會批評的傾向。強調文學批評自身的方法，實際

〔註 19〕謝昌餘：《第五代批評家》，《當代文藝思潮》1986 年第 3 期。
〔註 20〕管衛中、魏珂、屈選：《編後絮語》，《當代文藝思潮》1986 年第 3 期。

上是對這一傾向的反撥。其轟動效應也是在這一意義上得以實現的。隨著新潮批評群體的被普遍接受，文學批評場的競賽也異常激烈地展開，文學思潮的命名權和經典作品建構的話語權也開始向新潮批評家轉移。

4.1.2　知識譜系與身份認同

在方法討論的熱潮中，李陀冷靜地指出：「我們正面臨著因概念的貧困而帶來的思想的貧困，或者反過來說，正面臨著因思想的貧困而帶來的概念的貧困。」〔註21〕李陀不僅是針對基礎理論研究，同時直指幾十年的文藝批評。李陀的文章雖然因缺乏細緻分析而顯得空疏，但這一批評對當時表面熱鬧的文學批評來說，確是正中要害。雖然出現了李澤厚的「情理結構」與「歷史積澱」，劉再復的「二重性格組合」等讓人頗覺新鮮的概念，但總體來說批評建構確實乏善可陳。新時期以來大大小小發生的多次文藝論爭，論辯雙方運用的概念幾乎沒有多少本質差別，彼此就在同一思維戰壕裏。雖然各自的現實指向和意識形態論爭的占位都是非常清楚的，但從學理上看，所爭的無非是對於經典概念的解釋權。

在探討方法熱的同時，對於批評自身面臨的諸多問題，敏銳的批評家也已經不同程度地意識到。《當代文藝探索》曾以專輯的形式組織了「更新文學批評方法——上海青年評論家六人談」。風頭正健的上海青年評論家從不同角度探討了批評中存在的問題，其中的有些問題，也是指向這些評論家自身的。

對批評自主性的強調已經成為批評界的普遍要求。但是如何在具體批評中實踐批評的自主性，卻有著不同的看法。對於批評的主體性，吳亮有著很深的感觸，他認為批評對於確立作品的意義確實非常有價值，但一味對文學作品首肯，恰恰會導致批評的衰落。文學批評對文學的依賴，只是形式上的和時序上的。批評應該和文學創作站在同一地平線上，而不能淪為應順文學的附庸。「文學批評的確立，不只在於它對所有文學都說『是』，更在於它對某類文學說『不！』。」〔註 22〕程德培認為多樣化的方法總是和具體對象的特殊性相關聯的。進而區分了作為思維形式的文學評論本身、作品作家研究和文學史的研究之間的區別。指出「作為對象：文學史研究已經固定下來的具有審美價值的東西，它們以文學發展過程作為重點，而評論則研究當前創作

〔註21〕李陀：《概念的貧困與貧困的批評》，《讀書》1985 年第 10 期。
〔註22〕吳亮：《批評即選擇》，《當代文藝探索》1985 年第 2 期。

的全過程，主要研究當前文學發展的各個環節，側重研究作品的本身。」〔註23〕研究對象的不同制約了對具體方法的不同需求。

　　吳亮進一步指出許多人倡導的多樣化這一說法潛藏的內在危機。多樣化這個誘人的字眼儘管符合個性化的藝術民主原則，但是對於批評傢具體的文學批評來說，多樣化卻會產生模棱兩可的傾向。許多批評家因怕被指責爲偏執和狹隘，而不敢堅定自己固有的見解。就文學批評的前景來說，應該企盼多樣化的批評；但就某種具體實踐的批評來說，則希望看到每個批評者都有自己選擇的模式、範疇和尺度。文學批評恰恰需要的是必須圈定自己，不會選擇的文學批評不可能成爲「批評」。「只有圈定自己，才能建立自己特有的批評範疇和尺度。」「沒有選擇，文學批評就喪失了自己的確定性。」〔註24〕在這種個體選擇的基礎上，會改變尚未形成大家公認的批評流派的局面。多種文學批評流派的並峙是批評興旺發達的象徵。「一種批評流派的形成是以理論見解和研究方法上的獨創性爲凝聚核心的，而任何獨創性則總是帶著某種不完善性，甚至是某些偏頗、偏激的東西的。」〔註25〕從某種意義上說，流派的最大特點正是它的流動性，在流動過程中漸趨向穩定。在這一進程中，由不完善向完善過渡，由「不圓」向「圓」轉變。

　　選擇當然不是憑空的，而是和批評家的知識譜系緊密相關，恰恰在這一點上暴露了當時批評的軟肋。很多年輕批評家依靠華美的辭采和美學激情隨意褒貶作品，陶醉於指點江山的良好自我感覺中。但無法及時揭示當代文學所包涵的歷史深度和時代精神，給作家的藝術探索以美學剖析，也不能站到時代的或美學的總背景上去俯瞰作品的細部。對於無論是主題、題材、方法、結構、技巧、人物造型諸方面都呈現出生機勃勃的多元化的文學創作，作家也往往處於非純自覺性的境地。儘管作家大多明白自己的創作意圖並非出於純個體的瑣碎願望，而是歷史潮流激蕩心胸的回聲，但其創作究竟以何種美學姿態呼應了時代之聲，作家在理論層面未必完全清醒。這是批評家的任務。但當時批評家的解釋多數顯得空泛和乏力。針對文學批評背語錄式的非學術化傾向，夏中義指出當代文學在社會政治、哲學、倫理、美學諸方面提出的一系列敏感課題，比起忙向現代自然科學界去拿「三論」，「恐怕更緊迫的是

〔註23〕程德培：《方法的更新和文學的特性》，《當代文藝探索》1985 年第 2 期。
〔註24〕吳亮：《批評即選擇》，《當代文藝探索》1985 年第 2 期。
〔註25〕毛時安：《從認識論看文藝批評流派》，《當代文藝探索》1985 年第 2 期。

應在繼承民族古代文論精華的同時，重新認識和充分消化西方十九世紀以來的一切美學珍品。」〔註 26〕文學發展倒逼日益困惑的批評家更新自己的文學觀念，進行理論補課。

正是在此意義上，李劼認爲在大量吸收國外新信息的同時，不能滿足於把許多科學方法，諸如控制論、信息論、系統論等等，原封不動地套到文學身上。而應該將它們加以哲學的、美學的、文藝理論的消化。換句話說，將它們上陞到哲學的高度，然後通過美學，滲透到文學中去。並且提出了他的「雙向思維」理論，在歷史和美學的雙向同構運動中，過去的庸俗社會學批評片面地誇大了歷史主義，把美學扔到一邊，從而造成了文學批評的思想僵化。而與之相反的是，西方的許多批評流派，又走到另一個極端，片面地誇大美學的印象批評，把歷史主義扔到了一邊，結果，這樣的批評也未必見得有深度。按照事物運動的雙向同構原理，還可以開闢出另外一條文學批評的道路：「美學—歷史—美學，或感覺—理性—感覺的人道主義和直覺主義批評。」「一種在歷史和美學、理性和感性的雙向同構運動的座標轉換過程中體現出來的人道主義和直覺主義批評。」〔註27〕

在強調理論補課和批評家個人選擇的同時，可以明顯看出學院背景的學者型批評家和作協系統的職業型批評家的不同逐漸顯現。因爲知識譜系和文化理念的差異，不同的批評家在各自尋找自我的身份認同。

由於當代文學意識形態上的特殊性，在 1977～1984 這幾年，文學批評話語權和政治場的權力關繫緊密相連。「『主流』批評家主要出自作協、社科院，如周揚、張光年、賀敬之、林默涵、陳荒煤、馮牧、閻剛、李澤厚、劉再復、唐因、唐達成、何西來、李子雲、張炯、張韌、陳駿濤、蔣守謙、丁你力，還有稍年輕一點的雷達、謝望新、曾鎮南等人。他們的文學立場、趣味、好惡，對這一文學期的動向、走勢和發展影響甚大。」〔註28〕這些批評家有的是領導，有的是刊物編輯，有的在作協創研室或者社科院文學所專門搞評論。新時期文學的確立與這些主流批評家的批評是分不開的。在反對「黑線論」、「傷痕文學」論爭、文藝和政治關係論爭中，正是批評家和作家之間的緊密團結，確立了新時期文學的基本格局。

〔註26〕夏中義：《文學批評的非學術化傾向》，《當代文藝探索》1985 年第 2 期。
〔註27〕李劼：《談談文學的改革和開放》，《當代文藝探索》1985 年第 2 期。
〔註28〕程光煒：《文學講稿：「八十年代」作爲方法》北京：北京大學出版社，2009 年 9 月，第 296 頁。

　　因爲文學場和政治場是高度重合的,所以文學批評也往往是政治批評、社會批評的延續和拓展,當然也成爲社會關注的焦點。這種情況下,政治場中權力的具體實施者——領導的意圖和評論的關係就異常緊密。有人就從理論上提出黨對文藝的領導是通過評論來體現的,事實也的確如此,周揚、張光年、荒煤、馮牧、賀敬之、劉白羽等文藝界領導,都通過評論積極參與文藝的領導。文藝領導權的爭奪和文藝評論捆綁在一起。領導非常熱心建立評論組,爲的是能夠完滿地體現領導意圖。如果說在撥亂反正的社會大趨勢下,評論和作家的創作互相呼應,發揮了巨大的社會凝聚力,那麼,隨著撥亂反正的完成,到了 1982 年左右,「這種領導意圖以及領導意圖所團結起來的一批編輯型的評論家,就開始與青年作家創作上的努力發生分化,『蜜月時期』就過去了。」〔註 29〕文學批評開始急劇分化。文藝界領導在激烈的糾纏人事關係的意識形態紛爭中的位置,決定了他們對不同的文學批評的態度。作協以及各地作協和社科院的評論家,除了一方面繼續爲不同文學立場鼓吹,也開始關注文學本身的問題。他們的工作就是發現和評論好的作品。這些人對文學發展的脈絡比較清楚,但由於工作性質,也難免爲寫評論而寫評論,所以對作家作品的判斷有時就會顯得不夠公允。

　　值得注意的是,這些在論爭中站在不同立場的「主流」批評家,在知識譜系和文化結構上並沒有本質不同。面對一撥撥新的寫作方式的出現,他們的批評有時顯得很隔閡。同時評論也在分化,日新月異花樣翻新的評論也讓他們相當不滿意。整體上他們的影響力明顯下降。

　　作協創研部也在補充新的評論的力量。程德培和吳亮就是《上海文學》編輯部從業餘作者中培養起來的。早在 1978 年,程德培就以工人業餘作者身份寫出了關於賈平凹的評論。之後開始參加周介人、唐鐵海、於炳坤等人組織的上海文學業餘評論作者活動。經張弦推薦,吳亮於 1981 年開始參加這個活動。當時編輯部延續的是「十七年」時期培養作家、評論家的體制,非常注意從業餘作者中發現、培養文藝方面的後備人才。趙長天、陳村也是被作協從工人作者中培養起來的。隨著周介人的引薦,吳亮、程德培等人的交往圈子不斷擴大,很快認識了《電影新作》的王世楨、邊善基,《文學報》的儲大宏,《文匯報》史中興、褚鈺泉等報刊負責人。當時的編輯部不惜花費時間和精力,大力培養業餘作者,像培養文藝人才的學校,更像文學聚會的沙龍。

〔註29〕王蒙、王幹:《十年來的文學批評》,《當代作家評論》1989 年第 2 期。

在這樣一個重視才華、個性的環境裏，加上上海眾多的文學報刊資源，很快培養出一大批新人。

在這種體制下，吳亮、程德培等人一方面靠個人的才華和天賦贏得編輯部的青睞，另一方面在文學見解、藝術趣味等方面也必然受到一些影響。當徐敬亞等人在大談「現代派」的時候，作為業餘作者的吳亮、程德培評論中的社會歷史分析色彩卻是十分明顯的。從知識譜系來看，他們與當時的「主流」批評家沒有多少區別，主要理論來源是馬克思的理論著作。〔註 30〕當時被《上海文學》重點推出而引起關注的吳亮的《變革者面臨的新任務》等批評，也屬於傳統意義上的歷史美學批評。當然，和當時背負政治任務的主流批評家不一樣，業餘作者的身份也為他們靈活地施展自己的批評才華提供了條件。非職業化批評主要依靠閱讀過程的感悟，他們的文字比較活潑、流暢，雖然有時難免自說自話，但卻沒有匠氣，敏銳、新鮮。出於文學場占位的考慮，他們也在有意突出自己的批評個性和批評特色。例如吳亮的《一個沉湎於自我的藝術家和友人的對話》，明顯受歌德和愛克曼對話錄的影響，是批評家確立自己風格的嘗試。當時吳亮正處於矛盾之中，一方面是黑格爾的理念世界，絕對精神，概念的確定性，另一方面是弗洛伊德的無意識，克羅齊的藝術就是直覺、非理性的主張。兩者的糾葛更適合採用這種思辨型的對話方式。周介人認為這種文章沒有政治風險，正適合吳亮的個性，給予大力支持。這些批評滲透著哲學意識和思辨色彩，偏於從整體上把握批評對象，精密嚴謹並且具有清晰的邏輯性，是一種頗為新穎的批評模式。

1984 年程德培、吳亮調入作協理論研究室，開始了職業批評生涯。他們和之前作協的主流批評家，雖然都以文學批評為業，但有著很大的不同：之前的主流批評家更多關注的是文學之外的意識形態論爭，強調對於文學創作的引導和控制；新潮批評家，尤其是上海的程德培、吳亮等批評家卻並沒有這樣的任務，文學批評對他們來說，更接近現代「專業」意義上的「職業」。

從個體角度來看，吳亮、程德培等人批評個性的形成與他們身處上海的都市環境有很大關係。城市功能、結構的變化和上海人城市意識的復興，直接影響了新潮批評家的知識體系的遷移和文化趣味的變化。面對逐步變化的

〔註30〕吳亮曾説「《法蘭西內戰》、《路易・波拿巴的霧月十八日》、《關於普魯士的書報檢查制度》等等，令人亢奮的文采，有些我直到現在還能背誦。」見吳亮、李陀、楊慶祥：《八十年代的先鋒文學和先鋒批評》，《南方文壇》2008 年第 6 期。

現實情境，消費的興起、文化市場的多元化，作協創研室的批評家也在思考如何以自己的批評來解釋和應對。吳亮更多直面消費性的城市生活現場以及知識分子的複雜心態，程德培轉向專業化的小說敘事學研究。

這種變化的寫作方式在吳亮、程德培聯合在《文匯讀書周報》上開闢的專欄「文壇掠影」中表現得十分明顯。專欄從 1985 年 8 月一直持續到 1987 年底，在長達兩年多的時間裏，吳亮和程德培基本上每周寫一篇，交替點評文學作品，產生很大影響。用吳亮的話說：「當時沒有書商，沒有商業炒作，報紙媒體很弱，沒有別的力量，只有批評家。」〔註 31〕批評家的重要性取決於文學本身的重要性。這段時間，正是先鋒文學生成的重要階段，「文壇掠影」中自然少不了對這些作家作品的評論，如殘雪《山上的小屋》、馬原《虛構》、孫甘露《訪問夢境》、蘇童《飛越我的楓楊樹故鄉》、格非《陷阱》等。但是這僅僅是其中很小的一部分。在一百多篇評論中，還有大量後來沒有被文學史歸入先鋒文學的新潮作家作品：韓少功《爸爸爸》、莫言《紅高粱》、鄭萬隆《異鄉異聞三篇》、劉索拉《尋找歌王》、阿城《遍地風流》等；沒被歸入流派的影響很大的作家作品：何立偉《一夕三逝》、賈平凹《商州世事》、張承志《胡塗亂抹》、王安憶《小城之戀》、鐵凝《麥秸垛》、張煒《古船》；張賢亮《男人的一半是女人》、林斤瀾《蚱蜢舟》、柯雲路《夜與書》、札西達娃《去拉薩的路上》、王朔《枉然不供》、張承志《金牧場》、劉震雲《塔鋪》、梁曉聲《雪城》等；報告文學作家作品：劉賓雁《他們不肯遺忘……》、蘇曉康《陰陽大裂變》、劉漢太《中國的乞丐群落》、羅建琳《在蛇口，一次短暫的罷工》、蕭復興《中學瓊瑤熱》、朱全弟《上海 SC、總部在波士頓》、李士非《招商集團》、朱大建《當代「買辦」》等等；還有張辛欣、殘雪等人的散文，北島、舒婷、韓東、邊國政等人的詩歌，劉曉波、王一綱等人的文學評論，以及大量剛剛進入文壇的新人新作。簡直構成了當時熱點作家作品的全景展示臺和檔案簿。

這些作家作品的意義和價值當然不同，文學觀念和審美意蘊千姿百態。從批評家的選擇可以看出批評家當時肩負的多重功能。當時發行數量、市場通道、時尚影響力等等因素還沒有真正介入文學生產，這樣，媒體批評、社會批評與文學批評都集中在批評家一身。吳亮以前的讀者對象是圈裏人，讀者定位是很清楚的，他曾說寫一篇文章會想到李陀、韓少功等人怎麼看，心

〔註 31〕吳亮：《1980 年代的「上海雜碎」》，《新周刊》，2006 年第 15 期。

目中有幾個到幾十個期待中的讀者。到此時吳亮等人的讀者定位則要寬泛得多。或者說，它所針對的就是這份報紙的讀者群。當時的讀書報，它的讀者對象也是相當寬泛的，幾乎涉及各行各業。如此看來，這種批評與之前的文學批評差距已經相當大。它已經在失去確立文學經典、引導文學潮流、深入解釋文學現象、闡發作品審美價值的文學批評的意義。文學在這裡成了整個社會變革，尤其是城市改革中的一種反映形式。對其判斷更多是依據吳亮對城市研究的判斷。文學在此失去了往昔的經典意義。

這種文學批評與學者型的文學批評已經開始分道揚鑣。隨著大學教育的逐步完善，不但大學教師，而且一批批接受過大學教育的博士、碩士開始走向學術研究領域。他們中的很多人，甚至並非當代文學方向的也把精力投入到了當代文學批評，比如南帆本來是研究古代的，許子東、王曉明、陳思和、黃子平都是搞現代文學研究出身。在新潮批評的陣營中，他們佔據了半壁江山，而且越來越顯示出自身的優勢。1984 年開始逐漸引人注目的「方法論」熱，就是由學者型批評家，當時被稱為「閩派」的林興宅等人發起的。隨著西方文論大量翻譯，結構主義、後結構主義、女權主義、語義學、敘事學、符號學等等理論，很容易成為學者們手中的利器。邏輯嚴密的理論如果運用得當，能夠闡釋出作品不被人注意的深層意蘊。在印象感悟式批評泛濫的批評界，很容易因為增加科學性、邏輯性而引人注目。

如果說職業型批評家和學術型批評家都受過西方文學理論的影響，那麼學術型批評家的文學史意識和歷史感則是和職業型批評家有著很大不同。如吳亮所說「比如 50 年代的文學，柳青，劉紹棠，對我來說根本不存在嘛，只有那些研究者才覺得有意思，我沒興趣。」〔註 32〕相比而言，受過系統學術訓練的學者型批評家，更注意以「史」的意識貫穿自己的文學批評，顯示出較為強烈的建構意識。就拿十分重視印象感悟批評的李劼來說，曾宣稱中國文學從 1985 年開始，雖然很值得推敲，但不能否定其背後顯示的明確的文學史主張。

學院背景的新潮批評家中，「史」的意識表現得比較明顯。陳思和認為「史的批評」不同於「史的研究」。〔註 33〕這種批評實踐在文學界產生的影響與衝

〔註32〕見陳村、吳亮、程德培：《80 年代：文學・歲月・人》，《上海文學》2008 年第 5 期。

〔註33〕陳思和：《批評的追求》，《上海文學》1986 年第 2 期。

擊,開始顯示出一種方法論的意義。它要求把批評對象置於文學史的整體框架中來確認它的價值,辨識它的源流,並且在文學史的流變中探討文學現象的規律與意義。批評對象仍然是文學作品或文學現象,但同時又把文學史作爲批評對象的參照背景。從批評實踐出發,陳思和對批評與創作的同步對應關係,批評的實踐價值,批評對審美意識與審美能力的自覺追求,以及批評對象對文學批評的客觀制約性進行了理論上的清理。〔註 34〕在進行文學史研究的同時,陳思和又選擇同代青年作家的創作進行實踐操練。借助於對文學作品與文學現象整體觀照、綜合考察的優勢,陳思和的理論文章構思恢宏,分析精當,顯示出「科學的理性認識與內放的主體熱情的交迸」的批評特色。〔註 35〕

對於現代主義文學,陳思和從新文學整體研究出發闡述其源流關係,並且對以往陳陋模糊的理論認識作了匡糾與反撥。〔註 36〕他對於「現代主義」的理解與以往的文學批評大相徑庭。他沒有把現代主義僅僅視作兩次世界大戰之間興起的藝術派別,而是著眼於「現代意識」在文學作品中的表現。並且指出現代意識與民族文化的融彙構成了 80 年代的文學坐標。通過歷史研究激活了當代文學經驗,從而爲自己研究建立了某種方向感。與此同時,通過建立一套文學史敘述並將自己的研究納入其中,獲得了某種「歷史意識」,改寫了當代文學的歷史格局。可以看出,學院派批評能容納各種文化資源,實現中西古今的對話,進而肯定在自身位置所獲資源的價值,並將這些資源轉化爲進入文學場域的文化資本。

隨著學院批評的興起,系統研究過西方現代文學理論的李劼、陳曉明、王一川等人,充分將所學知識運用到先鋒小說批評上,爲先鋒小說的文學史建構做了大量工作。(具體狀況參見本書第二章相關部分)

在經典化過程中,先鋒文學成爲對非「純文學」現象進行批判的重要力量,並成爲承載當代文化意識的新載體。文學是某些群體藉以對其它人保持權力的想像性表達,呈示了社會意識形態構成不斷變化的過程。詹姆遜通過

〔註 34〕陳思和:《從批評的實踐性看當代批評的發展趨向》,《批評家》1987 年第 1 期。

〔註 35〕楊斌華:《整體觀照:在歷史與當代的交匯中──略談陳思和的文學批評》,《當代文藝思潮》1987 年第 1 期。

〔註 36〕陳思和:《中國文學發展中的現代主義──兼論現代意識與民族文化的融彙》,《上海文學》1985 年第 7 期。

對弗萊的分析指出「一切文學都可以解作對群體命運的象徵性沉思。」〔註37〕
在此意義上，標榜「純文學」的先鋒小說，就不能僅僅被認爲是西方現代主
義實驗的中國改寫版，而實際上是本土文化意識一種自我更新的體現。在改
革傳統走向世界「主動現代」的文化意識支配下，先鋒小說同樣承載了民族
現代化夢想，只不過是從文學層面爲這種現代性訴求尋找出口。

　　一個無法忽視的問題是：先鋒作家的現代性訴求和西方現代主義文學是
錯位的。無論先鋒文學的支持者還是批判者，都將審美意義的現代與社會意
義上的現代捆綁在一起。但其實審美現代性和啓蒙現代性恰恰構成對立的張
力空間。用卡林內斯庫的說法就是美學現代性是「對立於資產階級文明（及
其理性、功利、進步理想）的現代性」。〔註38〕先鋒小說的這一結構性矛盾，
造成了大量誤讀。對應於更爲複雜的社會現實，這也是先鋒小說的一個內在
危機。但在 80 年代，這種似是而非的現代性訴求卻使得先鋒文學成爲合法性
敘事的一部分。

　　從新潮小說興起到先鋒小說生成，恰恰處於這一批評話語權轉折的臨界
點上，場域自主性使得它發展到一個極點，隨後被注重知識譜系的學院過渡
闡釋，成爲文學的經典。作協內部代際更替，學院力量的崛起，西方現代理
論資源的深化和本土化，都參與了從新潮小說到先鋒小說的文學史建構過
程。對於這一多重批評話語制約之下的摻雜誤讀和想像建構過程的重新檢
討，成爲今天重返先鋒文學研究，激活文學史想像的重要支點。

4.2　批評的蹤跡：從新潮文學到先鋒文學

　　從 1985 年新潮文學崛起到先鋒文學逐步確立，批評起了決定性作用。新
潮批評在 1985 年之後圈子化越來越明顯。這一趨向與城市功能變化、社會分
層加速有著內在關聯。文學圈子成爲人們應對社會轉型的一種交往方式。在範
圍相對較小的文學圈子裏，人們因爲共同的文學志趣走到一起，彼此之間相互
瞭解，對文學的共識度也非常高。這對於有著長期政治鬥爭生活經驗的人們，
無疑開啓了一個嶄新的交流天地，「體現了個人的選擇不僅可以指向一個抽象

〔註37〕【美】弗雷德里克・詹姆遜：《政治無意識：作爲社會象徵行爲的敘事》，王
　　　　逢振、陳永國譯，北京：中國社會科學出版社，1999 年 8 月，第 59 頁。

〔註38〕【美】馬泰・卡林內斯庫：《現代性的五副面孔》，顧愛彬、李瑞華譯，北京：
　　　　商務印書館，2002 年 5 月，第 16 頁。

目標，而且可以指向一種親善互助的組織形式。」〔註39〕文學圈子形成了 80 年代特有的公共交流領域。在哈貝馬斯看來，公共領域既指有形的咖啡館、沙龍等交往空間，也指無形的供人們發表各種言論的報刊、雜誌等印刷品。這些領域「以文學公共領域為中介，與公眾相關的私人性的經驗關係也進入了政治公共領域。」〔註40〕這一空間是不同意見爭相角力的競技場。在圈子內部，人們感到的是友情和詩意，而在圈子之外的人，則可能會有完全不同的體驗。不同圈子之間的意氣之爭包含了複雜的文學信息。這種情況下，「文學圈子」不僅是 80 年代特有的文學生活方式，同時也是一種新的文學生產機制。

如果說新潮小說具有某種程度開放性的話，那麼先鋒小說則是文學界越來越圈子化的一個後果。先鋒文學批評以自己所具有的話語權對先鋒文學進行揀選，一方面建立起了有效的排斥機制，另一方面被認定為「先鋒」的作家作品逐步經典化。同為新潮作家的殘雪和馬原，正是在新潮批評圈子的「辨認」中獲得了不同的身份。同樣進入「敘事學革命」名單的王朔和馬原，則隨著批評家文化意識的多重糾葛而處於完全不同的文學史位置。

4.2.1　批評策略與排斥機制——以殘雪為例

在格林伯雷看來，藝術作品背後有著一系列人為操縱的痕跡，在其生成過程中需要經過複雜的對話和協商，「談判的一方是一個或一群創作者，他們掌握了一套複雜的、人所公認的創作成規，另一方則是社會機制與實踐。為使談判達成協議，藝術家需要創造出一種在有意義的、互利的交易中得到承認的通貨。」〔註41〕作為一名交際圈相對較小的女裁縫，殘雪無疑更需要提供過硬的「通貨」。1985 年殘雪開始正式發表作品。《污水上的肥皂泡》、《山上的小屋》、《公牛》分別發表於《新創作》、《人民文學》和《芙蓉》，儘管個別編輯大為讚賞，但認同殘雪小說的僅僅局限於很小的圈子。這些「通貨」在群星閃耀的文學新潮中，幾乎沒有引起什麼反響，和之後的文學史表述有著巨大差異。

〔註39〕吳亮：《文學與圈子》，《批評的發現》，桂林：灕江出版社，1988 年 4 月，第 56 頁。

〔註40〕【德】哈貝馬斯：《公共領域的結構轉型》曹衛東等譯，上海：學林出版社，1999 年 1 月，第 55 頁。

〔註41〕【美】斯蒂芬・格林伯雷：《通向一種文化詩學》，見張京媛主編《新歷史主義與文學批評》，北京：北京大學出版社，1993 年 1 月，第 14 頁。

在獲得少數幾個人的稱讚後，創作上更加自信的殘雪需要同「社會機制與實踐」進行艱難的談判。換句話說，殘雪必須要接受一整套複雜文壇機制的揀選與認可。此時，作品被文學期刊及時推出就顯得非常重要。《蒼老的浮雲》「曾被《收穫》、《鍾山》等刊物紛紛退回來，並不是因為小說有什麼政治問題，主要是他們看不出好壞。當時這篇小說幾經輾轉，手稿放在北京的評論家李陀手裏，《中國》是從他那裏得到的稿子。」〔註42〕在新潮作品風起雲湧的 80 年代中期，殘雪小說連續被推崇創新的文學刊物退回，可見僅有文本創新是不夠的。《中國》編者說：「殘雪是否也生活在她所描寫的那種環境裏，不得而知，我們至今還不知道她的眞名實姓及生活狀況。」〔註43〕殘雪處於整個文學體制的邊緣，因此沒有被掌握更多文學資源的編輯所接納。這差不多是多數初入文壇的新人的境遇。

1、女裁縫的文學圈

雖然沒有像馬原那樣很快得到新潮編輯和批評家的推崇，但殘雪周圍也有一個特殊的文學圈。或者說，殘雪的文學活動幾乎一直處於文學圈子這一特殊文學生產機制之中。她的處女作《黃泥街》的發表過程更爲曲折複雜，幾乎是處處碰壁，但卻在發表前已經在小範圍內以手抄本的形式流傳很長時間了。正是《黃泥街》的流傳，使得殘雪周圍形成了一個作家圈子。據唐俟說，《黃泥街》是殘雪正式完成的第一篇作品，大約有十來萬字，斷斷續續寫了好幾年，於 1983 年底完成。之後「抄在好幾個筆記本上，在一些人中輾轉流傳，還被帶到了海外」。〔註44〕殘雪後來又反覆修改，小說在小圈子內廣爲流傳則是可以肯定的事實。修改後的《黃泥街》謄抄在一個紅黑相間（一說爲黑色）的硬殼筆記本上，殘雪將稿子拿給在武漢大學讀研究生的哥哥鄧曉芒，鄧曉芒將稿子傳給好友陳放蓀，又經過陳放蓀的詩人朋友彭燕郊傳給正在搞創作的何立偉、王平、徐曉鶴等人。王平看後感到很新奇、很激動，憑直覺認爲是篇好東西。何立偉晚上一口氣讀完這篇寫法新穎的小說，內心無

〔註42〕參見孫曉婭：《訪牛漢先生談〈中國〉》，靳大成主編：《生機：新時期著名人文期刊素描》，北京：中國文聯出版社，2003 年 1 月，164～165 頁。

〔註43〕牛漢、鄖進：《編者的話》，《中國》1986 年第 5 期。

〔註44〕唐俟：《殘雪評傳》，見蕭元編：《聖殿的傾圮》，貴州人民出版社，1993 年 6 月，第 5 頁。另說「1983 年流傳的《黃泥街》手稿只有一個筆記本。並且也只有八萬來字。」（卓今：《殘雪評傳》，長沙：湖南文藝出版社，2008 年 12 月，第 82 頁。）

法平靜,「這萬惡的《黃泥街》,實在是折磨了我的神經及床板幾近通宵!」「這
自然不是我一個人的感覺。蔡測海君讀了她的《蒼老的浮雲》,一個月不敢上
街買排骨吃。」〔註45〕第二天就找到王平,說:「這麼好的東西,我馬上要見
這個人!」、王平、何立偉三人一起找到殘雪,這些文壇友人的讚揚,讓剛剛
嘗試寫作的殘雪「心花怒放」。〔註46〕可以說,這個文學圈子對於殘雪的創作
具有非常重要的意義。

　　這個文學小圈子雖然都主張文學實驗,但是創作傾向並不一致,沒有形
成一套完整的「創作成規」。相反,他們的文學觀念和創作手法都存在很大差
異。已經發表了具有很強實驗色彩的短篇小說《殘局》的徐曉鶴,對殘雪小
說的評價是:「整個一個潑婦罵街。」可見殘雪的創作,連偏向現代派的徐曉
鶴都不能完全接受。但徐曉鶴對這篇作品畢竟還是欣賞的,之後經常在一起
聚會的何立偉、王平、徐曉鶴與殘雪成了真正的好友,並戲稱為「文壇四人
幫」。相比較而言,徐曉鶴與殘雪是比較接近的,但他對殘雪的評價卻最有保
留。1985 年,徐曉鶴的《院長和他的瘋子們》經程永新之手在《收穫》發表,
引起廣泛關注。作品表面看來採用嚴格的寫實手法進行描摹,但內在的荒誕
感和現代意識卻十分強烈。何立偉的《一夕三逝》被銳意革新的《人民文學》
重點推出後,獲得了更大反響。在此之前的《白色鳥》就獲得了廣泛好評,
賈平凹稱何立偉「絕句詩人,深知陶潛與李商隱。」程德培則認為《一夕三
逝》走得更遠,精緻的敘述被一種奇妙的感覺所左右,「整個小說既有詩的光
照,又不乏對世事的喟歎與嚮往。」並進一步指出何立偉的「絕句小說」不
僅超越情節,而且也超越了人物,「使人在難以闡釋的情晤之中感覺一種空靈
超詣之氣」,「是被某種藝術創造的實驗推到這個世界上來的」。〔註47〕這種小
說在當時是無法歸類的,很快被尋根文學的大潮淹沒。

　　從整體水平來和個人創造力來看,這個文學圈子並不比「西藏新小說」
圈子差。但從營銷策略來看,卻差了一大截。所謂「西藏新小說」內部的差
異也是非常大的,但是卻借助拉美魔幻現實主義和人們的西藏想像,成功推
出了自己的流派。在特定時間推出專號是非常重要的。湖南的幾位作家沒有
形成有效的群體效應。也就是說,缺乏吸引讀者眼球的「賣點」。沒有豎起一

〔註45〕 何立偉:《關於殘雪女士》,《作家》1987 年第 2 期。
〔註46〕 卓今:《殘雪評傳》,長沙:湖南文藝出版社,2008 年 12 月,第 83 頁。
〔註47〕 程德培:《何立偉的絕句小說》,《文匯讀書周報》1985 年 10 月 12 日。

面鮮明的大旗，沒有可供人議論的口號，這在新潮迭起的文學場中是非常不利的。而且，在 80 年代的文化想像中，西藏具有神秘色彩的人文地理圖景「恰好與『上海』先鋒文學批評和先鋒小說本身的『藝術形式的探索』發生了秘密的歷史接軌。」〔註 48〕缺乏營銷策略的湖南的幾位作家卻明顯缺乏這種優勢。從現實指涉力來看，「文壇四人幫」更爲關注作品本身的文學性，在 1985 年的文學場中，和極力張揚青年反叛情緒的劉索拉、徐星等人相比，作品的衝擊力要相差很多。

但殘雪作品的可辨識度畢竟是很高的，對讀者具有相當大的挑戰性。並且在接下來 1986 年又發表了大量作品。〔註 49〕儘管如程德培所說人們已經開始私下議論，有人以「看不懂」爲名把殘雪貶得一錢不值，有人以「荒誕感」爲名把殘雪列爲數一數二作家，但在公開發表的評論文章很難覓到殘雪的影子，即使《蒼老的浮雲》幾經周折發表後，「有智者曾預言又要窮折騰了，結果出乎預料，沉默依然可以。」〔註 50〕在評論佔有極重要地位的 80 年代，這種現象對作家的殺傷力是很大的。沒有經過評論這道關口，作品就無法進入有效的交流場，作者無法在淘汰率極高的文壇獲得必要的象徵資本，能否持續寫作都成問題。幾經周折闖入文壇的殘雪面臨新潮批評圈子的嚴格檢驗，而這個圈子，對於殘雪來說具有某種決定意義。

2、錯位的批評尺度：「腦力」還是「感覺」？

第一篇對殘雪深入闡釋和高度評價的文章出自殘雪的哥哥沙水（鄧曉芒的筆名）之手。對《公牛》這篇幾乎沒有什麼故事情節的小說，沙水將其噩夢般的意象進行了重新組織和梳理。他將小說中老關嗜好吃餅乾解讀爲一種最直接的生活欲望，將老關看見田鼠在自己牙洞裏鑽來鑽去解釋爲人有生活欲望而產生的痛苦，認爲這些人除了謹小愼微地生活，就再也沒有什麼屬於人的東西了。他們對於其它的感受和追求（比如「我」的照鏡子）統統都覺

〔註 48〕　程光煒：《如何理解「先鋒小說」》，《當代作家評論》2009 年第 2 期。
〔註 49〕　包括《霧》（《文學月報》1986.2）、《布穀鳥叫的那一瞬間》（《青年文學》1986.4）
　　　　《蒼老的浮雲》（《中國》1986.5《作品與爭鳴》1988.6）、《阿梅在一個太陽天
　　　　裏的愁思》（《天津文學》1986.6《小說選刊》1986.12）、《曠野裏》（《上海文
　　　　學》1986.8）、《天窗》（《中國》1986.8）、《美麗南方之夏日》（《中國》1986.10）、
　　　　《黃泥街》（《中國》1986.11）、《我在那個世界裏的事情》（《人民文學》
　　　　1986.11）、《繡花鞋及袁四老娘的煩惱》（《海鷗》1986.11）。
〔註 50〕　程德培：《殘雪之謎》，《文匯讀書周報》1986 年 11 月 8 日。

得怪異和不屑。「我」則恰恰是屬於患上了「時代病」的人，因爲在鏡子中發現自身的醜陋而產生一種沉重的期待。在「我」的「幻覺」中出現的如一道耀眼的紫光的公牛，便成了「深深埋藏在人心之中的自我的象徵」，這個自我「深藏在潛意識中，只有靠刹那間的『頓悟』才偶而能感覺到」。「這種說不出、但感受得到的現象，正標誌著一種嶄新的意識形態重行建立的艱難創業。」〔註 51〕

　　這一解讀方式遭到伍然的堅決否定。伍然認爲沙水的解讀是硬從作品中尋找微言大義，把自己的思想牽強附會地強加上去，使作品成爲一種「圖解式的哲學」，根本沒有反映作家和作品的眞實意圖。伍然的閱讀感受是：「當我第一次用自己的眼睛、而不是沙水同志給我的眼睛讀到《公牛》的時候，我從內心深處激起了一種反感，甚至懷疑作者的神經是否有點毛病。如果不是堂而皇之在正式的文學刊物上，我眞是要當作精神病人貼在路燈柱上的瘋話而不屑一顧了。」〔註 52〕因此認爲小說中大量出現的似夢非夢、令人作嘔的意象和兩個猥瑣不堪的人物，純粹是抒發作者某種極其狹隘和病態的感受。對這種自己無法弄懂的令人討厭的文學，伍然認爲是受西方現代派文學影響，把西方文學隔閡、冷酷和頹廢的主題直接移植到自己作品中，反映的是個別知識分子的孤獨感，無論是內容還是形式都脫離了現實。

　　實際上，兩人所依據的是完全不同的知識譜系，根本構不成眞正的對話，而只會演變成立場之爭。同樣的意象和情節，在嚴格的現實反映論視野之下和表現色彩的哲學觀照之下，解釋自然會完全不同。當然，在意識形態鬥爭緊張的時候，伍然的斷語會宣判作品的死刑。不過，1985 年「兩個自由」剛剛提出，激進的青年作者恨不得用各種極端的外衣把自己包裝起來，以吸引讀者的眼球。在矯枉過正的氛圍中，各種驚人之語頻頻出現。比如徐星曾經對評論家高爾泰說出這樣的話：「我認爲中國文學能不能以嶄新的朝氣蓬勃的面貌出現，完全在於我們能否做到矯枉過正，而不是尋他媽的什麼根。這是玩物喪志，是一種致命的庸俗，造成了籠罩整個中國文藝界的庸俗氣氛。」〔註 53〕聽者高爾泰儘管感到不可思議，但卻認爲這恰恰是徐星的可愛之處。要知

〔註 51〕沙水：《〈公牛〉與時代潛意識》，《作品與爭鳴》1985 年第 9 期。
〔註 52〕伍然：《對〈〈公牛〉與時代潛意識〉的質疑》，《作品與爭鳴》1985 年第 9 期。
〔註 53〕據高爾泰說，徐星說完這些話還寫下來，要求高爾泰寫在自己的文章裏。（見高爾泰：《當代文學及其部分評論的印象》，《中國》1986 年第 5 期。）

道，在尋根文學熱潮中，徐星的打擊面是相當大的。由此可見當時頗為極端的文學氛圍。

奇怪的是，在這樣的氛圍中，沙水在對作品做了詳盡解釋之後，竟然把殘雪的小說納入「現實主義」的文學範疇，稱作者在特有的怪誕、誇張和夢幻般的筆調中，更新了現實主義文學的含義。且不說「現實主義」在當時幾乎成了所有新潮作家試圖突破的框框，就殘雪本人而言，對現代派的喜歡幾乎到了狂熱的程度，卡夫卡、懷特、川端康成、馬爾克斯早已成為殘雪心目中大師。殘雪對作品好壞高低的唯一評價標準就是是否「現代派」，對作家朋友稱道的語言就是：「你這個東西，現代派！」〔註54〕這種情況沙水不可能不知道。即使對於現代派一詞有所顧忌，沙水完全可以不提，也沒有必要非要往現實主義上扯。沙水的這一說法很可能是一種策略。也就是考慮到殘雪的文壇入場券的問題。如果是這樣，那沙水的解釋就有很大的討論空間。

但遺憾的是爭鳴並沒有展開，和批評界對同時進入文壇的劉索拉、徐星的熱議形成鮮明對比。在卷帙浩繁的《湖南新時期十年優秀文藝作品選》中，也根本找不到殘雪的影子。直到吳亮在 1988 年發表《一個臆想世界的誕生》，引發了一場關於殘雪小說的論戰。客觀地說，吳亮雖然不少地方用語尖刻，如「竭力用臆想來混淆現實和裝瘋賣傻地陳述現代寓言」，「用無休無止的也是重複得讓人難以忍受的囈語籠罩著她筆下的一切人」等，但很多見解也是頗有深度甚至是一見血的，比如「殘雪的小說運作其實受控於理智力」，「孤獨地忐忑不安地混居在敵意包圍中，是殘雪小說常見的個人處境和根本不可能擺脫的悲劇命運」，等等。〔註55〕

與吳亮展開論戰的是殘雪同父同母的哥哥沙水和同母異父的哥哥唐俟（真名唐復華）。唐俟對吳亮的基本判讀，給了有力回擊。他認為評論界對殘雪是失職的，在 1985 年根本沒有出現吳亮所說的「殘雪刮起的旋風」，即使在殘雪的作品在海外引起關注的 1987 年，「幾乎所有的人都以無可奈何的沉默來評價她。很有可能這壓抑下的沉默就是對她的最高的和唯一的『有力反應』。」〔註56〕針對吳亮所說的評論家的精力和興趣所限無暇顧及而保持的「寬

〔註54〕何立偉：《關於殘雪女士》，《作家》1987 年第 2 期。

〔註55〕吳亮：《一個臆想世界的誕生——評殘雪的小說》，《當代作家評論》1988 年第 4 期。

〔註56〕唐俟致吳亮的信，見《關於殘雪小說論爭的通信》，《文學角》1989 年第 1 期。

容」，唐俟認爲這正是「殺人裝置裏的殺人『原則』」。沙水同樣認爲國內評論界對殘雪是失職的，「面對殘雪的小說，國內文學理論界最高層次的理論泰斗們長期（三年之久！）束手無策，這是當代文藝理論的恥辱。」〔註 57〕指出吳亮之所以如此急迫地給殘雪的小說進行「終審判決」，恰恰是面對殘雪的作品，沒有辦法闡釋的一種無能表現。殘雪沒有成爲熱點是事實，因爲 1986 年大量出現的是紀實類作品，被稱爲「新聞小說」的作品開始風行，報告文學更爲繁盛，都遠遠超過了殘雪的風頭。

另外，評論界也沒有對殘雪的作品一味沉默。程德培在 1987 年發表的長文中，從小說藝術的角度，緊貼著文本，對殘雪的多部作品進行了分析，指出小說中的人物「同時地陷入了一種雙重的痛苦與打擊，即窺視欲的折磨和害怕被別人窺視的恐怖」，殘雪小說中的紊亂、變形、錯位、荒誕等特徵，與人物的特定心理情緒是聯繫在一起的，這些人物形象也成爲殘雪小說中最爲獨特的「關於靈魂的形象」。通過對殘雪小說第一人稱敘述特點的分析，程文指出殘雪「具備了將人的兩個靈魂撕離開來，並讓它們相互注視、交談、會晤，又彼此折磨的能力」。〔註58〕這一分析是中肯的，的確也是殘雪小說的基本特色，殘雪作品的靈魂多聲部對話色彩也成爲之後人們理解殘雪小說的一個切入點。只不過這種藝術分析在當時的文壇的眾聲喧嘩之中不太惹眼。一直關注殘雪創作的唐俟和沙水自然知道評論界對殘雪的關注，他們與吳亮的通信有意氣之爭，其實是不滿吳亮對殘雪所下的總體判斷。

唐俟和沙水在論爭策略上是頗費了一番心思的。他們沒有就吳亮文章本身的問題做出多少回應，事實上，吳亮的很多判讀也是很難駁倒的。他們把論爭焦點對準了吳亮的評論方式。換句話說，即使吳文本身很完整，很有說服力，但是他們認爲吳亮在起點上就錯了，所以越精彩也就越荒謬。唐俟說「讀殘雪小說的關鍵問題是千萬不要用靈敏的腦袋思考來掩蓋和取代無能的感覺」，道理很簡單，「殘雪既然是臆想——她憑空造得她自己飛上了天——我們又何能用地上的理論來捉住她？」所以，對於殘雪的作品來說，理論再完美也是用錯了地方，正是在這個意義上，吳亮分析出來的「精神病理學的臨床病案」，「病態妄想」、「連篇累牘的廢話」或老調重彈的「荒誕戲劇」，都是無效的。在唐俟看來這種批評方式只是概念的演繹和頭腦的遊戲，根本無

〔註57〕沙水致唐俟的信，見《關於殘雪小說論爭的通信》，《文學角》1989 年第 1 期。
〔註58〕程德培：《折磨著殘雪的夢》，《上海文學》1987 年第 6 期。

法接近殘雪作品的內核,「目前評論殘雪只有自我表演的一法,不表演就不能評。」〔註 59〕沙水則進一步指出吳亮「運用腦力」這種評論方式本身的內在矛盾:

> 儘管吳亮承認他「只會用腦力」,他大概也不會否認用腦力「取代」感覺是一種拙劣的評法,是一條走不通的「路」吧。他自己文章中不是處處談到「夢魘感」、「恐懼感」、「危機感」、「陌生感」、「根本孤獨感」、「氛圍」?可惜的是,感覺歸感覺,他在殘雪小說裏看到的不過是「雨和霜」、「長黴的臉」、「假腿」、「隱私」和「癡笑」等等的「組裝」和「重新組裝」。
>
> 與其說「殘雪是那樣不加節制地放縱自己的想像,很快就達到了飽和」,毋寧說,是吳亮先生的忍耐力達到了飽和;他預言殘雪的臆想將會陷入休眠,其實不過表示他的感受力已陷入了休眠。〔註60〕

將「腦力」和「感覺」兩種評論方式進行區別,並證明一種不適用於殘雪,純粹是一種策略。反過來說,吳亮的選擇同樣具有明顯的策略性。「策略從本質上保證了某些人擁有控制資本的權力,這些資本是通過合法性的實踐的定義的徵集而為那些擁有者所掌握的,這就是遊戲規則」。〔註61〕吳亮等上海批評家通過圈子批評建構了一套先鋒文學認定規則。掌握象徵資本較少的沙水則是在為殘雪爭奪先鋒文學入場券。對批評合法性的論爭實際是控制文學資本的權力的爭奪。其實問題並非出自評論方式本身,而是出自這種方式得出的結論。程德培在分析殘雪小說的敘述方式時同樣運用了「腦力」,運用了敘述學的理論,為什麼沒有遭到如此強烈的質疑?問題很明顯,讓唐俟、沙水真正感到焦慮的是對殘雪的價值評判。

殘雪周圍一直存在兩個批評圈子的尖銳對立。對殘雪作品中意象羅列和主題重複指責不是吳亮的發明,不少批評都注意到了這一現象。就在新潮批評界看好《蒼老的浮雲》的時候,就有人指出其實是靠羅列意象而顯得深不可測,結果造成了「意象淹沒意象,也淹沒了作品」。〔註62〕並且進一步指出

〔註 59〕唐俟致吳亮的信,見《關於殘雪小說論爭的通信》,《文學角》1989 年第 1 期。
〔註 60〕沙水致唐俟的信,見《關於殘雪小說論爭的通信》,《文學角》1989 年第 1 期。
〔註 61〕【法】布爾迪厄:《文化資本與社會煉金術——布爾迪厄訪談錄》,包亞明譯,上海:上海人民出版社,1997 年 1 月,第 84 頁。
〔註 62〕鄧善潔:《「先鋒小說」不再令人興奮》,蕭元編:《聖殿的傾圮》,貴陽:貴州人民出版社,1993 年 6 月,第 60 頁。

如果把這些意象綜合起來，聯繫作者對親人之間、鄰里之間關係的描述，就會發現作者不過是在描繪人與人之間的互相猜忌、互相坑害、互相懼怕的關係，殘雪的很多作品都在重複這一主題。羅雀感到閱讀《蒼老的浮雲》，「就像陷進了一個泥潭，又悶又熱，又潮又濕，一對對鬼火似的眼睛綠瑩瑩地逼視過來，逼得人胸口喘不過氣。」〔註 63〕由此認爲雖然殘雪敢於直面人性的弱點，但這種「把人當作獸類描寫，或者當作禽類品評」的旁觀態度，根本無法引起讀者的共鳴。雖不像以前作品中的要「好」就一下「好」上天，卻是一「壞」就「壞」到底。和那些「好」上了天的作品一樣是意念的化身。

批評家也往往以此來批評先鋒小說，認爲正是先鋒作家本身和他們作品的價值缺失，使得先鋒小說陷入了困境，以至於最現代的不現代，最先鋒的不先鋒。對於這種尖銳批評，蕭元認爲很多批評家自以爲看懂了其實沒有懂殘雪的作品，所以所評論的殘雪與實際上的殘雪是兩碼事。原因在於其文學知識譜系是建立在再現論和反映論基礎之上的，總是用功利的理論眼光來看待文學作品，而殘雪的作品恰恰在對生命本體作深層次反映，衝破了「理論」的樊籬，所以「把殘雪的作品塞入既定的『理論』框架，仍然拿藝術作品來和現實生活對照，終於大失所望，只看到單調的重複以及與作品人物身份和智慧並不相稱的對話獨白，簡直要懷疑起通常的理性眼光（反映論的眼光？）是否管用來」。〔註 64〕

在 80 年代特定的歷史場域，圍繞殘雪所展開的象徵資本爭奪戰，除了知識譜系的差異，還與論爭者的個人生命體驗緊密相關。對批評殘雪的文章大力進行反批評的，主要來自殘雪的親友團和朋友圈。他們對殘雪的生平和個性更爲熟悉，因此有著更多的理解，尤其是殘雪的兩個哥哥，由於生活經歷的相似和對殘雪的生活環境有著最切身的體驗，因而在別人看來不可理解、莫名其妙的怪誕意象，他們能一眼看到其生活來源，並能馬上明白殘雪的用意。殘雪從小就具有神經氣質，極其敏感，哭起來上氣不接下氣，生氣時身子不斷發抖，內心深藏著恐懼，但外在表現卻是極爲狂傲和怪拗的，在姊妹當中，最具反抗和破壞性。從小把殘雪帶大的外婆是一位「熱愛樹林和蘑菇、富於神經氣質、擅長生編故事和半夜趕鬼、睡眠之中會突然驚醒、聽得見泥土騷響和牆壁的嗡嗡

〔註 63〕 羅雀：《殘雪的阿喀琉斯腳跟》，《作品與爭鳴》1988 年第 6 期。
〔註 64〕 蕭元：《聖殿的傾圮（代序）》，蕭元編：《聖殿的傾圮》，貴陽：貴州人民出版社，1993 年 6 月，第 2 頁。

聲、還會以唾沫代藥替孩子們搽傷痛的詭詐古怪老人」〔註65〕，1961 年餓死，父母 1957 年被劃爲「右派」下放勞改，全家掙扎在死亡線上，這種家庭悲劇加上殘雪在南方農村跟隨外婆生活的經歷，都構成了殘雪作品的現實來源。

唐俟生活更爲悲慘，父親在抗戰中陣亡，從小被外婆領著到處流浪，建國後考上零陵師範學院，曾想幹一番事業，但由於家庭政治問題沒有分配工作，16 歲被打成反革命，下放到洞庭湖區千山紅農場。經歷的相似使得他對殘雪作品有著強烈的認同感。殘雪作品中那些夢囈式的話語他也是熟悉的，「字字句句，都述說著我們的現狀和記憶的全集，述說著靈魂的處境。」〔註66〕同樣經歷很多波折的沙水，做過下鄉知青，回城後幹過重體力活，當搬運工、修馬路、挑河沙、挑石頭。因此能感觸到殘雪小說中的惡風、腥風，雖然好像是看不見的，又是無所不在的，「它就是我們每天生活於其中的這一惡臭的空氣本身的翻騰馳驅，它是現實主義的，徹底現實主義的。」〔註67〕當然，由於生活經驗的差異，唐俟、沙水等人閱讀接受上的眞實，並不能否定其它人閱讀接受上的眞實。問題是其後的先鋒文學解讀，對其「歷史經驗」部分長期缺乏有效分析，這是我們今天不得不面對的問題。

3、批評的選擇及文學史後果

文學場的有效運行依靠批評的強力介入，這在 80 年代表現得相當明顯。批評在新潮迭起的文壇篩選出一個個文學潮流，一批批作家名單，直接制約了緊隨其後的文學史書寫。正是批評特有的權力，批評家的選擇就不單單是個人興趣偏好。對於主張「批評就是選擇」的吳亮來說，恰好面臨選擇的悖論。他的策略是大力張揚圈子批評，直接參與文學生產。沒有理由懷疑吳亮個人選擇的眞誠，但這種選擇一旦進入文學場的話語爭奪，就不完全是批評家個人的事兒，而涉及文學認定機制的問題。

對於這一點，吳亮有著一定的自覺意識，並且強調自己採取的是一種「針鋒相對的做法」。〔註68〕但面對激烈的反批評，還是感到幾分委屈：「湖南人

〔註65〕唐俟：《殘雪評傳》，蕭元編：《聖殿的傾圮》，貴陽：貴州人民出版社，1993年 6 月，第 14 頁。

〔註66〕唐俟：《眞的惡聲——讀〈蒼老的浮雲〉》，《中國》1986 年第 8 期。

〔註67〕沙水：《論殘雪：1988 年》，蕭元編：《聖殿的傾圮》，貴陽：貴州人民出版社，1993 年 6 月，第 112 頁。

〔註68〕吳亮在一次訪談中說：「當時已經有人說我們在搞小圈子，說你們寫東西是不給大眾看的，不給讀者看的，你們都是圈子寫給圈子看。那麼當時我就想起

太有攻擊欲了。既然我不幸成了他們的靶子我也只能承受。」〔註 69〕其實，吳亮的話只說對了一半，在批評湖南人攻擊欲強的時候，他恰恰忘記了上海新潮批評所具有的輻射力，被這個圈子尤其是吳亮這樣的代表性人物所批判對於新潮作家意味著什麼。被吳亮批評之後的殘雪對此深有體會：

> 一個大文學家，總得有自己的讀者群，哪怕這讀者群只有兩三個人。而在我們這裡，每一位讀者都是專家們的貼心人、好朋友，他們永遠堅定地站在專家們一邊，同呼吸共命運。所以只要被專家否定了，一個人的藝術生命就算完了，沒有一個讀者再來讀你的作品。表弟說得對，這就是與專家作對的下場，這就是狂妄自大的結局。文藝界的同僚們談論起本人來，開始這樣的稱呼了——「那隻猴子」，「那把掃帚」，「那位賣燒餅的」等等。〔註70〕

讀者們之所以堅定地站在「專家們」一邊，反映了 80 年代特有的文學信仰機制。一方面是由於先鋒文學作品本身形式的創新和知識資源的艱深，需要專業讀者的解讀才能弄懂；另一方面更爲重要的是，當時文化傳媒不發達，書商、媒體策劃人還無法依靠市場的力量引導普通讀者。這種情況下，批評家自然成爲文學體制中擁有更多文化資本的人，他們佔據較高的文化等級，有權力控制「文學」的意義，使其變成多數人的「共識」。實際上，這種特定的權力支配形式下，批評背後的權力不是屬於個人，而應歸於批評家所處的文學群體。「詞語的權力只不過是發言人獲得了授權的權力而已，他的發言——即其話語的內容以及與其不可分割的講話方式——只不過是一種聲名，除其它內容外，它聲名的是關於賦予他的授權保證。」〔註71〕上海新潮批評的巨大群體效應，使他們更多掌握了批評話語權，這是唐俟、沙水等人的批評所無法比擬的。因此，面對吳亮極具殺傷力的批評，他們內心產生巨大焦慮是很自然的。

一件事，你說我是印象派，我就是印象派，你說我是野獸派，我就是野獸派了。歷史上都有這樣的例子，一開始是貶義的，那麼我就公開爲這個圈子批評家和圈子文學進行辯護，所以呢這是一種針鋒相對的做法。」（見吳亮、李陀、楊慶祥：《八十年代的先鋒文學和先鋒批評》，《南方文壇》2008 年第 6 期。）

〔註69〕 吳亮致程德培的信，《關於殘雪小說論爭的通信》，《文學角》1989 年第 1 期。

〔註70〕 殘雪：《我們怎樣爭當百年內可能出現的大文學家》，蕭元編：《聖殿的傾圮》，貴陽：貴州人民出版社，1993 年 6 月，第 412 頁。

〔註71〕 【法】布爾迪厄：《言語意味著什麼：語言交換的經濟》，褚思眞、劉暉譯，北京：商務印書館，2005 年 6 月，第 86 頁。

　　就批評家個人來說，吳亮當然有批評的自由，更有選擇自己批評方式的自由。對於唐俟的批評，吳亮委婉地指出自己「對先生的表述方法極有興趣，這對於我這類只會用腦的人是一種刺激。」「我想我懂得人在孤寂和沉默中懷有的對世界的敵意及不信任，傲慢、尖刻、冷酷的嘲弄和過激言辭是這種狀態的形式化。無論如何，你不能用你的方式來教導我，因為我也有我的方式。」「我不可能放棄腦力去培育那種『無能』（照你和小華的說法）的感覺。我大概只能在腦力方面做一點事。」〔註 72〕事實上，吳亮的批評方式也是比較重要的，正如吳亮所感到的，中國文壇有著雙重的貧乏，既缺感覺、也缺腦力，這是雙重的貧乏。在先鋒文學批評界，很多人感到的是腦力的貧困，李陀就明確說：「正當世界的文學批評越來越生動活潑，批評家們開始更多地具有智力遊戲的意識，使文學批評如同哲學、數學一樣成為人類試驗思維的可能性的精神活動的時候，中國的當代文學批評恰在智力上陷入一種極度的貧困。」〔註 73〕在這一點上，吳亮和李陀不謀而合，此時吳亮把自己敏銳的「感覺」用到了對城市的研究上，而在文學批評上，則有目的強化「腦力」，增加文學批評「智力遊戲」的性質。先鋒小說文本恰恰適合了吳亮選擇的批評方式。就在批評殘雪之前，吳亮在同一刊物上發表了《馬原的敘述圈套》。文章開宗明義地說「我想我有理由對自己的智商和想像力（我從來不相信學問對我會有真正的幫助）表示自信和滿意，特別是面對馬原這個玩熟了智力魔方的小說家，我總算找到了對手。闡釋馬原肯定是一場極為有趣的博弈，它對我充滿了誘惑。」「我應當讓他嫉妒我，為我的闡釋而驚訝。」〔註 74〕

　　問題不在於吳亮選擇了哪種批評方式，而在於這種批評方式應用到作家身上得出了什麼結論。吳亮對馬原「敘述圈套」的闡釋成為人們理解馬原的一把鑰匙，也成為先鋒小說的一個標誌性特徵。但用到殘雪身上得出的卻是「悄悄地透露出衰竭的信號」，「殘雪的想像危機已經來臨了」，殘雪的臆想方式是在「自我複製」、「原地跳舞」。〔註 75〕難道吳亮所說的沒有道理嗎？當然不是。不僅僅是殘雪，新潮文學在 1985 年雄起之後，很多作家大約在三、四年都面臨創作資源萎縮，自我重複的問題。如果說殘雪身上存在的話，馬原

〔註 72〕吳亮致唐俟的信，見《關於殘雪小說論爭的通信》，《文學角》1989 年第 1 期。
〔註 73〕李陀：《文學批評與智力遊戲》，《當代文藝探索》1987 年第 1 期。
〔註 74〕吳亮：《馬原的敘述圈套》，《當代作家評論》1987 年第 3 期。
〔註 75〕吳亮：《一個臆想世界的誕生——評殘雪的小說》，《當代作家評論》1988 年第 4 期。

身上照樣存在。吳亮的批評在個體選擇上沒有問題,但在文學場的權力爭奪中,很顯然其意義對馬原和殘雪是截然不同的。

　　並不是說批評家能決定作家的命運,但是 80 年代文學史卻是依靠批評建構起來的。馬原在經過吳亮的高度評價後,依然快速走下坡路,殘雪也沒有因爲吳亮的批評而放棄寫作。但上海的先鋒批評卻通過一整套批評機制,對新潮作家進行篩選,劃定出一個先鋒小說的圈子。正是批評家的選擇,使來自西藏的馬原順利進入這個圈子,並成爲領軍人物,而來自湖南的殘雪卻被排斥在這個圈子之外。這對之後文學史研究的影響是巨大的。比如余華的寫作方式和美學意蘊,都離殘雪更近,而離馬原更遠,但是被新潮批評圈子接受的余華和馬原同時被列入了先鋒小說名單,殘雪卻很少出現在這個名單裏。儘管有人曾指出過殘雪和余華小說的相同之處,〔註 76〕但是依靠批評建立起來的文學圈子卻相當穩固,在文學史的序列中,殘雪依然被放在了和她並不搭界的劉索拉、徐星的「現代派」小說的行列,而余華則和馬原、蘇童、格非等人一起進入了「先鋒小說」的名單。

　　可以看出,批評的排斥機制具有強大的命名力量。但批評的即時性無法超越自身非歷史化的局限,更何況先鋒文學的生成和圈子批評的緊密關係。作爲一種以藝術化的方式提供歷史見證的文學文本,必然充滿意識形態因素。有效的文學史研究,同樣應該充分注意其所攜帶的時代精神氣候,但「大多數歷史研究所關注的與其說是意義的生產,還不如說是這類生產過程的效果──我們或許可以稱之爲某個給定的社會文化結構內部的意義交換和消費。」〔註77〕以文學史「效果」爲出發點的研究,很難擺脫意義的自我循環。所以,從文學的「生產」入手,將批評建構的文學史重新歷史化,探討其意義生產的複雜格局及其影響,就成爲文學史研究的應有之義。

〔註76〕如有人在把殘雪、余華與魯迅進行比較時指出「在殘雪所造就的垃圾堆上,人成了在垃圾裏翻動撥弄的蒼蠅;而在余華造就的屠宰場裏,人則既是屠夫又是被屠宰的對象。」「二者的相同,主要還不正是在於描繪了相同的人間風景,而在於對待這種風景的相同的態度。」(見王彬彬:《殘雪、余華:「眞的惡聲」?──殘雪、余華與魯迅的一種比較》,蕭元編:《聖殿的傾圮》,貴陽:貴州人民出版社,1993 年 6 月,第 173 頁。)

〔註77〕【美】海登‧懷特:《形式的內容:敘事話語與歷史再現》,董立河譯,北京:文津出版社,2005 年 5 月,第 280 頁。

4.2.2　身份焦慮與文本誤讀——以王朔爲例

「王朔現象」的大眾狂歡色彩阻礙了人們的視野，論者很難超越王朔肆無忌憚的誇誇其談，基於個人生活經驗的道德情感成了判斷依據。大量站隊式的就事論事構成一個封閉的怪圈，使得對王朔的討論無法進入一種更有價值的視域。雖然極少數論者將問題引入到對所謂「流氓文化」根系進行反思的層面，〔註 78〕但這一線索並沒有延續下來。對於「王朔現象」的幾次大型討論，多是泛文化意義上的，如 1990 年的論爭以「王朔電影」爲核心，2001 年的論爭肇始於王朔對金庸、魯迅的批評，而 1993 年以「王朔小說」爲核心的論爭也從屬於「人文精神論爭」。研究的非歷史化狀態使王朔小說的文學史定位模糊而尷尬。

歷史地看，1988 年主流文學失去轟動效應，作家痛感無奈和失落，〔註79〕而王朔卻迎來了自己的高峰——「王朔年」。與此同時，「先鋒小說」也正讓批評家們激動不已。在此，我們可以簡單對照一下王朔和先鋒小說家馬原的經歷。他們在 80 年代都被認爲是創新的先鋒，進入 90 年代，都成了公司老總、影視編劇和電影導演。面對自身的變化，馬原認爲：「實際上這兩個馬原從骨子裏還是同一個馬原，因爲原來別人說的那個寫『先鋒小說』的馬原只是被定義了。」〔註 80〕由於「兩個馬原」的存在，我們就有必要重新反思那個被定義的馬原，被定義的「先鋒小說」。同樣，王朔的特殊身份也成爲歷史反思的一個可能起點。

1、身份焦慮：王朔的相對剝奪感

1983 年，王朔認識到生存的嚴酷：「不寫小說就沒什麼出路了〔註81〕。」此時，拉薩河邊的馬原正在構思自己的成名作《拉薩河女神》，而在浙江一個鎮衛生所裏，余華也做起了小說夢。四年後，他們被《收穫》集束式推出，作品與「現實主義」文學傳統格格不入。事實上，早在文藝界高層醞釀「清

〔註78〕相關文章參見王彬彬：《中國流氓文化之王朔正傳》，《粵海風》2000 年第 5 期；葛紅兵《別忘了，王朔只有一個——與王彬彬的王朔批判商榷》，《粵海風》2000 年第 6 期；【韓】趙恒瑾《流氓文化及其它——也論葛紅兵、王彬彬的「王朔」之爭》，《探索與爭鳴》2002 年第 4 期。

〔註79〕陽雨（王蒙的化名）：《文學：失卻轟動效應以後》，《文藝報》1988 年 1 月 30 日。

〔註80〕王寅：《馬原：我希望寫永恒的暢銷書》，《南方周末》2004 年 10 月 28 日。

〔註81〕王朔：《我是王朔》，北京：國際文化出版公司，1992 年 6 月，第 20 頁。

除精神污染」之前，西方「現代派」著作已經產生重大影響。同時，以瓊瑤
爲代表的港臺通俗文學也已風靡大陸。通過傷痕文學、反思文學、改革文學
建立起來的「文學傳統」開始經受衝擊，以「現實主義」爲核心的文學成規
正在發生偏移。

　　許子東認爲在經過新時期初期的「文學自身追求與社會政治變革與大衆
審美趣味高度融洽切合的局面」以後，主流的「社會文學」就因爲內在矛盾
開始逐漸分化。1983 年以後，「典型的社會文學依然堅持批判鋒芒勇往直前，
而從事理想教育和深入反思歷史的兩類社會文學，則分別自然而然向『通俗
文學』與『純文學』傾向靠攏乃至轉化。」〔註 82〕王朔和先鋒小說家們正是
這時步入文壇。連他們自己都無法想像得到，90 年代以後，「先鋒小說」雖然
失去讀者卻在評論家的闡釋中修成正果，一套純文學的秩序建立起來。余華
成了「先鋒小說」的代表，馬原被追認爲「先鋒小說」的先驅，而王朔雖然
在通俗文化領域大受追捧，卻沒有被歸入這一行列，成了不倫不類的「痞子
文學」的掌門人，在文學史序列中無法獲得有效命名。

　　同樣面對「現實主義」文學傳統的認同危機，王朔爲什麼與先鋒小說家
所秉持的寫作倫理大相徑庭呢？依我看，主要取決於王朔的特殊身份，尤其
是當「倒爺」的那段經歷。1978 年發表短篇小說《等待》以後，王朔受到《解
放軍文藝》的極大重視，被借調到該刊當編輯。正好趕上「三中全會」召開，
政策的鬆動使得各種經濟活動全面鋪開。由於管理部門缺乏經驗和政策法律
不健全，許多經濟活動處於合法與非法之間的灰色地帶，造成了改革初期的
混亂局面。南方沿海地區的走私活動異常活躍，甚至出現了「漁民不打魚，
工人不做工，農民不種地，學生不上學」的現象，人們紛紛在街頭巷尾、公
路沿線兜售私貨。〔註 83〕受先前哥兒們影響，無心看稿的王朔去了廣州，搖
身一變成了空手套白狼的「倒爺」。現役軍人身份又是一把無形的保護傘，「光
倒騰走私的彩電、錄音機，南北一調個兒便能淨得百分之一二百的純利。」〔註
84〕如此輕易獲取暴利，王朔眞正嘗到了先行者的甜頭。

〔註 82〕許子東：《新時期的三種文學》，《文學評論》1987 年第 2 期。

〔註 83〕魯林等人主編：《紅色記憶：中國共產黨歷史口述實錄（1978～2001）》，濟南：
　　　　濟南出版社，2002 年 5 月，第 289 頁。

〔註 84〕左舒拉：《王朔——一個敢於藐視常規的「俗人」》，《大衆電影》1989 年第 6
　　　　期。

　　但是這次經商在王朔的自我意識中烙下深深印痕的卻是巨大的身份焦慮。在轉型期社會中，社會身份取決於個人在迅速發展的經濟體系中的表現。雖然明白這個道理，但歷史並沒有給王朔太多機會。隨著整頓經濟秩序和「嚴打」的展開，王朔經歷了一段「全沒戲」的日子：在部隊沒有入成黨，搞藥品批發辭職，開小飯館不賺錢，經商屢次失敗。無法與自己認定的成功典範保持一致，使王朔產生強烈的被剝奪的身份焦慮。這和那些懷抱堅定文學信念的青年有巨大差異。80 年代一度出現作家隊伍爆炸的現象，許多青年因為缺少施展個人才華的機會，紛紛訴諸筆墨，期望實現個人價值，改換生存空間，所以當時文學負載著一代青年的雄心和夢想。純正的文學理想使他們相信通過藝術途徑可以解決面對現實生活時隱藏在心靈深處的緊張和焦慮。他們作品中描繪的異化現實很大程度上就是現實焦慮的折射。實際上，文學史正是一部充滿了對自身所處身份體系不滿的歷史。作家則通過作品「對人們在社會中獲得地位的方式提出質疑」〔註 85〕。而王朔十分清楚藝術的處境，「到了廣州一看，小說誰看呀，1978 年那會兒小說已經很火了，可是在金錢面前……」〔註 86〕所以王朔的身份焦慮和由文學青年轉變成先鋒小說家的人有著天壤之別。

　　王朔身份焦慮的重要動因是強烈的相對剝奪感〔註 87〕。在經濟差異持續擴大的時期，社會經濟狀況直接關係到人們感受到的不公平感。由於當過「倒爺」，王朔的這種感受異常強烈，尤其是看到那些因為有很深背景而逍遙法外的人。因為他們已經懂得財富是衡量社會成員的基本標準，而王朔曾經替他們進行交易，過手的錢不計其數。正是這種強烈的相對剝奪感的存在，一種「隨機應變，沒有原則，對實際利益的追求是第一要務，而意識形態的純正，道德甚者法律，則可拋諸身後」的「機變原則」開始在王朔的自我意識中逐漸形成。這種「機變原則」讓人們鄙視「一味躲在實驗室裏的書生」、「嘲笑商業利益的衛道士」，使人們堅信「獲取更大的利益不僅僅是企業的成功之路，而且也是一種應當弘揚的優秀品質。」〔註 88〕正是這種「機變原則」的

〔註85〕【英】阿蘭・德波頓：《身份的焦慮》，陳廣興、南治國譯，上海：上海譯文出版社，2007 年 3 月，第 124 頁。

〔註86〕王朔：《我是王朔》，北京：國際文化出版公司，1992 年 6 月，第 17 頁。

〔註87〕由美國社會學家塞繆爾・斯托夫提出的一個社會學概念。簡單地說，「相對剝奪感」是一種橫向攀比後所產生的主觀反應。（見周明寶：《淺析「相對剝奪感」》，《社會》2002 年第 5 期。）

〔註88〕凌志軍：《中國的新革命》，北京：新華出版社，2007 年 4 月，第 66 頁。

存在，使王朔甚至缺乏最基本的對於文學的理想和抱負。王朔自己曾說：「就因爲我不出類拔萃，最好的東西得不到，只好退出來。結果我倒幸存下來了。我是老被甩出去的那種，甩成正人君子了。想學壞吧，條件不好。從小是奔著壞人去的，就因爲條件不好，生給逼成好人了。」〔註89〕所以，當一群熱血沸騰的青年詩人不知疲倦地在全國進行漫遊和演講時，當崔健聲嘶力竭地喊出「一無所有」時，王朔正在文學中小心翼翼地做著自己的發財夢。這種實用主義心理和主流知識界宣揚的理想主義構成一種奇妙的對稱。

　　特殊的身份焦慮使得王朔的寫作倫理和同時代作家有著根本不同。在王朔那裏，市場邏輯成了起決定作用的因素，這和給當權者歌功頌德的文學在邏輯起點上具有一致性，不過是將權力邏輯變成了貨幣邏輯。這種改變使作家在邏輯上有了自由寫作的可能。只要允許，他可以偏離主導意識形態軌道。這和體制內專業作家有重大分野。作協具有「準官方機構」性質，掌握著政治權力和物質資本，從作協領取工資的專業作家必然受到諸多限制。巴金之所以在新中國成立後不領工資，靠稿費爲生，其中很重要的一點是盡可能不爲了錢而出賣自己的良知。〔註90〕但是王朔和在新中國成立前就已經成名的巴金不同，他的這種寫作方式存在巨大風險。王朔既不從作協領工資，也不從國營單位領工資，他必須爲生計而寫，需要用稿費支付日常生活開支。我們可以和王小波稍做比較。王小波當初以「自由撰稿人」聞名，但是他的小說並不適合商業化。據說《白銀時代》僅有千字三十五元的稿費。〔註91〕按這個標準是無法靠寫作爲生的。好在王朔的經歷使他練就了一套敏銳捕捉市場行情、并按照市場規則進行寫作的本領。王朔是「有些生意眼光和商業頭腦的……知道流通領域在整個商品生產環節中的重要性，就是我們說的『賣』。」〔註92〕事實上，王朔不但知道「賣」的重要性，而且知道什麼好賣，並能用最便捷的方式，在最佳的時機推銷自己。也正是因爲這個原因，王朔的小說很大程度上停留在寫實的層面，具有大眾喜聞樂見的通俗性。

〔註89〕王朔：《我是王朔》，北京：國際文化出版公司，1992 年 6 月，第 6 頁。

〔註90〕巴金曾對王西彥說：「現在呀，什麼都是錢錢錢！良心良知都可以不要」。（見方小寧：《隨王西彥先生訪巴老》，《南方周末》2005 年 10 月 20 日。）

〔註91〕鄭軍：《我，說書人！》，見《中國作家網》，網址 http://www.chinawriter.com.cn/zp/ycwc/ycqt/138_55465.htm。

〔註92〕王朔：《無知者無畏》，瀋陽：春風文藝出版社，2000 年 1 月，第 15 頁。

2、文革經驗：缺席的在場者

　　表面上看，王朔小說的主人公多是隨經濟轉軌出現的計劃經濟體制外的「個體戶」。在一個既活躍又混亂的時代，他們擺攤設點、倒買倒賣，一些人先富起來。圍繞在他們周圍的熱門話題包括經商、發財、犯罪等等。這些人成為當代文學中全新的「新人」形象：石岜《浮出海面》，張明《一半是火焰，一半是海水》，橡皮人《橡皮人》，于觀、馬青、楊重《頑主》，方言《一點正經沒有》。他們的突出特點是完全放棄人們習以為常的價值觀念和生活秩序，享樂人生、戲謔社會、調侃他人。李劼認為王朔的小說「更加集中、更加出色地體現了現代平民意識」。〔註93〕「這種市民性就近讓人聯想到張愛玲，就遠讓人聯想到《三言二百》乃至《金瓶梅》那樣的敘述者」，和「呻吟苦難的文學」具有完全不同的價值，「王朔奠定了當代市民小說」。〔註94〕

　　實際上，認真追究起來，這種說法是值得進一步推敲的。從這些人物的所作所為和他們的價值標準來看，他們是從社會中分離出來的遊存在秩序之外的邊際人物，和池莉或者劉恒筆下的市民有很大差別，並非一般意義上的「市民」。他們沒有相對穩定的價值觀，而卻擁有那麼多莫名其妙的優越感。這些人物的「生存空間或活動範圍是一些雖然早有傳聞但內部的真實情形和具體操作往往還鮮為人知的社會角落，在這個角落裏價值秩序的混亂程度已經達到社會所可能容忍和接受的頂點。」〔註95〕他們也不是90年代意義上的「新市民」，而是特殊生活群落中的一群人。王朔自己就曾經說過：「不寫正在掙扎的人，而去寫已經解放了的人」。這些人是在社會上受束縛最小的圈子，他們雖然沒有職業但是經濟上獨立，「他們不是通常意義上的『個體戶』。他們在事業、生活上沒有奢求，經濟上很寬裕，你既不能利誘他也不能傷害他——相對而言。他們的靈魂也不痛苦，除了小心翼翼地不犯法外，這樣的人真可恣意妄為了。」〔註96〕可見，這些人都是有特定生活背景的。

　　造成誤解的原因主要是作品只平面記述這些人的行為，沒有深入探究他們為何會一步步走到今天，為何會成為頑主。這些出身大院的人和一般社會青年有著很大差異。從作品中可以看出，于觀的父親是「一個腰板筆直的穿

〔註93〕李劼：《論中國當代新潮小說》，《鍾山》1988 年第 5 期。
〔註94〕李劼：《王朔小說和市民文學》，《上海文學》1996 年第 4 期。
〔註95〕韓子勇：《王朔小說與社會閱讀》，《小說評論》1990 年第 2 期。
〔註96〕王朔：《我和我的小說》，《文藝學習》1988 年第 2 期。

著摘去領章的軍裝的老頭」，石岜擁有一套部裏的房子，從李白玲的交際範圍和她的活動能量也可以看出是出身高幹家庭。考慮到王朔在敘述時用的是自傳性寫法，「我寫東西都從我個人實例出發。而我接觸的生活，使我覺得只要把它們描述出來就足夠了」，〔註 97〕我們可以將王朔和他筆下的人物進行比照。身爲根正苗紅的部隊幹部子弟，他們屬於「紅五類」，在極端注重階級身份的歲月裏，他們享有一定特權，不用上山下鄉，不用爲自己的前途擔憂，一切都是光明的。這使得他們的文革經驗和主流敘事中的文革完全不一樣，他們的文革歲月是「第三世界」。〔註 98〕改革開放之後，由於和文革期間相比，自身特殊地位的失落，他們也有了各種各樣的不同命運。「有人做生意發了財」，「有的作了律師。有的還在混著，成了老無賴。也有被判了大刑的，斃了。」〔註 99〕他們的生活方式和價值姿態的形成既有文革前後縱向地位變化的因素，也有社會變革帶來的橫向經濟水平差異的因素。這兩種對比都給他們帶來強烈的相對剝奪感。

王朔描述當下生活的頑主系列作品，文革經驗一直作爲缺席的在場者而存在。頑主們不屑於常人的生活道路，辭去公職、浪跡南北、爲所欲爲，成爲游離於生活秩序之外的邊際人物。但是這些被多數人認爲是失敗者的頑主們，在作品中卻顯示出一種不同尋常的優越感。無論是做生意的石岜，開「三T」公司的于觀、楊重、馬青，還是投機倒把的橡皮人，假扮民警敲詐外商的張明，他們身上並沒有失去生活目標後的痛苦，缺乏理想的困惑茫然。這根源於那段自由自在的「陽光燦爛的日子」。雖然他們不是紅衛兵，但是紅小兵時代培育的「想像的革命精神」在他們身上留下了很深的印跡，直接促成了日後的反叛精神。雖然他們通過調侃的方式獲得的勝利「是由語言的詭計製造出來的，屬於一種想像的勝利，因而是虛幻的」。〔註 100〕但是這種想像的勝利作爲一種話語本身就是一種權力，擁有可觀的象徵資本。事實上，頑主們特殊的文革經驗使得他們最缺少精神負擔，很多人一躍而成爲 90 年代以後的中產階級甚至大款。

在寫到男女關繫時，文革經驗作爲缺席的在場者在王朔小說中起到了不

〔註 97〕王朔：《我的小說》，《人民文學》1989 年第 3 期。
〔註 98〕劉心武：《「大院」裏的孩子們》，《讀書》1995 年第 3 期。
〔註 99〕王朔：《我是王朔》，北京：國際文化出版公司，1992 年 6 月，第 6 頁。
〔註 100〕王一川：《想像的革命──王朔與王朔主義》，《文藝爭鳴》2005 年第 5 期。

可忽視的作用。他筆下的人物對戀情懷有一種無法抗拒的浪漫想像，而且男主人公在女主人公面前，毫無例外總是有一種優越感。雖然女主人公多為生於南國的漂亮大學生，但是這些弔兒郎當的頑主能夠迅速贏得純情女孩子們的芳心。張明曾厚顏無恥的宣稱「我是勞改釋放犯，現在還靠敲詐勒索為生」，「我和一百多個女孩睡過覺」，「知道我的外號叫什麼嗎？老槍」。但恰恰是這些很快吸引了女大學生的注意。這種男女關係跟「文革經驗」有直接關係。一方面，當年這些紅小兵沉醉於革命激情，隨後又不得不面對殘酷的現實，他們的男女情感無法得到正常釋放，一直處於扭曲狀態。出於這種心理補償的需要，王朔「試圖用浪漫情調來修復他的『邊際人物』的破損狀態」。〔註101〕另一方面，王朔用性別獎懲表達了自己的價值判斷。頑主們在常人眼裏是流氓、無賴甚至罪犯，但是在那些純情女子心目中，他們又充滿魅力。現實中的失敗者成了小說裏的成功者，想像取代了現實。這種方式的運用與《芙蓉鎮》、《男人的一半是女人》裏對主人公的性別獎懲如出一轍，只不過文革經驗的不同，主人公由受迫害者變成了頑主。在我看來，那些純情少女並非「擔負『警戒』、『拯救』的道德主題」，〔註102〕之所以王朔無法擺脫「純情情結」，是對「文革」時期女紅衛兵和自己周圍的一些女性雄性化的一種心理反彈。〔註103〕這同樣來自於王朔獨特的「文革」經驗。

　　王朔的「文革經驗」中沒有留下創傷體驗，這一點和先鋒小說家非常不同。「先鋒小說」的文革書寫儘管有很多荒誕色彩，我們還是能夠從中看到巨大的創傷體驗。一旦觸及「文革」，他們的小說就會鬼氣森然。更多時候，「文革經驗」成為他們小說中或隱或現的精神幕布。比如余華，由於個人經歷的原因，「文革經驗」並非親受，更多的是聽來的和讀到的。即使這樣，他的「文革」書寫還是那樣殘忍。《一九八六年》講述一個「文革」中被關押的小學教師，逃出監獄後成了瘋子。當他流浪二十年後返鄉時，曾經的妻女感到巨大的恐怖在一步步逼近。這個業餘研究刑罰史的教師在幻覺中對人群施加酷刑，最後將各種酷刑如劓、荆、宮、凌遲等對向自身。余華正是通過對瘋子

〔註101〕陳曉明：《表意的焦慮》，北京：中央編譯出版社，2002年6月，第134頁。
〔註102〕趙園：《「難見真的人！」——試說〈輪迴〉改編原作的得失》，《電影藝術》1989年第5期。
〔註103〕70年代末，北京流行的三大怪之一是「男的沒有女的壞」。（見楊東平：《城市季風：北京和上海的文化精神（修訂本）》，北京，新星出版社，2006年1月，第358頁。）

自殘行為的暴力想像來展示他對「文革」的批判，同時將思考的觸角指向每個人心靈深處的獸性本能。小說採用「荒誕敘述」，故事中只看到受害者，而不見具體的迫害者。而當初審查主人公的造反派始終是個謎，余華正是借助「文革經驗」寫出了歷史的殘酷性。

先鋒小說家之所以如此處理「文革經驗」，一個重要的原因是，他們的「文革」敘述針對的是「現實主義」文學傳統中的「文革」敘述。正是這種「為了顛覆『因禍得福』或『壞事變好事』的『文革』敘述模式」，讓先鋒小說家付出了「因挑戰大眾閱讀期待而減少可讀性進而也減少讀者的代價。」〔註104〕而對於王朔來說，「文革經驗」的缺席在場，不但使他獲得大量讀者，而且使他的作品內蘊超出了單純寫實的層面，具有了先鋒性的意涵。由這種優越感支撐的反叛精神提升了作品的認識深度，明顯不同於那些寫失足者的主流作品。當然，王朔並沒有如先鋒小說家那樣對自己的充滿優越感的「文革經驗」進行批判性的挖掘，這使其作品的先鋒性大打折扣。

3、文本誤讀：對王朔小說的不同想像

王朔的自我定位和他自身所處圈子的某種「傳奇性」，使他不斷能找到「賣點」，迅速贏得眾多普通讀者的關注。初入文壇時，王朔最廣為人知的是《一半是火焰，一半是海水》。這部小說吸引了眾多少男少女。與陌生人相見，王朔總是被人介紹說「這就是寫《一半是火焰，一半是海水》的王朔」。在武漢的一條船上，王朔就曾聽到服務員偷偷耳語：「他就是寫蠻噁心的《一半是火焰，一半是海水》那人」。〔註105〕在很大程度上，正是這種「蠻噁心」滿足了普通讀者的獵奇心理。他們對王朔的判斷已經脫離了「現實主義」的文學傳統，也不是在純文學意義上來看待的。

而對於專業讀者來說，王朔特有的身份焦慮和「文革」經驗使得他的小說在不同接受者那裏呈現為複雜的狀貌。不同的接受者都試圖把王朔小說納入自己的想像場景，對作品的評價具有重大差異。《一半是火焰，一半是海水》最初發表在公安部所屬的旨在宣傳國家法制的文學雜誌《啄木鳥》上。刊物在推出這部作品時和普通讀者對作品的看法大相徑庭。同期刊發的評論文章稱：「在眾多描寫青年的犯罪、懲罰、自新的平庸之作中，脫穎而出，以其揭

〔註104〕許子東：《先鋒派小說中有關「文化大革命」的「荒誕敘述」》，《當代作家評論》1999 年第 6 期。

〔註105〕王朔：《我是王朔》，北京：國際文化出版公司，1992 年 6 月，第 44 頁。

示社會心理的深度和刻鏤人物靈魂的力度，給讀者一種強烈的刺激和震動，把讀者引入一種清新而邈遠的人生境。」〔註 106〕這裡「揭示社會心理的深度」、「刻鏤人物靈魂的力度」等說法完全符合經典現實主義的要求。可見，在主流評論家眼裏，這是一部非常不錯的具有教育意義的小說。它的價值標準屬於人道主義的範疇，背後起支撐作用的是新啓蒙主義的價值觀念。也就是說，它完全符合新時期文學主流確立的基本規範。

對《橡皮人》的評價延續並加強了這種認識。「編者的話」中寫道：作品「爲我們勾畫了一個在投入倒賣汽車、彩電的投機活動中，在發展自己的社會聯繫、社會交往中實實在在地把握到自己已經異化爲沒心沒肺的橡皮人的青年形象。這是一個徘徊在人與非人之間的、痛苦地掙扎著的靈魂」，並且非常自信的聲稱「相信青年讀者會舉手歡迎它」。〔註 107〕編者認爲這一「異化爲沒心沒肺的橡皮人」的青年形象具有重要意義。它的接受基礎必然和當時關於異化的討論有關。編者從「全新的審美感受」進行評價的「掙扎著的靈魂」則暗含了這種期許。進而，異化問題被納入了主體性的接受理論視域當中。

論者認爲：「在當代文學中，還有什麼作品把人的異化感寫得這樣強烈、這樣忧目驚心、這樣具象化？沒有，似乎沒有。⋯⋯沒有一篇是這樣完全生活化的、讓你感到一種切膚之痛的」，所以這是一部「頗有哲學深度的小說」。而且「王朔大概不是從哲學書上去獲得人的異化的觀念的，他是從自己肉搏的人生中看取了異化的活生生的現象的。也許，《橡皮人》所寫的一切，就是王朔從自己身上撕下來的一層血肉！──從自身的親歷親見中、從殘酷險巇的實際人生中獲得的東西和單純從主體的哲學冥思中提取的，就是這樣的不同」。〔註 108〕這種緊隨文學界的熱點話題而出現的一邊倒的讚揚之聲是讓人感到吃驚的。主流批評界的這種閱讀效果和作家的實際建構具有重大差別。本來王朔的寫作一開始就是適應普通讀者的，這與新時期文學緊追社會熱點，企圖重塑歷史深度的意識形態訴求相去甚遠。但是某些作品卻暗合了主流文學的閱讀期待，使得王朔作品的接受變得複雜而有趣。

造成這種文本誤讀的原因很多。從王朔自身來看，爲了在國家主義美學框架內獲得合法身份，有意在作品中妥協。在 80 年代特殊歷史語境中，要想

〔註 106〕曾振南：《在罪與罰中顯示社會心理的深度》，《啄木鳥》1986 年第 2 期。
〔註 107〕見《編者的話》，《青年文學》1986 年第 11 期。
〔註 108〕曾振南：《徘徊在人與非人之間的靈魂》，《青年文學》1986 年第 11 期。

真正獲得成功，只有商業頭腦並不夠，還必須和主導意識形態協調好，符合主導意識形態的規訓。這就必須和編輯形成良好的互動關係，否則，作品發表的可能都沒有。1986 年寫作《橡皮人》時，正趕上全國開展「反對資產階級自由化」運動，編輯部怕惹麻煩，死活讓其改一個光明的結尾。這種改動雖然並非出自王朔自願，但正是因爲這一改動，使作品獲得了廣泛的好評，以至於在《橡皮人》下部刊發時，編者寫道：「不少讀者抑制不住激動的心情，紛紛給編輯部寫信，盛讚這部小說語言潑辣，畫面新鮮，形象獨特，哲理深刻。那麼，相信本期推出的『下篇』，將使您在完整地欣賞這部有著全新的生活、全新的審美價值的小說的同時，繼續爲它擊案叫好。」〔註 109〕

除了誤讀以外，王朔小說之所以被普通讀者和主流批評同時接受，還和他的精心策劃有關。他的成名作《空中小姐》就經過精心的設計。「這個題目，空中小姐這個職業，在讀者在編輯眼裏都有一種神秘感。而且寫女孩子的東西是很討巧的」，〔註 110〕這種「討巧」確實很有實效，儘管洋洋十萬言的作品發表時只剩下三萬多字，但卻贏得了廣大讀者，同時也獲得了《當代》文學期刊新人新作獎，隨後被改編爲電視劇。即使成名後，王朔依然小心翼翼。雖然很多作品對幹部和知識分子充滿調侃和嘲諷，但是這種嘲諷又是安全的。他的小說「基本上不寫任何大人物（哪怕是一個團支部書記或者處長），或者寫了也是他們的哥們兒他的朋友，決無任何不敬非禮」。〔註 111〕王朔對國家政治和主流意識形態文化，一直非常低調，頂多是一些故作聰明的耍貧嘴和政治話語的挪用。

在誤讀中對王朔作品高度評價的同時，當時的文學界也有一些保留。這種保留是通過指出王朔小說的通俗文學特徵而得以確立的。這裡有一種通俗文學和純文學之間的等級秩序。但是論述者在論述時又恰恰混淆了這個等級秩序。如對《一半是火焰，一半是海水》的評論：「這篇小說的出現，顯示了法制文學創作的深化，顯示了嚴肅的通俗文學，或者說淺貌深衷的通俗文學，正在向純文學的聖殿突進。」〔註 112〕論者雖然指出了這種差異，但是對作品的高度評價實際上在很大程度上取消了這種差異。這一點在其後的「王朔作

〔註 109〕見《編者的話》，《青年文學》1986 年第 12 期。
〔註 110〕王朔：《我是王朔》，北京：國際文化出版公司，1992 年 6 月，第 21 頁。
〔註 111〕王蒙：《躲避崇高》，《讀書》1993 年 1 期。
〔註 112〕曾振南：《在罪與罰中顯示社會心理的深度》，《啄木鳥》1986 年第 2 期。

品討論會」上得到了更加明確的體現。與會者認爲王朔的作品之所以受到讀者的廣泛喜愛，是因爲作家「在『純文學』與『通俗文學』之間的中間地帶走出了自己較寬的創作路子」。〔註113〕從事實來看，王朔小說的確受到言情、偵探等通俗小說的影響。但是王朔小說並不等同於通俗文學，單就拿早期言情小說來說，王朔小說和瓊瑤小說就有重大差別。很重要的一點是，王朔「把瓊瑤筆下的那些白馬王子改變成玩世不恭的『痞子』」。〔註114〕就創作本身來說，這是由王朔獨特的身份所決定的。他不過拿來一個言情的筐來裝自己身邊具有「刺激性」效果的故事。然而，正是這一改變，使王朔小說被讀出了另外的意義。

頑主們玩世不恭的人生態度，在一個思想解放不斷深化的時代，確實迎合了普通民眾的叛逆心理。同時又獲得了激進批評家的賞識，認爲王朔用通俗文學的故事模式改寫了主流文學一直宣揚的「大寫的人」。對於王朔來說是自然而然的，因爲這就是他所聞所見的日常生活。但是，對於批評家來說，這個挑戰的意義是不同尋常的，其中蘊含了後現代的因素。王朔頑主小說的敘述人和作品中的人物「由於激進到虛無程度的人性嘲謔、人性吶喊，而成爲反文化、反文明的先鋒，成爲脫卻一切文化包裝的靈魂裸泳人」，〔註115〕論者認爲這種靈魂裸泳人所表現出來的「嘲謔虛無主義」是一種典型的後現代特徵。在理論家的視野中，這種叛逆體現了後現代的文化意義：「王朔的小說充滿了輕鬆幽默之感，這種輕鬆具有喜劇的格調，幽默也近似某種病態的『黑色幽默』，他本人的玩世不恭就體現在他對性和政治這兩個後現代主義的敏感課題的調侃態度和對敘述技巧的無選擇性。人們常常提到的『王朔現象』恰恰是中國當代青年（第五代人）中反文化態度的集中體現。」〔註116〕在這個意義上，將他的小說與「先鋒小說」作家莫言、孫甘露、余華、格非、蘇童等人的小說並置。

4、差異性的背後

把王朔作爲先鋒小說家推出的是程永新。這位被余華稱爲「先鋒小說的

〔註113〕斯冬：《在通俗與純粹之間──「王朔作品討論會」綜述》，《青年文學》1987年第 4 期。
〔註114〕陳曉明：《王朔現象與當代民間社會》，《文藝爭鳴》1993 年第 1 期。
〔註115〕李之鼎：《文化萬花筒與靈魂裸泳人──王朔創作的後現代性隅評》，見張國義編：《生存遊戲的水圖》，北京：北京大學出版社，1994 年 2 月，第 315 頁。
〔註116〕王寧：《中國當代文學中的後現代主義因子》，《理論與創作》1992 年第 1 期。

主要製造者」的編輯，將《頑主》刊發在集中刊發先鋒小說的《收穫》(1987.6)
的頭條。在程永新看來，「那段時間以前的創作，不是眞正優秀的文學、好的
小說，雖然它適應了時代的某種需要」，所以「文學應該回歸它本來的面貌」。
〔註 117〕出於這種動機，程永新在自己身邊網羅了一批青年作家，他們「通過
一場文學革命，成爲影響中國的實力派作家，余華、蘇童、馬原、史鐵生、
王朔、格非、北村、孫甘露、皮皮等一大批作家，他們被稱爲中國先鋒小說
的代表人物。」〔註 118〕但是，在其後的批評和文學史敘述中王朔很少被歸入
「先鋒小說」。談到這種文學史效果時，批評家歸納和總結的……那時候沒有
想清我要的究竟是怎樣一種文學，就是尋求一次改變，慢慢地才清晰起來，
明確起來，這其實是小說敘事學的一次革命。」〔註 119〕在程永新看來，王朔
小說和「先鋒小說」都具有「敘事學革命」的色彩。那麼，這個所謂的「敘
事學革命」到底有著怎樣的內涵呢？

　　這種「敘事學革命」在格非那裏非常明確，那就是對「現實主義」文學
傳統的反抗。「在那個年代，沒有什麼比『現實主義』這樣一個概念更讓我感
到厭煩的了。種種顯而易見的，或稍加變形的權力織成一個令人窒息的網絡，
它使想像和創造的園地寸草不生。」〔註 120〕這種說法代表了一代青年作家的
共同心聲，具有很大的概括性。形式的反抗具有一種強烈的意識形態性，論
者已經指出「先鋒小說」「始終將自己結構在『現實主義』的對立面上……將
『反現實主義』作爲了文學的非意識形態化過程的意識形態。」〔註 121〕隨著
改革開放的逐步深入，這種「反現實主義」的「敘事學革命」也一步步展開，
「不單獲得了某種存在的『合法性』，而且被認爲是新的『文學規劃』的一個
部分。因此，隨著對僵化的『當代文學』成規的拋棄和對『現代主義』意義
上的『當代文學』的承認，對中國當代文學史的『分裂性』的認識便是一個
事實上的存在。」〔註 122〕那麼，如何深入理解由「敘事學革命」引發的在「當

〔註 117〕程永新、桂琳：《談王朔》，《文藝爭鳴》2007 年第 12 期。

〔註 118〕程永新：《關於先鋒文學和先鋒編輯》，《作家》2008 年第 1 期。

〔註 119〕程永新、桂琳：《談王朔》，《文藝爭鳴》2007 年第 12 期。

〔註 120〕格非：《十年一日》，載《塞壬的歌聲》，上海：上海文藝出版社，2001 年 11
月，第 68 頁。

〔註 121〕賀桂梅：《先鋒小說的知識譜系與意識形態》，《文藝研究》2005 年第 10 期。

〔註 122〕程光煒：《二十世紀八十年代的「現代派」文學》，《文藝研究》2006 年第 7
期。

代文學」傳統譜系中生長的另一個被「現代派」重塑的「當代文學」呢？這是一個需要深入辨析的問題。

很明顯，在程永新的「敘事學革命」衝動中，王朔被歸入了反抗「現實主義」的潮流之中。但是王朔的「反抗」並不徹底。王朔曾說自己受到過鐵凝的《沒有鈕扣的紅襯衫》、劉心武《穿米黃色風衣的人》、王亞平《神聖的使命》的影響，而這些作品是被主流認可的現實主義作品。它們對王朔的影響主要在內容方面：「以前我一直有個錯覺，就是小說都是虛構的，而這幾個小說告訴我，小說可以寫身邊的事。我身邊的故事比他們那有意思多了。」〔註123〕王朔先前的那個「錯覺」是哪裏來的？很顯然也是「現實主義」文學，王朔也曾經按照這種方式寫過小說，雖然《等待》《海鷗的故事》《長長的魚線》等作品都發表過，但是很快這種寫作方式就行不通了。知道小說可以寫「身邊的事」，才有了王朔後來的轉變。弔詭的是，王朔是在「現實主義」傳統之中吸收了反抗「現實主義」的力量。這些「身邊的事」完全因爲王朔自身身份的特殊性，才具有了一種破壞性力量。所以王朔是以自己獨特的「故事」同「現實主義」拉開了距離。語言上的「調侃」正是爲了和這種故事相對應。

被評論家定義的先鋒小說在「敘事學革命」中是反抗「現實主義」的中堅力量。值得注意的是先鋒小說家和他們所反抗的對象之間也具有緊密聯繫。余華曾經談到王蒙對他創作的巨大影響。「讀他的《夜的眼》，讀他的《春之聲》，對他的語言著迷，他對我們起到了很多的像《紅燈記》裏的那盞燈一樣的作用。」〔註124〕雖然王蒙的小說借鑒了一些意識流的表現技巧，但還算不上現代派小說。和王朔不同的是，余華更加關注的是形式的因素——語言，而王朔更加關注的是內容的因素——身邊的事。「先鋒小說」也並不反對「現實主義」十分看重的故事。馬原就是一個熱愛「講故事」的作家，他「把當代中國小說帶回到『故事性』這一原初的本性上」。〔註125〕雖然馬原的興趣不在文化展覽，他筆下具有神秘色彩的西藏文化不過是刺激故事生長的氛圍和動機，爲故事的講述提示撲朔迷離的可能性，但是馬原的「故事」確實因爲地域的緣故，尤其是那些尚不爲人知的西藏生活場景，滿足了一個時期急不

〔註123〕王朔：《我是王朔》，北京：國際文化出版公司，1992 年 6 月，第 20 頁。

〔註124〕余華、王堯：《一個人的記憶決定了他的寫作方向》，《當代作家評論》2002 年第 4 期。

〔註125〕尹昌龍：《1985：延伸與轉摺》，濟南：山東教育出版社，1998 年 5 月，第 166 頁。

可耐的「文化」期待。這在很大程度上也是馬原被讀者接受的一個原因。

當「先鋒小說」在形式革命中越走越遠，開始拋棄故事，體現非眞實魅力的「虛構」成了「先鋒小說」的「共識」。「先鋒小說」對「現實主義」的反抗就主要表現在故事的講述方式上。他們更加關注的是如何操作自己的故事，「而不是想通過這個故事讓人們得到故事以外的某種抽象觀念」。〔註 126〕這是和「現實主義」文學傳統的重大區別，這種對「某種抽象觀念」的關注曾經使「現實主義」獲得了巨大的現實活力，在新時期文學之初，更是具有一種宣洩巨大情感悲痛和撫慰的力量。然而，當這種觀念與改革現實的日常語境越來越發生分離後，它的活力也在日漸喪失。「先鋒小說」形式革命的意義就顯示出來。

同處於這場反抗「現實主義」的「敘事學革命」，王朔小說和「先鋒小說」顯示出了很大差異。編輯和批評家也有著不同的認識。程永新更關注的是「反抗」本身，因此認爲二者的差異性就很小；而批評家們更關注「如何」反抗，必然會看出二者的很大差異。在我看來，二者對「故事」的不同處理方式背後體現的是對「西方傳統」的不同態度。先鋒小說家對待西方傳統的認識很大程度上是眞理性的，他們對「故事」的態度體現的是一種整體性的歷史觀的斷裂，歷史的眞實只存在於碎片之中，所以故事的完整性就變得可疑。而王朔對待西方傳統是遊戲式的，他不斷通過筆下的人物來嘲弄時髦的西方傳統。〔註 127〕今天看來，這兩種態度都存在問題。比格爾在討論「先鋒派」的藝術危機時指出：「在藝術擺脫了所有外在於它的東西之時，其自身就必然出現了問題。」〔註 128〕「先鋒小說」就是在歷史破碎中不斷走向藝術的純粹，同時也帶來了自身的危機。王朔沉浸於自身的遊戲也因爲平面化和對直接經驗的過度依賴而難以爲繼。

對「故事」的不同處理方式，必然造成接受的不同。先鋒小說家們當然有自己的讀者考慮，但是這種考慮是根本不在乎普通讀者的。他們的目的「並

〔註 126〕吳亮：《馬原的敘述圈套》，《當代作家評論》1987 年第 3 期。

〔註 127〕如《頑主》中通過于觀給楊重的電話戲謔「現代派」：「跟她說尼采」，「用弗洛伊德過渡」。在《一點正經沒有》中借女大學生之口對學「現代派」者進行挖苦：「兩眼一摸黑，兩耳不聞窗外事，就在文學本體上倒騰，先謂語後主語光動詞沒名詞一百多句不點標點看暈一個算一個」。（分別見王朔：《王朔文集（諧謔卷）》，北京：華藝出版社，1992 年 7 月，第 10～11 頁，第 113 頁。）

〔註 128〕【德】彼得‧比格爾：《先鋒派理論》，高建平譯，北京：商務印書館，2002 年 7 月，第 93 頁。

不是讓讀者愛看，而是讓讀者不愛看，他讓你在閱讀中感到反感。」〔註 129〕儘管馬原的小說具有很強的故事性，但是馬原堅持說「我早年的小說不是給讀者寫的，是給自己寫的，或者是給我的上帝寫的」。〔註 130〕余華曾經給程永新寫信說《四月三日事件》發了以後，《收穫》的發行數下降了幾萬冊，很多讀者認爲不該發這樣的稿子。〔註 131〕先鋒小說家的精英主義立場決定了他們的讀者主要是小說家和批評家，具有很強的圈子化傾向。〔註 132〕他們對「現實主義」的反抗更多的是出於創新的巨大壓力，背後是文學史的邏輯。作品是通過批評家和學院體制的二次傳播才進入讀者市場的。這和王朔的小說有很大不同，王朔的讀者對象是一般大眾，背後邏輯是市場的邏輯。並通過影視改編，在不斷的爭議中進一步擴大影響，然後再被學院體制和文學史收編。

　　王朔小說和「先鋒小說」的差異性，是我們思考被「現代派」重塑的「當代文學」的一個契機。從比較中我們可以看到，「先鋒小說」這個被「現代派」重塑的「當代文學」的典型，在不斷走向自身的純粹中失去對現實的發言能力。也就是說，在 80 年代的「現代派」的「文學規劃」中有很大程度的理想主義成分，和社會實踐中不斷演進的市場化進程存在著很大衝突，文學生產和生活實踐逐漸分離，新的混雜而充滿活力的個體經驗無法有效轉化爲藝術經驗。在一定意義上，「先鋒小說」更像一個早產兒，因爲中國的當代現實不同於西方 20 世紀的現實。在一個充滿劇烈升沉，現代、前現代、後現代並置的時代，僅僅具有「純文學」的審美意義還遠遠不夠，對「現實」的發言能力依然成爲考驗作家的重要尺度。

4.2.3　文化懷舊與先鋒成規——以余華爲例

　　1987 年之後的余華，通常被列入「先鋒名單」，其小說也在「先鋒」的闡釋框架中獲得經典性。其中《古典愛情》是一篇經典化程度較高的小說，1999

〔註 129〕李陀、張陵、王斌：《一九八七～一九八八：悲壯的努力》，《讀書》1989 年第 1 期。
〔註 130〕王寅：《馬原：我希望寫永恒的暢銷書》，《南方周末》2004 年 10 月 28 日。
〔註 131〕羅崗：《在「離散」中尋求「認同」——新時期文學 30 年的回顧與展望》，《棗莊學院學報》2008 年第 1 期。
〔註 132〕作品主要是由《收穫》、《鍾山》、《上海文學》等雜誌大力提倡，作家也主要集中在寧滬杭地帶，和先鋒小說同時崛起的批評家如李劼、蔡翔、陳思和、吳亮、朱大可、王幹、費振鐘等，也集中在這一地區。（見趙毅衡：《非語義的凱旋——細讀余華》，《當代作家評論》1991 年第 2 期。）

年出版的法文版小說集，2005 年出版的越南文版小說集，以及 2006 年人民文學出版社出版的小說集，都曾以《古典愛情》爲名。但是小說的實際閱讀效果似乎和「先鋒」二字相去甚遠。這樣的文學史疑惑恐怕不是僅以文學自身的邏輯能解釋清楚的，而回到 80 年代多層化的文學現場，在更爲複雜的歷史進程和社會結構關係中解釋，恐怕是較爲穩妥的方式。

佛克馬與蟻布思在討論文學經典化時，強調了文學閱讀成規的重要影響，認爲即使那些「由於其形式和主題上的特點」而極其重要的文本，也並不意味著「必然會與社會和政治生活相脫離」。他們認爲被經典化的文學作品經過「數次編碼」而具有一種含混效果，存儲了大量的「認知信息和情感信息」。〔註 133〕在文本闡釋之外，通過對小說周遭歷史風景的考察，還原那些被文學史刪減的「認知信息和情感信息」，才能勾勒其被認定爲「先鋒」的歷史路線圖。

1、在年表的框架中

作家的年表或者年譜爲深入研究具體作家作品構建了清晰的時序坐標，在個人和時代風雲之間建立起多個重要的扭結點，是文學研究歷史化的重要支撐。爲擺脫現有的文學史成見，呈現更爲複雜的歷史景觀，有必要將作品放在作家年表中進行譜系考察。余華的《古典愛情》發表於《北京文學》1988 年第 12 期。小說在作家的作品譜系中顯得極爲特殊，看起來像一個「老掉牙的豔情故事」，一個「可惡的矯揉造作的古董仿造品」。〔註 134〕對於正在進行探索實驗的余華來說，這樣一篇明顯的「懷舊」之作確實讓人感到有些意外。而對於這個意外，更需要在作家年表當中得到解釋。

吳義勤主編的《余華研究資料》是第一本關於余華研究的專題資料，附錄中有王金勝編的《作品年表》。〔註 135〕這份年表收錄的余華發表於 1983～1989 年的中短篇小說共計 15 篇，〔註 136〕作品從 1987 年發表的《十八歲出門

〔註 133〕【荷蘭】佛克馬、蟻布思：《文學研究與文化參與》，俞國強譯，北京：北京大學出版社，1996 年 6 月，第 200 頁。

〔註 134〕興安：《才子佳人文學傳統的戲擬與嘲仿──讀余華的〈古典愛情〉》，《文學自由談》1989 年第 5 期。

〔註 135〕吳義勤主編，王金勝、胡健玲編：《余華研究資料》，濟南：山東文藝出版社，2006 年 5 月，第 415 頁。

〔註 136〕分別爲：《十八歲出門遠行》《西北風呼嘯的中午》《四月三日事件》《一九八六年》《河邊的錯誤》《現實一種》《世事如煙》《難逃劫數》《死亡敘述》《古

遠行》算起，之前發表的小說全被忽略。年表列舉的幾乎全部是被批評界指認的先鋒小說，因此這份余華創作年表是典型的「先鋒作品年表」。可以說，這份年表是由先鋒文學批評「創造」出來的，反過來也會加劇人們對先鋒文學批評的認同。看似實錄的年表背後，文學批評自我經典化的意味明顯。在這樣的文學批評鏈條中，《十八歲出門遠行》是余華作品的起點，之前的小說作爲作家的「史前史」或者文學練習期不具有文學價值，只是作家「先鋒期」到來之前的一個鋪墊。這一批評化的結論與余華自己的講述方式如出一轍，互爲印證，同時也成爲多數教材的基本判斷依據。

　　與此相比，洪治綱編的《余華作品目錄索引》更爲全面，〔註137〕其中收錄余華發表於 1983～1989 年的中短篇小說 24 篇，增加的 9 篇作品是：《第一宿舍》、《「威尼斯」牙齒店》、《鴿子·鴿子》、《星星》、《竹女》、《甜甜的葡萄》、《男兒有淚不輕彈》、《月亮照著你，月亮照著我》、《老師》，全部都是余華發表《十八歲出門遠行》之前發表的小說。這些早期作品的收入，讓人看到一個較爲完整的 80 年代的余華。但相比較筆者考證整理出來的「作品年表」，這個目錄索引仍顯得是一個「有意無意忽略的年表」，至少有 5 篇小說沒有被選入，即：《三個女人與一個夜晚》（《萌芽》1986 年第 1 期）、《表哥和王亞亞》（《醜小鴨》1986 年第 8 期）、《美好的折磨》（《東海》1987 年第 7 期）、《故鄉經歷》（《長城》1989 年第 1 期）、《兩人》（《東海》1989 年第 4 期）。也許在洪治綱甚至余華看來，這些作品是無足輕重，可有可無的。對於余華的早期作品，洪治綱在《余華評傳》中有著較爲客觀的介紹與評價，但無法避免的是，洪治綱在講述余華創作歷程時，仍基本延續文學史的慣性思維，對作品的評價被「文學史共識」所左右，對早期作品的查漏補缺更多是爲了使作家的創作過程顯得完整一些，那些補上的作品仍然是被排斥在「文學史敘述」視野之外的。

　　同樣的情境存在於王侃的《余華文學年譜》。此年譜所列舉的余華發表於的 1983～1989 年的中短篇小說也是 24 篇，與洪治綱的《余華作品目錄索引》完全相同。而對於余華早期作品的評價，比洪治綱的《余華評傳》更低，認

典愛情》《往事與刑罰》《鮮血梅花》《此文獻給少女楊柳》《愛情故事》《兩個人的歷史》。

〔註137〕洪治綱編：《余華研究資料》，天津：天津人民出版社，2007 年 7 月，第 683 頁。

爲它們創作於作家從文學青年「轉正」爲作家的年份,「有明顯的文藝腔、模仿腔,與余華後來自成一體的、難以複製的文學風格相比,這時期的作品確實容易『像水消失在水裏』」。〔註 138〕這種判斷和余華自己的判斷基本一致,余華幾乎沒有提起過自己的早年作品,儘管對大力提攜自己的《北京文學》編輯特別感激,還是不把這些作品收錄到自己的作品集。此年譜在對余華作品的追蹤與概括過程中,更像是一個預設的「文學批評事實」的集成展覽,譜主的文學活動及其價值是當代文學批評實踐的一種印證。從中可見,作家年譜似乎並不是作家文學活動的還原與呈現,而似乎是被文學批評框架所左右的。

指出作家年表與文學批評的同質化傾向,並不是要抹殺作家年表或者年譜的價值,恰恰相反,對於作家研究來說,作家年譜或者年表是無法繞過的一個基本框架。因爲涉及複雜的人事糾紛,當代個案史本來就少,而且出於種種考慮又是不全面的。而對於當代文學來說,以譜主爲中心的作家年譜更具有與時代對話的意義。在我看來,當代文學年譜的研究應有自己特殊的方法論。與其說是還原歷史事實,不如說是以年譜作爲當代文學研究的一種特殊方法。明於此,在年表的框架中考證《古典愛情》,就需要將作品放置在作家的歷時和共時的不同鏈條上進行譜系考察,從而還原那些被「數次編碼」的作品攜帶的周邊的大量的「認知信息和情感信息」。

《古典愛情》雖然在余華的作品系列中顯得特殊,但卻並不是孤例。同年發表的《河邊的錯誤》(《鍾山》1988 年第 1 期),以及稍後發表的《鮮血梅花》(《人民文學》1989 年第 3 期)與之類似。這幾篇小說有著明顯的「懷舊」色彩。它們營構了一次次文本「懷舊」之旅:《河邊的錯誤》中的連環殺人案;《古典愛情》的才子佳人私定終身;《鮮血梅花》中的替父報仇、江河恩怨。此時的余華,是以「先鋒」的面目被文學界辨認的,這些作品自然而然被批評家指認爲先鋒小說。而被指認爲「先鋒」的理由顯得非常簡單,文本「懷舊」被解讀爲後現代「文類顛覆」或者「戲擬」。似曾相識的故事情節爲後現代理論提供了足夠的闡釋空間。批評家強調反諷式戲仿使「小說成爲非語義化的凱旋式」,而「文類顛覆」與價值觀的顛覆緊密相關,於是文本「懷舊」被賦予了最爲激進的文學史意義:「在這之前,中國當代文學基本上一直在題意平面上展開,余華的小說指向了控制文化中一切的意義活動的元語言,對

〔註 138〕王侃:《余華文學年譜》,《東吳學術》2012 年第 4 期。

文化的意義構築方式進行了顛覆性批判。」〔註139〕應當說，這種後現代文本價值認定式批評，雖然揭示了文本某些方面的特殊價值，但是卻有著明顯的理論預設色彩，理應成為文學史研究討論的對象，而不應當是固定的結論。

　　同為編年體著作，文學編年與作家年譜有著不同的學術追求。如果把余華的年表放置在編年史中，就會發現在 80 年代的多層場域中，余華的「懷舊式」先鋒書寫繞不開「通俗文學熱」。「戲仿」必然針對的是有廣大受眾的成熟文類。和「五四」相似，80 年代「通俗文學熱」與「純文學」是共生的，不同的是，兩者在 80 年代前期共享著反抗當代「文學成規」的意識形態訴求。隨著讀者需求的多元化，「通俗文學」迎合了各個層次讀者的閱讀需求。在余華創作有所突破的 1984 年，「通俗文學」名目繁多，驚險、言情、法制、推理、歷史、武林、婚姻、倫理等題材應有盡有。傳統的新市井小說、新歷史演義、新公案小說、新民間故事、新傳奇、新評書再度復活。其中尤以「武俠小說」、「言情小說」和「偵探小說」三類最為流行，各自都有著驚人的讀者群。余華的《鮮血梅花》、《古典愛情》、《河邊的錯誤》也正是針對這三類進行的「重寫」，潛在的對話意圖十分明顯。雖然一直保持著「先鋒形象」的余華從來沒有提到過「通俗文學」對自己的影響，但是在特定的文學場域，「懷舊式」先鋒書寫顯然與金庸式俠情、瓊瑤式纏綿、福爾摩斯式驚險有一種反向對應關係。

2、「閱讀書目」之外

　　在回顧自己的創作歷程時，余華說：「我寫的每一部作品都和我的生活有關，因為我的生活，並不僅僅是一種實實在在的經歷，它還有想像，有欲望，有看到的，聽到的，談到的，有各種各樣的東西，這些都組成了我的生活。」〔註140〕處於文學實驗時期的余華，即使虛構也有著很強的寫實色彩，虛構是為了更加迅猛地抵達「現在」。余華所說的「我的生活」並非空中樓閣，而是特定歷史時期的「現在」。程光煒敏銳地將這一時期稱為余華的「畢加索時期」。當時余華面臨的「現在」並非固定的，而是有著多重內涵和指向。這個「現在」不僅是余華的，不僅是先鋒作家的，同時也是整個 80 年代特有的，這個「現在」就是「由於中國社會深刻而漫長的『現代化』進程的全面啟動，

〔註139〕趙毅衡：《非語義化的凱旋──細讀余華》，《當代作家評論》1991 年第 2 期。
〔註140〕余華、洪治綱：《火焰的秘密心臟》，洪治綱編：《余華研究資料》，天津：天津人民出版社，2007 年 7 月，第 20 頁。

固有的社會秩序、人際關係，包括文學格局從此就處在急劇的震蕩、探索和重組當中，而且它的最終結局我們誰都無法看到。」〔註141〕以此「現在」進入先鋒文學或者 80 年代，是一個眞正曆史化的有效通道。

寫作《古典愛情》的時候，余華正處於「畢加索時期」。當整個文學格局都處於不確定的狀態時，是什麼決定了余華自己的寫作方式呢？又是什麼決定了這種寫作方式是有效的呢？要回答這樣的問題，必然要討論余華的「生活方式」與時代的「生活方式」的關聯和互動。對於尋求突破的青年作家來說，他的「閱讀生活」無疑是一個重要切入點。正是作家的「閱讀書目」建構了自己的知識譜系。作家借助這一知識譜系重構自己的「文學現實」。它的有效性取決於和時代「知識範型」的互動。正如王堯不無感慨地寫到：「就在我和我的少年夥伴讀『紅色經典』的時候，城裏的青年卻在讀『黃皮書』、『灰皮書』這類『內部讀物』。研究當代思想史的學者差不多都認爲，『文革』後期部分知識分子的覺醒，1980 年代點燃新啓蒙思想運動的火種，其中一部分火星源自那批『內部讀物』。」〔註142〕在現實重構的進程中，閱讀生活的差異轉變成了文化差異，正是這種「閱讀的政治」在歷史進程中的決定了「文化霸權」的歸屬。

如同其它作家一樣，余華在大量文章談及的外國作家可以列出一個長長的名單：川端康成、三島由紀夫、辛格、海明威、契科夫、蒙田、肖洛霍夫、布爾加科夫、索爾仁尼琴、胡安·魯爾福、博爾赫斯、馬爾克斯，等等，而「卡夫卡、喬伊斯、普魯斯特、薩特、加繆、艾略特、尤奈斯庫、羅布—格里耶、西蒙、福克納等等」西方「先鋒派」作家尤其被推崇。〔註143〕這一「閱讀書目」顯示余華的閱讀範圍是廣泛的，也有很大的不穩定性，再加上當代作家普遍存有害怕成爲「西方的影子」的疑慮，所以余華津津樂道的這一「閱讀書目」並非都直接影響到具體作品。它們被余華整合進自己的「文學傳統」，實際上有論證自己創作合法性的潛在用意。

更重要的是，作家的「閱讀生活」並不僅僅是指讀過哪些書，而是他如何閱讀這些書。對於外國文學，余華的閱讀方式是一種典型的「震驚式閱讀」。

〔註141〕程光煒：《余華的「畢加索時期」》，《東吳學術》2010 年第 2 期。

〔註142〕王堯：《翻譯的「政治」》，《南方周末》2006 年 11 月 16 日。

〔註143〕余華：《兩個問題》，《我能否相信自己》，北京：人民日報出版社，1998 年 12 月，第 178 頁。

讀到川端康成《伊豆的舞女》，余華說：「極爲震驚於他的描寫」。〔註 144〕讀到《卡夫卡小說選》，余華說：「在我即將淪爲迷信的殉葬品時，卡夫卡在川端康成的屠刀下拯救了我。」〔註 145〕讀到深受西方文學影響的馬原的《錯誤》，余華說：「馬原對世界眞實的洞察力使我震驚」。〔註 146〕這種「震驚」甚至從小說推及到西方電影，看完《野草莓》的電影錄像帶後，余華說：「我震驚了，我第一次知道電影是可以這樣表達的，或者說第一次知道這個世界上還有這樣的電影。」〔註 147〕憑藉「震驚式」的閱讀體驗，本來有著很大不確定性文學資源，被整合進了「反現實主義」的意識形態。「震驚」的背後，是對文學進化論意義上的「時間神話」的確認。

在這種「震驚式」的閱讀體驗面前，余華少年時代那段「美好」的閱讀體驗失去了意義。從 1973 年開始，余華就從縣圖書館借到大量「以階級鬥爭爲綱」的革命書籍，這些看起來千篇一律的作品給作家「留下了十分美好的閱讀印象」。〔註 148〕這個書目同樣是長長的一串：《豔陽天》、《金光大道》、《牛田洋》、《虹南作戰史》、《新橋》、《礦山風雲》、《飛雪迎春》、《閃閃的紅星》，等等。余華說「當時我最喜歡的書是《閃閃的紅星》，然後是《礦山風雲》。」〔註 149〕這些當年興致勃勃閱讀的書籍，在 80 年代成了余華要反叛的對象，被余華宣佈對自己的寫作是無效的。這種「閱讀的意識形態」是 80 年代文學的一種文化策略。作家以西方「現代派」的「閱讀書目」取代了本土「革命現實主義」的「閱讀書目」，進而以對於「現實主義」文學傳統的抗拒，在文學「現代化」進程中佔據一個有效的話語制高點。

值得注意的是，「通俗文學」與西方「現代派」共享了這一反抗過程。文學批評表面上的熱鬧卻凸顯了內在邏輯結構簡單。先鋒小說闡釋被建立在一系列面目可疑的二元框架上：眞實／虛構、精英／大眾，傳統／現代，通俗／先鋒等等。突破這種話語裝置的局限，就會發現「以『先鋒小說』爲標誌的『純文學』的新浪潮，儘管當時還以壓制『通俗文學』的狀態而存在，但

〔註 144〕余華：《文學不是空中樓閣——在復旦大學的演講》，《文藝爭鳴》2007 年第 2 期。

〔註 145〕余華：《川端康成和卡夫卡的遺產》，《外國文學評論》1990 年第 2 期。

〔註 146〕余華：《走向眞實的語言》，《文藝爭鳴》1990 年第 1 期。

〔註 147〕余華：《有關閱讀和生活的回憶》，《中國作家》2012 年 15 期。

〔註 148〕洪治綱：《余華評傳》，鄭州：鄭州大學出版社，2005 年 1 月，第 17 頁。

〔註 149〕余華：《最初的歲月》，《靈魂飯》，海口：南海出版公司，2002 年 1 月，第 69 頁。

是以『消費』爲圭臬的通俗文學卻在用更露骨的方式幫助先鋒小說反抗並結束『當代文學』對文壇的統治。」〔註150〕如果將「通俗文學」與「先鋒文學」放在同一平臺，認識到兩者意識形態功能的一致性，再進一步追問就會清楚，「通俗文學」的勃興背後是「世俗」（阿城語）這一中國文學傳統的回歸。

在這樣的閱讀網絡中考察《古典愛情》，會發現一個余華幾乎從未提及的「懷舊式」「閱讀書目」。趕考的窮苦書生、傷春的富家小姐、俏皮的知心丫環、花園相會、私訂終身，以及人吃人、人鬼戀，背後是一條源遠流長的傳統：《鶯鶯傳》、《牡丹亭》、《西廂記》、《水滸傳》、《聊齋誌異》，等等。等而下之的老套故事更是被民間說書唱戲的藝人到處傳唱。它的痕跡一直延續到現代「言情小說」，甚至從魯迅的《傷痕》到張賢亮的《男人的一半是女人》，都有相似的影子。這樣的「懷舊式」「閱讀書目」顯示余華的閱讀處於多重關係的交匯處。這一「閱讀書目」的「失語」與 80 年代的歷史語境深刻地聯繫在一起。

80 年代的「懷舊式」閱讀對應著現實的文化緊張。這種文化緊張感掩蓋在知識界五花八門的「文化熱」之下。「先鋒熱」是「文化熱」的一個側面和一種表現方式。當時的余華內心焦灼不安：「總是無法迴避現實世界給予我的混亂。」〔註151〕余華那些看似形式實驗的作品與「現實世界」是共生共存的。批評家早就注意到余華小說處處彌漫著暴力的激情。這種讓人感到不寒而慄的近似偏執狂的傾向，實際上來自作家感到非常混亂的「現實世界」。只不過余華掩飾了對「現實世界」的恐懼，轉化爲暴力充斥的文本形式。或者說正是這種文本的暴力化緩解了作家的內心緊張。《古典愛情》的出現，是「才子佳人」的「畢加索化」，是「過去的文本」遇上了焦灼的「當下意識」。

3、兩份雜誌或兩個城市

《古典愛情》寫作期間，余華剛好生活在北京。1987 年 2 月，余華進入魯迅文學院開始爲期半年的學習。1988 年 9 月，余華進入魯迅文學院與北京師範大學合辦的創作研究生班，直到 1990 年底幾乎全部生活和寫作都在北京。這幾年也是余華創作高峰期。對於生長於南方小鎮的余華來說，遠離故鄉進入陌生的城市，是一種全新的個人生活體驗。這種體驗然讓余華興致勃勃，甚至煥發出內在的幸福感。余華說：「應該說我喜歡北京，就是作爲工地

〔註150〕程光煒：《如何理解「先鋒小說」》，《當代作家評論》2009 年第 2 期。
〔註151〕余華：《虛僞的作品》，《上海文論》1989 年第 5 期。

的北京也讓我喜歡，嘈雜使北京顯得生機勃勃。」同時又說：「北京對我來說，是一座屬於別人的城市。」〔註152〕儘管是別人的城市，卻連嘈雜的工地都喜歡，正體現了一個躊躇滿志的青年對充滿不確定性的現代都市的浪漫想像，支撐這一想像的是 80 年代人們對大城市「現代化」烏托邦願景的渴望。

　　余華與北京結緣是與《北京文學》分不開的。1984～1989 年，余華在該刊發表 9 篇小說，被歸入先鋒小說代表作的有 5 篇。此間，余華一直是《北京文學》重點培養和扶植的作家。文學圈裏的領袖式人物李陀，1986 年 5 月出任《北京文學》副主編，該刊先鋒傾向逐步明顯，此時的余華開始「先鋒出擊」，兩者之間的厲害關係一目了然。當時李陀對文學新人和小說新作不遺餘力地進行推薦：「假如把他所推薦過的作家和作品列成一張名單和一篇目錄，那麼人們會十分驚訝地發現，這差不多就是整個 80 年代的新潮小說和新潮作家了。」〔註153〕正是得力於李陀的高度評價和大力推介，《十八歲出門遠行》和《現實一種》等小說產生轟動效應，余華順理成章成為「先鋒文學」的重要一員。

　　余華的寫作當然有非常個人化的歷史契機，但採取「運動」的形式創新是 80 年代特有的文化風尚，不管是文學現象還是創作問題，「較少具有自足的獨立性質，而常是某一普遍性社會思潮的一種具體形態，或是它的反響和補充。」〔註154〕1984 年杭州會議之後，文學界逐漸形成一個新潮文學生產網絡。《收穫》的編輯程永新開始野心勃勃地組織「先鋒專號」，恰在此時李陀把余華推薦給了他。余華很快與上海的先鋒文學圈子建立了聯繫。當時華東師大先鋒批評家多，再加上留校任教的格非也是程永新「先鋒名單」中的一員，所以該校也幾乎成了先鋒小說家的中轉站，「馬原、余華、蘇童、北村，三天兩頭打這裡路過，程永新、吳洪森更是長期待在這裡玩」。〔註155〕他們以「文學」為紐帶，分享共同的文化資源，並在討論和批評的中培育出相近的文學趣味。在程永新的組織策劃之下，余華 1987～1988 年在《收穫》發表重

〔註152〕余華：《別人的城市》，《靈魂飯》，海口：南海出版公司，2002 年 1 月，第 117 頁。

〔註153〕李劼：《中國八十年代文學歷史備忘》，臺北：秀威信息科技股份有限公司，2009 年 3 月，第 350 頁。

〔註154〕洪子誠：《作家姿態與自我意識》，西安：陝西人民教育出版社，1991 年 6 月，第 47 頁。

〔註155〕見張宏訪談：《文化精神的解剖學》，《山花》2004 年第 8 期。

要作品 4 篇，這些反覆被批評家闡釋的小說有效奠定了余華在文學界的地位。

李陀並沒有在《北京文學》以「先鋒專號」的方式集合作家。在新潮迭起的文學氛圍中，一直較爲謹慎的《北京文學》也有過創新企圖。該刊在 1985 年 9 月推出小說專號，強調了新的辦刊理念：一是追求時代性；二是尋覓諸如《受戒》那樣純情至美的作品；三是提倡探索；四是追求可讀性。〔註 156〕雖然明確提出「探索」、「可讀性」，可是具體解釋語焉不詳，可見並沒有想要推動新的文學潮流的意向。這期大力推出的作品是「尋根小說」和「紀實文學」，之後富有文化色彩的「尋根小說」更多受到青睞，這一主導方向在李陀上任之後仍然延續。余華被大力推舉，是與這一辦刊理念直接相關的。余華發表在《北京文學》上的小說，也沒有在《收穫》上發表的形式實驗意味濃厚。

將余華的小說放置到文學刊物營構的文學場中，或許會得到更好的理解。事實上，代表余華「懷舊式」書寫的《古典愛情》、《鮮血梅花》、《河邊的錯誤》等都沒有發表在《收穫》上。在「懷舊」文化的層面上，這些小說其實呼應著余華的早期創作。余華早期格調清新的「小鎮」故事，與傷痕文學保持著某種距離，而與《北京文學》推重的汪曾祺代表的文學傳統有著內在親和性。汪曾祺的《受戒》（發表於《北京文學》1980 年第 10 期）悄悄地接續了 40 年代「京派」的文脈。余華的「小鎮」書寫正是在這種背景之下被《北京文學》看好。在《星星》、《竹女》、《月亮照著你，月亮照著我》等小說中，無論是拉小提琴的云云、逃荒的竹女，還是情竇初開的藍藍，都顯現出自然淳樸的人性之美。文本中彌漫的傳統風神和淡淡的感傷情調直追汪曾祺。

在「傳統」的當代化進程中被重新發現的「小鎮」，不久讓余華遭遇了創作危機。在「文化熱」成爲思想時尚的時候，「尋根文學」隨之達到高潮，很快扭轉了 80 年代前期建立起來的「文學成規」。在不斷崛起的文學新潮中，余華猛然發現一度讓自己興奮的「一點點」〔註 157〕，很快被「尋根文學」宣告是無效的。在當時興起的「紀實文學」和「尋根文學」的雙重壓力下，余華發覺自己的個人寫作資源嚴重不足。無論是「文革」還是「文化熱」，余華

〔註 156〕「編者的話」，《北京文學》1985 年第 9 期。

〔註 157〕余華說：「生活如晴朗的天空，又平靜如水。一點點恩怨、一點點甜蜜、一點點憂愁、一點點波浪，倒是有的。於是只有寫這一點點時，我才覺得順手，覺得親切。」見《我的「一點點」》，《北京文學》1985 年第 5 期。

一直是熱潮之外的「當下經驗的局外人」。他的「小鎮」經驗實際上是一種類似鄉村文化人的經驗，這一經驗與本文所說的「世俗」、「懷舊」直接相關。這種文化資源遠不如尋根作家「國際化」視野中的「偏僻鄉村」更有衝擊力。余華根本無法搶佔這一波「尋根」運動的制高點。

對於主要生活經驗集中在「小鎮」的余華來說，面對正在進行的城市改革，同樣成了當下生活經驗的「局外人」。隨著「文學消費」取代「政治需要」成爲檢驗文學的重要因素，當代文學迎來了「重新進城」的歷史契機。此時，余華的「進城」（去北京）有著和時代對應的象徵意義。到北京的余華進入了一個全新的文學圈子。在魯迅文學院結識的有莫言、洪峰、劉震雲、劉毅然、遲子建、畢淑敏等文壇新秀。《人民文學》編輯朱偉家成爲另一個據點，與蘇童、格非等友人在朱偉家看錄像帶電影成爲余華刻骨銘心的記憶。與優秀作家的深度交往和碰撞的交流情境，使余華一下子處於前沿文化地帶。北京良好的文化交流空間、特殊的文學資源優勢，不僅極大開闊了余華的文學視野，而且獲得某種「國際眼光」，而這種眼光同時也是不少批評家和編輯的眼光。正是在與文學圈子的交流互動過程中，余華的「小鎮」書寫與「都市消費」建立了某種「秘密協議」。

具體到《古典愛情》，余華的「懷舊式」書寫是如何被轉化爲「先鋒」資源的呢？在伊格爾頓看來，經驗的轉換受制於具體意識形態。作家在將個人經驗改裝爲有效的文學形式時，能否取得歷史效果，取決於「『意識形態』是否使得那些語言必須改變而又能夠改變。」〔註158〕余華「反現實主義」的意識形態背後，實際是城市生活經驗不足以支撐自己表達內心的「緊張感」，因此余華說：「我一直希望有這樣一本小說集，一本極端主義的小說集……應該顯示出一種力量，異端的力量。」〔註159〕相比激進的「現實抗爭」，「形式的意識形態」顯得更爲保守和保險，激進的形式實驗遮蔽了文本的本來面目。「懷舊式」的歷史書寫其實是指向當下的，是作家當代情感經驗的一種極端化表達，目的在於解釋當下「現實」。與《古典愛情》直接相關的是，在魯迅文學院，余華遇到了後來成爲自己妻子的作家班同學，被稱爲學院院花的女詩人陳虹。據李劼回憶，他當時去找與余華同宿舍的洪峰，就是陳虹給他主動帶

〔註158〕【英】特里・伊格爾頓：《馬克思主義與文學批評》，文寶譯，北京：人民文學出版社，1980 年 3 月，第 31 頁。

〔註159〕見程永新：《一個人的文學史》，天津：天津人民出版社，2007 年 10 月，第 44 頁。

的路。〔註160〕余華也承認，陳虹對自己的創作產生過重要影響。有理由推測，余華此時寫的幾篇涉及愛情的小說有可能和自己的戀愛或者即將進入戀愛狀態有關。無論是表達自己的「認知信息」還是「情感信息」，與那些激進的「文化精英」相比，文本的象徵革命是一種更爲安全的文化策略。

在城市改革的社會結構岩層中，余華對「小鎮」經驗的「懷舊式」奇異書寫，使得在「尋根」中失效的「小鎮」，在「先鋒」文學的消費中獲得了再生。「懷舊」的文本具有了令人驚異的「先鋒感」，並順利進入文學批評的流通領域，成爲具有支配性話語的「硬通貨」。如同自己的「震驚式」閱讀一樣，余華對「懷舊式」故事進行了「震驚式」書寫。

4.2.4　社會想像與經典建構──以馬原爲例

當先鋒小說家在《收穫》集體亮相的時候，〔註161〕對於他們的先行者馬原來說，則意味著先鋒實驗的結束。他逐漸運用寫實手法敘述「知情故事」，開始遠離西藏題材。這一轉變獲得洪峰的高度讚揚，卻遭到了評論家的嚴厲批判。論者聲稱對馬原的小說探索懷有莫大期待，但他自掘墳墓，把「初期小說創作中隱藏的非現代因素膨脹到俗不可耐的地步」，所以「該擱一擱筆了」。〔註162〕這一頗有意味的「細節」被其後的文學史敘述輕輕抹去，馬原此前的「探索」和其它先鋒小說家此後的「實驗」緊緊縫合在一起，完成了先鋒小說的歷史敘述。這種共時性錯位想像呈示了歷史岩層斷裂處的複雜景觀。鑒於此，筆者選取被認爲代表馬原先鋒實驗成熟階段的作品《虛構》，分析先鋒小說「經典」確認過程中社會機制和文化想像的複雜糾結。

1、文壇准入機制與馬原的先鋒意識

成名前的馬原面臨文壇准入機制的檢驗。面對風光無限的歸來者和迅速聞名的文壇新秀，馬原最迫切的問題是如何選擇最佳方式獲得文壇入場券，以便使自己的作品進入文學閱讀的公共空間。這種情況下，文學生產與接受的一整套機制必然會對馬原文學觀念的生成產生支配性影響。

〔註160〕李劼：《中國八十年代文學歷史備忘》，臺北：秀威信息科技股份有限公司，2009 年 3 月，第 371 頁。

〔註161〕包括馬原《上下都很平坦》、余華《四月三日事件》、蘇童《1934 年的逃亡》、洪峰《極地之側》、孫甘露《信使之函》等，見《收穫》1986 年第 5 期。

〔註162〕王幹：《馬原小說批判》，《文藝報》1988 年 7 月 9 日。

在經歷了新時期文學草創期之後，雖然創新依然是文壇醒目的准入標誌，但僅僅憑藉題材上的轟動效應已經很難迅速成為文學明星了。許多新潮作家是隨著某個契機的出現而實現了創作的突轉。1984 年以前的莫言，長時間到基層體驗生活，翻報紙、看文件、採訪各行各業的人，絞盡腦汁尋找「能讓自己感動的故事」。真正的轉變來自對《百年孤獨》的閱讀：「就像馬爾克斯在 50 年代第一次讀到卡夫卡的作品時發出的感慨一樣：原來小說還可以這樣寫！」〔註163〕當 1986 年余華在杭州一家書店發現《卡夫卡小說選》後，產生了同樣的震驚體驗：「在我即將淪為迷信的殉葬品時，卡夫卡在川端康成的屠刀下拯救了我。」〔註164〕蘇童帶著狂熱的文學夢想到了南京之後，結交了一些志趣相投的文學青年。「我總在暗暗地想他們快要賞識我了，他們已經開始賞識我了，他們在談論我的小說了。」〔註165〕在與文學圈子的密切接觸中，蘇童寫下了對自己具有真正意義的小說《桑園留念》。雖然作家的回憶和事實可能會有一些出入，但還是可以看出他們是在文學出版、文學圈子等文學機制的潛在影響下，真正找到了自己的文壇位置。

馬原進入文壇的過程似乎更有戲劇性。在經歷了從 70 年代後期開始的長時間模仿練筆之後，馬原的小說開始顯示出了一定的實驗色彩，並且得到李潮、北島、史鐵生、陳村等人的賞識，但小說沒有被除《北方文藝》以外的其它刊物發表。這種情況說明僅有創新是遠遠不夠的，作品要等到同文學機制的需要相適應時，才有可能被文壇准入機制揀選出來，進入公共流通領域。《岡底斯的誘惑》充分顯示了文學機制內部互相交錯的複雜格局。杭州會議之前，這篇小說引發了《上海文學》編輯部的爭論。杭州會議期間，在韓少功、李陀、李潮等圈裏人勸說下，「李子雲頂住其它異議，刊用了小說。在當時，刊用如此有爭議的東西，作為期刊負責人是要承擔很大風險的。」〔註166〕由此可見，一方面，圈裏人對於作家作品具有很大影響；另一方面，從作品

〔註163〕莫言、石一龍：《寫作時我是一個皇帝──當代著名作家莫言訪談錄》，《延安文學》2007 年第 3 期。

〔註164〕余華：《川端康成和卡夫卡的遺產》，《外國文學評論》1990 年第 2 期。

〔註165〕蘇童：《年復一年》，《紙上的美女──蘇童隨筆選》，北京：人民日報出版社，1998 年 12 月，第 140 頁。

〔註166〕馬原、朱慧：《馬原：文學面前，男歡女愛不值一提》，《新周刊》第 207 期，2005 年 7 月 15 日。另見蔡翔《有關「杭州會議」的前後》，《當代作家評論》2000 年第 6 期。韓少功《杭州會議前後》，《上海文學》2001 年第 2 期。回憶略有差異，基本事實相同。

生產的角度看，新潮小說家面臨一個悖論：爲了獲得自己的文壇位置，必須要使作品獨具一格、引人耳目，但是這樣做又往往會因爲超過編輯的期許而無法發表。也就是說，作家的創新一方面是文學機制給「逼」出來的，另一方面又不能超出這一機制的限度。作家的先鋒意識和他們在這一悖論中尋找到的最佳結合點緊密相關。

當作家的先鋒意識隨著接受範圍的擴大，被認爲代表新的文學生長點的時候，情況會發生很大變化。《岡底斯誘惑》的發表使馬原迅即成名，「好多文學刊物都在約我的稿子，一些大刊物給我提供經費，住在賓館裏專門創作。」〔註167〕《虛構》就是受《人民文學》之邀在北京寫的。（最終沒能在該刊發表，由朱偉推薦發表在《收穫》1986 年第 5 期。）先鋒小說的生產方式在馬原身上發生了耐人尋味的轉變。就當代文學機制來說，這種組織化生產方式實際上延續了 50 年代的文學傳統。組織生產在多數情況下是有目的的，往往和當時政策結合非常緊密。新時期以來，知識分子與主流意識形態經歷了一個難得的蜜月期，但是由於文化內部構成的差異性，歷史形成的各種文化力量仍然共存於一個合作與鬥爭緊密相伴的文化場。在矛盾衝突比較尖銳的時候，比如「清污」和反對「資產階級自由化」，組織化批判的文學論爭模式依然盛行。先鋒小說的組織化生產雖然沒有意識形態論爭的現實依據，但是也透露出文學機制內部的複雜性。

先鋒小說雖然大多沒有政治敏感問題，但是「看不懂」在當時往往意味著意識形態區分，編輯發這類作品是要承擔風險的。一位主編對 80 年代的經歷頗有感觸：「每當我做檢討想不通之時總是被告知：比起政治政策來，文學是小媳婦小道理，有理也講不清，講得清也不能講。」〔註168〕其實，這些文學刊物所從屬的作協，自成立之初就不是純粹的文學機構，而是要承擔政治宣傳職能的。在這種狀況下，如果沒有刊物負責人的特殊身份，就不會出現「去政治化」的先鋒小說的組織化生產。在上海，李子雲因爲當過夏衍的秘書，被看作是「通天人物」。兩人在 80 年代確實保持著密切聯繫，夏衍甚至在給李子雲的信中介紹高層的政策動向。〔註169〕正是有了這種資歷和背景，

〔註167〕馬原、張映光：《馬原：在理想年代一鳴驚人》，《追尋 80 年代》，北京：中信出版社，2006 年 12 月，第 21 頁。

〔註168〕徐兆淮：《話說主編》，《北方文學》1999 年第 2 期。

〔註169〕比如夏衍在 1984 年 1 月 23 日給李子雲的信中寫道：「一月二十二日（星期日）《人民日報》頭條及『花邊』摘要，請一讀，這是總書記在貴州的指示。政

李子雲才有可能在《上海文學》刊發探索性較強的作品和評論。而《收穫》的實際負責人李小林的「開明」與身爲巴金的女兒也有很大關係。在北京,《中國》之所以能夠維持兩年,完全是因爲負責人丁玲的全力支撐。幫很多人推薦過作品的李陀直到 1986 年 5 月擔任《北京文學》副主編後,該刊先鋒傾向才逐步明顯。深諳政治的王蒙 1983 年出任《人民文學》主編後,經過長時間醞釀,兩年後破格提拔朱偉爲小說編輯室副主任,才有了該刊先鋒小說的漲潮。

　　當然,這些刊物負責人和先鋒小說家的文學觀念並不完全一致。實際上,王蒙等人一直宣稱「不僅僅爲了文學」,堅持小說是反映社會的一面鏡子。「而當時新潮作家認爲有一種『純文學』,認爲應該越純越好。這也是王蒙與李陀等人的分歧。」〔註170〕雖然他們對文學的理解不同,也沒有就文學的先鋒性達成共識,但是辦刊過程中顯示出的開明態度則是相同的。這些刊物負責人多數曾經一度是被打倒的對象,在 80 年代的文化方案中成爲新的話語權威,或者起碼爭得了很大的話語權。雖然他們的社會身份發生了根本變化,但是歷史不會突然斷裂,「人們在接受一個新的社會身份認同時,往往經過和自身歷史文化的複雜互動過程。」〔註171〕長期積纍的複雜人事糾紛或隱或顯地存在於政治權威資源的重新配置中,意識形態分歧必然通過文學出版、文學報刊等公共資源曲折地表現出來。很明顯,「開明」派對先鋒小說的出現起到了意識形態支持的作用。先鋒文學的出現正是得益於這種意識形態的縫隙。

　　在這種文學機制之中,馬原的先鋒意識並非固定的,而是一個功能性的概念。換句話說,他的先鋒意識是跟在文學場中的占位聯繫在一起的。至於以何種姿態獲得最佳位置則是具體操作問題,要服從於占位的目標。進入文壇之前,處在唯新是崇的接受環境中,對前輩的突破就是迫在眉睫的事情。考慮到文學場的占位,馬原的形式實驗就順理成章。當先鋒小說被集中推出的時候,已經成名的馬原自然要和新崛起的作家拉開距離,這也是爲避免自我重複尋求突破的必然選擇,所以他開始後撤,不惜拋棄已經成爲自己身份標識的先鋒實驗,「以證明我不是那個穿喇叭褲、跳迪斯科,搖頭晃腦哼港歌

　　治局的方針。」(見《夏衍全集(16):書信日記》,杭州:浙江文藝出版社,2005 年 12 月,第 51 頁。)
〔註170〕朱偉、張映光:《朱偉:親歷先鋒文學潮漲潮退》,《追尋 80 年代》,北京:中信出版社,2006 年 12 月,第 56 頁。
〔註171〕張靜主編:《身份認同研究》,上海,上海人民出版社,2006 年 3 月,第 9 頁。

的時髦小夥，證明我有堅實的寫實功底，有不摻假的社會責任感，有思想有深入的哲學背景，一句話有眞本事是眞爺們兒，不是用所謂現代派花樣唬糧票的三孫子。」〔註172〕這種對於自己曾經熱衷的「現代派花樣」的反感，充分說明馬原先鋒意識的功能性。

　　但是文學機制自身有其規律性，作家創作的有效性受制於這一機制。在比格爾看來，文學機制「發展形成了一種審美的符號，起到反對其它文學實踐的邊界功能；它宣稱某種無限的有效性（這就是一種體制，它決定了在特定時期什麼才能被視爲文學）。」〔註173〕借用這一分析可知，正是文學機制對文學實踐有效性的限定，一定程度上決定了作家創作的成敗。當馬原的創作順應了這一要求的時候，他就會成爲先鋒小說的先驅；但是當被逐步經典化的馬原開始反抗這一機制的時候，他迎來了被拋棄的命運。

　　2、文本內外：虛構與寫實之間的張力

　　《虛構》的標題蘊涵強大的命名力量，以致後來成了描述先鋒小說的一個關鍵詞。當然，先鋒作家對於虛構的理解存在很大差別。余華稱之爲「虛僞的形式」；蘇童認爲虛構是一種熱情，和人對世界的欲望有關；馬原將虛構視爲敘述語言的本體特徵。雖然關注角度不盡相同，但是他們都同現實主義文學觀念拉開距離，在小說的虛構性上達成了共識。

　　就文本生產過程來看，《虛構》的主題先行色彩是很難避免的。余華在談到《活著》的創作經過時，就曾說無論題目還是構思都是主題先行的，並且認爲文學界對主題先行的批判是沒有道理的。〔註174〕《虛構》同樣如此。如前文說過，馬原是在被「雙規」（邀請到北京寫作，時間當然也會有限制）的狀況下完成的小說。爲了使小說滿足編輯的期待，馬原勢必會沿著已被認可的形式實驗的路徑走下去。小說題目就有很強的暗示意味。但是，相比以前的小說，《虛構》通過時間互否來抵消故事的眞實性，表面化的形式實驗運用得比較僵硬。顯然，小說的吸引力並不在這一敘述圈套上。

　　馬原對《虛構》非常滿意，甚至將它與自己奉爲至寶的《紅字》相提並論。那麼，《紅字》的經典性體現在什麼地方呢？在馬原看來，《紅字》的主

〔註172〕馬原：《誰難受誰知道──洪峰和馬原的通信》，《文藝爭鳴》1988 年第 4 期。

〔註173〕【德】彼得．比格爾：《文學體制與現代化》，周憲譯，《國外社會科學》1998 年第 4 期。

〔註174〕余華、楊紹斌：《「我只要寫作，就是回家」──余華訪談》，《演技：中國著名作家訪談錄》，南昌：百花洲文藝出版社，2004 年 8 月，第 124 頁。

人公都是象徵符號：牧師丁梅斯代爾爲贖罪而生，海絲特・白蘭則像一位聖女，是理想的化身。從他們的日常行爲來看，不可能犯下通姦罪行，他們甚至不曾在這個世界存在過，霍桑只不過是借通姦的外殼演繹「有關靈魂的故事」。〔註175〕在當時的接受場中，沒有人按照馬原的意願去接受《虛構》。但通過馬原的現身說法，可以看出馬原並沒有把先鋒試驗上陞到本體論的高度，他看重的並不是形式的外套，而是能否寫出人的靈魂。

雖然和馬原角度不同，但是批評家吳亮當時也沒有把《虛構》的形式探索當回事兒。他直截了當告訴馬原：「我並不在乎你的《虛構》是否『虛構』。我閱讀小說是爲了獲得陌生的感覺。」小說給吳亮帶來震撼的「陌生的感覺」是：「我想像過她做愛時的激情亢奮並爲之感動，那個老兵和母狗的故事使我驚悸和啞默」。由令人震驚的細節上陞到整個故事，吳亮給了如下的解讀：「我讀到的是一種渴望，一種對生存之欲的體認」。〔註176〕馬原的一位作家朋友同樣沒有把形式探索看得多麼重要，而是提供了另外的解釋路徑。他認爲作品中的簡陋籃筐具有象徵意義。無論是珞巴男人還是後來的「我」，都因爲是投籃比拼中的獲勝者而獲得了擁有那個女人的權力。多年以後，馬原承認這種人物鏈條的佈局源自博爾赫斯的《玫瑰街角的漢子》。〔註177〕從這一角度進入的話，作品的基本構架昭示的是一種深刻的故事原型，而和形式探索的關係並不大。

無論哪種解釋，作家和批評家最初都沒有強調「虛構」的價值。他們看重的恰恰是寫實部分所蘊含的意義。其實寫實在馬原的作品中具有重要支撐作用。馬原曾說自己所寫「幾乎都是我們每天的生活，就是正在發生的事情。」〔註178〕此說可從馬原的朋友們——比如馬麗華、楊金花、劉偉、李佳俊、札西達娃等人的描述中得到證實。《西海的無帆船》是個典型例子。馬麗華就同一故事題材發表過報告文學《擱淺》。〔註179〕對讀可知，小說中的人物以及整個事件過程全部眞實。小說當然經過了馬原式的虛構，但馬麗華對無中生有

〔註175〕馬原：《〈紅字〉：經典中的經典》，《小説界》2001 年第 2 期。

〔註176〕吳亮：《關於〈虛構〉的信》，見馬原《拉薩地圖》，拉薩：西藏人民出版社，2005 年 5 月，第 84 頁。

〔註177〕馬原：《博爾赫斯與我》，《新閲讀大師》，上海：華東師範大學出版社，2005 年 4 月，第 264～265 頁。

〔註178〕馬原、王寅：《馬原：我們每天活在西藏的傳奇裏面》，《藝術不是惟一的方式——當代藝術家訪談錄》，上海：上海書店出版社，2007 年 5 月，第 186 頁。

〔註179〕馬麗華：《擱淺》，《當代》1985 年第 4 期。

的性虛構很不以爲然:「在如此眞實的基礎上,西藏人一看便知其人其事的基礎上,他又讓他的主人公來了那一套:無論何時、何地、與何人(高貴女郎或麻風病人),立即做愛。眞正令人驚訝得無言以對。而事實上,那幾位看似文弱的畫家,在受難時也足可以顯示出硬漢子的精神品格,更何況他們的卓越才華。不來那一套不行嗎?」〔註 180〕馬麗華的質問顯示出對馬原式虛構價值的懷疑。她看重的是馬原小說中的寫實因素。

進一步說,即使作家進行虛構,也並非空穴來風,而總是對應著某種現實情境。只不過對現實情境關注點的不同,形成了作家介入現實世界的不同姿態。具體到虛構過程,則是作家社會想像和文學機制等多重因素作用下進行選擇的結果。在伊瑟爾看來,文本生成過程中,現實的參照系統是作爲缺席的在場者而存在的。將文本和其參照系統進行對照,就「形成了一種雙向互釋的過程:在場者依靠缺席者顯示其存在;而缺席者則要通過在場者顯示其自身。」〔註 181〕所以,對文本的解釋,就應該在一個更大的現實文化背景中展開,將參照系統和文本納入同一個閱讀框架,從而揭示文本的歷史意義。

《虛構》的現實參照系統是什麼樣子呢?先看文本內部。一個醒目的人物是潛伏了三十六年之久的國民黨軍官,雖然此類事件可從其它人的描述中得到證實,〔註 182〕但馬原顯然對人物身上攜帶的歷史涵義缺乏興趣,他無意回顧老人的歷史,而是更爲關注其極端壓抑下的變態性行爲。基於此,馬原在敘述中有意淡化了人物身份。更重要的人物是那個女人,這是與麻風病相連的關鍵人物。但恰恰是這位女麻風病人,一旦進入作家的性敘事,她的病人身份自動「消失」了:

> 我是男人,應該是我。我把手放在她的大腿上,她把手放到我手上,我們不約而同地在手掌上用力。什麼都不需要說。她全身光著,我們幹嘛還乾坐在那兒?讓羊毛被把我們兩個人一起覆蓋吧。這個瑪曲村之夜是溫馨的。

〔註 180〕馬麗華:《雪域文化與西藏文學》,長沙:湖南教育出版社,1998 年 1 月,第 120 頁。

〔註 181〕【德】沃爾夫岡・伊瑟爾:《虛構與想像:文學人類學疆界》,陳定家等譯,長春:吉林人民出版社,2003 年 2 月,第 19 頁。

〔註 182〕紅柯曾描述在新疆所見:「一個澆地的蔫老漢會告訴你他是黃埔幾期的,參加過淞滬抗戰」。(見《在現實與想像之間飛翔(後記)》,《烏爾禾》,北京:北京十月文藝出版社,2007 年 4 月,第 329 頁。)

　　我永遠也忘不了她做愛時的激情。我知道這種激情的後果也許將使我的餘生留下陰影，但我絕不會爲此懊悔。我當時並不清醒，我的理智早被她的熱情燒成了灰燼。不過如果有機會讓我重新選擇的話，我還是不要那該死的理智。我做了一次瘋狂的奉獻。後來我們睡了，在夢裏我們仍然緊抱在一起，羊毛被使我們渾身汗津津的。我們睡得眞沉。我眞心希望就這樣一直睡到來世。〔註183〕

下面是另一位作家閻連科筆下的相似場景：

　　做事時像是瘋了樣。我叔像瘋了。玲玲也瘋了。彼此都瘋著。忘了病，和沒病一摸樣。日光從他們身後照過來，我叔看見玲玲身上的瘡痘充了血，亮得像紅的瑪瑙般。腰上、背上都有那瘡痘，像城市裏路邊上的奶子燈。到了激動時，她的臉上放著光，那枯黑成了血紅的亮，在日光下玻璃般地反照著。那時候，叔就發現她不光是年輕，還漂亮，大眼睛，眼珠水汪汪地黑；直鼻梁，直挺挺的見楞有角的筷子般。她躺在避著風的草地間，枯草間，原先是枯著的，可轉眼人就水靈了。汪汪的水。身上雖有瘡痘兒，可因著瘡痘那比襯，反顯出了她身上的嫩。身上的白，像白雲從天上落下樣。叔就對她瘋。她就迎著叔的瘋，像芽草在平原上迎著春天的暖。〔註184〕

同樣是患有可怕絕症的病人，同樣是和本來不應該在一起的人做愛，同樣是充滿激情和瘋狂，但是瘋狂中的玲玲身上的「瘡痘」是那麼觸目驚心，艾滋病和她始終是合一的，而女麻風病人爛了的鼻子和乳房卻消失得乾乾淨淨，在這一場景中讀者根本無法看出她的病人身份，所謂給「餘生留下陰影」也只是事後的補述。之所以出現這一局面，在我看來，無非是馬原借助病人的身份來描述幾乎不可能的性行爲，他的落腳點並非麻風病，所以爛了的鼻子和乳房在敘述中自動隱藏起來，而且，「不來那一套」在這裡是絕對不行的。可以看出，無論是老人還是女麻風病人，他們的秘密最後都指向了一個東西：性。馬原正是通過對麻風村生存境況的敘述來揭示一種極端的性經驗。

　　從文本外部來看，馬原大量寫性和80年代中期的性革命有很大關係。隨著改革的推進，社會對性的控制逐漸鬆動，文革時期的無性狀態引發了新形

〔註183〕馬原：《虛構》，見《喜瑪拉雅古歌》，昆明：雲南人民出版社，2003年9月，第30頁。
〔註184〕閻連科：《丁莊夢》，上海：上海文藝出版社，2006年1月，第103頁。

勢下的巨大反彈。1980 年新頒佈的《婚姻法》規定：感情破裂經調解無效是離婚的唯一標準。「這樣一下子使中國一躍而成爲世界上奉行自由離婚的領先國家（美國各州到 1971 年才過半奉行，英國則是 1973 年）。」〔註 185〕政策支持下新的婚姻觀念大大改變了人們的性態度。加上新問題（如大齡青年婚戀問題）的出現和新思想（如人道主義思想）的傳播，性革命開始萌動。經過一段時間的徘徊，隨著城市改革的推進，80 年代中期性革命驟然興起，時髦青年開始以大膽的性行爲給全社會上課，出現性文化反哺現象。這一背景下馬原很多作品涉及到生存與性的關係就不足爲怪了，而且似乎馬原一直在實驗極端的性經驗。《死亡的詩意》是和死亡緊密相連的婚外性經驗。《窗口的孤獨》描述了十多歲小孩的性愛。《舊死》裏的海雲則強姦了自己的親姐姐。如果剝離文本中的形式探索，就會看到馬原是非常「貼近」現實的作家，性革命以一種變形的方式進入其故事的內核。

考慮到社會參照系統和馬原的文本之間的聯繫，會打開多種文本闡釋空間。但是在 80 年代的歷史語境中，這種闡釋空間是缺失的。

3、「非虛構小說」：先鋒小說的對稱視野

在先鋒小說的接受過程中，《虛構》之所以成爲形式探索的代表，批評家和編輯的理論想像和選本篩選起到了直接作用。那麼，在多音齊鳴的文學場，《虛構》是如何被想像的？批評家又是如何過濾掉文本中的寫實因素，確立先鋒小說價值的呢？

在 80 年代突破傳統現實主義的敘事學革命中，並不僅僅只是形式試驗一條線索。斯科爾斯和凱洛格在《故事的性質》裏區別了兩種對立的故事模式：「經驗模式」和「虛構模式」。前者「摹寫或現實主義地再現經驗」，後者「效忠於一個想像的世界，遠離經驗的世界，不受日常生活偶然發生的事情限制。」〔註 186〕現代小說就是由這兩種模式發展而來。它們大致分別對應 80 年代的兩種文學知識譜系：一是依據文革造成的災難和危機而形成的本土「知識譜系」；一是以翻譯爲中心的「現代西方知識譜系」。〔註 187〕歷史地看，兩種故事模式在 80 年代的小說中並存，都表現出對傳統現實主

〔註 185〕潘綏銘：《中國性現狀》，北京：光明日報出版社，1995 年 4 月，第 80 頁。

〔註 186〕【美】約翰·霍洛韋爾：《非虛構小說的寫作》，仲大軍、周友臯譯，瀋陽：春風文藝出版社，1988 年 7 月，第 26 頁。

〔註 187〕程光煒：《一個被重構的「西方」──從「現代西方學術文庫」八十年代的知識範式》，《當代文壇》2007 年第 4 期。

義文學的某種越界，同時成對稱狀向寫實與虛構的兩極發展。但是在之後關於 80 年代的文學史敘述中，一條從意識流小說到尋根小說、「現代派小說」，再到先鋒小說的敘事線索建立起來，另一路徑由於各種原因被文學史的慣性想像遮蔽了。

由「經驗模式」向極端發展衍生出的小說，對傳統現實主義的越界非常明顯，影響也很大。遺憾的是批評界對這類小說的概念界定一直比較混亂，因而無法深入探討。吳亮和程德培曾經使用「非虛構小說」的概念，指出它「無疑提供了小說另一條途徑的可能性」。〔註 188〕雖然沒有對「非虛構小說」與「報告小說」、「口述實錄文學」進行區分，但卻明確指出了和「虛構小說」相對的另一類型小說的存在。實際上就世界範圍而言，整個 20 世紀虛構文學和非虛構文學呈現為一種分化對稱的發展狀態。為了論說方便，筆者沿用「非虛構小說」的概念來指陳此類文本。

因以題材命名方便省事，「非虛構小說」在 80 年代往往被稱為「新聞小說」。在 1984 年的選本中，編選者認為「新聞小說」是「小說化的新聞，新聞化的小說」，「以無可質疑的真實度向純文學的傳統小說提出了挑戰。」〔註 189〕並且指出和報告文學的區別在於避免了報告文學必然要用真名實姓的麻煩，而在形式、技法等方面又完全是小說化的。吳亮、程德培在《新聞小說』86》中同樣使用了「新聞小說」，但是卻將它和報告文學混淆在一起。〔註 190〕雖然沒有區分概念，但是對其現實功能卻有明確界定，認為「與純屬虛構的小說分庭抗禮，各執一端」。〔註 191〕也就是說，「新聞小說」和「虛構小說」在小說家族中是對稱的，只是分擔了不同的功能。後者關注的是想像領域，遠離具體社會問題，回到藝術自身。相對地，關注社會現實的責任由前者來

〔註 188〕吳亮、程德培：《當代小說：一次探索的新浪潮——對一種文學現象的描述、分析與評價（代後記）》，《探索小說集》，上海：上海文藝出版社，1986 年 9 月，第 651 頁。

〔註 189〕孔凡青：《小說化的新聞　新聞化的小說》，《1984 中國小說年鑒·新聞小說卷》，北京：中國新聞出版社，1985 年 8 月，第 1 頁。

〔註 190〕這個選本實際所選十篇作品有三篇和 1986 年的報告文學選本完全相同：涵逸《中國的「小皇帝」》、孟曉雲《多思的年華》、陳冠柏《黑色的七月》，如果加上因為篇幅原因被後者忍痛割愛的蘇曉康的《陰陽大裂變》，則有四篇相同。周明等編：《一九八六年報告文學選》，北京：人民文學出版社，1988 年 2 月。

〔註 191〕程德培：《後記》，《新聞小說』86》，上海：上海社會科學院出版社，1988 年 2 月，第 431 頁。

承擔。看來在批評家的視野中，小說中虛構與非虛構的分化已經成爲一個事實，並且在不同方面對傳統現實主義構成挑戰。

這種兩極分化是小說對社會變革的回應。當日常事件的動人性超出小說家的想像力，傳統現實主義的處理能力就無法滿足人們的需求。「非虛構小說」便於直接呈現擺在人們面前的社會危機和道德倫理困境，便於深入探索人們在社會結構重組中的焦灼心理。這同樣是約翰‧霍洛韋爾所說的「非虛構小說」在美國 20 世紀 60 年代盛行的原因。從「非虛構小說」所承擔的現實功能來看，中國 80 年代和美國 60 年代有很大相似性，但是，從文類發展狀況來看，差異也是十分明顯的。在美國，人們是以「非虛構小說」來反對之前存在的技巧的神聖性，但是中國因爲沒有經歷小說「虛構化」的技巧實驗階段，對「虛構化」的反轉無從談起。這樣，在 80 年代虛構與寫實的分化中，形式探索的激進意味與現實關注的激進色彩有著同樣的意識形態功效。

雖然強調「非虛構小說」的重要性，但是在現實和藝術的關係上，吳亮又作出了明確區分。他認爲「新聞小說」在揭示社會眞相方面，遠遠超出了經主流意識形態篩選過的新聞，但同時又指出對現實的干預根本就不屬於文學領域，從而將干預生活和作品的藝術價值進行徹底剝離。「新聞小說的最大價值和功績，並不在於文學自身。它的最大價值和功績，恰恰在於體現了一種現代的生活制度和社會民主，它是一種實踐方式和行動。它本質上是實踐的而不是想像的，它喚起的情緒和思考也是實踐的，它並不偏重於審美感受。新聞小說，嚴格說來不單屬於藝術領域，而直接屬於生活領域。」〔註 192〕這種對「文學自身」的強調顯示出一種文學審美上的等級制，純文學虛構的意義正是在這種區分中得以突顯。

這種剝離使批評家獲得了理論上的支撐，從而確定了小說形式探索的重要意義。在此之前，吳亮並沒有十分明確的先鋒意識。〔註 193〕在此之後，吳亮對虛構小說的肯定發展到極致，而對「非虛構小說」則失去了熱情。在轉

〔註 192〕吳亮：《新聞小說這一年》，《新聞小說』86》，上海：上海社會科學院出版社，1988 年 2 月，第 2 頁。

〔註 193〕吳亮在《新小說在 1985 年》的前言中聲稱以一種「陌生無知的態度」去面對新的小說，用「直感來掂量它們」。楊慶祥認爲吳亮的態度「已經包含了一種小說美學的轉變」。筆者認同這一說法，但從最終請李劼寫馬原的短評來看，吳亮當時的先鋒意識並不突出。（參見《新小說在 1985 年》，上海：上海社會科學院出版社，1986 年 9 月。楊慶祥：《〈新小說在 1985 年〉中的小說觀念》，《南方文壇》2008 年第 4 期。）

變過程中，吳亮經由對馬原「敘述圈套」的精細拆解，過濾掉文本的複雜因素，將形式探索上陞到本體論的高度：「對於馬原來說，敘述行爲和敘述方式是他的信仰和技巧的統一體現。他所有的觀念、靈感、觀察、想像、杜撰，都是始於斯又終於斯的。」〔註194〕李劼則從文學發展的角度給馬原小說以崇高地位。他認爲新潮小說在三種流向和三個審美層面共時性漸進展開，最後完成了審美精神和文學觀念上的本體建構。文學本體性主要體現在「情緒力結構和敘事結構」。莫言、殘雪、史鐵生等人以不同的方式體現了新潮小說的情緒力，馬原的形式主義眞正改變了小說的敘事結構。在這樣的敘述邏輯中，《虛構》代表了馬原式的虛構方式和敘事結構的成熟。它的出現，使得「中國當代小說的歷史性轉折，在馬原的小說那裏得到了最終的完成。」〔註195〕李劼借助結構主義的理論資源對馬原的形式主義探索給以高度評價的同時，完成了對先鋒小說的理論想像。儘管這一說法曾引起包括李陀在內的批評家不同程度的質疑，但先鋒小說的地位還是在這一敘述線索中得到初步確立。

　　批評家的評價很快在小說選本中得到了具體體現。在一套帶有總結性的「小說潮流」叢書中，馬原成爲「結構主義小說」最重要的作家，《虛構》成爲重點作品。編選者認爲「與別人作品不同的是，在馬原的小說中，結構具有了極爲突出的意義」。〔註196〕這樣，馬原小說中的複雜面貌經過去粗存精，就剩下了結構主義的形式探索。程永新的《中國新潮小說選》幾乎提供了一份完整的先鋒小說作家作品名單。爲了彰顯先鋒小說的意義，程永新把「非虛構小說」歸入俗文學領域，顯示出明顯的精英色彩。在他的文學設想中，《虛構》被置於選本之首，「經典」地位得到進一步確立，理由是體現了「比較成熟的馬原風格的敘事藝術」。〔註197〕在這些選本的認定和評價中，「敘事藝術」成了《虛構》的代名詞，也成了先鋒小說的核心要素。同時，在 1985 年同樣具有巨大衝擊力的殘雪和莫言等人淡出先鋒敘述的理論視野。

　　需要指出的是，雖然「虛構小說」和「非虛構小說」對稱於小說創新的中軸，都在試圖脫離傳統現實主義文學的捆綁，但寫實作品凝聚了人們巨大

〔註194〕吳亮：《馬原的敘述圈套》，《當代作家評論》1987 年第 3 期。

〔註195〕李劼：《論中國當代新潮小說》，《鍾山》1988 年第 5 期。

〔註196〕楊文忠：《結構的意義──論「結構主義小說」》，《結構主義小說》，長春：時代文藝出版社，1989 年 6 月，第 4 頁。

〔註197〕程永新：《中國新潮小說選》，上海：上海社會科學院出版社，1989 年 4 月，第 49 頁。

的社會參與熱情，影響力遠大於虛構作品。弔詭的是，當意識形態推進在 80 年代之後遭遇曲折，寫實作品也隨之遠離人們的視野，先鋒小說卻借助文學場域的分化，在後現代的語境下一步步走向自身的「經典化」。這種狀況下，如果僅僅從純文學的自律考察這一歷程，將先鋒敘述作爲一種支配性敘述，必然會帶來不可避免的歷史隱憂。所以，在當下歷史語境之下，考慮到文學機制和社會想像的複雜糾結，有必要對這一過程進行追問和反思。

結　語　流動的先鋒性

　　考察 20 世紀 80 年代先鋒文學的建構過程，並非旨在簡單的歷史還原。文學史自身邏輯的展開與歷史本然之間存在很大裂隙。文學史研究也一直處於歷史和現實多重交織的張力結構之中。將先鋒文學放到 80 年代上海這一具體時空，從文學生產、體制等文學社會學意義上的外部環節考察，實際是對被經典化表述所覆蓋的先鋒文學的祛魅。共時角度呈現的是錯雜紛亂的歷史表象，其後潛藏著被線性歷史想像所遮蔽的豐富的歷史細節。同時，先鋒文學形式探索背後有著特殊的表意功能，這種功能在 80 年代先鋒文學界是一種隱秘的契約。文學的先鋒性受惠於反轉現代主義傳統的制度性想像，在當時幾乎是「精英群體」一種普遍的閱讀期待。90 年代以後，這種對抗功能漸行漸遠，歷史的錯動顯示出同一「文學形式」問題在不同場域的本質差別。雖然先鋒文學已經進入文學史的經典，但是文學先鋒性的喪失卻是無法迴避的現實。

　　90 年代以降，先鋒文學一方面在文學史上被經典化，另一方面自身開始走向「終結」。很多學者注意到，經過歷史的轉換，全球化很快成為時代的主流意識形態。這一影響不僅僅局限於經濟領域，而是在社會領域的各個方面凸顯。以麥當勞、肯德基、好萊塢等為代表的美國式快餐文化，極大地改變了人們的文化消費趣味。社會審美趣味朝著通俗化、平面化、影像化的趨向發展。青年流行「時尚」完全不同於 80 年代，在獲得相對自由的生長環境的同時，商業化意味越來越濃，文化精英意識漸行漸遠。這種變化的現實情境對應著先鋒文學終結的外在原因：「一方面是全球化審美趣味的流行，一方面

則是各種『文化帶菌者』——多發性製造時尚前衛的衝擊。」〔註1〕在消費文化盛行的時代，或許文學探索的命運只能如此。進入 21 世紀之後，這種趨勢一直在強化，雖然學術界開展過關於先鋒文學的討論，但是僅僅局限在學術圈子內，甚至連作家都不受什麼影響。

時勢變化當然是決定文學思潮走向的重要原因，但對文學史建構過程的反思卻有必要進一步深入。如果僅僅局限於單純的外部分析，還不能呈現問題的複雜性。在分析先鋒文學終結的內在原因時，孟繁華指出與先鋒文學接受過程中的通俗化轉譯有直接關係。先鋒作家的最初影響僅僅局限於新潮文學圈子，他們之所以獲得顯赫聲名，電影的通俗化「轉譯」起了重要作用，《紅高粱》、《活著》、《妻妾成群》等作品正是借助電影被眾多讀者所熟悉。經歷了這一通俗化過程之後，先鋒作家對待故事的處理方式離開了原來的先鋒性立場。作家由此走上與大眾讀者結合，以市場為導向的轉向。作家的現實利益選擇當然是重要的，但為什麼在 80 年代聲稱為下一代讀者寫作的先鋒作家突然開始以大眾讀者的趣味為導向，其中有著更為複雜的內涵，需要進一步深究。作為文學生產者，作家是「一個明確地具有某種給定的社會和歷史地位的人，一個面臨著他或她自身之外的、各種藝術生產條件的人」。〔註2〕因此，反思的出發點就不應該僅僅局限於作家的市場效益，而應該是作家面臨的「各種藝術生產條件」。

由於文本形式的複雜性，先鋒文學的建構需要依靠批評的強力介入。某種程度上，先鋒文學的意義是被批評家闡釋出來的。對批評建構的先鋒文學「成規」的反思，是學術史追問的一個有效基點。先鋒文學觀念是以突破現實主義文學觀念框架為動力的，寫自我成為 80 年代中期文學批評的出發點，但遺憾的是當時並沒有建立起一套系統的文學觀。批評界僅僅依靠「文學是語言的藝術」這一觀念的邏輯推演。在實際批評操練中，這一命題被絕對化為文學性的來源。雖然在客觀效果上顛覆了反映論，為文學遠離政治、構建自身的自律性提供了理論支點，但由於將現成的寫作手法、美學風格都指認為壓抑創造力的機制，這就使自身因為狹隘而陷入了觀念陷阱。「先前通過把主體自我與歷史、文明、民族等外在目標對立起來後為主體贏得的自由，便

〔註1〕 孟繁華：《九十年代：先鋒文學的終結》，《文藝研究》2000 年第 6 期。

〔註2〕 【英】珍妮特・沃爾芙：《藝術的社會生產》，董學文、王葵譯，北京：華夏出版社 1990 年 8 月，第 80 頁。

由於這強勁單一的陌生化美學要求，致使看似擺脫了一切羈絆的中國現代主義、中國先鋒派作家不是感覺更自由了，而是因陌生化美學要求所逼變得更焦慮了。」〔註3〕在形式試驗觀念支配下，先鋒作家只能不斷進行技法與風格革命，絞盡腦汁去冒犯已有的寫作規範以獲得讀者的閱讀震驚感。對於普通讀者接受上的障礙，也只能依靠批評家的闡釋。這種觀念的邏輯推演也越來越遠離中國本土歷史語境。當先鋒文學所負載的眞實的歷史條件失去時，先鋒文學自然難以爲繼。

歷史地看，這種文學觀念的反思是一直存在的，只不過當初並沒有引起人們的注意。在先鋒文學群體集體亮相的時候，批評基本上是一個借題發揮、自說自話的領域，先鋒批評家正在極力擺脫社會學批評，進行理論突圍。很多激進的青年批評家「把理論上的聳人聽聞當成理論上的振聾發聵」，沉浸在一種理論的幻覺當中。針對與先鋒文學緊密相關的回到語言本身的提法，陳燕谷指出：「回到語言就是回到語言本身，但是，文學作品作爲語言事實，絕對推導不出文學作爲審美事實的結論來。文學的審美性質並不是潛藏在語言自身中的。英國美學家奧爾森早就說過，審美性質並不是語言自身性質延伸的結果。爲了進入文學內部，首先應該從外部開始。」〔註4〕從後設的眼光來看，這種對文學批評的憂慮是很有遠見的。但是這樣一種聲音並沒有參與到先鋒文學的正面建構，反而從反面強化了先鋒文學的抗爭激情。吳亮在兩年後在爲先鋒文學辯護的文章中，首先強調的就是它的自由精神和反叛姿態。並且堅持認爲這種自由精神是對生存的永恒性不滿，對社會束縛的掙脫，對日常生活狀態的改變，而這一自由又是通過敘述方式的探險體現出來的：「先鋒文學的自由是先鋒文學是如此迷戀它的形式之夢，以一種虔敬的宗教態度對待之，它認爲有著比日常的實用的世界及其法則更重要更有價值的事物，它不存在於現實生活中，恰恰相反，它是不可直接觸摸的，僅存在於人的不倦想像以及永無止境的文字表述中。」〔註5〕

來自第一現場的令人震驚的對立，爲重新打開先鋒文學探討空間提供了有效參照系。文學史研究所要追問的就是批評家尖銳對立背後的深層原因。

〔註3〕　賀照田：《時勢抑或人事：簡論當下文學困境的歷史與觀念成因》，《開放時代》2003 年第 3 期。
〔註4〕　陳燕谷、錢競、靳大成：《哲學‧文化‧美學三人談——文藝理論現狀分析與選擇》，《當代文藝探索》，1987 年第 5 期。
〔註5〕　吳亮：《向先鋒派致敬》，《上海文論》1989 年第 1 期。

在進行歷史考察的時候，充分注意到文學場和政治場、經濟場等其它場域的之間的互動是必要的。由於中國問題的複雜性，僅就文學場內部來說，其空間結構亦是多層次的。正是在這一意義上，文學教育、文學刊物、文學批評等體制性力量制約了文學生產，上海恰恰在這些方面成爲先鋒文學生產的「基地」，這並非是歷史的偶然。同時，先鋒文學和上海這一特定文化空間的緊密關聯，也造成了它本身的局限性。很明顯，上海的都市氣息並不能完全代表中國。這也從一個側面說明先鋒文學的早熟性。雖然先鋒小說已經被文學史書寫確定爲一個流派，但是中國文學內部卻依然缺乏一種內在的先鋒性。這一內在的匱乏導致文學在商業和政治的夾擊之下不堪一擊。這或許爲解釋先鋒文學何以迅速終結提供了另一路徑。

一旦脫離具體的生成語境，絕對化的觀念就會很快固化而失去意義。先鋒性也就變成了保守性。90 年代先鋒文學作家的「轉型」，實際就是在以創作實踐修正先鋒文學觀念。但頗具反諷意味的是，當他們在創作中放棄先鋒文學觀念的時候，卻依靠這一觀念順利進入文學史的經典序列。借助於教育的發展和學術研究的專業化傾向，新一輪的知識生產在大學和研究所展開，先鋒文學順利進入了這一再生產體系。由於沒有觀念反思的前提，學術生產的歷史後果是進一步固化了已有的先鋒文學觀念。同時，學術研究和文學創作距離越來越遠，專業化程度也越來越高，同現實的結合度也越來越鬆散。這種狀況下，先鋒性越來越成爲一個失去現實針對性的「歷史名詞」。

文學創作中先鋒性的快速萎縮，成爲轉型期知識分子的一個鏡象。「只有在生產者的思想和生產者四周的社會群體的思想中的力量、動力和能量鑄就了文體時，才能認爲文體對作家在社會中及對社會而言的位置產生了影響。」〔註6〕與作家聯繫最緊密的「社會群體」的變化，直接決定了作家的「文體」選擇。有論者指出，80 年代作爲「新啓蒙」運動積極參與者的知識分子，對中國社會的歷史性變遷起了決定性的作用。但一個歷史後果是強化了知識分子的精英心態，在 90 年代的文化潰敗中逐漸孕育出一個相對的知識精英階層，「構成了九十年代中國的一個新興的利益集團」。〔註7〕這種狀況之下的知識生產格局顯然無法培植出文學的先鋒性，文學先鋒精神的喪失實際上是知識分子尷尬處境的一種表徵。

〔註 6〕 【德】阿爾方斯・西爾伯曼：《文學社會學引論》，魏育青、於汛譯，合肥：安徽文藝出版社，1988 年 1 月，第 76～77 頁。

〔註 7〕 蔡翔：《何爲文學本身》，《當代作家評論》2002 年 6 月。

　　知識分子處境的變化剛好對應著文學場自身發展的曲線。和其它社會場域緊密相關，文化場在再生產運作過程中，會朝兩個方向發展：「第一個方向是文化場域同社會場域相重疊和相滲透的程度不斷加強；第二個方向是文化場域的專門化傾向所導致的文化場域特殊性會不斷增強。」〔註8〕這種雙向複雜化的過程，同文化再生產中的各種因素的複雜化相關聯，主要表現是在時空結構的演變軸線上循環往返。先鋒文學在自身特殊性不斷增強，同其它社會場域互相滲透的程度不斷減弱的過程，恰恰對應著文學從業者在現代社會的職能不斷減弱的過程。

　　但文學的先鋒性卻是文學創作和研究不得不面對的問題，並不僅僅是一個局限在「專業」內部的問題。一味將文學先鋒性喪失的責任推給普通大眾，是存在很大問題的。當然，在現代社會，不同的社會群體都有著自己的文化需要，社會分層也會影響到文學的分層，每一種文學都會形成自己特殊的交流系統。但正如埃斯卡皮所指出的，文學身份最清楚的社會群體還是文化群體，「從作家到大學裏的文學史家，從出版商到文學批評家。這些『搞』文學的人統統都是文人。文學事實以封閉方式在這個群體內展開著」。〔註9〕文化群體具有向外圍擴散的社會輻射力，直接影響到社會閱讀狀況。儘管這種影響程度在不同時代是不同的，但這並不能成為群體逃避責任的理由。正是在這一意義上，學術界有必要不斷清理已有的文學觀念，重新反思文學表意功能的空間，進入更為有效的文學知識生產。

　　要打開固化的文學先鋒性的討論空間，需要有明確現實針對性的分析框架。在我看來，鮑曼的社會學研究提供了一種思路。鮑曼在對當代社會進行分析時運用了「流動的現代性」的概念。它所描述的是現代性的存在方式，也包含各種現代性論述和描述現代性論述的思想方法。流動的現代性的觀念，直接針對的是傳統批判理論的固態的、系統性的現代性方案。「流動」意味著不確定，從流動衍生出來的批判性也就是闡釋、拆解，與絕對的獨斷論式的思想方法是根本對立的。「如果說在固態現代性的保護之下產生和發展的正統（傳統）的社會學，全神貫注地關注著的是人類的忠順和服從的條件，那麼適合於流動現代性的社會學的首要的關注，就必須是人的自主性和自由

〔註8〕　高宣揚：《布迪厄的社會理論》，上海：同濟大學出版社，2004 年 12 月，第84 頁。

〔註9〕　【法】羅貝爾·埃斯卡皮：《文學社會學》，杭州：浙江人民出版社，1987 年8 月，第 53 頁。

的推進、提高；因而這種社會學必須集中關注個體的自我意識、理解力和責任感。」〔註10〕這樣，就把現代性納入了一個針對性很強的討論域。

對「個體的自我意識、理解力和責任感」的關注，為文學提供了強大的表意功能，也為文學先鋒性的探討提供了一個可能性的空間。借用鮑曼的表述方式，不妨提出「流動的先鋒性」的概念。也就是說，先鋒性並非是固定的，它存在於文學從業者的體驗之流中。對先鋒的追求，是一場抑制和減緩流動，將流體加以固化，賦予無形的東西以有形的持續性的鬥爭。對先鋒性的強調，正是針對的人文知識分子從公共領域向專業化領域退縮的傾向。當下文學從業者人數眾多，但遺憾的是文學對急劇變化的現實的發言能力不斷減弱，甚至也在喪失文學的審美表意功能。這恐怕是文學研究需要不斷反思的一個起點。之所以重提先鋒性，就是針對單純知識生產所造成的意義空洞，試圖重新打開先鋒文學的討論空間。

〔註10〕 【英】鮑曼：《流動的現代性》，歐陽景根譯，上海：上海三聯書店，2002 年
1 月，第 332 頁。

參考文獻

一、著作類

1. 巴金：《巴金全集》（第 24 卷），北京：人民文學出版社，1994 年 2 月。

2. 巴金：《巴金全集》（第 16 卷），北京：人民文學出版社，1991 年 1 月。

3. 包亞明編：《後現代性與地理學的政治》，上海：上海教育出版社，2001 年 12 月。

4. 包亞明編：《現代性與空間的生產》，上海：上海教育出版社，2003 年 1 月。

5. 陳丹晨：《走進巴金四十年》，南京：江蘇文藝出版社，2008 年 1 月。

6. 陳丹燕：《上海的風花雪月》（增補本），北京：作家出版社，2008 年 1 月。

7. 陳平原：《當代中國人文觀察》，北京：人民文學出版社，2004 年 2 月。

8. 陳思和、虞靜主編：《藝海雙槳——名作家與名編輯》，濟南：山東畫報出版社，1999 年 3 月。

9. 陳曉明：《無邊的挑戰》，長春：時代文藝出版社，1993 年 5 月。

10. 陳曉明：《表意的焦慮》，北京：中央編譯出版社，2002 年 6 月。

11. 陳曉明編：《中國先鋒小說精選》，蘭州：甘肅人民出版社，1993 年 12 月。

12. 陳祖恩等：《上海通史·第 11 卷：當代政治》，上海：上海人民出版社，1999 年 9 月。

13. 程德培：《小說家的世界》，杭州：浙江文藝出版社，1985 年 10 月。

14. 程光煒主編：《大眾媒介與中國現當代文學》，北京：人民文學出版社，2005 年 11 月。

15. 程光煒主編：《文人集團與中國現當代文學》，北京：人民文學出版社，2005 年 11 月。

16. 程光煒主編：《都市文化與中國現當代文學》，北京：人民文學出版社，2005 年 11 月。

17. 程光煒：《文學史的興起》，開封：河南大學出版社，2009 年 4 月。

18. 程光煒：《文學講稿：「八十年代」作爲方法》，北京：北京大學出版社，2009 年 9 月。

19. 程光煒：《當代文學的「歷史化」》，北京：北京大學出版社，2011 年 5 月。

20. 程永新：《八三年出發》，昆明：雲南人民出版社，2004 年 1 月。

21. 程永新：《一個人的文學史》，天津：天津人民出版社，2007 年 10 月。

22. 程永新編：《中國新潮小說選》，上海：上海社會科學院出版社，1989 年 4 月。

23. 戴翊等：《上海文化 15 年》，上海：上海社會科學院，1995 年 3 月。

24. 鄧小平：《鄧小平文選》（第 2 卷），北京：人民出版社，1994 年 10 月。

25. 杜公卓主編：《我的麗娃河》，上海：華東師範大學出版社，2001 年 9 月。

26. 馮光廉主編：《中國近百年文學體式流變史》，北京：人民文學出版社，1999 年 10 月。

27. 馮牧：《馮牧文集》，北京：解放軍文藝出版社，2002 年 1 月。

28. 復旦詩社編：《海星星》，上海：復旦大學出版社，1983 年 12 月。

29. 甘慧傑等著：《上海通史・第 12 卷：當代經濟》，上海：上海人民出版社，1999 年 9 月。

30. 高行健：《現代小說技巧初探》，廣州：花城出版社，1981 年 9 月。

31. 高宣揚：《布迪厄的社會理論》，上海：同濟大學出版社，2004 年 12 月。

32. 格非：《塞壬的歌聲》，上海：上海文藝出版社，2001 年 11 月。

33. 顧驤：《晚年周揚》，上海：文匯出版社，2003 年 6 月。

34. 顧豔：《讓苦難變成海與森林：陳思和評傳》，武漢：武漢出版社，2009 年 3 月。

35. 賀敬之：《賀敬之文集》，北京：作家出版社，2004 年 10 月。

36. 賀照田：《當代中國的知識感覺與觀念感覺》，桂林：廣西師範大學出版社，2006 年 2 月。

37. 紅柯：《烏爾禾》，北京：北京十月文藝出版社，2007 年 4 月。

38. 洪治綱：《守望先鋒——兼論中國當代先鋒文學的發展》，桂林：廣西師範大學出版社，2005 年 10 月。

39. 洪治綱：《余華評傳》，鄭州：鄭州大學出版社，2005 年 1 月。

40. 洪子誠：《文學與歷史敘述》，開封：河南大學出版社，2005 年 10 月。

41. 胡曉明：《王元化畫傳》，北京：文化藝術出版社，2007 年 8 月。

42. 黃子平：《沉思的老樹的精靈》，杭州：浙江文藝出版社，1986 年 12 月。

43. 賈漫：《詩人賀敬之》，北京：大眾文藝出版社，2000 年 1 月。

44. 賈植芳：《早春三年日記（1982～1984）》，鄭州：大象出版社，2005 年 4 月。

45. 蔣天佐：《蔣天佐文集》，南昌：百花洲文藝出版社，2005 年 4 月。

46. 蔣曉麗主編：《傳媒文化與媒介研究》，成都：四川大學出版社，2007 年 9 月。

47. 靳大成編：《生機：新時期著名人文期刊素描》，北京：中國文聯出版社，2003 年 1 月。

48. 柯靈：《柯靈七十年文選》，上海：上海文藝出版社，1996 年 4 月。

49. 李建平：《新潮：中國文壇奇異景觀》，南寧：廣西人民出版社，1989 年 6 月。

50. 李劼：《中國八十年代文學歷史備忘》，臺北：秀威信息科技股份有限公司，2009 年 3 月。

51. 李銳：《「大躍進」親歷記》，上海：上海遠東出版社，1996 年 3 月。

52. 李子雲：《我經歷的那些人和事》，上海：文匯出版社，2005 年 1 月。

53. 梁曉聲：《從復旦到北影》，北京：中國物資出版社，2009 年 1 月。

54. 梁永安主編：《日月光華同燦爛》，上海：復旦大學出版社，2005 年 9 月。

55. 凌志軍：《中國的新革命》，北京：新華出版社，2007 年 4 月。

56. 劉杲、石峰主編：《新中國出版五十年紀事》，北京：新華出版社，1999 年 12 月。

57. 劉繼明：《我的激情時代》，上海：上海三聯書店，2003 年 8 月。

58. 劉錫誠：《在文壇邊緣上：編輯手記》，開封：河南大學出版社，2004 年 9 月。

59. 劉錫誠：《文壇舊事》，武漢：武漢出版社，2005 年 5 月。

60. 劉心武：《我是劉心武》，天津：天津人民出版社，2006 年 8 月。

61. 龍協濤：《文學閱讀學》，北京：北京大學出版社，2004 年 11 月。

62. 魯林等人主編：《紅色記憶：中國共產黨歷史口述實錄（1978～2001）》，濟南：濟南出版社，2002 年 5 月。

63. 魯育宗：《大學夢尋：1977～2009 中國大學實錄》，上海：上海書店出版社，2009 年 6 月。

64. 羅鋼，王中忱編：《消費文化讀本》，北京：中國社會科學出版社，2003
    年 6 月。

65. 馬達：《馬達自述——辦報生涯六十年》，上海，文匯出版社，2004 年 11
    月。

66. 馬麗華：《雪域文化與西藏文學》，長沙：湖南教育出版社，1998 年 1 月。

67. 馬原：《虛構之刀》，瀋陽：春風文藝出版社，2001 年 9 月。

68. 馬原：《新聞讀大師》，上海：華東師範大學出版社。2005 年 4 月。

69. 馬原：《拉薩地圖》，拉薩：西藏人民出版社，2005 年 5 月。

70. 毛時安：《引渡現代人的舟筏在哪裏——文藝現象沉思錄》，上海：上海
    社會科學院出版社，1990 年 2 月。

71. 孟繁華：《傳媒與文化領導權》，濟南：山東教育出版社，2003 年 12 月。

72. 孟繁華：《中國 20 世紀文藝學學術史》第 3 部，北京：中國社會科學出
    版社，2007 年 4 月。

73. 牛漢：《我仍在苦苦跋涉——牛漢自述》，北京：生活·讀書·新知三聯
    書店，2008 年 7 月。

74. 潘綏銘：《中國性現狀》，北京：光明日報出版社，1995 年 4 月。

75. 錢谷融：《錢谷融論學三種》，開封：河南大學出版社，2008 年 5 月。

76. 錢谷融：《閒齋憶舊》，上海：上海人民出版社，2008 年 6 月。

77. 《慶祝徐中玉教授九十華誕文集》，上海：華東師範大學出版社，2003 年
    9 月。

78. 《三中全會以來重要文獻選編》，北京：人民出版社，1982 年 8 月。

79. 《歲月熔金——文學研究所五十年記事》，北京：中國社會科學出版社，
    2003 年 5 月。

80. 蘇童：《紙上的美女》，北京：人民日報出版社，1998 年 12 月。

81. 王安憶：《尋找上海》，上海：學林出版社，2001 年 11 月。

82. 王蒙：《王蒙文存》（第 22 卷），北京人民文學出版社，2003 年 9 月。

83. 王蒙：《王蒙自傳》，廣州：花城出版社，2007 年 4 月。

84. 王儒年：《欲望的想像：1920～1930 年代〈申報〉廣告的文化史研究》，
    上海：上海人民出版社，2007 年 3 月。

85. 王若望：《掩不住的光芒》，北京：人民文學出版社，1983 年 12 月。

86. 王朔：《我是王朔》，北京：國際文化出版公司，1992 年 6 月。

87. 王朔：《無知者無畏》，瀋陽：春風文藝出版社，2000 年 1 月。

88. 王曉明：《所羅門的瓶子》，杭州：浙江文藝出版社，1989 年 5 月。

89. 王寅：《藝術不是惟一的方式》，上海：上海書店出版社，2007 年 5 月。

90. 王元化：《清園書簡》，武漢：湖北教育出版社，2003 年 1 月。

91. 吳福輝：《都市漩流中的海派小說》，長沙：湖南教育出版社，1995 年 8 月。

92. 吳福輝：《遊走雙城》，北京：人民文學出版社，2006 年 1 月。

93. 吳亮：《批評的發現》，桂林：灕江出版社，1988 年 4 月。

94. 吳亮、程德培編：《探索小說集》，上海：上海文藝出版社，1986 年 9 月。

95. 吳亮、程德培編：《新小說在 1985 年》，上海：上海社會科學院出版社，1986 年 9 月。

96. 吳亮、程德培編：《新聞小說』86》，上海：上海社會科學院出版社，1988 年 2 月。

97. 吳中傑：《海上學人》，桂林：廣西師範大學出版社，2005 年 10 月。

98. 夏衍：《夏衍全集》，杭州：浙江文藝出版社，2005 年 12 月。

99. 蕭元編：《聖殿的傾圮》，貴陽：貴州人民出版社，1993 年 6 月。

100. 邢小群：《往事與回聲》，香港：時代國際出版有限公司，2005 年 5 月。

101. 熊月之、周武主編：《上海：一座現代化都市的編年史》，上海：上海書店出版社，2007 年 1 月。

102. 徐復觀：《中國藝術精神》，桂林：廣西師範大學出版社，2007 年 1 月。

103. 徐林正：《先鋒余華》，杭州：浙江文藝出版社，2003 年 2 月。

104. 徐慶全：《名家書簡與文壇風雲》，北京：中國文史出版社，2009 年 5 月。

105. 許志英、丁帆《中國新時期小說主潮》，北京：人民文學出版社，2002 年 5 月。

106. 閻連科：《丁莊夢》，上海：上海文藝出版社，2006 年 1 月。

107. 《演技：中國著名作家訪談錄》，南昌：百花洲文藝出版社，2004 年 8 月。

108. 楊東平：《城市季風：北京和上海的文化精神》，北京：新星出版社，2006 年 1 月。

109. 楊文忠編：《結構主義小說》，長春：時代文藝出版社，1989 年 6 月。

110. 《1984 中國小說年鑒・新聞小說卷》，北京：中國新聞出版社，1985 年 8 月。

111. 尹昌龍：《1985：延伸與轉摺》，濟南：山東教育出版社，1998 年 5 月。

112. 殷曼楟：《「藝術界」理論建構及其現代意義》，北京：社會科學文獻出版社，2009 年 6 月。

113. 曾利文、王林主編：《錢谷融研究資料》，上海：華東師範大學出版社，2008 年 5 月。

114. 查建英：《八十年代訪談錄》，北京：生活・讀書・新知三聯書店，2006 年 7 月。

115. 張大爲：《理論的文化意志——當下中國文藝學的「元理論」反思》，天津：天津社會科學院出版社，2009 年 7 月。

116. 張光年：《文壇回春紀事》，深圳：海天出版社，1998 年 9 月。

117. 張國義編：《生存遊戲的水圈》，北京：北京大學出版社，1994 年 2 月。

118. 張靜主編：《身份認同研究》，上海：上海人民出版社，2006 年 3 月。

119. 張京媛主編：《新歷史主義與文學批評》，北京：北京大學出版社，1993 年 1 月。

120. 張理明：《柯靈評傳》，北京：中國社會科學出版社，2008 年 7 月。

121. 張清華：《中國當代先鋒文學思潮論》，南京：江蘇文藝出版社，1997 年 6 月。

122. 張守仁：《文壇風景》，北京：中國工人出版社，2002 年 12 月。

123. 趙園：《北京：城與人》，上海：上海人民出版社，1991 年 8 月。

124. 中共中央文獻研究室編：《毛澤東文集》第 8 卷，北京：人民出版社，1999 年 6 月。

125. 周介人、陳保平：《幾度風雨海上花》，上海：上海三聯書店，1996 年 12 月。

126. 周良沛：《丁玲傳》，北京：北京十月文藝出版社，1993 年 2 月。

127. 周明等編：《一九八六年報告文學選》，北京：人民文學出版社，1988 年 2 月。

128. 周憲編譯：《激進的美學鋒芒》，北京：中國人民大學出版社，2003 年 11 月。

129. 朱國華：《文學與權力：文學合法性的批判性考察》，上海：華東師範大學出版社，2006 年 10 月。

130. 朱偉編：《中國先鋒小說》，廣州：花城出版社，1990 年 10 月。

131. 《追尋 80 年代》，北京：中信出版社，2006 年 12 月。

132. 卓今：《殘雪評傳》，長沙：湖南文藝出版社，2008 年 12 月。

133. 鄒振環：《20 世紀上海翻譯出版與文化變遷》，南寧：廣西教育出版社，2000 年 12 月。

134. 【比利時】喬治・布萊：《批評意識》，郭宏安譯，桂林：廣西師範大學出版社，2002 年 2 月。

135. 【德】阿多諾：《美學理論》，王柯平譯，成都：四川人民出版社，1998 年 10 月。

136. 【德】阿爾方斯・西爾伯曼:《文學社會學引論》,魏育青、於汛譯,合肥:安徽文藝出版社,1988 年 1 月。

137. 【德】彼得・比格爾《先鋒派理論》,高建平譯,北京:商務印書館,2002 年 7 月。

138. 【德】哈貝馬斯:《公共領域的結構轉型》曹衛東等譯,上海:學林出版社,1999 年 1 月。

139. 【德】齊奧爾格・西美爾:《時尚的哲學》,費勇等譯,北京:文化藝術出版社,2001 年 9 月。

140. 【德】沃爾夫岡・伊瑟爾:《虛構與想像:文學人類學疆界》,陳定家等譯,長春:吉林人民出版社,2003 年 2 月。

141. 【法】阿爾貝・蒂博代:《六說文學批評》,趙堅譯,北京:生活・讀書・新知三聯書店,1989 年 3 月。

142. 【法】安娜・西莫南:《被歷史控制的文學:午夜出版社裏的新小說和阿爾及利亞戰爭》,吳岳添等譯,長沙:湖南美術出版社,1999 年 7 月。

143. 【法】布爾迪厄:《文化資本與社會煉金術》,包亞明譯,上海:上海人民出版社,1997 年 1 月。

144. 【法】布爾迪厄:《言語意味著什麼:語言交換的經濟》,褚思真、劉暉譯,北京:商務印書館,2005 年 6 月。

145. 【法】克洛迪娜・阿蒂亞—東福《代際社會學》,管震湖譯,北京:華齡出版社,1993 年 12 月。

146. 【法】朗松:《方法、批評及文學史》,昂利・拜爾編:徐繼曾譯,北京:中國社會科學出版社,1992 年 2 月。

147. 【法】羅貝爾・埃斯卡皮:《文學社會學》,杭州:浙江人民出版社,1987 年 8 月。

148. 【法】瑪麗・格萊爾・白吉爾:《上海史:走向現代之路》,王菊、趙念國譯,上海:上海社會科學院出版社,2005 年 5 月。

149. 【法】皮埃爾・布迪厄:《藝術的法則》,劉暉譯,北京:中央編譯出版社,2001 年 3 月。

150. 【法】皮埃爾・布迪厄:《國家精英:名牌大學與群體精神》,楊亞平譯,北京:商務印書館,2004 年 9 月。

151. 【法】讓—伊夫・塔迪埃:《20 世紀的文學批評》,史忠義譯,開封:河南大學出版社,2009 年 4 月。

152. 【加拿大】阿爾維托・曼古埃爾:《閱讀史》,吳昌傑譯,北京:商務印書館,2002 年 5 月。

153. 【美】戴維・哈維:《後現代的狀況》,閻嘉譯,北京:商務印書館,2003 年 11 月。

154.【美】戴維・洛奇編:《二十世紀文學評論》,葛林等譯,上海:上海譯文出版社,1993 年 5 月。

155.【美】海登・懷特:《形式的内容:敘事話語與歷史再現》,董立河譯,北京:文津出版社,2005 年 5 月。

156.【美】卡洪:《現代性的困境》,王志宏譯,北京:商務印書館,2008 年 1 月。

157.【美】柯文:《歷史三調:作爲事件、經歷和神話的義和團》,杜繼東譯,南京:江蘇人民出版社,2000 年 10 月。

158.【美】李歐梵:《上海摩登》,毛尖譯,北京:北京大學出版社,2001 年 12 月。

159.【美】馬爾庫塞:《審美之維》,李小兵譯,北京:生活・讀書・新知三聯書店,1989 年 8 月。

160.【美】史書美:《現代的誘惑:書寫半殖民地中國的現代主義(1917～1937)》,何恬譯,南京:江蘇人民出版社,2007 年 4 月。

161.【美】舒衡哲:《中國啓蒙運動》,劉京建譯,北京:新星出版社,2007 年 8 月。

162.【美】斯蒂文・貝斯特、道格拉斯・凱爾納:《後現代轉向》,陳剛等譯,南京:南京大學出版社,2002 年 7 月。

163.【美】伊恩・P.瓦特:《小説的興起——笛福、理查遜、菲爾丁研究》,北京:生活・讀書・新知三聯書店 1992 年 6 月。

164.【美】約翰・霍洛韋爾:《非虛構小説的寫作》,仲大軍、周友皐譯,瀋陽:春風文藝出版社,1988 年 7 月。

165.【美】詹明信(詹姆遜):《晚期資本主義的文化邏輯》,陳清僑等譯,北京:生活・讀書・新知三聯書店 1997 年 12 月。

166.【日】酒井直樹等主編:《西方的幽靈與翻譯的政治》,錢競等譯,南京:江蘇教育出版社,2002 年 8 月。

167.【日】鷲尾賢也:《編輯力》,陳寶蓮譯,北京:中國人民大學出版社,2007 年 1 月。

168.【日】藤井省三:《魯迅〈故鄉〉閱讀史:近代中國的文學空間》,董炳月譯,北京:新世界出版社,2002 年 6 月。

169.【意】安貝托・艾柯:《優遊小説林》,俞冰夏譯,北京:生活・讀書・新知三聯書店,2005 年 10 月。

170.【英】阿蘭・德波頓:《身份的焦慮》,陳廣興、南治國譯,上海:上海譯文出版社,2007 年 3 月。

171.【英】阿雷恩・鮑爾德温等:《文化研究導論》(修訂版),陶東風等譯,北京:高等教育出版社,2004 年 7 月。

172. 【英】鮑曼：《流動的現代性》，歐陽景根譯，上海：上海三聯書店，2002年1月。

173. 【英】弗朗西斯・馬爾赫恩編：《當代馬克思主義文學批評》，劉象愚、陳永國、馬海良譯，北京：北京大學出版社 2002 年 9 月。

174. 【英】傑勒德・德蘭迪：《知識社會中的大學》，黃建如譯，北京：北京大學出版社，2010 年 1 月。

175. 【英】墨菲：《先鋒派散論：現代主義、表現主義和後現代性問題》，朱進東譯，南京：南京大學出版社，2007 年 11 月。

176. 【英】伊格爾頓：《二十世紀西方文學理論》，伍曉明譯，北京：北京大學出版社，2007 年 1 月。

177. 【英】維特根斯坦：《哲學研究》，湯潮、范光棣譯，北京：生活・讀書・新知三聯書店，1992 年 3 月。

178. 【英】珍妮特・沃爾芙：《藝術的社會生產》，董學文、王葵譯，北京：華夏出版社，1990 年 8 月。

二、論文類

1. 巴金：《一封回信》，《上海文學》1983 年第 1 期。

2. 蔡翔：《有關「杭州會議」的前後》，《當代作家評論》2000 年第 6 期。

3. 蔡翔：《何為文學本身》，《當代作家評論》2002 年 6 月。

4. 草木：《扇動的什麼翅膀？》，《中流》1990 年第 4 期。

5. 陳村、吳亮、程德培：《80 年代：文學・歲月・人》，《上海文學》2008 年第 5 期。

6. 陳劍暉：《論新的批評群體——兼談當代文藝批評的發展》，《當代文藝思潮》1985 年第 4 期。

7. 陳平原：《知識生產與文學教育》，《社會科學論壇》2006 年第 2 期。

8. 陳思和：《中國文學發展中的現代主義》，《上海文學》1985 年第 7 期。

9. 陳思和：《批評的追求》，《上海文學》1986 年第 2 期。

10. 陳思和：《從批評的實踐性看當代批評的發展趨向》，《批評家》1987 年第 1 期。

11. 陳思和：《從評獎看上海地區的文學創作》，《社會科學》1994 年第 6 期。

12. 陳思和：《城市文化與文學功能》，《同濟大學學報》（社科版），2005 年第 2 期。

13. 陳曉明：《現代主義意識的實驗性催化》，《當代作家評論》1989 年第 3 期。

14. 陳曉明的話，王寧、陳曉明：《後現代主義與中國當代先鋒文學》，《人民文學》1989 年 6 月。

15. 陳曉明：《最後的儀式——「先鋒派」的歷史及其評估》，《文學評論》1991 年 5 月。

16. 陳曉明：《顛倒等級與「先鋒小說」的敘事策略》，《中國社會科學院研究生院學報》1992 年第 1 期。

17. 陳曉明：《常規與變異——當前小說的形勢與流向》，《文藝研究》1992 年第 6 期。

18. 陳曉明：《王朔現象與當代民間社會》，《文藝爭鳴》1993 年第 1 期。

19. 陳燕谷、錢競、靳大成：《哲學·文化·美學三人談——文藝理論現狀分析與選擇》，《當代文藝探索》1987 年第 5 期。

20. 程德培：《方法的更新和文學的特性》，《當代文藝探索》1985 年第 2 期。

21. 程德培：《何立偉的絕句小說》，《文匯讀書周報》1985 年 10 月 12 日。

22. 程德培：《殘雪之謎》，《文匯讀書周報》1986 年 11 月 8 日。

23. 程德培：《折磨著殘雪的夢》，《上海文學》1987 年第 6 期。

24. 程光煒：《二十世紀八十年代的「現代派」文學》，《文藝研究》2006 年第 7 期。

25. 程光煒：《一個被重構的「西方」——從「現代西方學術文庫」八十年代的知識範式》，《當代文壇》2007 年第 4 期。

26. 程光煒：《「四次文代會」與 1979 年的多重接受》，《花城》2008 年第 1 期。

27. 程光煒：《如何理解「先鋒小說」》，《當代作家評論》2009 年第 2 期。

28. 程永新、桂琳：《談王朔》，《文藝爭鳴》2007 年第 12 期。

29. 程永新：《關於先鋒文學和先鋒編輯》，《作家》2008 年第 1 期。

30. 崔道怡、夏衍、李子雲：《文藝漫談》，《人民文學》1988 年第 5 期。

31. 丁玲：《作家是政治化了人》，《文藝理論研究》1980 年第 3 期。

32. 丁允朋：《為廣告正名》，《文匯報》1979 年 1 月 14 日。

33. 范永康：《何為「文化政治」》，《文藝理論與批評》2010 年第 4 期。

34. 方長安：《「十七年」文壇對歐美現代派文學的介紹與言說》，《文學評論》2008 年第 2 期。

35. 馮驥才：《中國文學需要「現代派」！》，《上海文學》1982 年第 8 期。

36. 格非：《師大憶舊》，《收穫》2008 年第 3 期。

37. 葛紅兵《別忘了，王朔只有一個——與王彬彬的王朔批判商榷》，《粵海風》2000 年第 6 期；

38. 龔濟民：《對改進文藝理論教學的幾點意見》，《文藝理論研究》1981 年第 3 期。

39. 韓子勇：《王朔小説與社會閲讀》，《小説評論》1990 年第 2 期。

40. 賀桂梅：《先鋒小説的知識譜系與意識形態》，《文藝研究》2005 年第 10 期。

41. 何立偉：《關於殘雪女士》，《作家》1987 年第 2 期。

42. 賀照田：《時勢抑或人事：簡論當下文學困境的歷史與觀念成因》，《開放時代》2003 年第 3 期。

43. 洪子誠等：《新歷史語境下的「文學自主性」》，《上海文學》2005 年第 4 期。

44. 胡啓立：《在中國作家協會第四次會員代表大會上的祝詞》，《上海文學》1985 年第 2 期。

45. 黃子平：《關於「僞現代派」及其批評》，《北京文學》1988 年第 2 期。

46. 金聖：《「舌苔事件」備忘錄》，《中流》1990 年第 4 期。

47. 曠新年：《一九二八年的文學生產》，《讀書》1997 年第 9 期。

48. 奎曾：《「玩文學」：沒有出息的惡作劇》，《中流》1990 年第 5 期。

49. 李初梨：《怎樣地建設革命文學》，《文化批判》1928 年 2 期。

50. 李劼：《談談文學的改革和開放》，《當代文藝探索》1985 年第 2 期。

51. 李劼：《〈岡底斯的誘惑〉與思維的雙向同構邏輯》，《文學自由談》1986 年第 5 期。

52. 李劼：《寫在年輕的集束力作的爆炸聲裏》，《文學角》1988 年第 1 期。

53. 李劼：《論中國當代新潮小説的語言結構》，《文學評論》1988 年第 5 期。

54. 李劼：《論中國當代新潮小説》，《鍾山》1988 年第 5 期。

55. 李劼：《王朔小説和市民文學》，《上海文學》1996 年第 4 期。

56. 李敬敏：《文藝理論教學改革芻議》，《文藝理論研究》1981 年第 2 期。

57. 李榮欣：《工農兵學員入北大》，《文史月刊》2006 年第 7 期。

58. 李鋭：《現代派——一種刻骨的眞實，而非一個正確的主義》，《文藝研究》1989 年第 1 期。

59. 李書磊等：《當代大學生視野中的當前文學》，《當代文藝思潮》1985 年第 3 期。

60. 李陀：《「現代小説」不等於「現代派」》，《上海文學》1982 年第 8 期。

61. 李陀：《概念的貧困與貧困的批評》，《讀書》1985 年第 10 期。

62. 李陀：《文學批評與智力遊戲》，《當代文藝探索》1987 年第 1 期。

63. 李陀：《昔日「頑童」今何在？》，《文藝報》1988 年 10 月 29 日。

64. 李陀、李靜：《漫説「純文學」》，《上海文學》2001 年第 3 期。

65. 李陀、張陵、王斌：《一九八七～一九八八：悲壯的努力》，《讀書》1989年第 1 期。

66. 李兆忠：《旋轉的文壇──現實主義與先鋒派文學研討會簡記》，《文學評論》1989 年第 1 期。

67. 李子雲、王蒙：《關於創作的通信》，《讀書》1982 年 12 期。

68. 劉白羽：《與新的時代、新的群眾相結合》，《紅旗》1980 年第 20 期。

69. 劉復生：《先鋒小說：改革歷史的神秘化──關於先鋒文學的社會歷史分析》，《天涯》2009 年第 4 期。

70. 劉納：《社團、勢力及其它──從一個角度介入五四文學史》，《中國現代文學研究叢刊》1999 年第 3 期。

71. 劉心武：《在「新、奇、怪」面前──讀〈現代小說技巧初探〉》，《讀書》1982 年第 6 期。

72. 劉心武《需要冷靜地思考》，《上海文學》1982 年第 8 期。

73. 劉心武：《「大院」裏的孩子們》，《讀書》1995 年第 3 期。

74. 劉衍文：《關於文學理論課的教學和教材編寫問題》，《文藝理論研究》1981 年第 1 期。

75. 羅崗：《在「離散」中尋求「認同」──新時期文學 30 年的回顧與展望》，《棗莊學院學報》2008 年第 1 期。

76. 羅雀：《殘雪的阿喀琉斯腳跟》，《作品與爭鳴》1988 年第 6 期。

77. 馬麗華：《擱淺》，《當代》1985 年第 4 期。

78. 馬原：《誰難受誰知道──洪峰和馬原的通信》，《文藝爭鳴》1988 年第 4 期。

79. 馬原：《〈紅字〉：經典中的經典》，《小說界》2001 年第 2 期。

80. 毛時安：《從認識論看文藝批評流派》，《當代文藝探索》1985 年第 2 期。

81. 孟繁華：《九十年代：先鋒文學的終結》，《文藝研究》2000 年第 6 期。

82. 敏澤：《文藝要爲政治服務》，《文藝研究》1980 年第 1 期。

83. 莫言、石一龍：《寫作時我是一個皇帝──當代著名作家莫言訪談錄》，《延安文學》2007 年第 3 期。

84. 南帆：《相反相成：〈奔喪〉與〈瀚海〉》，《當代作家評論》1988 年第 1 期。

85. 錢谷融：《維護創作自由，必須堅決反「左」》，《上海文學》1985 年第 3 期。

86. 饒芃子：《我們是怎樣教文藝理論課的》，《文藝理論研究》1982 年第 3 期。

87. 沙水：《〈公牛〉與時代潛意識》，《作品與爭鳴》1985 年第 9 期。

88. 施蟄存：《關於「現代派」一席談》，《文匯報》1983 年 10 月 18 日。

89. 斯冬：《在通俗與純粹之間——「王朔作品討論會」綜述》，《青年文學》1987 年第 4 期。

90. 蘇曉波：《霸權，文化政治和葛蘭西的地理思想》，《人文地理》2013 年第 1 期。

91. 孫乃修：《當前的文藝理論教學必須趕快改革》，《文藝理論研究》1981 年第 1 期。

92. 唐俟：《真的惡聲——讀〈蒼老的浮雲〉》，《中國》1986 年第 8 期。

93. 唐俟、吳亮、沙水：《關於殘雪小說論爭的通信》，《文學角》1989 年第 1 期。

94. 王彬彬：《中國流氓文化之王朔正傳》，《粵海風》2000 年第 5 期。

95. 王春元：《「文藝為政治服務」是個錯誤的口號》，《文藝理論研究》1980 年第 3 期。

96. 王德勇：《文藝理論教材體系必須改革》，《文藝理論研究》1981 年第 1 期。

97. 王幹：《馬原小說批判》，《文藝報》1988 年 7 月 9 日。

98. 王蒙：《致高行健》，《小說界》1982 年第 2 期。

99. 王蒙：《關於塑造典型人物問題的一些探討》，《北京文學》1982 年第 12 期。

100. 王蒙：《讀評論文章偶記》，《文學評論》1985 年第 6 期。

101. 王蒙：《躲避崇高》，《讀書》1993 年 1 期。

102. 王蒙、王幹：《十年來的文學批評》，《當代作家評論》1989 年第 2 期。

103. 王寧、陳曉明：《後現代主義與中國當代先鋒文學》，《人民文學》1989 年 6 月。

104. 王寧：《中國當代文學中的後現代主義因子》，《理論與創作》1992 年第 1 期。

105. 王若望：《文藝與政治不是從屬關係》，《文藝研究》，1980 年第 1 期。

106. 王朔：《我和我的小說》，《文藝學習》1988 年第 2 期。

107. 王朔：《我的小說》，《人民文學》1989 年第 3 期。

108. 王西彥：《沒有弓，鳥才能不驚》，《上海文學》1985 年第 3 期。

109. 王堯：《「『現代派』通信」述略——〈新時期文學口述史〉之一》，《文藝爭鳴》2009 年第 4 期。

110. 王一川：《想像的革命——王朔與王朔主義》，《文藝爭鳴》2005 年第 5 期。

111. 王一川：《近三十年文學教育的三次轉向》，《文學教育》（上）2008 年第 5 期。

112. 王寅：《馬原：我希望寫永恒的暢銷書》，《南方周末》2004 年 10 月 28 日。

113. 吳立昌：《教學聯繫實際的一點想法》，《文藝理論研究》1981 年第 3 期。

114. 吳亮《批評即選擇》，《當代文藝探索》1985 年第 2 期。

115. 吳亮：《城市人：他的心態和生態》，《上海文學》1986 年第 1 期。

116. 吳亮：《馬原的敘述圈套》，《當代作家評論》1987 年第 3 期。

117. 吳亮：《一個臆想世界的誕生──評殘雪的小說》，《當代作家評論》1988 年第 4 期。

118. 吳亮：《向先鋒派致敬》，《上海文論》1989 年第 1 期。

119. 吳亮：《1980 年代的「上海雜碎」》，《新周刊》，2006 年第 15 期。

120. 伍然：《對〈《公牛》與時代潛意識〉的質疑》，《作品與爭鳴》1985 年第 9 期。

121. 吳炫：《文學的圈子》，《鍾山》1987 年第 1 期。

122. 夏衍：《答友人書──漫談當前文藝工作》，《上海文學》1983 年第 2 期。

123. 夏衍：《續〈天南海北談〉──答〈瞭望〉周刊記者問》，《瞭望》1987 年第 52 期。

124. 夏中義：《文學批評的非學術化傾向》，《當代文藝探索》1985 年第 2 期。

125. 蕭元編：《聖殿的傾圮》，貴陽：貴州人民出版社，1993 年 6 月。

126. 謝昌餘：《第五代批評家》，《當代文藝思潮》1986 年第 3 期。

127. 謝泳：《從「文學史」到「文藝學」──1949 年後文學教育重心的轉移及影響》，《文藝研究》2007 年第 9 期。

128. 徐緝熙：《當前文藝理論教學同實踐嚴重脫節》，《文藝理論研究》1981 年第 1 期。

129. 徐兆淮：《話說主編》，《北方文學》1999 年第 2 期。

130. 徐中玉：《從實際出發看問題》，《文藝理論研究》1980 年第 3 期。

131. 許子東：《新時期的三種文學》，《文學評論》1987 年第 2 期。

132. 許子東：《先鋒派小說中有關「文化大革命」的「荒誕敘述」》，《當代作家評論》1999 年第 6 期。

133. 閻綱：《悼犯人李銅鐘》，《隨筆》2001 年 3 期。

134. 楊斌華：《整體觀照：在歷史與當代的交匯中──略談陳思和的文學批評》，《當代文藝思潮》1987 年第 1 期。

135. 姚文放：《文化政治與文學理論的後現代轉摺》，《文學評論》2011 年第 3 期。

136. 宜明：《〈WM（我們）〉風波始末》，《文藝理論與批評》1990 年第 6 期。

137. 余華：《川端康成和卡夫卡的遺產》，《外國文學評論》1990 年第 2 期。

138. 余華、王堯：《一個人的記憶決定了他的寫作方向》，《當代作家評論》2002 年第 4 期。

139. 曾振南：《在罪與罰中顯示社會心理的深度》，《啄木鳥》1986 年第 2 期。

140. 曾振南：《徘徊在人與非人之間的靈魂》，《青年文學》1986 年第 11 期。

141. 趙小鳴：《文學的位置與「玩」文學的出路》，《文論報》1989 年 7 月 5 日。

142. 趙毅衡：《非語義的凱旋──細讀余華》，《當代作家評論》1991 年第 2 期。

143. 鄭伯農：《文藝體制應當科學化、民主化》，《紅旗》1980 年 24 期。

144. 周介人：《文學探討的當代意識背景》，《文學自由談》，1986 年第 1 期。

145. 周介人：《小說的借鑒：技巧、觀念、意態》，《文藝爭鳴》1986 年第 4 期。

146. 周介人：《新潮汐──對新評論群體的初描》，《文學評論》1986 年第 5 期。

147. 周揚：《繼往開來，繁榮社會主義新時期的文藝》，《人民日報》1979 年 11 月 20 日。

148. 朱大可等：《保衛先鋒文學》，《上海文學》1989 年第 5 期。

149. 朱偉：《致陳村的 12 封信》，《文學角》1988 年第 6 期。

150.【德】彼得‧比格爾：《文學體制與現代化》，周憲譯，《國外社會科學》，1998 年第 4 期。

151.【韓】趙恒瑾：《流氓文化及其它──也論葛紅兵、王彬彬的「王朔」之爭》，《探索與爭鳴》2002 年第 4 期。

三、博士論文

1. 常立：《「他們」作家研究：韓東‧魯羊‧朱文》，復旦大學博士論文，2004 年。

2. 季劍青：《大學視野中的新文學──1930 年代北平的大學教育與文學生產》，北京大學博士論文，2007 年。

3. 李明德：《當代中國文化語境中的文學期刊研究》，蘭州大學博士論文，2006 年。

4. 鄭靖茹：《現代文學體制建立的個案考察：漢文版〈西藏文學〉與西藏文學》，四川大學博士論文，2005 年。

四、報刊類

1.《北京文學》1980～1989。

2.《當代》1980～1989。

3.《當代青年研究》1980～1989。

4.《當代文藝思潮》1982～1987。

5.《當代文藝探索》1985～1987。

6.《花城》1980～1989。

7.《萌芽》1982～1989。

8.《人民文學》1979～1989。

9.《上海文論》1987～1990。

10.《上海文學》1979～1989。

11.《十月》1980～1889。

12.《收穫》1979～1989。

13.《文匯讀書周報》1985～1987。

14.《文學角》1988～1990。

15.《文學評論》1980～1989。

16.《文藝報》1980～1989。

17.《西藏文學》1983～1988。

18.《中國》1985～1987。

附　錄

一、年表

1978 年

2 月 23 日，北京新華書店發行《家》、《一千零一夜》、《希臘神話和傳說》和《哈姆雷特》四種書，受到熱烈歡迎。

4 月，盧新華《傷痕》發表於復旦大學中文系《百花》牆報。（8 月 11 日在《文匯報》發表）

7 月 15 日，《文藝報》復刊。

10 月 27 日，上海作協座舉行談會，討論寫眞實等問題。

12 月 18 日，十一屆三中全會召開。

1979 年

1 月，中央召開理論工作務虛會。

1 月 14 日，《文匯報》發表丁允朋的《爲廣告正名》。

3 月 5～25 日，教育部委託十院校編寫的《中國當代文學史》大綱討論會在上海舉行。

3 月 16 日「文藝理論批評工作座談會」在北京召開。這是新時期第一次全國性文藝理論批評討論會。李子雲關於「文藝與政治的關係」發言引起關注。

3 月 30 日，鄧小平作《堅持四項基本原則》的講話。

4 月 20 日，《上海文學》第 4 期發表評論員文章《爲文藝正名》。

4 月 24 日，巴金、李小林、徐遲、羅蓀、高行健出訪巴黎。

5 月 29 日，「社會主義文學創作方法學術討論會」在西安舉行，同時成立「高等學校文藝理論研究會」，陳荒煤任會長。

6 月 7 日，上海市委宣傳部舉行大會，爲文藝工作者平反。

8 月 10 日，中國當代文學學術討論會在長春舉行，馮牧當選爲當代文學研究會會長。

10 月 30 日，第四次文代會在北京舉行，馮牧任大會秘書長。

1980 年

1 月，鄧小平《目前的形勢和任務》講話，指出：「不繼續提文藝爲從屬於政治這樣的口號」。

6 月，北京召開文藝創新座談會，李陀提出文藝創新關鍵是形式。

6 月，《文藝理論研究》創刊。

10 月，上海作協和《上海文學》聯合召開短篇小說座談會。

10 月 12 日，《文藝報》發表沙葉新的《扯「淡」》。

11 月 20～29 日，《收穫》等刊物在鎮江舉行座談會，成立「中國大型文學期刊編輯協會」。

12 月 6 日，《文藝理論研究》召開文藝理論教學問題座談會。

1981 年

1 月，《文藝理論研究》推出「文藝理論教學問題探討」專輯。

1 月 29 日，中央頒佈《中共中央關於當前報刊新聞廣播宣傳方針的決定》。

1 月 30 日，張光年同羅蓀、張僖、荒煤、唐因、唐達成、謝永旺等人商談《文藝報》整改。

2 月，陳荒煤任文化部副部長，黨組副書記。

2 月，中宣部召開了在京的文藝界（包括中宣部、文化部、全國文聯暨各協會）黨員領導骨幹會議。歷時三個月，出現「三四左右」之爭。

2 月 20 日，中央頒佈《中共中央、國務院關於處理非法刊物非法組織和有關問題的指示》。

3 月 9 日，上海作協、《上海文學》聯合召開業餘作者座談會。

4月20日，《解放軍報》發表《四項基本原則不容違反──評電影文學劇本〈苦戀〉》。

5月14日，周揚召集賀敬之、張光年、陳荒煤、馮牧、孔羅蓀五人開會，研究《文藝報》的問題。周揚說：「文藝界矛盾的焦點在領導核心：劉白羽、林默涵；陳荒煤、馮牧。」

6月，復旦詩社編輯出版的第一期《詩耕地》。

8月3～8日，中宣部召集思想戰線問題座談會，胡喬木作報告《當前思想戰線的若干問題》，提出反資產階級自由化問題。

8月13日，張光年在黨組擴大會議上對《文藝報》表達不滿。

9月，花城出版社出版了高行健的《現代小說技巧初探》。

10月，周揚在文聯主席團擴大會上宣佈「已向中央辭去中宣部副部長職務」。

10月，《萌芽》編輯部在復旦召開詩歌座談會，和詩社成員面對面交流。

11月，馮牧出版評論集《新時期文學的主流》（人民文學出版社）

11月19日，陳遼寫信劉錫誠，擔心文藝創作和思想解放運動的成果被否定。

12月，國務院學位委員會評議組成立，成員為王力、王瑤、王起、呂叔湘、朱東潤、李榮、吳世昌、蕭滌非、錢鍾書、鍾敬文等。

12月17日，中國作協理事會三屆二次會議，馮牧就《文藝報》的問題作檢討。

1982 年

3月4日，王任重在中宣部會議宣佈中央決定：任命鄧力群為中宣部長，朱穆之為文化部長，中央書記處下設思想工作小組，胡喬木為組長，鄧力群為秘書，周揚為中宣部顧問及思想工作小組成員。

4月，《小說界》第2期發表王蒙的《致高行健》。

4月25日，《當代文藝思潮》在蘭州創刊。

8月1日，《上海文學》第8期在「關於當代文學創作問題的通信」專欄裏發表馮驥才、李陀、劉心武關於「現代派」的通信。

8月16日，李子雲寫信給王蒙，對他的新形式探索有辯護之意。後發表於《讀書》第12期。

9 月 1 日到 11 日，中共十二大，賀敬之當選中央委員，王蒙當選中央候補委員。周揚退居中顧委，張光年、夏衍、歐陽山分別當選中顧委員。

10 月 15 日，《文藝報》召開「現代主義與現實主義問題討論會」，討論現代主義思潮的興起給文學帶來的影響。

10 月 31 日，張光年從吳泰昌口中得知《文藝報》要批「現代派」，不勝憂慮。

11 月 7 日，《文藝報》第 11 期轉載徐遲《現代化與現代派》，並發表理迪《〈現代化與現代派〉一文質疑》。

12 月 7 日，《文藝報》召開座談會討論借鑒西方現代派問題。

12 月 24 日，《上海文學》和《文藝理論研究》聯合召開座談會，討論借鑒西方現代派問題。

12 月 28 日，馮牧在中宣部的彙報會上說：「最近一個時期，一批很有才能的作家出現了政治思想、文藝思想上的混亂。」

1983 年

1 月，《上海文學》第 1 期發表巴金的《一封回信》。

1 月 6 日，在中篇小說評獎讀書班上，馮牧說：「如果我們的《人民文學》、《十月》等連篇累牘地發表《自由落體》、《地平線》、《黑牆》（包括《雜色》）這類作品，我們的社會主義文學就會變質。」

1 月 10 日，《當代文藝思潮》與中國文聯理論研究室聯合召開文藝思潮討論會。

2 月，《上海文學》第 2 期發表夏衍的《答友人書——漫談當前文藝工作》。

3 月 7 日，紀念馬克思逝世一百週年學術報告會在北京舉行。周揚作《關於馬克思主義的幾個理論問題的探討》的報告。

4 月 30 日，中宣部部務擴大會議，一位中宣部領導批評夏衍的和中央不一致。

5 月，張光年到上海，會見眾多上海文藝界人士，以期促進團結。

5 月，《上海文學》刊登舉辦首屆「《上海文學》獎」的通告。

7 月，王蒙接替張光年，出任《人民文學》主編。

7 月 9 日，賀敬之在中國作協工作會議上講話，就要求黨對文藝界的領導「無為而治」等觀點提出批評。

8月，《人民文學》發表《不僅僅是爲了文學——告讀者》和《編後語》，明確革新意願。

8月10日，胡喬木找王若望談話，嚴厲批評。

11月10日，中國文聯召開座談會，討論清除精神污染問題，周揚主持會議並作自我批評。

11月25日，文化部長朱穆之在報告中指出，近年文藝工作「成績是主要的，缺點是嚴重的」。

12月，復旦詩社編的新時期第一本大學生詩集《海星星》出版。

12月28日，《人民文學》編輯部在上海召開座談會，聽取上海作家的辦刊意見。

1984 年

1月，胡喬木在中央黨校作《關於人道主義和異化問題》的報告。

2月25日，賀敬之找張光年談丁玲進行二次平反問題。

4月19日，《當代文藝思潮》編輯部在廈門大學召開座談會，討論新技術革命下文藝學的現代化問題。

7月1日，《上海文學》第7期發表阿城的《棋王》。

10月20日，胡耀邦主持召開十二屆三中全會，通過「關於經濟體制改革的決定」。

11月《花城》、《當代文壇報》和《特區文學》聯合召開「1984年文學與改革研討會」。

11月28日，《中國》在北京新僑飯店舉行創刊招待會。

12月，《上海文學》編輯部、杭州市文聯《西湖》編輯部、浙江文藝出版社在杭州陸軍療養院聯合舉辦青年作家與評論家對話會議，即杭州會議。

12月29日，《國務院關於對期刊出版實行自負盈虧的通知》發佈，要求期刊改善經營，實行自負盈虧。

12月29日，作協四大召開，胡耀邦出席，胡啓立致賀詞，張光年作報告。

1985 年

1月，《西藏文學》發表札西達娃的《西藏，繫在皮繩扣上的魂》。

1月5日，《上海文學》發表張辛欣、桑曄的《北京人》（該小說系列同時在《收穫》、《作家》、《鍾山》《文學家》刊出）。

1 月 10 日,《當代文藝探索》在福州創刊。

1 月 25 日,《收穫》第 1 期發表陳珂《大巴山下》。

2 月 1 日,《上海文學》第 2 期發表「出席中國作協第四次會員代表大會歸來筆談」,馬原的《岡底斯的誘惑》。

2 月 4 日,《上海文學》舉辦作家與企業家的聯誼活動。

3 月,《他們》創刊號出版,載有蘇童《桑園留念》。

3 月,《上海文學》第 3 期刊登了首例配有「廣告詩」的企業廣告。

3 月 14 日,《文學評論》組織的文學評論進修班開學。

3 月 17～24 日,由《文學評論》編輯部、《上海文學》編輯部、天津市文聯理論研究室、《當代文藝探索》編輯部、廈門大學中文繫聯合召開的文學評論方法討論會。

3 月 20 日,《人民文學》第 3 期發表劉索拉《你別無選擇》。

4 月 14～22 日社科院文學所等組織的「文藝學與方法論問題學術討論會」在揚州舉行。

4 月 20 日,上海市委宣傳部召開中青年文藝評論工作者座談會。

5 月 1 日,《上海文學》第 5 期更發表鄭萬隆《異鄉異聞三題》,以及創作談《我的根》。

5 月 20 日,上海作協召開老、中、青文學理論批評座談會,王元化、許傑、徐中玉、錢谷融、許子東等到會。

5 月 25 日,《收穫》第 3 期發表徐曉鶴的《院長和他的瘋子們》。增設了「文苑縱橫」欄目。

6 月,《西藏文學》策劃「魔幻小說特輯」,推出札西達娃《西藏,隱秘歲月》等五篇小說。

6 月 1 日,《上海文學》第 6 期發表韓少功的《歸去來》、《藍蓋子》。

8 月 17 日,吳亮、程德培聯合在《文匯讀書周報》上開闢「文壇掠影」專欄。

8 月 15 日,上海作協理論室召開當代小說和文學理論座談會,就口述實錄小說、極爲虛構小說、新問題小說、文化歷史小說、紀實體小說、現代性小說展開討論。

9 月,《北京文學》發表鄭萬隆、何立偉等人作品,嘗試革新。

9 月,《作品與爭鳴》第 9 期發表沙水《〈公牛〉與時代潛意識》。

11 月 18～19 日，上海市委宣傳部、《文匯報》、《解放日報》和《社會科學》編輯部聯合舉行「海派」文化特徵學術討論會。

1986 年

1986，上海制定《關於上海文化發展戰略彙報提綱》，規定成為具有國際影響的文化中心的長期戰略目標。文化界提出「重振海派雄風」的口號。

1 月 25 日，《收穫》推出「朝花夕拾」專欄。

2 月 20 日，上海市委宣傳部召開「加強對西方現代文化思潮研究」討論會。

4 月 3 日，上海青年文藝理論家探討文藝批評觀念更新問題。與會者圍繞李劼、夏志厚、王曉明、許子東《批評觀念與思維邏輯論綱》一文提進行討論。

4 月 5～22 日，上海市召開大型文藝創作座談會。

5 月，李陀擔任《北京文學》副主編。

5 月，《當代文藝思潮》第 3 期推出「第五代批評家專號」。

5 月 18 日，《中國》第 5 期發表殘雪《蒼老的浮雲》。

5 月 5～10 日，復旦大學等召開新時期文學討論會，就如何看待 1985 年文學、西方現代派對新時期文學的影響等問題進行討論。

6 月 9～13 日，上海作協、影協等單位舉辦「城市人的生態和心態——城市文學、電影創作研討會」。

8 月 18 日，《中國》第 8 期發表唐俟《真的惡聲——讀〈蒼老的浮雲〉》。

9 月，《探索小說集》由上海文藝出版社出版。

9 月 25 日，《收穫》第 5 期發表馬原《虛構》、蘇童《青石與河流》。

11 月 3～6 日，中國作家協會在上海舉辦中國當代文學國際討論會，會議圍繞議題「我觀中國當代文學」展開討論。

11 月 6～10 日，中國社會科學院文學研究所、江蘇省社會科學院、北京大學等單位在蘇州市聯合召開文學觀念學術討論會。

11 月 18 日，《中國》第 11 期發表殘雪《黃泥街》。

12 月 12 日，上海社會科學院文學研究所新學科研究中心召開文藝學新學科研討會。

1987 年

1 月 1 日，《上海文學》第 1 期發表馬原《遊神》。刊物明確提出了自己的辦刊口號：當代性、探索性、文學性。

1 月 21 日，中國作協召集首都部分作家、詩人和評論家，就反對資產階級自由化思潮問題進行學習座談。

2 月，《人民文學》第 1、2 期合刊推出探索專號，引發「舌苔事件」。

3 月 9〜14 日，中央宣傳部召開全國宣傳部長會議。趙紫陽就反對資產階級自由化等問題發表講話。

5 月，《當代作家評論》第 3 期發表吳亮的《馬原的敘述圈套》。

6 月 1 日，《上海文學》第 6 期發表程德培《折磨著殘雪的夢》。

8 月 1 日，《上海文學》第 8 期發表池莉《煩惱人生》。

9 月 25 日，《收穫》推出先鋒小說專輯，包括馬原、洪峰、孫甘露、樂陵、張獻、余華、魯一瑋、蘇童、色波等作家。

1988 年

1 月，《文學角》第 1 期發表李劼《寫在年輕的集束力作的爆炸聲裏》。

2 月，《新聞小說』86》由上海社會科學院出版社出版。

5 月，《鍾山》第 5 期發表李劼長文《論中國當代新潮小說》。

7 月，《當代作家評論》第 4 期發表吳亮的《一個臆想世界的誕生──評殘雪的小說》。

10 月 29 日，《文藝報》發表李陀《昔日「頑童」今何在？》。

10 月 11〜16 日，《文學評論》、《鍾山》編輯部在無錫聯合召開現實主義與先鋒派文學學術研討會。

1989 年

1 月，《文學角》第 1 期發表唐俟、沙水、吳亮等人的《關於殘雪小說論爭的通信》。

4 月，程永新編選的《中國新潮小說選》由上海社會科學院出版社出版。

5 月 1 日，《上海文學》第 5 期發表朱大可等人的《保衛先鋒文學》。

5 月 16 日，《上海文學》舉辦中國四十年文學道路研討會。

6 月，《人民文學》第 6 期發表王寧、陳曉明《後現代主義與中國當代先鋒文學》。

二、1980 年代《上海文學》的廣告

期　數	位　置	廣告主	廣　告
85.3	封三	上海鐵路分局綜合服務公司	口不離瓜子（配有王也「廣告詩」《人生的啓示》）
85.4	封底	湖州市南潯皮件廠	威達爾皮衣
85.5	封底	湖州市南潯水泥廠	船牌水泥
85.6	封三	南潯汽車蓬墊服裝廠	廠長照片（配有郭沙「廣告詩」《在改革中塑造人生》）
	封底	湖州第一電梯廠	電梯廣告
85.7	封三	鐵路上海分局綜合服務公司	總經理照片（配有王也「廣告詩」《高瞻遠矚的立足點》）
	封底	鐵路上海分局綜合服務公司	公司下屬單位介紹
85.8	封三	中國新亞洲實業有限總公司	藝術雕塑燈具
	封底	浙江吳興玻璃儀器廠	產品介紹
85.11	封底	上海方塔電扇總廠	方塔牌電扇
86.1	封二	上海長虹燈具廠	雙魚牌燈具
	封三	上海第四製藥廠	四星牌羥氨苄青黴素
	封底	中國唱片廠	廠況介紹
86.2	封二	上海市鐘錶工業貿易中心	上海手錶
	封三	上海光明電鍍廠	廠況介紹
	封底	上海飛達羽絨服廠	飛達羽絨服
86.8	封二	上海大孚橡膠總廠	飛躍牌輪胎
86.9	封底	上海遠東金銀飾品廠	各種型號產品介紹
86.10	封三	上海第四製藥廠	注射用柱晶白黴素
87.2	封二	上海東風機器廠	系列電動絞車
87.3	封二	錦州市記憶研究會	《實用記憶》函授招生
87.4	封二	上海貴稀金屬提煉廠	廠況介紹
	封底	上海消防器材四廠	各種型號滅火器
87.5	封二	上海臺布廠	美家牌系列提花臺布
87.6	封二	上海宇宙金銀飾品廠	各種規格金銀首飾

期　　數	位　置	廣告主	廣　　告
87.7	封二	中國唱片總公司上海發行公司	中華牌立體聲電唱盤
	封底	上海石油化工廠	廠況介紹
87.8	封二	上海第四製藥廠	核糖黴素
87.9	封二（1）	浙江省永嘉縣江北西服廠	牛頭牌服裝
	封二（2）	浙江省永嘉縣電腦電機廠	健美豐乳器
	封三	上海新華食品廠	橘子汽水、菠蘿汽水等
	封底	上海飛達羽絨服廠	飛達羽絨服
87.10	封二	上海新歌無線電廠	新歌牌電視機
	封三	上海鑽石廠	系列產品介紹
87.11	封二	上海燈泡廠	各種規格產品介紹
	封三	上海黃河製藥廠	露絲美、維多麗藥物護膚霜
	封底	上海黃河製藥廠	九維他
87.12	封二	上海天豐藥廠	露絲美、維多麗藥物護膚霜
	封三	上海匙鏈廠	卡司牌汽車電熱杯
	封底	上海黃河製藥廠	九維他
88.1	封二	上海航空電器廠	系列產品介紹
	封三	上海光明食品三廠	魚皮花生、雪花軟糖等
	封底	桂林製藥廠	乳酶生片、複方胃痛片等
88.2	封二	桂林市中藥廠	西瓜霜潤喉片等
	封三	上海螺帽五廠	宇宙牌螺帽
	封底	上海錄音器材廠	上海牌收錄機
88.3	封二	滬東造船廠	廠況介紹
	封三	上海長樂電器廠	長風牌電吹風
	封底	上海繡衣一廠	佳佳牌繡衣
88.4	封二	上海鉸粒廠	貴冠牌系列產品
	封三	上海塑料製品十九廠	中空容器等產品
	封底	上海黃河製藥廠	阿替洛爾片

期　數	位　置	廣告主	廣　告
88.5	封二	塑料製品一廠	廠況介紹
	封三	塑料製品二廠	燈塔牌聚氯乙烯電纜料
	封底	上海黃河製藥廠	阿替洛爾片
88.6	封二	上海珠寶玉器廠	產品介紹
	封三	上海新星鋼傢具廠	辦公傢具
	封底	上海協昌縫紉機廠	蝴蝶牌縫紉機
88.7	封二	上海電器六廠	金螺牌電吹風等
	封三	上海金剛石工具廠	高峰牌玻璃刀等
	封底	嘉興市冰箱廠	益友牌冰箱
88.8	封二	上海嘉豐棉紡織廠	廠況介紹
	封三	上海聯誼無線電廠	廠況介紹
	封底	上海製皂廠	扇牌液體洗衣皂
88.9	封二	上海寶山造紙廠	廠況介紹
	封三	上海市海華印刷廠	廠況介紹
	封底	上海縫紉機一廠	飛人牌縫紉機
88.10	封二	上海塑料製品四廠	泡沫塑料拖鞋等
	封三	上海工程機械廠	金菱牌壓路機
	封底	上海工業縫紉機廠	上工牌工業縫紉機
88.11	封二	上海電磁線一廠	廠況介紹
	封三	上海江海工業公司	龍蝦牌味精等
	封底	上海鋼椅廠	金鈴牌鋼椅
88.12	封二	上海吳淞製藥廠	系列產品
	封三	中國鉛筆一廠	愛麗絲化妝筆
	封底	上海市工藝品展銷公司	公司介紹
89.1	封二	上海保溫容器公司	系列型號產品
	封三	上海江南啤酒廠	廠況介紹
	封底	上海第十鋼鐵廠	廠況介紹

期　數	位　置	廣告主	廣　告
89.2	封二	上海第三織帶廠	系列型號產品
	封三	上海汽油機廠	廠況介紹
	封底	上海製皂廠	蜂花液體香皂
89.3	封二	上海電錶廠	系列型號產品
	封三	上海第二十一棉紡廠	廠況介紹
	封底	上海顯像管玻璃廠	廠況介紹
89.4	封二	上海國際租賃有限公司	公司介紹
	封三	上海易初摩托車有限公司	幸福牌摩托車
	封底	上海日用化學制罐廠	系列型號產品
89.5	封二	上海虹口文化娛樂廳	業務介紹
	封三	上海汽車廠	廠況介紹
	封底	高橋化工廠	廠況介紹
89.6	封二	寧波健美日用化學廠	系列洗髮液
	封三	上海新歌無線電廠	新歌牌電視機
	封底	上海遠東金銀飾品廠飾品商場	業務介紹
89.7	封二	上海壓縮機廠	廠況介紹
	封三	上海四方鍋爐廠	廠況介紹
	封底	上海三菱電梯有限公司	三菱電梯
89.8	封二	上海鍋爐廠	廠況介紹
	封三	上海電鐘廠	廠況介紹
	封底	上海新星鋼傢具廠	辦公傢具
89.9	封二	上海金剛石工具廠	系列型號產品
	封三	上海鐘廠	鑽石牌鬧鐘
	封底	上海易初摩托車有限公司	幸福牌摩托車
89.10	封二	上海老介福呢絨綢緞商店分店	業務介紹
	封三	上海塑料工程設備廠	系列型號產品
	封底	上海微型軸承廠	廠況介紹

期　　數	位　置	廣　告　主	廣　　告
89.11	封二	上海縫紉機一廠	廠況介紹
	封三	上海貴稀金屬提煉廠	廠況介紹
	封底	上海鐘錶元件廠	廠況介紹
89.12	封二	上海第十二毛紡織廠	廠況介紹
	封三	上海鑽石廠	系列型號產品
	封底	上海同樂印刷廠	廠況介紹

三、《文匯讀書周報》「文壇掠影」專欄一覽表

時　間	作者	題　目	評論作品	作者	作品出處
85.8.17	吳亮	問題小說與民意	5·19長鏡頭	劉心武	人民文學 85.7
85.8.24	程德培	憂國憂民　雅俗共賞	虯龍爪	馮苓植	小說界 85.4
85.8.31	吳亮	下一代人能懂嗎？	給兒子	陳村	收穫 85.4
85.9.7	程德培	「悲劇比沒有劇好」！	陰錯陽差	蔣子龍	黃河 85.3
85.9.14	吳亮	他們這樣活著	爸爸爸	韓少功	人民文學 85.6
85.9.21	程德培	無聲的感覺	秋轆架	莫言	中國作家 85.4
85.9.28	程德培	商州：遊子的回歸和夢尋	商州世事	賈平凹	中國作家 85.4
85.10.5	吳亮	俚俗：幽默與荒誕的載體	炸墳	李杭育	北京文學 85.7
85.10.12	程德培	何立偉的絕句小說	一夕三逝	何立偉	人民文學 85.9
85.10.19	吳亮	錫瓶裏的章永麟	男人的一半是女人	張賢亮	收穫 85.5
85.10.26	程德培	這「活兒」給他做絕了	走窯漢	劉慶邦	北京文學 85.9
85.11.2	吳亮	不可原宥的榮譽	野奔	王大鵬	上海文學 85.9
85.11.9	程德培	莫名的心緒　揪心的悲涼	異鄉異聞三篇	鄭萬隆	北京文學 85.9
85.11.16	吳亮	逐美的畸變	美女島	陳村	鍾山 85.5

時　間	作者	題　目	評論作品	作者	作品出處
85.11.23	吳亮	我們唱而無憾	胡塗亂抹	張承志	上海文學 85.11
85.11.30	程德培	嚴峻悲涼的《紙銬》	紙銬	蕭馬	當代 85.5
85.12.7	吳亮	尋找鑰匙的徒勞	泥沼中的頭顱	宗璞	小說導報 85.10
85.12.14	吳亮	碎鏡中的世界	回顧與思考	北島	黃河 85.4
85.12.21	程德培	「文章」越來越辣	蚱蜢舟	林斤瀾	上海文學 85.12
85.12.28	程德培	恍恍惚惚的心理現實	山上的小屋	殘雪	人民文學 85.8
86.1.4	吳亮	現代的足音	走進八十年代	陳祖芬	文匯月刊 86.1
86.1.11	程德培	「清平灣」，昨天與今天的疊影	插隊的故事	史鐵生	鍾山 86.1
86.1.18	吳亮	王安憶的「瑣碎風」	好姆媽、謝伯伯、小妹阿姨和妮妮	王安憶	收穫 86.1
86.1.25	程德培	三言兩語致少功	誘惑（之一）	韓少功	文學月報 86.1
86.2.1	吳亮	對待歷史悲劇的態度	他們不肯遺忘……	劉賓雁	報告文學 86.1
86.2.8	程德培	假作眞時眞亦假	走投無路	諶容	天津文學 86.1
86.2.15	吳亮	心中有個彼岸	尋找歌王	劉索拉	鍾山 86.1
86.2.22	程德培	悲愴的呼喚	天良	矯健	十月 86.1
86.3.1	吳亮	在「發財」的背後	焦大輪子	於德才	上海文學 86.2
86.3.8	程德培	荒誕，一種現實的透視	減去十歲	諶容	人民文學 86.2
86.3.15	吳亮	嘈聲與詩的合奏	鈴的閃	王蒙	北京文學 86.2
86.3.22	程德培	橫向與倒流的鋪展	夜與晝	柯雲路	當代 86.1
86.3.29	吳亮	微瀾也屬時代	妯娌	韋君宜	當代 86.1
86.4.5	程德培	一個值得記住的故事	唐蘋	沙黑	清明 86.1
86.4.12	吳亮	漾漾蕩開的畫面	銀河十二夜	舒婷	詩刊 86.2
86.4.19	程德培	擴張的鐵屋	鐵屋	鄭萬隆	天津文學 86.3
86.5.3	吳亮	難忘的集鎮風情	故人往事	汪曾祺	新苑 86.1
86.5.10	程德培	知青的歷史命運	雪城（上）	梁曉聲	十月 86.2

時 間	作者	題 目	評論作品	作者	作品出處
86.5.17	吳亮	浪漫之夢縈 浪漫之英魂	紅高粱	莫言	人民文學 86.3
86.5.24	程德培	歷史與現實的「撕咬」	蛇神	蔣子龍	當代 86.2
86.6.7	程德培	也是一絕	遍地風流（之三）	阿城	鍾山 86.3
86.6.14	吳亮	不是重見，便是永訣	河東寨	趙玫	上海文學 86.6
86.6.21	程德培	究竟怎麼個「活法」	卷毛	陳建功	十月 86.3
86.6.28	吳亮	晃來晃去的人	奇境	張寶發	上海文學 86.6
86.7.5	程德培	城市的經驗與法則	《搭車》（《古城魔幻》之一）	張石山	山西文學 86.6
86.7.19	吳亮	少一點雜碎湯	香港十日遊	張辛欣	十月 86.2
86.7.26	程德培	當代神話一個	三個漁人	王潤滋	文匯月刊 86.6
86.8.2	吳亮	從期待到逃離	今昔是何年	蔣子丹	人民文學 86.6
86.8.9	程德培	當代人的焦灼	他有什麼病	張潔	鍾山 86.4
86.8.16	吳亮	俗化的文學與平等的態度	阿鑫	李慶西	人民文學 86.7
86.8.23	程德培	「大師們不死，你也不死」	死	陳村	上海文學 86.9
86.8.30	吳亮	愛欲的漲落	小城之戀	王安憶	上海文學 86.8
86.9.6	程德培	走不完的「路」	去拉薩的路上	札西達娃	民族文學 86.4
86.9.20	吳亮	我在哪裏	李曉明和三號同學	李劼	關東文學 86.4
86.9.27	程德培	黃土地的哀調輓歌	福林和他的婆姨	朱曉平	小說家 86.4
86.10.4	吳亮	他出入於兩個世界	虛構	馬原	收穫 86.5
86.10.11	程德培	太陽卻是一個	麥秸垛	鐵凝	收穫 86.5
86.10.18	吳亮	始於符號 終於符號	訪問夢境	孫甘露	上海文學 86.9
86.10.25	程德培	苦病與尊嚴	深圳，兩萬人的苦病與尊嚴	吳啓泰 段亞兵	特區文學 86.5

時　間	作者	題　目	評論作品	作者	作品出處
86.11.1	吳亮	現代婚姻的陣痛	陰陽大裂變	蘇曉康	中國作家 86.5
86.11.8	程德培	殘雪之謎	美麗南方之夏日	殘雪	中國 86.10
86.11.15	吳亮	一個農民：歷史的縮影	但悲不見九州同	趙瑜	黃河 86.4
86.11.22	程德培	同情被吞噬	中國的乞丐群落	劉漢太	文匯月刊 86.10
86.11.29	吳亮	劉曉波旋風	與李澤厚對話——感性・個人・我的選擇	劉曉波	中國 86.10
86.12.6	程德培	這一招很絕	矯健短篇八題	矯健	解放軍文藝 86.11
86.12.13	吳亮	博大胸襟的傑出虛構	古船	張煒	當代 86.5
86.12.20	程德培	現實是不可侵犯的	在蛇口，一次短暫的罷工	羅建琳	特區文學 86.6
86.12.27	吳亮	眞假不是主要的	冬天在一座山上	趙長天	收穫 86.6
87.1.3	程德培	「地震」的幽靈	木樨地	鐵凝	長城 87.1
87.1.10	吳亮	爲自己的故事所惑	遊神	馬原	上海文學 87.1
87.1.17	程德培	過於匆忙的「報告」	中學瓊瑤熱	蕭復興	萌芽 87.1
87.1.24	吳亮	人的弱點和悲劇	禍水	彭瑞高	上海文學 87.1
87.1.31	程德培	篩去的與留下的	篩子	古華	文匯月刊 87.1
87.2.7	吳亮	太多的諷刺	幸福	李國文	鍾山 87.1
87.2.14	程德培	智慧的較量	枉然不供	王朔	啄木鳥 87.1
87.2.21	吳亮	《歡樂》的錯誤	歡樂	莫言	人民文學 87.1～2
87.2.28	程德培	「魚又能把人怎麼樣」	橫魚占	李鴻聲	十月 87.1
87.3.7	吳亮	蘇童的訓言	飛躍我的楓楊樹故鄉	蘇童	上海文學 87.2
87.3.14	程德培	冗繁削盡	總要抄樣東西走	高曉聲	雨花 87.2
87.3.28	吳亮	最後的，或是最初的	黃昏 ROCK	張承志	北京文學 87.1

時　間	作者	題　目	評論作品	作者	作品出處
87.4.4	程德培	讀《琉璃瓦》	琉璃瓦	施叔青	華人世界 87.1
87.4.11	吳亮	生活不是詩	瀚海	洪峰	中國作家 87.2
87.4.18	程德培	一切都不知怎麼搞得	阿環的船	李杭育	小說界 87.2
87.4.25	吳亮	生活給了我們什麼	海內天涯	李曉	收穫 87.2
87.5.2	程德培	金塊？黃尿嘎達？	生死都在黎明	劉連樞	青年文學 87.3
87.5.9	吳亮	生存是艱難的	死是容易的	阮海彪	收穫 87.2
87.5.16	程德培	昨日有過的一幕	岡田首相的八十四小說	吳民民	東方紀事 87.2
87.5.23	吳亮	有情人不成眷屬	布洛陀夢幻	文萍	芙蓉 87.2
87.5.30	程德培	你敢不敢相信	君子蘭之謎	鄧加榮	當代 87.2
87.6.6	吳亮	它活在歷史中	金牧場	張承志	崑崙 87.2
87.6.13	程德培	精練的嘮嘮叨叨	等待電話	諶容	中國作家 87.3
87.6.20	吳亮	對一種模式的批評	告別綠藍	陳繼光	小說界 87.3
87.7.4	程德培	《醉寨》筆調之謎	醉寨	黑孩	作家 87.4～5
87.7.11	吳亮	嘿，真正的藍色	藍色高地	李曉樺	收穫 87.3
87.7.18	程德培	一個陳舊的故事	清高	陸文夫	人民文學 87.5
87.7.25	吳亮	我喜歡質樸詩	詩人自選詩	韓　東　等人	作家 87.6
87.8.8	程德培	「飯碗」的奏鳴	到廣州找「飯碗」的外地人	黃錦鴻寧泉騁	廣州文藝 87.7
87.8.15	吳亮	關於老人的秘密	白紙；空筆	李平易	鍾山 87.4
87.8.22	程德培	豪華賓館的普通新聞	上海 SC、總部在波士頓	朱全弟	萌芽 87.8
87.8.29	吳亮	我們不再一廂情願	我競選市長	邊國政	詩刊 87.7
87.9.5	程德培	質樸何以有魅力	塔鋪	劉震雲	人民文學 87.7
87.9.12	吳亮	來自「未名派」的文學	《無風的風箏》及青創會學員小說專輯	張　關　林等	上海文學 87.9
87.9.19	程德培	何止負心二字	船的沉沒	方方	現代人 87.4

時　間	作者	題　目	評論作品	作者	作品出處
87.9.26	吳亮	熱愛生命	白霧	洪峰	小說家 87.4
87.10.3	程德培	若干提示	故人；人跡	韓少功	鍾山 87.5
87.10.10	吳亮	冥想的遊動	信使之函	孫甘露	收穫 87.5
87.10.17	程德培	「買辦」在當代	當代「買辦」	朱大建	萌芽 87.10
87.10.24	吳亮	文學外的世界	上窮碧落下微塵	張文達	花城 87.5
87.10.31	程德培	「逃亡者」蘇童	一九三四年的逃亡	蘇童	收穫 87.5
87.11.7	吳亮	語詞的幻想	陷阱	格非	關東文學 87.8
87.11.14	程德培	推薦《招商集體》	招商集團	李士非	當代文壇報 87.9
87.11.21	吳亮	預告《論辯的基本方法》	自我孤獨與文藝創作	王一綱	文學報 87.10.29
87.11.28	程德培	李曉的敘述標記	硬派歌星	李曉	小說界 87.5